▲ 조이스와 그의 〈피네간의 경야〉를 "진행 중의 작품"으로 처음 연재했던 전위 잡지 〈트랑지숑〉(1927년경)의 출판자 유진 조라스: 조라스는 이따금 〈경야〉의 교정을 도운 것으로 유명하다.

▲ 더블린의 피닉스 공원에 있는 웰링턴 기념비: 〈피네간의 경야〉 속의 수많은 소재와 상징을 낳는다.

▲ 더블린의 노스얼 가街에 위치한 조이스의 입상立像

◀ 파란 클로버 무성한 들판을 유유히 흐르는 아나 리비아강

◀ 과거의 아나, 현재의 리비아, 미래의 플루라벨

〈피네간의 경야〉의 "아나 리비아 플루라벨"장은 이른바 '물의 언어'로 쓰여진, 그 아름다운 서정과 음악적 율동으로 운문의 극치를 이룬다. 이는 위크로우 주州에서 발원發源하여 더블린만으로 흐르는 리피강이 그 전형典型이 된다.

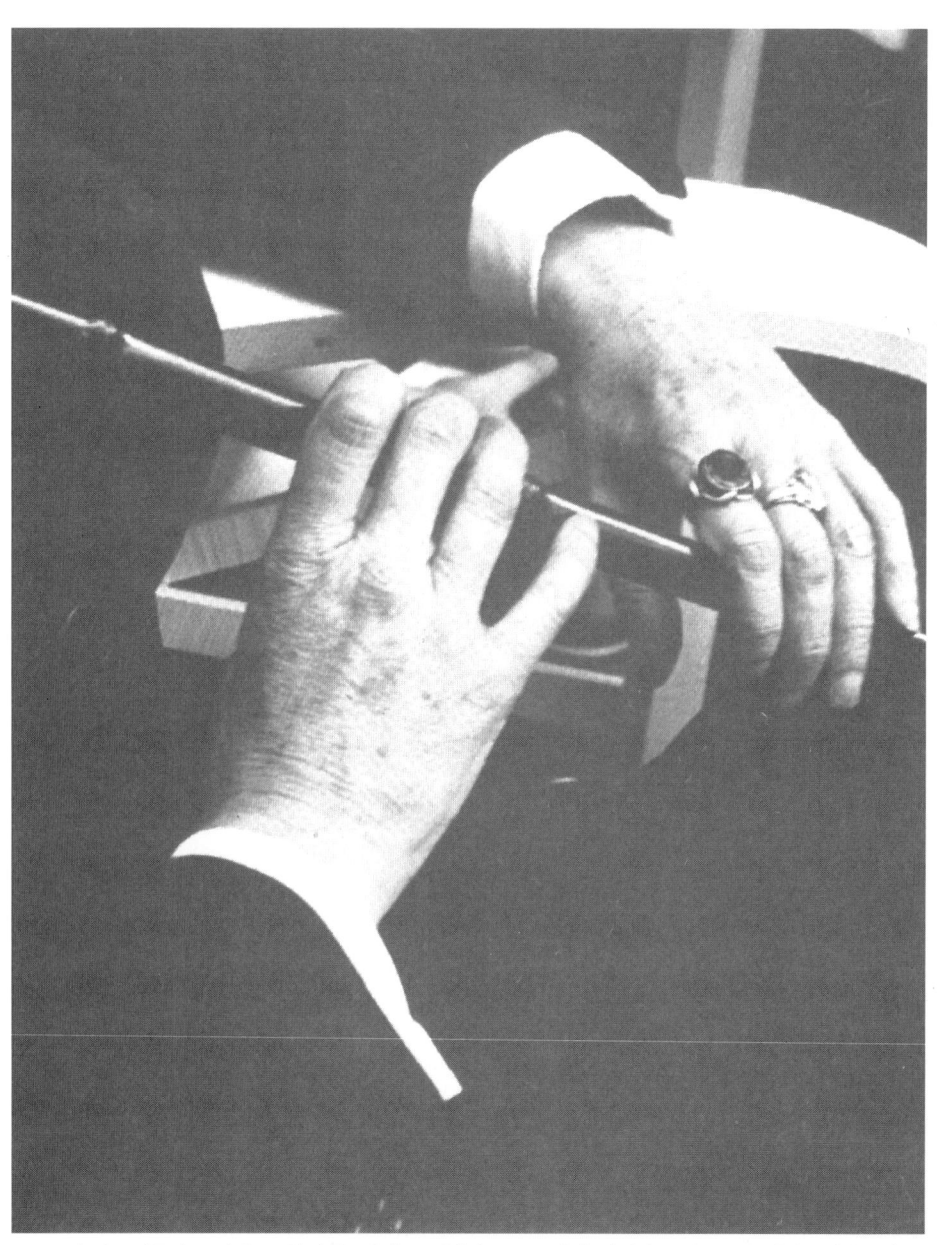

▲ 조이스는 지극히도 섬미纖美한 손을 지니고 있었다. 그는 마치 자신이 곡화曲化한 서정시〈실내악〉을 악기로 연주하듯 지팡이를 다루었다.

피네간의 경야(經夜)(抄)·시·에피파니

제임스 조이스 지음
김종건 옮김

범우사

| 차 례 | 피네간의 경야(經夜)(抄) 외

이 책을 읽는 분에게 · 5

피네간의 경야(經夜)(抄)
수수께끼—명세서의 인물들 · 15
문사(文士) 솀 · 81
아나 리비아 플루라벨 · 119

제임스 조이스의 시
실내악 · 153
한푼짜리 시들 · 189
성직 · 203
분화구로부터의 개스 · 208
보라, 저 아이를 · 213
자코모 조이스 · 214

제임스 조이스의 에피파니
에피파니 · 233

□ **해설**
해설Ⅰ 《피네간의 경야(經夜)》에 대하여 · 277
해설Ⅱ 제임스 조이스의 시(詩)에 대하여 · 302
해설Ⅲ 제임스 조이스의 에피파니에 대하여 · 323

□ **연보** · 334

| 이 책을 읽는 분에게 |

　제임스 조이스(James Joyce)의 최후작 《피네간의 경야(經夜)》 (*Finnegans Wake*)는 1939년에 출판되었다. 그것을 쓰는 데 14년의 세월이 걸렸으며, 조이스는 그것을 자신의 걸작으로 생각했다. 사실, 너무나 많은 다의적(多義的), 다성적(多聲的), 다어적(多語的) 함축어가 작품 속에 되풀이되고 있기 때문에, 심지어 몇 페이지의 주석을 다는 데에도 커다란 한 권의 책이 필요할 지경이다. 생각들이 투사되는 다양한 언어 유희들과 복잡한 언어 타래의 상관관계를 분명히 하기 위하여 많은 수의 헌신적 학자나 독자들의 협동적 작업이 요구되고 있다. 독자들에게 《피네간의 경야》가 요구하는 해석상의 노력이 너무나도 크기 때문에, "《피네간의 경야》에 들어가는 것은 티벳에 들어가는 것과 같다"는 말이 나올 정도이다. 그럼에도 불구하고, 이 작품은 전문가는 물론, 심지어 우연한 독자에게도 커다란 미와 매력을 안겨 준다. 독자는 이 작품을 큰 소리로 읽도록 권고되는데, 이는 산문의 율동이 의미를 공급하는 데 커다란 도움을 주기 때문이다.

　이 작품은 《율리시즈》보다 더 큰 범위에까지 인류의 모든 역사를 포용함을 목적으로 한다. 작품의 제목은 아일랜드의 〈톰 피네간(Tom Finnegan)〉이란 민요에서 따온 것으로, 민요의 주인공은 벽돌 운반공이다. 그는 어느 날 술에 취하여 사다리에서 떨어져 죽지만, 그의 경야(장례의 밤샘) 동안에 누군가가 그 시체 위에 엎지른 술로 인하여 다시 소생한다. 따라서 조이스의 이 별난 걸작은 인간의 죽음과 부활, 그의 역사의 과정에서 반복되는 변화의 순환을 그의 주제를 삼고 있다. 이는 17세기 이탈리아의 철학자 지암바티스타 비코(Giambattista Vico)에 의하여 제창된 역사의 순환론에 근거한다. 비코는 인류 역사를 네 가지 과정, 즉 (1) 인간이 초자연적 경외(敬畏)에 의하여 통치되는 신성 또는 신정(神政)의 "영웅시대", (2) 이를 이은 "민주주의 또는 개인주의의 시대", (3) "혼돈(카오스)의 시대" 그리고 마지막으로 (4) 인간이 초자연적 원점으로 되돌아가는 "회귀의 시대"의 순환으로 보았다. 조이스는 당대의 시인 예이츠(Yeats)처럼, 자신의 시대를 인간이 시초로 회귀하기 위한 충격을 기다리는 마지막 "혼돈"의 단계에 있다고 보았다.

　이야기 수준에서의 《피네간의 경야》의 단순한 해석은 그 내용에 어떤 개념적 생각을 부여하지 못한다. 만일 우리가 이 작품이 피네간의 추락에서 시작한다면, 그것은 곧 만인(萬人)(Everyman)이기도 한 주인공 H. C. E. ("Here Comes Everybody"), 즉 이어위커(Earwicker)를 소개하는 일인데, 그는 언젠가 더블린의 피닉스 공원에서 자신이 저지른 어떤 불륜으로 인한 죄의식 때문에 괴로워하고 있다. 그리고 그의 아내

아나 리비아 플루라벨(Anna Livia Plurabelle: A. L. P)이 있으며, 이들 부부는 두 쌍둥이 아들 솀(Shem)과 샤운(Shaun)을 두고 있는데, 내성적 예술가와 외향적 현실주의자 혹은 창조자와 대중인을 각각 대표하며, 이는 모든 종류의 윤회(輪廻)의 원칙에 의하여 인간 본성의 기본적 이율성(二律性)을 상징하기도 한다. 이에 덧붙여, 이 소설(작품의 시성 〔詩性〕 때문에 그 소설성이 크게 의문시되고 있거니와)은 앞서 비코의 역사 순환의 원형에 따라 구분되는 네 개의 장으로 구성되고, 그 속에 희극적이고 괴기(怪奇)하며, 슬프고도 절망적이며, 정열적이며 보편적인(그리고 이것들이 모두 동시에) 꿈의 변화무쌍한 속에 그 의미를 포용하고 있다. 그리하여 등장 인물들은 타인 또는 무생물의 사건들로 변용(變容)하는가 하면 그 배경이 끊임없이 바뀐다. 이 꿈꾸는 자는 그의 이름의 대문자 H. C. E.가 나타내는 대로 보편성을 지니며, 동시에 특별한 사람이기도 하다. 그는 더블린의 피닉스 공원 근처의 리피 강가에 위치한 체프리조드에 술집을 경영하고 있다. 공원에서 저지른 그의 신비스런 불륜의 행위는 어떤 의미에서 인간의 원죄이다. 그는 아담이요 원시의 거인, 더블린 외곽에 위치한 호우드 언덕, 위대한 양친 그리고 역사 속의 만인이기도 하다. 작품에 자주 등장하는 다른 인물들, 예를 들면 열두 명의 손님들(그들은 또한 열두 명의 심판관들이며 대중의 여론을 대변하기도 한다)과 네 명의 노인들(그들은 판사들이요 네 복음의 저자들 및 우주의 네 요소이기도 하다)은 이 작품의 특징인 다양한 의미의 직물을 짜는 데 도움을 준다. 그러나 의미의 주된 맥(脈)을 견지하는 것은 그것이 진행되는 긴 이야기의 줄거리보다는 의미를 확장하는 한결같은 언어 유희이다.

여기 수록한 《피네간의 경야》의 제 1-6장은 학교 교실의 퀴즈 형식으로 쓰여져 있는데, 편지의 원고를 분석한 교수가 이곳에 내재된 등장 인물들에 대하여 일련의 퀴즈를 제의하는 내용이다. 이어 제 1-7장은 쌍둥이 형제 샤운(Shaun)이 그의 형 솀(Shem)에 대하여 서술하는 익살스런 이야기이다. 이는 한 예술가로서 작가 조이스 자신을 풍자하고 있다. 비록 짧은 장이기는 하나, 극히 흥미롭고, 비교적 쉬운 내용을 담고 있다. 마지막으로, 제 1-8장은 리피 강가의 두 빨래하는 여인들이 이 작품의 주인공인 H.C.E.와 그의 아내 A.L.P.에 대한 재담을 묘사하고 있다. 주된 내용은 A.L.P.가 그녀의 이이들의 무도회에 참가하는데, 여기서 그녀는 자신의 남편이 저지른 죄의 스캔들을 타인의 관심에서 다른 곳으로 돌리려고 애를 쓴다. 이야기의 종말에서, 밤이 저물자 두 빨래하는 여인들은 한 사람은 돌로, 다른 사람은 나무로 변용한다.

《피네간의 경야》는, 앞서 지적한 대로, 조이스의 기발한 언어 실험과 수많은 신조어로 사실상 그 어떠한 언어로도 번역이 불가능하다고 평가되고 있다. 그러나 그의 이른바 "우주어" 또는 "초음속어"가 담고 있는 언어의 천재성과 그 뒤에 숨은 의미의 다양성은 독자에게 그 번역의 충동을 한결같이 자극한다. 따라서 여기 처음 공개되는 이 부분의 번역 역시 시험적이요 모험적인 것이 되지 않을 수 없다.

작가 조이스는 시인으로서의 그의 문필 생활을 시작했다 해도 과언이 아니다. 어린 시절 그의 최초의 작품은 아일랜드의 애국자 파넬에 대한 것으로서 "일리어, 너 마저"란 해학적 단편 시였다. 그는 일찍이 당대의 대 선배 시인이었던 예이츠의 영향을 심하게 받았으며, 따라서 이 전집에 수록된 그의 초기의 시집들인 《실내악》과 《한푼짜리 시들》은 예이츠의 그것처럼 그 대부분이 낭만 시들이다. 조이스의 초기 소설들인 《더블린 사람들》과 《젊은 예술가의 초상》은 시적 요소를 다분히 담고 있는데, 이들은 미국의 작가 에드가 A. 포우가 말하는, 작품의 이른바 "효과의 통일성(unity of effect)" 때문이다. 즉 이는 작품의 구성상에 있어서 그들이 담고 있는 언어의 효율적 기교와 그 농축성(濃縮性), 그것이 암시하는 강한 상징을 음악적 리듬 등에 의한 시적 뉘앙스로 말한다.

조이스의 중년 이후의 시라 할 《자코모 조이스》는 그의 미완성의 유고(遺稿)로서, 앞서 그의 낭만시와는 달리, 고전적 난해시이다. 이는 당대의 중요 모더니스트 시인들인 파운드와, T. S. 엘리어트의 시들을 현저하게 닮고 있으며, 작가의 후기 소설들인 《율리시즈》와 《피네간의 경야》의 구절들을 강하게 연상시킨다. 이들 구절들은 수많은 언어의 실험을 비롯하여, 고어(古語), 시어(詩語), 사어(死語), 언어 유희 등, 그들의 소설성(小說性)이 극히 의문시될 정도로 시적이다. 따라서 독자는 여기 수록한 《자코모 조이스》와 이들 소설들을 비교하면, 흥미 있고 유익한 감상(感想)이 될 것이다.
　조이스의 《에피파니》는 40편에 달하는 미완성의 산문시(散文詩) 격으로, 이들은 작가가 일상 생활에서 수시로 수확(收穫)한, 시감(詩感)의 소산이다. 이들은 그 자체가 소설들 속에 동화(同化)됨으로써 이야기의 내용과 주제들을 원조하는 사고(思考)의 중요한 핵(核) 또는 진수가 된다는 점에서 그 중요성이 값지게 평가된다. 조이스는 자신의 미완성 소설인 《영웅 스티븐》에서 "에피파니"를 다음과 같이 정의한다.

　이 사소한 것이 그로 하여금 에피파니란 책 속에 많은 이러한 순간들을 모으도록 그로 하여금 생각하게 했다. 그가 의미하는 에피파니란, 일종의 갑작스런 정신적 개시(顯現)로서, 이들은 언어 또는 몸짓의 야비성 속에서 또는 마음 자체의 기억할 만한 국면에서 발생하는 것이다. 그는 이러한 에피파니들을 세심한 주의를 가지고 기록하는 것이 문필가의 작업이라 믿었던 바, 이들은 가장 섬세하고 덧없는 순간들 자체인 것이다.

피네간의 경야(經夜)(抄)
Finnegans Wake

수수께끼―명세서의 인물들

그래서?

누구 그대 오늘밤 알지 못하는고, 신사 그리고 태여怠女 여러분?

메아리는 삼림森林의 거기 깊숙이 있도다. 그를 불러낼지니!

(우편물 집배원 쇼운 맥 아이위크는 존 제임슨가歌 양조釀造 회사의 사업을 위하여, 조킷 믹 이어위크에 의하여 제시된, 12개의 사도부使徒符의 이 밤의 퀴즈(질문)인명록에 백화점百貨店 당當 110%를 평가했도다. 그는 오해충誤解衝받았나니 그리하여 모든 수數 가운데서 3개를 목표로 하고 그들 자신의 미술적 무질서 속에 그중 4개에 대하여 그의 자유천연自由天然스런 재치즉답才致卽答을 남겼노라.)

1. 무슨 둘도 없는 신화발기자神話勃起者요 극대 교조자橋造者가 자신의 두부담豆腐談을 통하여 유카리 왕사목王蛇木 또는 거족巨族의 웰링턴 적색 삼목杉木보다 한층 높이 솟은 최초의 자였던가. 나화裸靴로 바지 입은 채 리피 강속으로 들어 갔나니, 그녀가 겨우 졸졸 흐를 때. 그의 호우드(H) 두건頭巾의 사구砂丘(E) 위에 회유록모懷柔綠帽(C)를 쓰고 있음이 잘 알려졌나니. 알버트 제製 시계 줄을 그의 선체대출자船體貸出者의 비만 위로 엄숙하게 자랑해 보이도다. 거기 그의 최초의 핥아먹기 사과가 떨어졌을 때 그는 새로운(뉴) 한 톤 무게를 고량考量했나니. 작남昨男과 내녀來女 사이에 매야기사每夜騎士에게 선택의 홍

악성凶惡性을 부여했도다. 꼭 같은 커다란 하얀 객실의 노변 깔개 위에 7인人 연속색連續色의 세르비아 하녀들을 지녔나니. 그가 히스의 들판에 있었을 때 마냥 이 시간까지 집에서 한 사람의 미의역사未意力士로다. 구교 일당一黨을 유도 심문하고 보인 강江의 신교들을 충격했나니. 약자若子로서 그이 스스로의 배고픈 자신을 노여움 속에 교살했도다. 모든 들판에 홍수洪水가 일었을 때 노아 오인五人을 위하여 맞초馬草를 발견했나니. 아일랜드 어語를 가지고 콘월 고어古語를 수월하게 교수教授했도다. 도로의 통행세, 당번當番들의 증인. 한 도윤년跳閏年 그대 자신의 딸에 대하여 다두多頭의 의붓자식을 양육했도다. 한 마리 물고기로서 지나치게 우스꽝스러운지라 그리하여 한 마리 곤충으로서 너무 큰 외면外面을 지녔나니. 하나의 7각형 수정水晶처럼 우리에게 진실되고 가짜 인광燐光의 모험 프리즘이라. 몸에 맞지 않은 유증의遺贈衣 속에 무한히 부풀어 있나니. 그 자者는 한때 삽질 당하고 한때 방화되고 한때 침수당하니 그리하여 그녀는 그를 형사 법원의 뜰에 내쫓았도다. 톨러 판사 놈에게 몇 시인지를 알리기 위해 자신의 모자 속에 사분의四分儀를 감추나니. 롱 온에 기회를 제공하나 위켓 문門 앞에 맞서도다. 자신의 써레 끝에 석탄을 그리고 솔기 뒤에 이끼 장미를 발견했나니. 자신의 뒷문을 요새要塞로 삼고 원형 방패 위에 F.E.R.T.를 썼도다. 모든 종류의 추적소追跡所의 최고 도피자인지라. 만일 그가 여리꾼에게 보다 포학暴虐하다면, 쉿쉿 추자追者에게 백열白熱로 행동하나니. 3명의 독일 훈 족족의 단순한 출현에 소개疏開되고 한번의 소사掃射에 의하여 두 번 포위되었도다. 동물형태학으로부터 범수성주의汎獸性主義까지 그는 동전 돌리기에 의하여 브로치되었나니. 무등대無燈臺 사이의 애디슨 등대처럼 우뚝 솟아, 심해상深海上에 백조광白鳥光을 던지도다. 범죄자들에게 뇌우雷雨로 위협하며 버스럭 여인의 비단옷에 속삭이는 소리를 보내나니. 고리등 굽은 유령공幽靈公 나귀에 단정히 앉자, 명사名士 취객들의 희롱과 향연이라, 그러나 그가 섹시 남男 프란킷처럼 역役하자 모두들 그를 우우 야아 놀리니 그의 나귀 마냥 매매 울도다. 수잔 여차 여차 그리고 팀색대에 의한 수상쩍은 건달 여인이라. 할 일, 신문 읽기, 흡연, 식탁 위의 큰 컵 정렬, 식사하기, 오락, 등등, 등등, 오락, 식사하기, 식탁 위의 큰 컵 정렬, 흡연, 신문 읽기, 할 일. 광천수鑛泉水, 세수 및 몸차림, 지방의 견해, 주물呪物 태피 과자, 만화 및 생일 카드. 그러한 날들이 있었으니 그는 그들의 영웅이었도다. 핑크빛 석양의 소나기, 붉은 이 토운泥土雲, 사하라의 슬픔, 아일랜드의 산화철. 고소되고 선고되고, 경청傾聽되고 조명되고, 변호辯護되고 변증辨證되나니. 잉글랜드 은행의 이창裏窓에서 수표를 현금으로 바꾸고 교회 출구에서 자신의 정명定命을 배서背書했도다. 프랭크인들의 두뇌, 그리스도 교도의 손, 북방인의 혀. 저녁식사에 초대하고 허세虛勢에 도전하나니, 아침에 두절頭切을 겪고 오후 내내 모통帽痛이라. 그가 진지할 때 숨은 쥐 놀음하고 유쾌할 때 생쥐 놀음을 놓치도다. 두구頭坵까지 산보하고, 거기서 의회 잔당처럼 의젓한 자세를 취했나니. 초기 영국의 추적追跡 마크를 보이자 금잔화 창문이 많은 죄금박광罪金箔光과 더불어, 하나의 만화경, 두 개의 눈에 띠는 석수반石水盤 그리고 세 개의 대단히 볼 가치가 있는 성물聖物 안치소. 온통 내리닫이 쇠살문의 아치 그리고 그의 본당 회중석은 점들로 날짜 적혀 있도다.

정지불가停止不可의 측시기測時器요 모든 종鐘의 빅 벤이라. 존재했나니, 존재하며 존재할 자요, 그는 곰팡이 상태에 있으면서 곰팡이 황홀경恍惚境이로다. 숲 속의 참나무요 그러나 메가로포리스의 플라타너스이니. 등산역사登山力士, 목신牧神의 빠른 발. 우리들의 연단演壇의 판자板子, 우리들의 척후병의 공포탄. 하급 귀족으로, 경지耕地에 그는 열거되나니, 백작으로 우아하게, 간주되도다. 초식류草食類의 편안한 순간 같은 모습을 한 벌레처럼 보이는 단어들의 선형어구船型語句. 우리들의 정명定命에 법을 그는 가져 왔나니, 우리들의 장원莊園을 그는 자신의 별장으로 삼았도다. 지하地下에 대한 지상마기地上磨機요 불타는 인후咽喉를 위한 도수관導水管이었나니. 그가 탄산가스를 방취防臭할 때 심하게 백일해 기침하는 짧은 양말 신은 소년들을 내보내니 그리하여 긴 비단 양말이 그녀의 다리 모습을 드러낼 때 그는 그 위에 바지를 풀도다. 병민病民들을 위하여 갈분葛粉을 그리고 모든 창백민蒼白民을 위하여 핑크색 환약을 사들이나니. 미저리우스에게 자신의 기마보병騎馬步兵을, 안나 리비아에게 꼬집음을, 버찌 처녀 세로시아에게 저 최상급 줄담배를 그리고 티티우스, 카이우스 및 셈프로니우스에게 뭔가 깔깔 우스꽝스런 것을 주었도다. 상인 근성의 누군지 전혀 짐작이 가지 않는 사람으로 하여금 그가 신사 행세를 하기보다는 오히려 공작公爵 행세를 하고 싶어하도록 만들었나니. 두 매춘부를 총 쏘고 세 성곽城郭을 흔들었나니 당시 그는 난쟁이 놀음에 이겼도다. 스트롬보리 화산火山처럼 안쪽으로 연기煙氣내고 마침내 그는 양쪽에서 연초煙草하나니. 사나이여, 그를 믿어라, 여성이여, 애탄哀歎하라! 그의 관두冠頭의 금작화金雀花 수풀 사이에 눈의 하얀 쌓임 그리고 피 흘린 자 위에 후회의 샤프론(머리 장식)을 보이도다. 열편裂片과 휴지休止, 삼지창三指槍. 메트로(지하철)로 도시(폴리스)를 향하고 잇따라 맴돌았나니. 발견자에게 만세! 구하는 그대는, 재난을! 오물이 충만한 자는, 기근이 탐식하도다. 백포도주가 선두先頭하고, 코코아가 뒤따르니, 금강사金剛砂가 기旗를 위해 애쓰도다. 그이 자신의 부랄 오케스트라 반주에 맞추어 누란에서 오브루노의 음경무陰莖舞를 출 수 있나니. 기독교 산파産婆 국제자연회의에 참석하고 내국內國 재난회의에 견고見固하도다. 진미리珍味吏의 "앙트레" 요리를 만들어 감미甘味와 신미辛味 사이에 요리를 끝마치나니. 예보를 예롱豫弄하고,

예견물豫見物을 예감豫感하며 예람회藝覽會에서 언쟁의 여흥자로다. 남아男兒를 가지려고 희망하는 암닭 아내를 위하여 하나의 거대석巨大石 광장을 세우고자 365개의 우상偶像을 일소했나니. 험공자險公子, 탐악자探握者, 유월절화踰月節火의 점화자點火者. 우리가 그를 망문忘門하듯 우리들에게 우리들의 침입을 금하도다. 불사조여 그의 화장제火葬梯, 회신灰燼이여 그의 종마種馬 되소서! 대大헤르쿨레스의 소소기둥처럼 소 少오시안 산 위의 다多페리온을 쌓나니. 식食터퍼스 콤플렉스와 음료 찌꺼기 기교奇矯. 얼간이를 위한 쏘시지 고기 및 부엌데기를 위한 자우식雌牛食. 그가 우리들의 호의를 고대할 때는 불비례不備禮라. 두번의 심리적 혼례 및 세 번의 유기遺棄. 지금은 실인實人일지라 하지만 당시는 처녀의 아비였나니. 육肉의 본래산本來山인 고양이 방파제 언덕은 압력에 의해 머리를 쳐들었도다 그리하여 긴장에 의해 가라앉았나니. 그걸 탱크에 가득 채우고, 그걸 스며나게 하고, 그의 간첩에게 양복상을 말하다. 남자에게 청우晴雨 겸용 양산, 그러나 하녀에게 소품小品 골무라. 뚱땡이, 뚱보. 위조 글자, 합음절合音節로 노래를 부르도다. 웃음거리이자, 초휴지超休止의 격언가格言家. 그의 협곡 콜로세움이 바로 설 때, 약자는 떨어지다. 세방교細房橋에서 알을 품었으나 바깥에서 병아리 사출했나니. 시주始酒로 시작하여, 감주甘酒 싸움으로 결말지었나니. 로더릭, 로더릭, 로더릭, 당신은 데인 사람들의 길에서 사라졌도다. 다양하게 목록화目錄化되고, 규칙적으로 다시 그룹화되었나니. 오지奧地 소년의 휴일, 쾌이커 교도의 묵봉默逢, 촌색시의 사욕沙浴. 당일안單一眼의 쾌공快空이 휘날렸을 때처럼 꼭 같은 동질同質의 히스색色의 무無병아리란卵이라. 진짜 폭발이지만 가짜 총성. 탕치장湯治場의 광狂이지만 여이상旅異常. 신문국세조사新聞國勢調査에 의하면 반백만인력半百萬人力이나 고아孤兒가 되었을 때 무가숙자無街宿者라. 모든 놀이꾼들 가운데 가장 능숙한 자 그리고 군살(肉)을 죽이는 최아最雅의 점點쟁이. 자신의 탈퇴를 새로운 귀족당貴族黨에 인계하지만 피〔血〕의 옛 백인대百人隊를 위하여 무력평민당적無力平民黨的으로 비대肥大해지도다. 문을 열고 식사하고 문을 닫고 발정發情하나니. 혹자는 그를 부방패腐防牌(로스쉴드)라 이름짓고 다자多者들은 그를 암자岩者(록펠러)라 묘사하도다. 양쪽 반미녀半美女에게 자신은 매력적으로 보이지만, 자신의 흔적을 감추려고 성삼노력盛三努力하니. 일곱 비둘기 둥지가 이 전서傳書 비둘기의 구가鳩家였음을 쿠쿠 주장하노니, 해요지海要地(시포인트), 부두구埠頭丘(키호우드), 회도灰島(애쉬타운), 서계鼠鷄(랫헤니)로다. 시종장관侍從長官으로부터 독립하여, 로마의 규칙을 인정했나니. 우리는 유즈풀 프라인(유용한 靑松)에서 그대의 농장을 보았도다, 돔날, 돔날. 홈랜드 치즈처럼 악취 피우고 아이슬란드의 귀처럼 보이나니. 하고많은 장소에 기숙寄宿했고, 너무 많은 통치를 받으며 살았도다. 자신의 주말을 위하여 토요일욕土曜日浴을 그리고 상쾌爽快한 기분을 위하여 일요수탕日曜水湯을 취하도다. 멋진 크리켓 시합을 한 차례 행한 뒤, 지로무舞, 지로무를 즐기나니. 갈가마귀 놓친 것을 비둘기자리〔天〕가 발견했도다. 매인每人이 자기 자신의 골키퍼요 아프리카가 풀백임을 믿었나니. 그의 노정路程의 호弧는 만滿 40이요 그의 그루터기는 80에서 뽑혔도다. 아야니아의 최고 最古의 창조자로 체력-끝-까지 자기 자랑하며 스스로 "알프스의 새 바위"라 부르는 스위스 가구家丘를 깔보았나니. 비록 자신의 심장, 영혼 및 정신이 먼 태고시太古時로 향할지라도, 사랑, 신념 및 희망은 미래주의未來主義에 고착하도다. 가볍게 다리 들어올리는 놈들은 웃는 얼굴로 앞쪽에서 그에게 향香을 피우는 반면 촌스럽게 이마 숙이는 놈들은 맨 끝까지 투덜대며 그를 저주하나니. 여녀汝女와 여소년汝少年 간에 일별一瞥의 석야夕夜라. 그의 봉우리는 일신日神을 갖고, 그의 더미는 광신光神을. 그의 천식喘息을 위하여 타르 아편 및 보드카를 마시는가 하면, 신숙파괴神宿破壞를 모면하기 위해 불가멸不可滅의 암퇘지를 먹도다. 거지들이 그의 독버섯 주변에 몸을 기울여 시간을 재나니, 창녀들이 그들 곁을 걸어가며 윙크하도다. 뉴 이러랜드, 예수강림장降臨莊의 크리스마스 날, 장기사순절長期四旬節의 질병 뒤에, 유대 수장절收藏節의 존사尊師 부활절동방인씨, 유청遺請에 의하여 무조화종자無弔花從者로, 전사全私의 흥장례興葬禮라. 영광이 그를 기다리는 곳에서 사라지다(볼, 彈알人) 그러나 아직 여기는 안이야(맥스웰, 유물론자). 연기年期 계약으로 고용살이하지만 시민으로 불사조했나니. 암흑 속의 양조釀造를 통하여 관대棺臺 위의 통桶으로부터 보인 강江의 전투까지. 1등급이요 최상급이지만 그의 뿌리는 조잡하도다. 자신이 건포도(이성)의 사용을 측정했던 당시 백포도주 비이커 큰 컵과 겨누기 위해 청년으로서 배불리 마시고 동전던지기 하던 시절 닭 목 깃털 딸기를 부채꼴로 채웠나니. 자양 물자物者, 시주施主, 시골뜨기, 소요 억제자. 파종용播種用으로 충분히 종자를 뿌리나, 은밀히 하녀들에게 구혼하도다. 하루 벌어 하루살이 말하는 것을 배우게 되자 드디어 눈을 감고 이란어耳蘭語를 말할 수 있었나니. 촌뜨기경칠복사뼈를 통해 자신의 길을 트자 마침내 거기서부터 서까래에 목매어 죽었도다. 거래소교橋, 부가족교附加足橋, 빈 및 구교溝橋, 뉴코먼 교橋의 말할 필요 없는 톨카교橋. 태양의 빛나는 광휘의 빛이 습윤주濕潤洲의 혐오스런 특정 장소의 벽돌의 홍조 위에 오물의 기근饑饉을 통하여 먼지를 막 갈색으로 변화시켰도다. 적근초赤根草, 해초, 갈근초褐根草, 구과초毬果草, 표토회漂土灰, 남란초藍蘭草 및 자양초紫陽草, 이러한 물감들이 그를 격자무늬로 염染했나니. 오래 전 사라졌으나 면망綿忘하지 않았도다. 자신이 기근의 날카로운 급습急襲을 참았으나 배띠를 졸라매고, 졸라매고, 졸라매었나니. 그 자者는 아메리카 합중국에서 발육한 24명 가량의 종형제들을 지녔으니, 포란드라는 한 때의 왕국에 두문자 한 개 틀린 동명인同名人이었도다. 그의 첫 번째는 어린 장미 그리고 그의 두 번째는 프랑스계 이집트제製 그리고 그의 전주 재산은 런던 미술품 경매상의 슬럼프 불경기. 자신의 께찔린 부위部位에서 그의 꿈의 여인이 태어나니, 피는 물보다 진하게 최후의 무역풍은 해외로. 섬광견閃光見의 매점주경賣店主卿, 호우드팽이형모型帽의 풍성백작風成伯爵. 그대 그리고 내가 그이 속에 갈색 건물에 의해 포위되나니. 필경 애란愛蘭의 자유항港이나 제국시帝國市는 항석시恒夕時라. 소년시의 그는 고가高價의 빅 파이프이나 성인시成人時에는 싸구려 담배꽁초로서 그를 상상하도다. 미쉬의 산山, 모이의 봉야蜜野, 두 개의 기본 덕목德目과 세 개의 대신전大神殿의 죄수구罪水口를 가졌었나니. 지갑 속을 그리고 그가 손질한 우편선을 일별一瞥하다. 성모 마리아 험프리, 버크의 지주 계급, 우편 현금지불, 1일3회 수취受取. 볼타 맹인국盲人局, 트리니티 대학부, 국제연맹. 조반숙적朝飯宿的, 주식폐적畫食肺的, 석식하인적夕食下人的 및 스프 야식적夜食的이도다. 거리가 냉기冷氣로 포장되었듯이, 그는 최고 공쾌空快함을 느꼈나니. 자신에게 스케이트 법을 가르쳤으며 자빠지는 법을 배웠도다. 분명히 불결하지만 오히려 친애하나니. 살인으로, 추장들을 사방방어四方防禦 치료했나니. 오스트만 각하, 서지 피륙 장군. 두목으로 너무 많이 (두) 주인 노릇하고, 자신의 자식 파리스에게 프리아모스 아비 노릇하도다. 피니언 당원들의 제일자第一者, 최후의 피니언 족의 왕. 어떤 낙자落者 리엄이 웨스터먼스터에서 그를 저버릴 때까지 스쿤 족의 그의 타라 왕은 무류無謬를 지속했나니. 그가 우리를 탈가면脫假面하기 위해 사울처럼 노櫓 저었을 때 그의 자리에서부터 축출逐出되어 불타佛陀베스트로부터 역병疫病처럼 우리들의 폭독爆毒한 궁지에로 운반되었도다. 석냥두(頭)를 포플러나무줄기에 데고 생물生物에 불붙이나니. 매를 창처럼 꽂자 번개를 없앴도다. 과자와 더불어 결혼하고 향락과 더불어

후회했나니. 그가 매장될 때까지 얼마나 행복했던가 그리고 일어서 미카우버! 소리로 창공을 울렸도다. 계단 꼭대기에 있는 신神, 짚 매트 위의 사육死肉. 굴대 거미줄의 가짜 두건頭巾이 그의 불가시不可視 꼴불견의 동굴구洞窟口를 메웠나니 그러나 엽망葉網을 활기 있게 하는 갓 깬 새끼 새들은 그에게 상록수종常綠樹種의 애인가愛人歌를 노래하도다. 우리들은 그의 피문은 전쟁 시트 위로 손뼉을 치나, 그의 푸른 망토에 전적으로 서약하나니. 우리들의 친구 부왕副王, 우리들의 신의信義의 스와란. 조가비들의 기쁨에 주연배酒宴盃를 마셔 없앤 그의 개울 곁의 네 돌멩이들 아래. 모라와 로라는 그의 혼란을 내려다보면서 유쾌한 시간의 언덕을 지녔나니, 마침내 준비를 갖춘 단단한 시선이라, 선향先向의 창槍과 전쟁광狂의 풍족風足이 그의 최후의 전야戰野 위로 레고의 호무湖霧를 흩뿌렸도다. 우리는 그대, 죄인을, 애도년哀悼年에, 비울悲鬱하게 했으나 우리는 실개울의 조광朝光이 일광日光을 불러낼 때 침울광성沈鬱光星을 향해 피들 탄주彈奏하리라. 그의 의례적인 판타롱 바지, 그의 오히려 이상스런 걸음걸이. 유전의 높은 원주圓柱, 아이의 성의聖衣. 당분간 고개 끄덕여 졸음하나, 모두들 전全기독교적이 될 때는 갈채로 까르륵 웃음짓도다. 1 위에 3이 검열에 의하여 부당〔淫蕩〕할 때 소거적분消去積分의 동시적도同時赤道로다. 공자혼자孔子混者의 영웅두발英雄頭髮의 가장 소통笑桶스런 통모桶帽를 지녔는지라 그리하여 그의 토실토실 똥똥한 지나支那턱은 마치 타이성산국聖山國 주변의 걸음마 발의 캥거루를 닮았도다. 그 자者는 리튬광鑛과 적색조赤色調의 가스탱크처럼 지구형地球型인지라 그리하여 그가 걸레거인 광장 주변에서 뒹굴기 전에는 10의 세 갑절의 윤상輪狀의 나이였도다. 그의 동굴소옥洞窟小屋의 횡재橫材에 있는 조약돌은 개〔犬〕의 불변수이지만 단지 아미리칸인人만이 그의 아틀라스(남상주男像柱)의 발뻗음의 새침함에 가까워질 수 있으리라. 배더스다운에서 그의 나돈裸

豚의 진리 탐색 속에 좌우左右 억척스레 침착했지만, 결국 캠란 거리에서 그에게 공격해 온 모드레드 맹견猛犬과 함께 끝장났나니. 소모전의 독일병사요, 돌아온 자살제왕自殺帝王이라. 호소하는 파도 속에 용해하는 산山 위의 열풍에 몸을 불태우도다. 우리는 졸리는 아이로서 그이 속에 들어가나니, 그로부터 생존 경쟁자로 나오도다. 그 자者는 기세거氣勢去 부인들로부터 그들의 경쟁 여왕들을 구하기 위하여 탈의脫衣했으나, 냉혹한冷酷漢, 자만한自慢漢 및 부신한副腎漢이 그의 도장의盜贓衣를 갖고 뺑소니쳤나니. 과세課稅하고 평가하고, 면허하고 교부交付했도다. 그의 삼면석두三面石頭가 백마고지 위에서 발견되었나니 그리하여 그의 찰마족적擦摩足跡이 산양의 초원에서 나타나도다. 덧문을 당기고, 맹인을 조종弔鐘하고, 벙어리를 호출하고, 절름거리며 망설이나니. 거기적둔巨奇蹟臀, 괴물소조怪物小鳥. 천지창조 시에 위법갈채違法喝采를 영도領導하고 그녀의 크르셋 무대舞臺에서 뱀 마법사를 쉿쉿 내쫓았나니. 사냥개 쫓긴 자가 출몰出沒유령이 되고, 사냥꾼이 여우 되도다. 여우 사냥견犬, 헌신견獻身犬, 애완견, 도견盜犬. 우남牛男 오랍, 만유쾌걸漫遊快傑 톨커. 그대는 그 자를 공동변소황제共同便所皇帝 비스파시안으로 느끼지만, 로마황제 아우렐리우스로 그를 생각하나니. 위그포옹당抱擁黨, 무역폭도당貿易暴盜黨, 부등사회당不等社會黨, 협찬당協贊黨. 우리들의 해변에서 하기반전격습夏期反轉擊襲하다니 그리하여 눈〔眼〕의 평평자者는 그의 사수沙手를 가득하게 했도다. 처음 그는 래글런 외투가도外套街道를 쏘아 쓰러뜨리고 그 다음 그는 멀버러 광장을 갈기갈기 찢었나니. 시골뜨기로 우리들의 갈짓자 걸음이 그가 사랑하는 루버강江에 방수放水하게 했을 때 크롬레크고원高原과 크롬말언덕은 그의 널리 이름퍼진 발받침이었도다. 자신의 요새소감방要塞少監房을 정리整理했는지라 그리고 본토의 한계를 정했나니, 야금야금 먹기 전에 정량正量을 달자, 거의 저울을 돌릴 수 없으나, 세끼 식사 뒤의 총량總量을 달자, 총체總體 1도都의 무게로다. 애란愛蘭이 그의 개종을 기도했나니, 불라 영어英語가 저 장중한 고성高聲을 놓쳤도다. 캐비지들 사이의 한 거대상도巨大像都, 과일 중의 사과 오렌지. 생물生物보다 크고, 사물死物보다 군세도다. 터키의 대제大帝, 주탕파신제酒湯婆神祭. 연어타봉打棒, 나환쇠약癩患衰弱. 그의 천재天才 환상의 불똥, 그이 침착한 총명의 깊이, 그의 무결無缺한 명예의 청명淸明, 그의 무변無邊하는 자비의 흐름. 우리들 가족家族의 웅모선조熊毛先祖, 우리들의 종족의 회전 틀 호문湖門. 묻나니 왜 그는 무적단화化했으며 그리하야 묵살되었는고. 할분割分된 애란 성도聖都, 통합된 애란인들. 그는 그 자신의 순주殉酒로 경음鯨飮했으나 그녀는 코르크 주酒를 조금 시음試飮했나니 그리하여 연어〔鮭〕로 말하면 그는 일생동안 속에 먹은 것이 올라오고 있었도다. 자 자 어서, 서둘러요, 월귤나무(헉클베리) 그리고 그대 톱장이(톰 소요어), 산지기여. 화밀花蜜 속의 꿀벌 마냥 묵묵히, 강변의 바람처럼 강쎄게, 코스텔로, 킨셀라, 마호니, 모란, 비록 그대가 아미리가亞米利加 대륙을 밧줄로 묶을지라도, 그대의 자치자自治者는 단이도다. 오른쪽 화상畵像에, 그가 털북숭이 목의 곡선에 의해 부어 올라 있고, 왼쪽 화상에, 그가 선원들 사이 등압선等壓線 모양 작은 파이 속에 배급되어 있나니. 혹자或者는 그가 해독害毒되었는지를 묻는가 하면, 혹자는 그가 얼마나 많이 남겼는가를 생각하도다. 전전 정원사(대산맥인大山脈人), 배아적胚芽的 존재로 비치備置되면, 탐욕의 장미에게(진드기의) 작은 호스 역할을 하리라. 팽팽한 범포帆布와 갑판 배수구가 물을 뒤집어써도 그러나 애장품愛臟品 유견포油絹布가 그의 방수포 역할을 하나니. 환락을 그는 K 여인들한테서 취하고, 고용雇傭을 G 남자들에게 주었도다. 자협단自狹團의 지원자支援者, 생피生皮 채직자, 군세軍勢의 동맹자. 번개, 폭발, 화재, 지진, 홍수, 회오리바람, 강도, 제3당, 부패, 현금 분실, 신용장 상실, 차량 충돌 사고에 대한 반대. 소꼬리 수프처럼 정중하게 호언豪言할 수 있으며 경박한 포트와인처럼 경쾌하게 잡담할 수 있나니. 그의 통일주의에서는 무주저無躊躇이나 하지만 고집통이 민족주의자라. 삼림주자森林住者 실바는 그를 꺼리나니, 수부水夫 합바지들은 농담을 냄새 맡도다. 그의 전쟁 흉궤胸櫃 속에 평화의 자금資金을 보이나니. 고국토재故國土財, 999년의 판권. 그는 야누스 양면신兩面神의 사랑을 위하여 태양시太陽時 닫혀 있지 않을 때는 전쟁정체戰爭政體를 위하여 종일 열려 있도다. 유태猶太 암나귀의 팬티(작은) 절인 오이지에서 생生의 만능액萬能液을 핥는지라 그리하여 만일 어떤 포프린 천이든 유그노 교도들을 헐뜯으면 비단 속에 얼굴을 뒹구나니. 붐나파르트, 윌리스, 해포원수海泡元帥, 급습기병急襲騎兵 및 초超돌격자, 승마자, 두크로 씨, 아담 군君, 정원달사庭園達士. 차자此者에게 그는 바로 익살극의 곱사등 편치요 심판 아내 쥬디, 피자彼者에게 생두충生豆充의 그리고 판관判官이라. 환각幻覺, 악몽자惡夢者, 심령체心靈體. 매매 흑양黑羊으로 통했나니, 그가 우우 백모白毛 될 때까지. 맥〔孫〕 밀리건의 딸에 의해 고극롱화鼓劇弄化되었으며 어떤 화시인靴詩人(슈벨트)에 의해 곡화曲化되었도다. 그의 토후구土侯區의 모든 패트릭 자손들이 그를 기억하나니, 습항濕港의 사나이들이 그를 친부親父로 부르도다. 읍邑 호민관으로 멋쟁이 신분화신分化되고 공공연히 국외추방당했나니. 다립쥐촌村의 빛을 부여받았는지라 세 겹 봉분封墳 속에 들어 갔도다. 그의 유사類似가 테라코타 질그릇 속에 있는지라, 그는 무지개 색자色者에게 휴식을 주나니. 균유均由, 포애泡愛, 평량平量. 그의 표면은 발명의 어머니를 훼손하는 반면 그의 배면背面은 필요의 미덕을 만들도다. 그가 건널 뱃전에 닻을 내리자, 그는 제2의 제왕, 곶〔岬〕에 밧줄을 풀고, 재양틀〔紡績〕의 갈고리를 푸나니, 그는 판자 및 벽토로다. 그가 각오인各吾人에게 한 호소가 실패하여 국민회의를 소집하나니.

염왕鹽王, 고왕高王, 왕관 요구자, 왕자왕王子王. 디 하구河口에로 입입立入하자. 볼카클로버에 뱃전을 돌리고 후퇴했도다. 엘도라도(黃金鄕)이던지 아니면 궁극적 여지旅地. 광불화포 狂不火砲의 마을. 다섯 술집 사냥, 그의 가족 선조를 사냥 조사하기 위하여 많은 래벌리화貨를 비축하고 이어 악마惡馬를 입다물게 하기 위하여 이중 삼중의(더블트러블) 또는 4배 5배 번거로운 일을 변호했도다. 행운을 위해 비에 젖은 한쪽 어깨 너머로 조약돌을 던졌으며 완전 무장한 소년 민병대를 용기병龍騎兵 무력으로 탄압했도다. 고디오 갬브린누스 왕처럼 건위적建胃的이요, 도공陶工 묘중왕墓鄧王마냥 불요불굴이라. 예술의 명수, 화류계의 악마, 클럽의 골치거리, 다수의 공포. 쿵쾅, 쿵쾅, 한 개의 북 앞의 스물아홉 유모가乳母歌 그러나 1 대 3으로 저울이 나가나니. 스크린 은막銀幕의 거들의 버팀대를 상대고 주제역主題役을 얼레연演했으나 심지어 한층 더한 직함職銜 뿐인 자들, 릭, 대이브 및 발리에 의하여 등 굽은 자로서 세트로부터 속열續列되었도다. 그는 화성삼월火星三月의 22일만큼 일찍이 시작할 수 있으나 이따금 발아월發芽月 25 처녀일處女日 전에 그만 두나니. 그의 인디언 이름은 하파푸시소브지웨이(사방의 젖먹이)이요, 그의 성산술상姓算術上의 수는 북두칠성이도다. 첨봉지구尖峰地區에서는 무기를 들고 뱀장어구區에서는 낚시줄이 팽겨졌나니. 비코의 (惡의) 순환循環으로 움직이나 동일同一을 재탈피再脫皮하도다. 시궁창의 쥐가 그의 음식 찌꺼기를 죽복하는 반면 공원의 새가 그의 투광投光 조명등을 저주하나니. 미항美港, 숙달마熟達馬, 테리콕타, 퍼코레로. 그는 어촉수가魚觸手歌에서 번 현금을 연이軟坭의 패각생貝殼生 속에 쏟아 넣도다. 그의 우연히 증명된 탄생은 그의 죽음이 그의 묘중墓重의 과오임을 보이나니. 우리들에게 약자若者들의 땅으로부터 거인 담쟁이를 가져다 주었으며 태양신사도太陽神使徒를 그의 증오의 질풍으로 마갈魔渴케 했도다. 부드럽고 청춘의 밝은 무쌍의 소녀들이 멋진 비단 옷차림의 경쾌한 꽃다운 젊은 여인들을 가슴에 품는 것에 만족하는 반면, 무거운 욕설하는 강한 냄새 품기는 불규칙적인 모양의 사나이들은 활동적인 잘생긴 좋은 몸가짐의 솔직한 눈매의 소년들을 싹 없애 버리려 하다니 너무 불쾌한 일인지라. 금발의 전령사, 백맥白麥의 오라프. 그대의 숙모에게 남편을 얻어 주고 그대의 조카손孫에게 자질資質을 부여하도다. 귀 기울이나 침묵하고, 그를 가리고 보라. 금시今時는 대승大僧正, 왕시往時는 점원의 취업. 등쪽 계류溪流에 시내물로 넘치고, 쉿녹(산화물)이 폐선에 의하여 상처나도다. 그의 강우降雨는 무릎 높이의 2배지만 그의 평균 초온草溫은 그늘 속에서 3을 기록했나니. 눈(雪)의 용해점이요 알콜의 발포지發泡地로다. 창부들과 싸움을 벌인 다음 자기의 진가를 충분히 발휘했나니. 험프리 저著의 도도판사滔滔判事의 정의본질正義本質의 말세론적 장章들에 있어서 암시되고 사자死者의 벌레 뒤에 뭔가 있는 것을 냄새 맡는 테베의 교정자校正者들에 의해 탐색되었나니. 왕은 자신의 모서리 담벼락에서 너무나 실쭉하게 도표를 그리고 있었으며, 여왕은 나무 그늘 정자에서 현기를 느껴 모피로 덮인 채 축 늘어져 있는가 하면, 하녀들은 정원의 산사나무 사이에서 자신들의 긴 양말을 구두 신고 있나니, 뒤쪽 경비警備가 밖에서 뚜쟁이 질(허식!)을 하고 총요銃尿하도다. 모든 그의 예조부豫祖父들에게 그는 한 개의 돌을 곧추 세우는가 하면 자신의 미래모未來母들에게 한 그루 나무를 심었나니. 40에이커, 60마일, 하얀 줄무늬 천, 붉은 줄무늬 천, 습지수濕地水로 속족速足을 씻는도다. 오 미스터 포터(짐꾼), 핌프로코를 위하여 앉아 있기를 바랬나니, 그대 무슨 일을 할 참인가 하지만 그들은 여인 때문에 그를 사로잡지 않았던가? 네덜란드 경卿, 다치 경卿, 우리들을 위압하도다. 왕과 순교자 두경토회당頭耕土會堂, 효모아성원酵母牙城院, 광대 모공구毛孔丘, 거래소 곁의 바스 대문. 그는 오렌지 나소의 왕자처럼 귀부인을 향해 충실과 결혼의 손을 서두는 반면, 사발걸인沙鉢乞人 흉상胸像 빌처럼 자신 뒤에 삼위일체(트리니티)를 남겼나니. 개암나무 숲의 산마루, 어둠 속의 연못. 타관인他關人들을 불깐 수소〔牛〕로 그리고 수맥水脈 우물을 아라비아 새〔鳥〕로 바꾸도다. 그의 면벽面壁 위의 수기手記, 그의 전前프로이센 식의 표현에 있어서 은거패류형 관구隱居貝類型管口. 그의 탄생지는 헬레스폰트 너머에 그의 매장지는 경쾌한 소야小野에 놓여 있나니. 전반도全半島 위의 최고最古의 무벽無壁 키오슥(오두막)이요 성聖 학자지學者地에서 최약最若의 무객無客 호스텔이도다. 수백 수십 마일의 거리를 걸으며 수 헥타르의 창문에 수천 일야광一夜光을 밝혔나니. 그의 거대하고 넓은 외투는 15에이커 위에 놓여 있고 그의 작은 백마는 우리들의 문門을 수 타스 장식하도다. 오 성모부두聖母埠頭를 향해 출범한 돛에 슬픔이 그리고 키에 화가 있으라!. 그의 태자太子들은 흉노들, 그의 양양孃 옴(양개선羊疥癬)은 타타르녀女, 그들은 여기 오늘 다수로다. 누군가 동방의 쇠뇌雷를 그의 탄생彈生에서부터 격퇴하고 심연深淵의 각 섬광의 깃털오리를 도처리刀處理했나니. 무사적無私的 문제, 위치격位置格의 수수께끼. 직입자直立者요, 들판의 비약秘藥 운반자, 옆으로 누운 녀석으로서, 퇴조소로退潮小路(더블린)를 통한 축순회祝巡廻의 홍수洪水공급자. 고래의 항港으로서 전체의 일부. 친애하는 신사〔E〕 기지남奇智男〔H〕 성주城主〔C〕는 우리들의 유람遊覽으로 일광욕락日光浴樂나니 그리하여 비조非무의 여름을 만병초꽃 언덕에서부터 뒤돌아보고 있도다. 종과실種果實의 수준 너머로 그리고 두과번성지대痘科蕃盛地帶 밖에 있나니. 보다 오랜 고리가 보다 오랜 마음을 자물쇠로 채울 때 이내 그는 그녀를 닮으리라. 풀〔膠〕과 가위로 세워질 수 있었나니, 버팀 벽에 휘갈겨 썼거나 아니면 요尿방출했도다. 급행 밤열차가 그의 이야기를, 그의 전선電線의 보표譜表 위에 참새 곡曲의 노래를 노래하나니. 그는 이〔虱〕와 함께 기고, 사제司祭와 함께 떼를 짓도다. 사원의 쥐처럼 조용히 있으며 회당 집회처럼 소란할 수 있나니. 그의 대추가 야자나무였을 때 낙원이요 그의 자두가 탁 쪼개질 때 개펄 사과였도다. 대해大海를 빨아들이고, 마음 편히 찬도讚跳하니, 한쪽 입술을 그의 무릎까지 그리고 심장의 한쪽 소맥박小脈搏을 그의 주름에. 그의 문지기는 강력한 악력握力을 그리고 그의 빵구이들은 광백廣白의 은혜를 지녔나니. 바람이 마르고 비가 먹으며 해가 돌고 물이 너울거리는 한, 그는 기가 살고 풀이 죽고, 집합하고 격리되도다. 멀리 떠나가면, 우리는 미혹迷惑하고, 돌아오면, 우리는 혐령靈惡하나니. 섬에 구멍을 뚫고, 연옥煉獄을 뛰어넘나드니, 홍수를 헤엄쳐 건너고, 모일 바다를 뛰어 넘었도다. 지방脂肪처럼, 지방 같은 수지樹脂마냥, 유지성 油脂性의, 실로 뚝뚝 떨어지는 유지성의. 늙은이에게 늙었다고 말하지 않고, 괴혈병자에게 괴혈병적이라 말하지 않았나니. 수메르 표의문자 "시市" 형型의 집을 건립했나니, 그가 건립한 집에 자신의 정명定命을 위탁했도다. 야구야野鳩野 위의 나는 모습의 갈가마귀 문장紋章을 지니나니. 그가 웅계雄鷄, 공작새, 개미, 우목인牛牧人, 금우궁金牛宮, 타조, 몽구스 족제비 및 스컹크로서 그의 요리냐料理女에게 나타났을 때 후광後光을 그의 시종으로부터 강탈했도다. 경박한 쐐기풀로부터 애일주酒(오래된) 나이의 맥주를 짜냈나니. 그의 찬가讚歌를 위하여 오두막집 위에 지붕을 얹고, 인人을 위하여 냄비에 닭을 넣었도다. 심부름꾼이 되었다가 이어 파노라마 사진 검열사가 되었다가 이어 정원사제庭園司祭가 되었나니. 그를 수에 젖어 살게 했던 폭음, 그를 비틀거리게 했던 병형病型. 여전히 토끼 마냥 화제를 갑자기 바꾸지만 그런데도 양羊처럼 약올리도다. 포켓북의 우편선, 간격남間隔男 총포 밀수자. 옛날들의 빛, 음산하고 황량한 어둠. 우리들의 두려운 아빠, 고뇌의 티모어. 당혹케 하는, 현혹케 하는, 충격케 하는, 아니, 교란케 하는. 킹(왕) 구역에서 새 세관으로 혹혹 불면서, 모든 사이즈(한탄)의 파교破橋에로 곱사등의 오페라 모帽를 벗으면서, 갔나니. 아빠의 새 무게와 이빠빠의 새(도끼)자루와 함께 그는 아빠빠빠빠가 우리들에게 남긴 아빠빠빠의 오래된 선원 단도短刀로다. 약두약두였을 때 노견老肩이었나니 그리고 노령老齡의 중년수中年首였도다. 매일의 싱싱한 청어, 밤을 지샌 부어 오는 타폰어魚. 자신의 빵 덩어리를 40의 빵으로 사자분獅子分함으로써 내분비선사內分泌腺史를 변경한 카멜레온 사주獅主를 보라. 그가 그녀를 장님으로 볼 때까지 그녀가 그를 귀머거리로 몰았도다. 집비둘기 비둘기가 어느 날 볼즈교橋에서 그이 위를 온통 횃대로 앉았나니 그러나 검정 갈가마귀가 다음날 밤 킹즈타운 정자 뒤 그이 뒤에 그들의 검은 그물을 내던지나니. 공공의 과장誇張, 사사私事의 락樂, 주점의 영榮. 그의 발은 경칠 진흙이라도 그의 두재頭材 그것은 이상적이라. 그가 피닉스 공원空園의 진공眞空 속에 비공飛空했을 때, 공원空園의 공동空洞에서 나무들을 공타空打하자, 석공石空했도다. 산의 표석漂石처럼 보이고 조어粗語처럼 소리가 나느니. 비등수沸騰水 속의 한 덩어리 사탕 주변의 월로月露의 경관景觀, 어떤 광천光川의 창백蒼白이라. 1페니에 술 석 잔 벼랑 말안장 타기. 맥콜맥 양讓 본성本姓 라카시에게 구애했나니, 그녀는 화사하고 잘난 체하는 애리愛利 더모드와 함께 줄행랑을 쳤도다. 한 때는 다이아몬드가 석류석石榴石을 커트했으니 지금은 염병할 신음呻吟의 그로니아 커트라. 그대 그를 플로렌스에서 발견할지 모르나 원 호텔에서 그를 지켜보나니. 저기에 그의 나비 타이 그리고 어디엔가 그의 천주泉酒 그리고 여기에 그의 정백마구精白馬柩 깊이 잠들어 누웠도다. 스웨드 알비오니, 그 곳 최고의 있음직한 악한이라. 양계장 캔터렐──웅계雄鷄란, 유한모방有限模倣 란본위주위자卵本位主義者들. 우리들의 차를 마시고 비납골悲納骨 산각山脚 주변에 벼룩을 해방하도다. 토지의 성당을 건립하고 교회의 토지를 파괴했나니. 그의 칭호를 추측하는 자가 그의 행동을 추착推捉하도다. 살[肉]과 감자, 생선 및 감자 튀김. 교활(윌리스리)의 교묘한 농작弄爵. 포옹복抱擁腹(헉베리)의 환장한歡葬漢(편). 뻐꾹 뻐꾹 뻐꾸기. 판사 사실私室에서 방청하고 고문당했나니, 벤치와 함께 숙박하자 은혜요, 녹탄鹿彈 배산背散이면 결혼예고라. 하늘로 태아胎芽하고 혼돈 속 태아胎芽하니, 대지大地에 탄아誕兒로다. 그의 부친은 필경 초근超勤으로 깊이 쟁기질하고 모친은 정당한 분담分擔을 산고産苦했음이 여하간 분명하도다. 메거진 무기고武器庫의 족적足迹, 작열사灼熱沙에 의해 낙마落馬된 사령관. 급조急造 소방대의 명예대장名譽隊長, 경찰과 친근함이 보고되었나니, 문이 아직도 열려 있고. 옛 진부한 목 칼라가 유행을 되찾고 있나니. 그대는 고해도실古海圖室의 집오리 흰색 바지를 조소하던 때를 그리고 마을 전체가 그이 털 많은 다리를 볼 수 있음을 말하던 식을 잊지 않고 있는지라. 저주咀呪 십자가 몰래 비밀히 그녀의 황갈색발黃褐色髮을 그녀는 그의 목덜미 고물에 늘어뜨렸나니. 그의 솥이 노노爐櫓가 되었을 때 우리들의 추수남醜讐男들은 수액樹液을 불질렀도다. 그의 연간年簡은 시금試金의 장수丈手에 의하여 조합調合되고, 그의 검증 각인刻印은 정련판精鍊板의 기준에 의하여 부과되었나니. 풍신風神을 무서워하는 한 쌍의 가슴지느러미 및 세 겹의 병풍屛風. 송진 나무로 그의 파이프를 불 당기고 그의 신발을 잡아끌기 위해 견인마牽引馬를 세내도다. 하녀의 괴혈병을 치료하고, 남작의 종기를 파괴하나니. 마분磨紛을 팔도록 요구받고, 나중에 침실에서 발견되었도다. 판사의 의자, 자비의 집, 그의 풍요의 곡물 및 그의 산적山積한 보리를 갖나니. 투기인으로서, 그는 띠까마귀 등 부대(룩색)를 가졌으며, 회구인懷舊人으로서 그는 등산 지팡이를 지녔도다. 유고 노예의 마음을 위하여 새로운 멍에의 자유를 획득했나니. 능동적으로 행동하고, 수동주의受動主義 속에 안달하며 산마루 독선의 고르곤[毒蛇]이로다. 자신의 웃음값어치의 오보誤報를 눈물값어치의 소금 위로 쏟나니. 미녀가 그녀의 그랜드 마운트에게 장황하게 늘어놓은 독신 처녀 연설을 반쯤 들었나니 그리하여 그것을 헤브라이어語로 해빌턴 곡화曲化할 것인지 아니면 4인조의 발랄수은가潑剌水銀歌로 할 것인지를 생각하면서, 그의 애인 노변爐邊 곁에 일생동안을 온통 보냈도다. 그의 고령苦靈은 끝났을지 모르나 그의 원령怨靈은 지금부터 다가오려니. 우리들의 배를 키 잡은 바닷가재 항아리, 짓눌러 짠 콩을 망가트린 화훼충花卉蟲. 그는 아름다운 공원에 서 있는지라, 바다는 멀지 않고, X, Y 및 Z의 절박한 도회들은 쉽사리 손에 닿도다. 문명의 인류에 대한 이상생성물異狀生成物 및 유럽의 예외 사마귀. 음의音義를 품은 기호를 노래하기를 바라는지라 더욱이 그는 모든 그의 육신肉新의 신조新造의 총림녀叢林女들을 진실로 복수적複數的이고 그럴싸하게 하고 싶은 거다. 과월過越하게 큰 손가락 반지를 가지며 비관습적으로 향수를 뿌리나니. 슈미즈 속옷의 선명한 속삭임을 욕정으로 귀담아 듣도다. 대소동의 하이버니아에 있어서 핀가리언 땅의 왕자인지라. 그를 괴롭히는 시골 머슴을 그리고 그를 모두질하는 프랑스인을 그리고 그의 경주를 위해 벨기에 말〔馬〕을 그리고 그의 회초리와 독일 병정兵丁을 가지나니. 공원 관리인에게 요격당하고 카우보이한테서 발사發射당하도다. 그가 딸꾹질하자 편두扁豆 콩을 걷어차고 야곱의 전분澱粉 틀을 한 푼 한 푼 연달아 교구의 가난한 부랑아들에게 던지나니. H.C.E 엔더센의 주문을 매주 저녁 내내 그리고 쾌걸快傑 이반의 범죄를 매 강요일强曜日 아침마다 읽도다. 그가 목욕할 때는 상대의 얼굴에 부드럽게 비누칠하고 자신을 찰싹 찰싹 때리나니. 마린가 여인숙의 비소秘所에서 언제나 탁탁 경타輕打하는 가장 불룩한 마개 술통을 소유하도다. 입에 신은新銀의 혀를 지니고 태어났는지라 그 장면을 보이려고 그의 왼손을 든 채 철란鐵蘭의 해안을 맴돌았나니. 단지 손가락 두 개만을 쳐들었으나 종일토록 그걸 냄새 맡았도다. 나 또는 그대가 습기찬수터댐에 이중목전二重木錢을 발견하기보다, 에브애란도愛蘭都에 관구 지위地位를 건립하는 것이 그를 위해 한층 쉬우나니. 그와 함께 사는 것은 악몽이요 그를 아는 것은 일반 교양 교육이라. 성聖 올리브 유회油會에서 유잠油潛받고 성향聖香 오툴회會에서 성별聖別받았도다. 지상에서 귀뚜라미 소리를 들으나 설교자들을 통해 인생을 괴롭히다니. 다리우스의 귀먹은 귀를 신의 방금 철저하게 격노한 자에게 계속 돌리도다. 돌출부를 홱 움직여 인간을 만들고 다수 동전 속에 조폐造幣하나니. 그는 그리운 내 집이여 스위트 홈에 귀가할 때 6시의 푸딩 파이를 좋아 하도다. 월광月光과 치불恥拂 샴페인에서 흑맥주와 병술에 이르기까지 생모험生冒險의 모든 시대를 통하여 살아 왔나니. 윌리엄(털의) 1세(先見), 헨리히(오장이) 노인, 찰스(공격) 2세(약탈자), 리처드(令狀者) 3세(棘毛). 만일 흰 독말풀(植)이 마침내 그의 탄생을 생존하며 경련모험痙攣冒險을 위해 비명을 지르면, 암 거위가 그 건달의 부활을 위하여 비통하게 울부짖으리로다. 월야月夜에 몸무게를 잃으나 일여명日黎明까지 배 띠가 늘어나니. 자연의 일필一筆로서 베일 가린 세계를 녹질綠質하고 세 감옥의 선택을 한 장의 박엽지博葉紙(티슈페이퍼)로 해결했도다. 그는 창으로 잡은 연어, 수사슴을 추구하는 사냥꾼, 범포帆布의 제비선船, 성체를 들어올리는 백의白衣를 일별一瞥로 볼 수 있었나니. 크누트 노왕老王처럼 펄럭이는 아첨阿諂에 직면하여 신시나투스처럼 등을 도렸도다. 친조부親祖父요 외조부 그리고 오래된 별장에서 새것에서와 마찬가지로 서릿발의 아비 나신폭마裸身暴馬라. 도시에서나 항구에서 맥 빠져 축 늘어질 때 비스듬히 털썩 주저앉아 쨍그랑 괴상한 소리를 지르나니. 그 꼭대기 주변에 위스키를 불어 날리나니 그러나 허튼 소리로 단호히 일어서도다. 그는 추락하기 전에 떠듬적거리는지라 경각經覺하자 전적으로 미치도다. 진주조眞珠朝의 아침에는 쾌활 팀 그리고 애도의 밤에는 무덤 툼이라. 그리하여 자신의 돌차기 놀이를 위하여 표석의 바빌론에 최고의 빵구이 벽돌을 지녔나니, 자신의 힘 빠지어 흔들거리는 희벽稀壁의 희족稀足으로 그는 목숨을 잃을 것인가?

　대답: 핀 맥쿨!

2. 그대의 세언모細言母는 그대의 태외출怠外出을 알고 있는가?

　대답: 내가 근시안적 눈을, 이런 도교외적都郊外的 조망眺望에서, 돌릴 때, 나의 자식으로서의 효성스러운 가슴은, 자만심을 가지고 바라보나니, 교조주교橋造主教 및 성곽축사城郭築師가, 그의 모양母樣과 함께 밤을 수다스럽게, 그의 곁에서 잠을 잤도다. 살아 있는 안, 그녀의 혀짤배기 소리, 마치 욕망을 부추기는 산山들이 그녀에게 작은 소리로 속삭이듯, 그리하여 빙토氷土(아이슬란드)의 빙산氷山들이 화파火波 속에 녹아 버렸나니, 그리하여 그녀의 저를-애무해줘요-강강격強强格으로, 및 그녀의 저를-간질어줘요-아래쪽으로, 가 격노자激怒子 오시안을 무릎 꿇게 하고 단숨에 수금竪琴을 들이키게 하다니! 만일 물의 요정 단이 대인 사람이라면, 안이 불결하고, 만일 그가 편평하다면 그녀는 움푹하고, 만일 그가 신전神殿이라면, 그녀는 농탕치나니, 그녀의 다갈색의 류발流髮, 그리하여 그녀의 수줍은 아첨, 그리고 그녀의 물 튀기는(더블린) 익살과 함께, 그가 교반봉攪拌捧을 치세우거나, 아니면 그의 꿈을 흠뻑 젖게 하기 때문이라. 만일 뜨거운 함무라비 왕이, 또는 고깔 쓴 전도사들이, 그녀의 못된 장난치기를 정찰할 수 있다면, 그들은 교구경역教區境域을 재삼 튀어 나와, 그들의 파지환破指環을 포기하고, 그리하여 그들의 행동을 비난할 수 있으리라, 강처럼 영원히, 그리고 한밤 동안을. 아민!

3. 뱀은 클로버 아래에 있고 먹이를 찾아 헤매는 새들이 군생群生하나니, 그리하여 어떤 막달라 마리아가 원숭이 감옥 사원으로 가고

반점천표마斑點川豹馬 한 마리가 반점斑點찍는 그곳에 어둠과 더불어 하얗게 도장塗裝된, 저 똑딱똑딱 소리 나는 싸구려 건재建材의 초막집을 위한 그의 명칭은 진원형眞原型의 대용표어代用標語인지라, 그것은 요술사의 교외택郊外宅도 아니요, 더블린 문장紋章의 삼성三城도 아니요, 잡화상인 사자옥使者屋도 아니요, 포도주상 바티칸 궁宮도 아니요, 집 배(船)도 꿀벌 통도 아니요 미범선댁美帆船宅도 아니요 행복의 추[타]락 석탄왕자로石炭王子爐도 아니요 사각생방방四角生房方도 아니요 퇴조 초원退朝草垣 구능대丘陵帶도 아니요 최상급의 정亭도 아니요 기네스 양조장의 광장도 아니요 원형 납골당의 웨딩턴 무균無菌 개미 모기 파리의 충적토沖積土도 아니요 코리 주점도 아니요 물레방아 어살 주점도 아니요 아치 주점도 아니요 세련정洗鍊亭도 아니요 스카치 하우스도 아니요 난형卵形 포도주점도 아니요 웅대함도 아니요 장관壯觀도 아니요(웅옥雄屋 또는 장숙壯宿도 아닌) 게다가 "과금미래관過今未來館"도 아니요 "나를 위한 것이 아닌 빛을 가져오는 자를 위한" 막幕도 아닌?

대답: 그대의 비만은, 오 시민이여, 우리들의 구球의 경사慶事를 타격打擊하도다!

4. 두 음절 및 여섯 문자로 된 아일랜드의 수의도首議都는 (아 친애하는 오 근계謹啓라!), 델타의 시작(D)과 파괴적 종말(N)과 함께, (아아 먼지 오호 먼지) 경기부양景氣浮揚 자랑하나니 a) 세계에서 가장 광대한 대중 공원, b) 세계에서 가장 고가高價의 양조釀造 산업, c) 세계에서 가장 확장적擴張的 과밀過密 인구 공도公道, d) 세계에서 가장 애마적愛馬的 신여神輿의 음주빈민구飮酒貧民口를: 그리하여 그대의 a b c d 초심자의 응답을 조화調和하건대?

대답: a) 델파스트. 그리고 나의 심장의 대금재大金財 해머가, 아마 발亞麻髮의 실녀失女여, 그대의 저항의 갈빗대를 재삼 꽝꽝 세차게 치

는 것을 그리고 나의 대갈 못 연軟벼락이 그대의 방파괴放破壞를 위해 작동하는 것을 그대가 들을 때, 그대는 모든 그대의 시끄러운 흐느낌과 함께 와들 후들 떨게 될 터인즉 그 때 우리는 피로 회복용의-애켜러 승마를 타나니, 그대는 오렌지 화환을 두르고, 나는 신비력神秘力의 강심제와 함께, 젖은 인생의 강속으로 신나게 희롱대며 기름 길을 내려 가리라. b) 돌크. 그리하여 확실히 어디서 그대는 그 어디서 이토록 멋진 옛 종소리를 들을 수 있단 말인가, 그리하여 소지沼地 위에 서처럼, 그대는 **떠나가리라**, 그리고 그건 바로 이러하리니 나는 나의 물떼새 같은 부드러운 말투로 그대의 마음을 사로잡으며 그리하여 나의 아래쪽 광경 너머로, 그대의 느슨한 포도넝쿨 같은 모구毛球에 관해 노래하며, 그대의 가냘픈 발목과 그대 입의 꽃 장미를 두 귀여운 손바닥으로 팔지 끼우면서, 자주 은어銀語의 활석滑石을 물 속에 가라앉게 하리라. c) 뉴브리드. 여인이여, 왜 우리는 행복해야 하지 않는가, 내 사랑, 조폐기造幣機의 돈으로 그이는 곧 그대를 떠나가리니, 그에 앞서 내가 의사醫師 치크의 특별 주문에 의하여 보양保養한 소천선小川線의 조지아 장원莊園의 잔디밭을, 나의 동銅 냄비 가득한 콩과 나의 동쪽 손에 이이리쉬 차〔茶〕와 나의 서쪽 손에 제임스 기네스 문주門酒를 자신 직접 소유하고, 전투적 성벽城壁에 병투瓶鬪한 역사의 모든 과잉過剩 및 과오음過誤飮을 가진 뒤, 그대 착한 당신은 아틀란타에서 오코네까지 최선最選의 그리고 최염가最廉價의 신엽新葉 버터 (그대에게 더 많은 힘을)를 휘졌나니, 그 동안 나는 정원에서 단잠을 졸게 되리라. d) 돌웨이. 나는 우선 스페니쉬 광장을 순전한 트로트 걸음걸이로 급히 내려 갔도다. 매이요를 나는 답파踏破하고, 투암을 나는 택하나니, 스라이고는 매끈하나 골웨이는 우아優雅하도다. 정결한 뱀장어와 성연聖軟한 연어, 호흥 소리내는 황어黃魚 그리고 물 속에 잠기는 무어舞魚, 도드아이론(鐵杖) 따위는 **그대의** 평등平等이 아니에요! 그녀가 말하나니, 골목길을 반쯤 인주鱗走하며. abcd) 살돌의 험종險鐘이 종鐘 종을 울리는지라, 우리들은 미사포주彌撒葡酒 사제司祭이끼 백성이 되리니, 생식주生殖酒를 찬讚하고 우리들의 한恨 민民"을 착着하고, 우리들의 악조鴨鳥를 송頌하고, 순수 요전料錢을 지불하니, 나종羅鐘을 울리도다, 평등하게게게게!

5. 무슨 유類의 호수소년湖水少年이 불결한 술병을 차려낼 것이며, 오래된 찌꺼기를 비워낼 것이며, 악질의 산양유山羊乳를 짜낼 것이며, 수시로 수음手淫 용두질을 쫓아낼 것이며, 휴지목장休止牧場을 이쑤시개질 할 것이며, 내측남內側男 외측천사外側天使 노릇할 것이며, 마을 주변에 오수汚水를 뿌릴 것이며, 신문지, 담배 및 당과糖菓를 가져 올 것이며, 총회장을 정연整然할 것이며, 교회종敎會鐘을 타고打高할 것이며, 악의자惡意者에게 발길질할 것이며, 도둑을 뒤쫓아 살려 줘요 살려 줘요 머리카락 고함칠 것이며, 세 아동을 부양할 것이며, 진흙 구두를 세마洗磨할 것이며, 모든 봉화대를 야개夜蓋할 것이며, 주인에게 사시死時까지 봉사할 것이며, 칼을 마석摩石할 것이며, 최충最充의 기숙인寄宿人으로, 신의방식神意方式의 호색남, 필경 그는 왕왕往往, X.W.C.U. 호계단유한회사戶階段有限會社의 X.W.C.A. 호號 기차에 앉았나니, 혹은 만창문灣窓門 형제회사 청소담당선원에 발탁되었도다. H.C.E. 굴뚝회사 제휴 W.C. 수세변소水洗便所 친자회사親子會社, 서면불용書面不用, 요내방요래訪, 통지通知에 의거, 베이컨 담당 또는 마부 역役, 필必 애란어愛蘭語 완전해착完全解捉, 쾌걸국자快傑國者 또는 북北놀웨이계系 수간자獸姦者 환영, 전무專務, 무권無權, 소가족少家族, 다섯 번 외출, 열성가 채용, 호전가好戰家 불원不願, 다량 음주 왕은 삼가함, 그는 아버지다운 죄 많은 음울심陰鬱心의 후보인候補人이나 주감경인酒監經人인지라, 아니, 그것이 틀림없이 그가 아니련가?

대답: 세빈노細貧老 죠!

6. 집 청소부 다이아나를 호출하는 객실의 슬로건(표어)은 무슨 뜻인고?

대답: 사謝. 신직물神織物의 성판매聖販賣에 충광充光 있으렷다 이제 그리고 저는 우리에게 돈원豚園의 모든 진흙 장물臟物을 갖고 들어온 것을 밀랍으로 닦아야 하나니 어찌 화상花床 위의 그의 얼룩을 제가 모를리 있으리오 제게 묻는다면 말할 수 있나니 그이는 저의 하처녀성下處女姓으로 불렀어요 주呪여. 저는 당신의 꿀 밀당蜜糖 당신은 붕붕 꿀벌이나니 그리하여 누구는 촉광燭光을 깨트리고 누구는 내일의 커다란 피크닉을 위한 흑 포도잼을 보았는지라 모든 아일랜드의 풍토에 제발 비 퍼붓기 바라나니 저는 온갖 찌르레기 새소리 들으며 그리하여 저는 모든 당신의 샌드위치 항아리를 씻으면서 수오리 당 다리 한 개에 5펜스를. 체. 그리하여 누가 최마진最痲疹 작년昨年부터 곰팡이 쓸고 있던 구즈베리 거위복주腹酒의 최후의 것을 취음醉吟했는지 그리하여 누가 그것을 거기에 이치離置했는지 그리하여 누가 그것을 여기에 방치했는지 그리하여 누가 킬케니 고양이가 썩은 살코기 토막을 훔치도록 내 버려 두었는지. 젠장. 그리하여 누구였지 마당에다 항아리를 버티어 놓은 것이 당신이었지 그리하여 성聖 누가의 이름에 맹세코 도대체 현관의 마루 쪽을 그대는 문지를 참이나니. "염병할!" 그대는 접시 가득히 가졌는가? 맙소사.

7. 우리들의 시민 사교국社交國의 합동 구성 회원들, 문지기 소년, 청소부, 병사, 사기꾼, 협박자, 게으름뱅이, 차인車人, 관광자, 마약줄부, 황폐한 방랑자, 환약歡藥사건 음모자, 크리스마스 축하금 수여자, 그들의 염소지鹽沼地 및 도니브르크 시장市場 및 사슴 들판 및 야원野園 마을 및 소곡초원小谷草原 그러나 키미지의 야영지 및 회도야灰都野 및 카브라의 들판 및 핑그라스 들판 및 샌트리 들판 및 라헤니의 강지강지降地 및 그들의 패지敗地 및 볼도일 지역으로부터 일년 내내 미리

늦게 온 자들에 이르기까지, 그들은 회고추리回顧推理 덕택에 정열적인 운반인들인지라, 그리하여, 그들의 차별화差別化의 상쟁적相爭的 모순당착에 공헌하면서, 영감예언靈感豫言의 투표에 그들의 교신성交信聲을 통일하는지라, 그들은 약탈로 인한 위안의 빵 껍질을 우적우적 씹나니, 비참悲慘으로 하여금 도취陶醉를 야기하도록 목초지를 배수排水하고, 실질적인 정당화에 의하여 모든 악을 용서하며 어떤 선善이든 그 자신의 만족까지 매도하는지라, 그들은 저 권위의 신들에 의하여 지배되고, 밧줄로 묶이고, 속임당하고 몰리나니, 그들의 법에 의한 네[四] 상속 재산 소유자들, 밤마다의 경황驚惶, 격주隔週의 사통私通, 매월의 온정 자비 및 총괄매년總括每年의 휴양, 그들이 신중할 때는 꼭두각시들이나 검투시劍鬪時에는 육양자育養者들이라, 매티, 테디, 사이몬, 존, 페더, 애디, 바티, 필리, 잼지 몰 엔드 톰, 맷 그리고 신인信人 맥 카티로다.

대답: 어느 애란수인愛蘭睡人!

8. 그대 옛 매기녀女들은 어떤 전쟁을?

대답. 그들은 사랑하며 싸우나니, 그들은 웃으며 사랑하나니, 그들은 울며 웃음짓나니, 그들은 냄새맡으며 우나니, 그들은 미소하며 냄새맡나니, 그들은 미워하며 미소짓나니, 그들은 생각하며 미워하나니, 그들은 만지며 생각하나니, 그들은 유혹하며 만지나니, 그들은 도전하며 유혹하나니, 그들은 기다리며 도전하나니, 그들은 받으며 기다리나니, 그들은 감사하며 받나니, 그들은 찾으며 감사하는지라, 생生을 위한 생애生愛의 생식生識 속에 허탄虛誕을 위한 탄생誕生이요 간계奸計에 의한 간처奸妻 그리고 장책粧冊 발향發香 장미薔薇의 장칙匠則에 의한 장천長川 그리고 호스 홈 향했으나, 하지만 애출윤년愛出閏年이 다가온지라, 사두마차四頭馬車, 나의 마음의 달콤한 페그가 한 남자를 더 골라 잡도다.

9. 이제, 다시 갱신更新하거니와 모든 화려花麗한 언어 능력의 만화경〔파노라마〕속에 다시 일욕日浴하나니, 만일 한 인간이, 매연사회煤煙社會에서 자신의 일무日務 때문에 당연히 피로疲勞하여, 통풍痛風의 손에 이따금 다금조多琴調를 그리고 졸음이 오는 두 발〔足〕에 공간의 공지空地를 가지나니, 정확성의 꿈의 배후에 소음(덴)마크의 어느 캐밀롯 왕자처럼 불운하여, 이 실질의 하찮은 미래 완료적 순간에, 미결의 공담恐膽 상태에서, 국수바늘 눈을 통하여, 그의 완고의 저주로 저주咀呪路에서, 자신의 트로이 역사의 과정이 만물의 재순환再循環, 매듭 푸는 경외敬畏의 반향적 여운餘韻, 마디 매는 긍목肯目의 재결합, 부패심腐敗心의 이락耳樂의 재용해再溶解 및 그로 인한 그에 대한 호엘의 의취지意趣旨를 갖게 될 모든 성분의 벼라 별 그리고 터무니없는 익종翼種 및 방법과 함께, 희망봉의 이시적耳視的 광경을 부여받는다면, 이러한 일무인一無人은, 심지어 내방來訪침묵자들을 내와합차녀來臥合此女와요 그녀와 함께 자요에로 인도하는 동안 그리고 무절광풍無節狂風의 녹쓰 밤의 여신이 계명鷄鳴을 사로잡고 성壓누가가 광여명光黎明을 희롱할 때까지, 즉일시卽一時 볼 수 있을 것인가, 무엇이 중대하며 왜 그것이 비쌍非雙이 아닌지, 어찌하여 한때 차자此者의 적適이 타자他者의 독毒 속으로 녹아드는지, 수액이 솟으며, 나뭇잎이 떨어지며, 후광이 이제 허무하게 소녀 티 나는 머리에 그토록 걸맞게, 자궁 속의 씨름꾼들이, 모든 경쟁천競爭川이 모든 바다에로, 다시 악수하며, 오 재난災難이여! 흔들어 없어지는지, 아 어찌 별처럼 보이는지! 그러나 햄은 호사의 코를 약간 얻었나니 그리고 야벳은 그의 입 주변에 햄의 표식을 부쳤나니 그것이 떨어질 때 아름다운 포일 박箔을 짜는 무지개, 무슨 장미처럼 붉은 그리고 오렌지색의 것이 황黃과 녹綠으로 자라며, 그의 청靑이 남藍에서부터! 보라색은 물이 들고! 그런 다음 "무엇"을 저 원시자遠視者는 자기자신 보는 척하려고 하는 척할 것

인가, 도대체 저울咀鬱?

대답: 한가지 충돌만화경衝突萬華鏡!

10. 유혹하는 광녀狂女가 연취煙臭를 되돌릴 때까지, 무슨 신자辛者의 사랑이 모분慕焚 이외에, 무슨 산자酸者의 연애 결혼이 간소簡燒이외에 있을 것인가?

대답: 난 알아요, 페핏 군, 물론, 이봐요, 그러나 잘 들어요, 귀미貴味운이! 고마워요, 이쁜이, 저건 귀여워요, 젊은이, 진미珍味! 하지만 바람을 조심해요, 감미甘味! 얼마나 섬세한 손을 가졌어요, 그대 천사, 만일 그대가 손톱을 물어뜯으면, 수치스럽게 생각하지 않다니 놀랄 일이 아닌가, 이 돼지, 너 완전한 꼬마 돼지새끼! 널 당장 팔꿈치로 찌를 테야! 틀림없이 그녀의 허영대虛榮臺의 최고급 도塗 크림을 사용했군 그래, 장미 이마 불타는 입술 매부리코처럼 보이게 하려고. 난 그 애를 알아요. 그녀는 날 업신여길 건가? 상관할게 뭐람! 하루 세 번의 크림 바르기, 첫 번은 그녀의 샤워 도중 그리고 화장지로 닦아 내고. 이어 깨끗이 한 다음 그리고 물론 잠자리 들기 전에. 맹세코, 내가 그따위 크란카브리를 생각할 때면, 음식 투정자, 사회당원의, 흑연黑鉛 가슴을 하고, 어라, 프렌드리객客! 그게 바로, 여인숙인人, 그리고 모든 그의 다른 14명의 풀백의 레슬링 선수들 혹은 헐링 스타들 혹은 그들이 무슨 타관인他關人이든 간에, 오너리 경댁卿宅에서 나를 지분거리며, 보도일 난형卵型 지역 경마장에서 에그 및 스푼 경기에 이기자 곧장 승배勝杯라니. 나의 애란 말투가 그의 감탄을 종자조種子造하도다. 그가 입구를 찾고 있나니 우선 나와 애인 동맹을 맺을 참이지. 젤로 악樂을 연주하면 못써요! 모두 그럭저럭 지내다니. 이런 것이 스페인 풍이라. 재발 허실인虛失人이여, 좀 더 몸을 굽혀요! 단순히 즐겁게! 주리오와 로미오 순례자처럼. 난 오랜 동안 그토록 터키쉬하게(정력적으로) 느껴본 적이 없어요! 내게 마아멀레이드를

상기시키다니, 진심의 초코렛이야. 특별한 거지! 도대체, 모두 무엇 하는 자들이야, 불쾌한 것들 같으니? 젠장! 난 그들을 위해 세 개의 머리핀도 지불하지 않겠어. 체! 그건 옳아, 단단히 쥐어요! 다리를 잡아당기고. 푸! 애란으로 크게 되돌아 와요. 푸우! 무엇 때문에 푸념 떠는 거냐? 아이, 난 바로 너가 그렇게 하고 있다고 생각했어. 잘 들어 봐요, 최最사랑! 물론 너가 "너무나도" 친절한 거야, 노랑이여, 내 스타킹의 탄歎 사이즈를 기억하다니, 너가 나의 혼수 바지 옷감을 입고 나 돌아다니고 있었을 때 난 이따금 표현하고 싶었어 그리고 내가 그걸 잊기 전에 제발 잊지 말아요, 나의 개성個性을 그대가 확장함에 있어서, 나의 기억記憶타이를 매듭짓고 있었을 때, 화주靴週가 달〔月〕의 끝에 붉은 발꿈치를 하고 총총 되돌아 올 것을 그러나 무슨 바보가 캐비지 머리를 샀는지 보란 말이야 그리고, 내가 자비의 하늘에 응답하려니와, 난 언제나 멋진 새 양말 대님을 언제나 상기할 거야, 난 언제나 최고의 자랑할 만한 의상에 장갑을 끼고 매력을 위한 사람인지라 비록 그가 진사일백만辰砂一百萬 마일 나의 청춘을 의지하여 산다 하더라도, 고무질의 존경하올 폴킹톤 씨, 브라운 모母가 내게 그와 비합법적 교제를 졸라대던 원래元來의 고기장수, 시월十月의 그녀의 술잔(얼굴)과 더불어(염병할!), 마치 늙은 십자 흰 눈썹 뜸부기 마냥 그의 늙다리 굴대 발로 삐꺽 삐꺽 소리내며 사방에 맴돌면서. 공인空人, 물〔水〕까부리, 테리어 토견土犬, 화파자火波人! 난 잘 있어요, 덕분에! 하! 오 알겠니 너는 너무 간지러워요! 내가 그를 입에 넣어버릴까. 멈멈. 묘한 곳에 손가락을 갖다니! 난 경치게도 미안해, 너에게 맹세코 난 그래! 너는 내가 생일 가죽옷을 그토록 튀튀(발레단바지)처럼 입은 걸 결코 보지 못할 거야 더욱이 그녀의 하얗게 표백된 손이 문둥병으로 썩어 떨어져 나갈지도 몰라 무슨 윙크하는 매기던 간에 확실히 정말이야 너는 온 몸에 풀〔草〕 투성이가 되어 사내를 꽃 희롱하며 다니고 있어 어딘가 밥통 주변을 껑충껑충 뛰면서 말이야! 하하! 그녀가 그럴 거라고 어렴풋이 알아채고 있다니까! 그녀의 기를 꺾어요! 아마 그녀를 불모의 암양羊으로 불[火]지를지 몰라. 그러자 그녀는 말하나니: 둘이서 차[茶]를? 글쎄, 나는 얘기하지: 정말 차 고마워: 그리고 내가 그녀를 단지 자투리로 평가하더라도 오해하지 않기를 욕망했나니. 비록 내가 지독한 토탄녀土炭女라 할지라도 논다니 아가씨는 아니야. 물론 난 알아, 예쁜이여, 넌 학식學識이 있고 본래 사려思慮 깊은 애야, 야채를 몹시 우호友好하니, 넌 냉기冷氣의 고양이를 동경하는지라! 제발 잠자코 나의 묵약默約을 받아들여요! 새끼대구, 뱀, 고드름 같으니! 나의 생리대生理帶가 확실히 더 큰 구실을 한다네! 누가 그대를 울누鬱淚 속에 빠트렸는가, 이 봐요, 아니면 그대는 먹물 든 지푸라기 같은 자야? 자아내는 눈물이 그대의 자존심의 문을 스쳐버렸단 말인가? 내가 클로버를 밟았기 때문에, 이 봐요? 그래요, 미나리아재비 풀이 내게 말했어, 나를 끌어안아요, 젠장, 그럼 내가 키스하여 생명을 되돌려 줄 테이니, 나의 귀여운 복숭아. 널 괴로워하도록 하고 싶어, 썩은 모과나무여, 그리고 난 구애의 모욕 따윈 조금도(무화과 열매) 상관치 않아요. 그걸 내가 너에게 꾸짖는 거야, 나의 사탕 양반? 내 눈으로는 내가 부드러운 줄 알지. 그 현혹스런 걸 가지고는 나의 진심을 읽을 수 없을 걸? 나의 웃음소리를 씹고, 나의 눈물을 마셔요. 나를 숙독熟讀해요, 권卷들, 나를 진짜 철자綴字해요 그리고 나를 헐뜯어 기절시켜요. 나의 훼방꾼들이 어떻게 생각하든 전혀 상관치 않아. 나를 귀여운 것으로 명전환名轉換해요, 당장 그리고 여기 언제까지나! 난 지나치는 순경 따윈 감당할 거야, 마가라스든 또는 심지어 우체국의 저 구두닦이도 좋아. 불길? 오, 용서해! 그게 뭐라고? 아하, 그대 말했어, 젊은 아가씨? 환희무도병歡喜舞蹈病의 음악과 함께 칙스피어 점店의 더 많은 당과시糖菓詩 또는 영혼의 마당으로부터의 탄성歎聲. 내가 영혼 불멸을 믿는다? 오, 글쎄 사랑의 질식 그리고 최려자最麗者 생존이라? 그래, 우린 집에서 이따금 한담閑談을 갖지요. 그리고 난 소설 게재揭載의 저 "신 자유 부인"에 열중한지라 주당 일회 나 자신을 개량改良하지요. 난 지방세 납부 여인(돼지 여인)에 의한 여승복餘僧服 착의남着衣男 때문에 언제나 포복절도하지요. 하지만 난 가능한 한 기도 일과서로다. 표독녀慓毒女를 근절根絶하고 그에게 우리의 생명의 속박을 부여해요. 그건 드라큘라의 야출夜出이야. 제발 발열發熱은 삼가! 창 가리개를 내리고 소등消燈 저주咀呪, 그리고 난 어느 중놈의 자식이든 간에 사랑할 테니 두고 봐. 신성한 충신蟲神이여, 나의 전하殿下가 그대를 애인으로 삼으면 깡충 뛸 것인 즉 그대가 바나나를 두 동강 내나니, 그 때 나의 불타는 횃불을 달리게 할지라(나의 거기를 장식하고 이내 멈춘다면, 무엇을 위해서든, 꽃을?) 가졌다면 너의 마모魔毛를 통해. 만일 내가 너와 함께 소리내어 웃고 있다면? 아니야, 최애자最愛子여, 난 너를 계획적으로 골나게 하고 싶어 죽고 못 사는 게 아니야, 아주 신나서. 조금도 그렇지 않아. 하나님이 나의 긴 엉덩이 엄마를 점잖은 대모代母로 삼을 만큼 진실이야! 그 이유는 단지 내가 고슴도치 심술쟁이 소녀이기 때문이지, 그대 나의 꿈의 애남자愛男子, 그리고 돌아다니는 늙은 가마우지 새가 아니기 때문이야, 나의 튤립 꽃의 밀회자여, 저 뻐끔뻐끔 파이프처럼 나를 뒤에서 습격하는 뽐내는 대버란 같으니. 참 뻔뻔스럽기도 하지! 그는 저녁의 제의실祭衣室이 바로 그 때문에 있다고 생각하지. 성직자의 마음속의 저 희망은 얼마나 허망한가, 그 자는 아직도 간음술姦淫術을 추구하나니, 그의 소원所願의 색 바랜 헌 가운이 미인 수우로 하여금 자신의 얼굴을 잊게 할 수 있다고 믿나니. 비굴한 취태醉態야. 성녀 마가렛 양, 난 그들이 저 형들을 팽개쳤으면 바라요 그렇잖으면 우린 볼즈말(馬)들과 산패酸敗 매풀즈가 사방의 의료협회醫療協會처럼 되어 해버릴 꺼야. 하지만 내가 열쇠 표票를 가질 때까지 꾹 참아야 해, 그러면 내가 그에게 언제 여인을 좇아 다녀야 하는지를 가르쳐 줄 테야. 자장자장 즐거운 노래 가락 미인 이사벨의 가사歌辭를 위하여. 그리고, 그대 무용無勇의 원탁기사圓卓騎士, 그대에 대한 사고思考에 대한 바로 그 사고를 미워하기 때문에, 그리고 최애자最愛者여, 물론, 최숭배자여, 난 언제나 프랑스 대학 출신의 애기사愛技士를 남편으로 삼을 참이었어, "군더더기로," 그 땐 우리는 모든 죄를 사赦하고 행동과 계약을 맺으며 그 땐 그대는 독讀과 서書와 결혼할지니, 그런 경사慶事는 시간이 오래 걸리지 않을지라, 왠고하니 그는 내게 너무나 애취愛醉하고 난 너무나 도취跳醉한지라, 마치 그가, 영웅永雄들의 나의 구세주, 나를 보오트로부터 해변까지 데리고 가자 내가 그의 어깨 위에 한 오래기 미발美髮을 남겨두고 그 유연성에 손과 마음을 안내하도록 한 그날 이래로처럼. 대단히 미안해! 용서를 빌어요, 난 내가 말한 모든 보어寶語가 나의 친애하는 명언名言의 혀로부터 공그르기를 귀담아 듣고 있었지 그러잖고서야 어찌 난 그대가 우리들의 할멈에 관해 뭘 생각하고 있었는지 알 수 있었을까? 단지 난 나의 면도 물을 팽개쳐 버릴까 말까 생각했어요. 여하간, 여기 나의 팔이, 어린 암탉 목이여. 불비不備. 그대의 입〔口〕을 나 쪽으로 옮겨요, 더, 최귀자最貴者여, 한층 더! 날 기쁘게 하기 위해, 보자寶者여. 안돼요 그런, 난 할 것 같지 않아요! 쉬! 아무 것도! 어딘가 부르부르지즘이! 바이바이 (買買)! 난 파리야! 들어요, 예성銳聲을, 보리수 아래. 거목巨木은 모두 묘중석墓重石에 기대있지요. 모두들 쉿 주저躊躇하고 있어. 대노인 大老人(그래드스톤)! 그래 쨱쨱 찍찍 쩟쩟, 지저귐, 미카엘의 애색愛色을 위하여! 작은 통문通門, 제가 먼저, 실례 그리고 그대는 나의 전무대前舞臺에 있나니. 그인 정말 소심하지, 여보? 청중이 있음을 잊지 말아요. 난 그 동안 마음이 팔려 있었어, 천사여. 꼭 껴안아요, 그대

수수께끼—명세서의 인물들 47

악마여! 우리들의 마주앉은 이야기야요. 여기 잘 들어요! 감동! 내버려 둬요, 모두 4명의 구애자求愛者들! 내버러 두라니깐요, 대호통자大號筒者와 그의 술꾼들 11명을 합쳐 모두 12명의 의용군 병사들이 되지. 올드〔老〕 소츠 홀〔孔〕이 넓은 거리를 원하며 소변금지시키도다, 마이클 파派 대對 니콜라스 파에 의한. "숲의 새들이여, 골짜기의 시냇물이여, 축배!" 그리고 나의 기다리는 20의 급조級鳥들, 그들의 울타리 위에 앉아서! 손가락으로 그들의 우아미優雅美를 만져보세. 내가 독학각자獨學覺者인지 아니지 그대는 알게 될 거야. 모두를 기쁘게 하기 위하여 밖으로 나왔지. 기다려요!의 이름으로. 그리고 모두 성聖호랑가시나무. 그리고 어떤 것은 겨우살이 나무와 성聖 담쟁이. 헛기침! 애햄! 에이다, 벨, 세리아, 데리아, 이나, 프레타, 길다, 힐다, 아이타, 제스, 캐티, 루, (확실히 이들을 읽자 기침이 나니) 마이나, 니파, 오스피, 폴, 여왕, 연련憐루스, 오만傲慢루시, 트릭스, 기근饑饉우나, 벨라, 완다, 후대厚待쓰니아, 야바, 즐마, 포이베 여신, 셀미. 그리고 나! 감화원의 소년들이 교회를 위하여 골인(득점)하고 있는지라 따라서 우리는 모두 그룹 만찬자들 마냥 향연래饗宴來(고백)하나니 그리하여 도금양목도金孃木 대죄大罪를 위한 참회 하에 개미 섭리로부터 입술 사면赦免을 포착했도다. 그들의 새색시가 시집을 가자 모든 나의 미종녀美鐘女들이 노래하기 시작했지요. 링(반지) 링 로자리오 묵장미默薔薇 링! 그러자 모두가 그걸 들을 것인지라. 그들의 소망은 나의 사고思考를 위한 원부遠父지요. 그러나 난 그들의 무인명명자無人銘名者들을 위해 그들에게 난제難題를 식수植樹하리라. 그들이 보모保姆와 함께 채프론 쇼핑을 하면서 외출할 때. 빙빙 세상선회世上旋回하는 명랑한 비둘기들이 그들의 예쁜 리본 단 목둘레에 겨우살이 잔가지 메시지와 각각의 정절여신貞節女神을 위한 과자 조각을 지니고 비행飛行하리라. 우리는 모든 일요잡지日曜雜紙들을 지녔나니. 애광愛光 속에,

오 마이 다링! 아니야, 난 그대에게 맹세하나니, 피브스보러 교회당과 성 앙도레의 내의內衣를 걸어, 나의 세계로부터 그리고 야의夜衣(잠옷)와 야음夜淫의 나의 하계下界에 내가 신비롭게 여기는 모든 것 그리고 모든 다른 기하의奇下衣에 맹세코! 닫아요 그대의, 봐서는 안돼요! 자 벌려요, 이쁜이, 그대의 입술을, 접접, 나의 달콤한 벌린 남용濫用 입술을 단 홀로한과 함께 사용했을 때처럼, 염본艶本스런 기억의 사나이, 그는 플란넬 댄스 후에 내게 가르쳐 주었지요, 사랑의 증거로, 작업복 골목길에서 첫날 밤 그가 분치취粉恥臭 냄새를 풍기다니 그그건 리하여 나는 부채 밑으로 얼굴을 붉혔으니, "나의 귀여운 다링," 그 때 그대는 내게 설어법舌語法을 가르쳐 주었대요. 우리와 같은 귀를 누구 어찌 가지리오, 흑발의 자여! 그대는 그걸 좋아하는지, "침묵의 자?" 그대는 즐기나요, 이 꼭 같은 나를, 나의 인생을, 나의 사랑을? 왜 그대는 나의 속삭임을 좋아하는가? 그건 신의神意로 미혹적味惑的이 아닌가? 하지만 그건 그대를 현악眩惡하는 것이 아닌가? "황홀, 황홀!" 나를 몹시 흥분할 정도까지 말해 줘요! 난 그걸 개봉開封하지는 않겠어. 난 그걸 여전히 즐기고 있어, 정말 그래! 그대는 왜 어둠의 그물 속에서 그걸 더 좋아하지, 물어 봐도 된다면 말씀이야, 친구? 쉬 쉬! 장의長耳(박쥐)가 날고 있어. 아니야, 최감자最甘者여, 왜 그게 나를 괴롭히려 들지? 하지만 그만! 그대의 반가운 입술, 사랑이여, 조심해요! 무엇보다 나의 비로드 금의綿衣를 주의해요! 그건 금은의金銀衣야, 공주公主 효력을 지닌 최신 교회지기 의상衣裳이지. 정열情熱에서 나온 루트란드 청의靑衣라니까. 그래, 그래, 나의 귀자貴子여! 오, 난 가격을 알 수 있어, 친애자親愛者여! 내게 말하지 말아요! 왜, 양소로羊小路의 그 소년이 그걸 알지. 만일 내가 누구의 것을 판다면, 사랑이여? 내가 팔려 여기 눈물을? 그대는 저 명구名句가 든 당과를 뜻하는가? 얼마나 지독해! 나의 대담한 수치야! 난 그렇지 않아요, 매력녀여, 빤짝이는 길의 주리엣 보석을 다 준 데도 첨만에! 난 사람들이 침대 속의 나에게 윙크하는 것을 보면 그들을 물어뜯을 수도 있어. 난 그렇게 하지 않았지, 나의 약혼자여, 아니면 하려 했거나 혹은 생각하고 있었어요. 쉬쉬쉬! 그처럼 시작하지 말아요, 그대 귀여운 자여! 난 그대가 모든 걸 그리고 더 많이 알고 있는 줄 생각했지, 그대 창행자創行者여, 그대의 새 운공雲空의 도선導線을 가지고 그들의 전의존前依存의 진의묘眞意猫를 해명하기 위해서 말이야. 브린브로우의 저주할 오래된 불충不忠의 송어 강江에 다시 또 다른 또는 그밖의 괴상한 생선이 있는지라, 동서東西고트족族이여 우리를 축복하사 그녀를 용서해 주소서! 그리하여 낙타의 혹(의기 소침)으로부터 군살을 그대로 놔두소서! 저주를 실례失禮하게 하소서, 사랑이여, 난 뇌광雷光의 철왕좌鐵王座의 사라센 인들에게 맹세하나니, 이 알프스의 완장腕章을 걸고라도 결코 그런 뜻이 아니었어! 그대는 결코 모든 우리들의 장비長悲의 생활에서 한 소녀에게 의접衣接해 말을 하지 않았던가? 심지어 매시녀魅侍女에게도? 얼마나 경탄자들 연연然한가! 물론 난 당신을 믿어요, 나 자신의 사랑에 빠진 거짓말쟁이, 당신이 내게 말할 때. 난 단지 살고, 오 난 단지 사랑하고 싶을 뿐! 들어, 잘 들어요! 난 알아야만 해! 결코 그처럼 언제나 혹은 애류愛流의 얼굴을 난 기억할 수 있어요, 당신이 날 잘 조사해 봐도 좋아! 나의 무비無比의 그리고 짝의 모든 전백全白의 생애에 있어서 결코. 아니면 언제나 이 시간의 신금단辛禁斷의 열매를 위하여! 나의 백성白性을 가지고 난 그대에게 구애하고 내가 그대를 묶었던 나의 비단 가슴숨결을 묶으나니! 언제나, 요염한 자여, 더 한층 사랑하는 이여! 언제까지나, 그대 최애자最愛者여! 쉬쉬쉬쉬! 행운의 열쇠가 다할 때까지. 웃음으로!

11. 만일 그대가 법석대는 술잔치에서 우환憂患의 한 불쌍한 안질환자眼疾患者를 만난다면, 그의 흐느낌의 미경야微經夜에서 그의 반국

가반國家가 격노하는 동안, 라그 춤의 권투선수 라이온 오린처럼, 그의 율성慄聲의 음조가 정강이를 시미 춤으로 흔들리게 할 때, 자신의 곤경困境을 푸념하면서, 혹은 여우와 이〔蝨〕 역役을 하며, 요치腰齒 지팡이를 찌르거나 그걸 떨어뜨리면서, 혹은 평화를 위해 그의 수갑手匣을 비틀어 꺾으면서, 맹목적 악당이라, 맹신주盲神主와 아신주啞神主에게 먹을 뭔가를 위해 기도하면서, 만일 그가 껑충 뛰거나 너털대면서 훌쩍 훌쩍 울먹이며, 냉혈冷血을 청이靑泥로 삼거나 육肉 없어도 구애받지 않은 채, 키스, 케이크, 핥기와 함께 차기, 한숨 또는 선웃음, 배우기 위한 악마 및 색정을 위한 구멍 파는 연장을 택하면서, 만일 그 수의隨意의 등자登者가, 자신의 경탄驚歎으로 불멸전不滅戰의, 작은 기술응소技術應召된 영혼을 면도面刀하기 위해 그대에게 말뚝을 박는다면, 그대는 어찌 할 것인고! 그가 몹시 좋아하는 주계酒計, 우녀憂女 가죄歌罪를 방취防臭한다면, 존즈여, 우리는 오늘 저녁 상관하지 말아야 한다고 생각하는데, 그대의 의향은?

대답: 아니, 공사空謝! 그래 그대는 내가 충동주의衝動主義를 가졌다고 생각하는가? 사람들이 그대에게 내가 46째 중의 하나라고 말하던가? 그리고 상상컨대 내가 귀에 봉랍封蠟을 바르고 있다는 것을 사람들이 말하는 걸 그대가 들은 줄을? 그리고 상상컨대 사람들이 그대에게 나의 인생의 회전回轉이 자연스럽지 못하다는 것을 말했으리라? 그러나 이 구걸求乞하는 질문을 결론적으로 논박하기에 앞서, 꼭 같은 푼돈 현금 문제에 관해 물론 자연주의적으로 별처別處에서 나와 그 처리를 협의하거나 결론적으로 시도하는 것을 미루는 것이, 만일 그대가 감히 할 수 있다면, 대단히 탁월한 공간전문가의 일별견해一瞥見解로 미루어 보아, 그대에게 한층 타당할 것이 아닐까. 그로부터 그대는 여기 식견識見하려니와, 슈트여, 맹세코 그대에게 최초로 언급하나니, 암캐자子(베르그송)의 현화법賢話法은 마치 순수하게 푼돈-데미어

즈 충격에 의하여 억압되듯, 그의 현금 숨바꼭질의 단장특징短杖特徵이 없지도 않은 지라, 그의 당면의 목적을 위해 화선모火仙母 운점여인運占女人으로부터 차용한 것이니 (그녀가 꾸물대는 동안 우리들은 이미 이 꼬마 "희귀한" 여인과 더불어 재미를 보아 왔나니, 정말이지, 쇼트여?) 그리하여 내가 한층 더 그대에게 말할 수 있었거니와, 국산유사國産類似 빙류氷類의 껍데기를 가지고 행동주의적으로 여기 저기 광光을 내게 한 그대의 더블린 빵 제조 회사(D.B.C.)의 빵처럼 풍미風味있게, 그리하여 그것은 실지로 오점주汚點酒(와인스타인)의 누구-누구 및 어딘가의 가발이론假髮理論의 우연한 조롱화嘲弄化에 의하여 오직 이루어진 것이었나니라. 한결 더 그것을 측추적測錘的으로 (재치 없게) 설명하거니와. 그 언어형식은 단지 대리비문代理悲門 격이로다. 질질質과 양량量은 (나는 이것이 응당 무엇을 의미하는지를 잇따른 문장에서 타당한 언제 어디 왜 그리고 어떻게를 가지고 설해說解하려니와) 문門들이 그러하듯 상호정신적으로 약탈문掠奪門이요 사취문 詐取門이도다.

이러한 종류種類는 많은 도처(인)到處(人)에 의하여 자주 남용되는 말인지라 (그건 정말로 가장 울감적인鬱感的인 상태의 일이기에 나는 그에 관해서 유론類論을 작업하고 있나니). 악도처惡到處는 종종 그대를 방문하여 다음과 같이 말하리라: 그대는 요사이 이러 이러한 유론類論을 많이 보아 오고 있는가? 낙친밀樂親密한 뜻으로: 그대는 아이리쉬의 3인을 투숙할 용의가 있는가? 아니면 그대가 숙녀식자淑女食者를 "은밀히" 발끝으로 유혹했을 때 그녀가 아마 뜻밖에도 임시 고용雇用할지 모르나니: 미안하지만 접시를? 이러한 유사류類似類의 모씨某氏는, 검劍을 삼키는 자, 하늘의 컵자리[天]에 있는 꼭 같은 모모씨로, 필筆의 분쇄자粉碎者, 아니 천만에! 그의 시간대로 마일을 달리는 자인가? 혹은 이는 아마도 보다 분명한 예례이나니. 만성적 가시 병병의 결정화決定化된 경우에 관한 최근의 후기와권파後期渦卷派의 적충류적滴蟲類

的 작품 혹평에서, 학질瘧疾에 관하여 강의를 행한 어떤 공개강사公開
講師, 그 자는 형식의 문제에서 자신의 가위 천리안千里眼, 예절박사
를 시험하고 있었나니, 다음과 같은 질문을 차용借用했도다: 왜 이러
한 자者는 "이러한 유類"인가? 그에 대하여, 힘의 비대자肥大者로서,
건대健帶의 사고박사思考博士인, 그는 술잔을 비우고 있었나니, 냉배冷
杯로서 재배대구再杯對句했도다: 한데 그대 짐승의 창녀 자식 같으니!
(이러 이러한 유사류類似類는 본래 꼭 같은 것을 의미하나니, 적평適評이로
다: 이러 이러한 유類라.)

교수 사자후獅子吼 (내가 재빨리 증명해 보이겠지만, 살마네써와는 별도
로 센나크헤리브의 영토위생領土衛生 개선안改善案과, 스케켈즈 씨와 하이드
박사 문제의 동일한 연관 속의 그의 총체적인 설명은 나 자신의 조사결실調
查結實로는 "총천체적 總天體的으로" 상이한 것인지라——비록 내가 제리쵸
〔무인지소無人知所〕에 갔던 이유는 어떤 확실한 이유 때문에 한가지 정치적
비밀로서 남아야만 하지만——특히 나는 곧 도편추방陶片追放의 몸이 될 것인
즉, 나 자신 기뻐할 일이나, 꼭 같은 그리고 그 밖의 이유 때문에——내가
이제 푼돈 및 현금 금강석 오류라고 부르기로 결심한 것에 의하여 절망적으
로 저락低落되는 것으로서) 그의 연금軟禁의 도피에 대한 이러한 사자노
호獅子怒號를 겪은 그의 거리낌없이 이야기된 고백, 왜 나는 이교도신
사처럼 태어나지 못하고 왜 나는 나 자신의 식료품에 대하여 그토록
지금 말할 수 있는가(무화과나무 및 창세부創世父, 유다페스트, 천지 창조
기원 5688년)에서, 전심專心으로 그의 동지상의同志上衣를 벗고, 정직
돌풍의 사나이인지라, 그의 대중의 이익을 위하여, 우리들로 하여금
하지만 어떠한 것인지를 보여주려 했나니, 그가 말하는 바는: "총의總
意에 의하여" 인간의 발단과 유전 및 종복終福은 "일시적으로" 암음暗
淫 속에 두루 말려 있는지라, 이러한 춘사椿事를 텔레비전의 원화경遠
火鏡을 가지고 통찰通察하건대, (이 야광기구夜光器具는 주석외측朱錫外側

의 그의 가설假說의 평연쇄平連鎖에 대한 한층 큰 굴절각의 재징비에서 여전히 어떤 감법적減法的 개량을 필요하나니), 나는 나 자신의 최대의 공간적 광대성廣大性을 나 자신의 집 및 최소우주로서 진심으로 쉽게 믿을 수 있는지라, 그 때 내가 라디오 비율에 의하여 재확인받은 바인 즉, 나의 저작음량著作音量의 입방立方은 이러한 구체具體의 구면球面으로서 그들의 주제들에 대한 표면에 대하여 (의회의 동의를 위하여 나는 이러한 말을 역설하고 있거니와, 이는, 나의 안내 하에, 현대의 여성추구 멋쟁이 신사 타입의 병성病性에 있어서 성품의 유독성을 입증하는 것이거니와) 요녀妖女넬리의 진공眞空에 대한 비율과 대등한 것이로다. 나는 나의 적적敵에 대한 어떠한 전전前(반反)의도적인 (나는 고대 로마 주의로부터의 볼스키 반대족파反對族派로 되고자 하는 이유 때문에 내가 잘못이라고 말하는 신新이탈리아 학파 또는 땜장이 사상가 및 번쩍번쩍 장상가裝想家의 고고파리학파의 온갖 말을 여기서 교정校訂해야 하나니) 짓밟힘을 인류학적으로 해석할 필요는 없으렷다. 섹스-와이만-대공작령의 신앙 옹호자(F.D.)인, 레비-브루로 교수는, 한 손에 그의 뉴렘버그 난형시계卵形時計 그리고 화덕 위의 마귀 냄비를 가지고 스스로 행한 실험에 의하여 발견한 것으로, 비록 그것은 명시적明示的으로 교황敎皇(넓적다리 급소)의 등을 냉각시키는 구혈甌穴의 반항비등反抗沸騰의 경우이긴 하지만, 주기순환週期循環에 있어서 괴사방怪四方 신앙의 수數가 우리들의 큐폴라(용선로鎔銑爐) 흙덩이의 하계강타下界强打에 의하여 눈에 띌 정도로 증대될 수 없을 것이기 때문이도다. 누더기 걸친 낭만가浪漫家는 속시성지침速市性指針의 지동기구止動機構의 할목割目 생각으로 머리가 오락가락 하는 톰톰승자勝者처럼 뒤쫓아 갈망하는 것 그리고 아더의 숙사宿死의 타라 전설에 따라 우리들의 "연민"을 끈덕지게 조르도록 하는 것은 최순빈最純貧의 공동관리인다운 시간 낭비이니라. 그의 상현재상現在의 발가락은 상시常時 그의 과과거過過去의 신발을 과통過通하여

보복적으로 밖으로 나와 있었나니. 그가 끽끽 소리내는 것을 들어라! 저 마왕 루이스 통음벽자痛飮壁者가 어떻게 타봉(박쥐)을 칼질(노끈질)할 것인지 주의(머리)해요! 규율規律을 논평하라! 부랄몰이 쌍双의 금냉토金冷土를 획득했을 때, 그리고 우리가 3번에서 옷을 홀랑 벗고 있었을 때, 나는 나의 입 속에 엿기름을 만드는 순수한 술 방울을 좋아하리라 하지만 나는 언제를 보는데 실패하나니 (함유된 두 가용연하물可溶嚥下物의 특수 중력에 관한 그리고 뿐만 아니라 특대의 식도食道와 연관된 혀 굴리기에 관한 분명한 오류를 설명하는 것을 의도적으로 삼가고 있거니와, 혼합 정수역학淨水力學 및 기갈역학氣渴力學의 연구자들은 얼마간의 어려움 뒤에 나의 의미견意味見을 해결하려고 고심하리라). 그럼 똥이다! 하고 노老 말세라스 캠브리항문肛門이 말하나니. 그러나, 신앙 옹호자, 루위리스 브리랄스 교수, 정박사正博士의 진술에 따르면, 그러한 항변은, 만일 그가 항변한다면, 대음계상大音階上으로 모두 체(경멸)요 쓰레기인지라, 왜냐하면 자신의 때는 타자의 "시時"가 아니요 (내것으로, 생각하는가?) 반면에, 아무튼 내가 상관하는 것은 반대이나니, 만사萬事는 전쟁과 마찬가지로 사랑에 있어서 어디인지라, 우리의 예술이 비상飛翔하는 익판翼板으로부터 그대는 천둥을 항공肛空히 분기奮起케 할 것이요 내가 진실에 집착하는 곳 바로 거기나니 나는 나무에 기어오르고 무구자無垢者가 최선으로 보이는 곳 (정수精髓라!) 거기 그의 담쟁이덩굴당소糖巢에 호랑가시나무가 있도다.

　여기 나의 설명은, 캐드원, 캐드월론 및 캐드월론너 마냥 확대사적擴大辭的으로 비비교적非比較的이라 할지라도, 꼬마 브리탄 개구쟁이인 그대들의 이해를 필경 초월할 것이기 때문에, 나는 중이급中泥級 학생들을 설교해야 할 때 빈번히 사용하는 한층 부가적附加的 방법으로 복귀해야 할 것 같으니라. 나의 목적을 위하여 그대들은, 코방귀 뀌는, 새끼 거위 목을 한, 굼뜬 머리의, 벌 매에 티격태격하는, 입은 바지에 안절부절못하는, 키케로풍 등등의 말많은, 한 무리의 장난꾸러기로 상상하도다. 그러니 너, 브루노 노우란, 잉크병에서 너의 혀를 빼란 말이야! 그대들 가운데 아무도 자바니스(자바, 일본어)를 알지 못하기 때문에, 나는 오랜 우화 작가가 지은 비유담의 나의 태평이太平易한 번역을 여러분에게 선사할 참이로다. 꼬마 여러분, 책가방에서 여러분의 머리를 꺼내요! "들어요," 조오 피터! 사실을 "귀담아 들어!"

쥐여우〔서호鼠狐〕묵스와 포사사자葡萄獅子 그라이프스.

족사族士 및 속녀俗女 여러분, 단락종지부자段落終止符者 및 세미종지부자 여러분, 교양敎養 뱀뱀이 및 비교양 뱀뱀이 여러분!

옛날 옛적 한 공간 속에 그리고 그건 따분한 넓은 공간이었나니 거기 한 쥐여우 묵스가 살았데요. 그 핸섬 동일자同一者는 너무 외로운지라, 두목 개구쟁이처럼, 광란자廣卵者, 그리하여 한 쥐여우 묵스인 그는 산보를 가고 싶은지라 (나의 두건! 하고 안토니 로미오가 부르짖나니), 그리하여 어느 유쾌한 여름 저녁, 근사한 아침과 훈제 꼬치구이 햄 및 시금치의 멋진 저녁식사를 마친 뒤, 두 눈을 부채질하고, 두 콧구멍을 털 뽑고, 두 귀를 비우고 그리하여 목구멍을 페리엄 외투로 감은 연후에, 그는 비옷을 입고, 자신의 공격 가능물可能物을 쥐고, 왕관모에 하프를 타고 부동不動의 "백악관白堊館"(그렇게 불리나니, 왜냐하면 그것은 원반原盤 걸석고傑石膏 모형으로 백악白堊 충만되고 호화찬란하게 배치된 정원은 소폭포, 바티칸풍의 화랑, 정교암거正敎暗渠 및 포도주지하 저장실로 점철되었기 때문이라)에서 걸어 나왔나니 그리하여 모든 시름 많은 세도世道의 최악 속에 악성惡性이 어찌 악성인가를 보기 위하여 제경도諸卿都로부터 "산책"을 시발始發했나니라.

그가 자신의 부父의 검劍, 그의 "깨진 창"을 가지고 시발하자, 그는 허리에 찼나니, 그리하여 그와 더불어 자신의 양다리와 타르 용골龍骨 사이에, 한때 우리들의 단지 허풍창虛風槍에 불과했으니, 그는 철꺽철

꺽 소리를 냈도다, 나의 찰랑 생각에 맞추어, v 자 발구락에서 삼정 두三釘頭까지, 한치 한치(철두철미) 불멸의 자로다.

그가 자신의 무효병원無酵餠院으로부터 5쌍双 파섹 거리 이상을 걷지 않았나니 그 때 성무벽정자聖無壁亭子 근처의 일광日光 가등주街燈柱의 갈림길에 그가 다다랐을 때(예언의 111번째 항에 따르면, "무변無邊의 강경江境은 영원히 존속한지라") 가장 무의식적으로 소지沼池처럼 보이는 개울 위에 그는 일찍이 자신의 눈을 그로하여 에워쌌던 것이로다. 구능丘陵으로부터 그 강은 기원起源하나니, 스스로 미요녀美妖女 니농이라 별명別名된 것이라. 그것은 귀여운 얼굴을 하고 다갈색 냄새를 품기며 애로隘路에서 생각하며 보라는 듯 얕게 속삭였도다. 그리하여 그것이 달리자 마치 어느(A) 활기찬(L) 졸졸 소용돌이(P)처럼 물방울 똑똑 떨어졌나니: 저런, 저런, 저런! 이런, 이런! 귀여운 몽천夢川이여 난 너를 사랑하지 않아요!"

그리하여, 나는 공언하나니, 정말이도다, 강江이라 할 저 개울의 피안彼岸에 있는 것이 무엇인고, 느릅나무의 가지 위에 횃대 된 채, 아래로 빗장 되어, 포사 그라이프 말고야? 그리하야 의심할 바 없이 그는 건조乾燥되기 십상이라, 왜 그는 추세趨勢의 과즙을 취하지 않았던고?

그의 근경根莖은 거의 말끔히 모두 익사溺死되어 있었나니. 그의 근육筋肉은 그 밖에 모든 순간 순간의 오랜 부취腐臭를 방사放射하고 있었도다. 그는 자신의 이마의 비엽飛葉(면지面紙) 위에 있는 장식가裝飾家의 디자인을 재빨리 망찰忘擦되고 있었나니라. 그리하여 그는 그의 "거만한 엉덩이"의 둔부臀部에 준 집달리의 경모멸압류輕侮蔑押留를 조용히 용서하고 있었도다. 모든 그의 미소가美少價의 천계天界에서, 최대 최고자인 쥬피터의 생신生信에 부치거니와, 저 묵스는 자신의 더브시市 태생의 의형제가 그토록 절인 오이지에 가까운 줄을 이전에 결코 보지 못했나니라.

　아드리안은 (그것이 쥐여우 묵스의 이제의 가명인지라) 오리냑 문화의 접근 속에 그라이프스와 얼굴 대 얼굴을 정착靜着했도다. 그러나 총總 쥐여우 묵스야말로 반드시 우울감종憂鬱感終에로 착着하듯, 만근도萬根道는, 동서험준도東西險峻道 또는 황무자수로荒蕪者水路요, 로마 공방空房을 통하여 방랑주放浪走하느니라. 그는 여기 한 개의 돌〔石〕을 보았나니, 단독적으로 거기 하나를, 그리고 이 돌 위에 베드로 충좌充座하니, 그를 그는 아주 교황전후도적敎皇前後倒的으로 채우며, 그의 최충最充의 토리왕당王黨에로 풍토순화에 의하여 그리고 더욱이 거기서 그의 만용가능자萬溶可能者, 우최서방憂最西方의 성무주교聖務主敎에 관한 그의 무류無謬 회칙통달回勅通達 및 그가 언제나 함께 산보하는 자수정 반점斑點의 직입장直立杖과 함께, "헌신獻神," 그의 프르세 직인어부織人漁夫의 엉터리 부대負袋, "무구자無垢者 벨루아," 그의 매일 방每日方의 첨가충당添加充當된 전대纏帶의 회화수집繪畵蒐集과 볼을 맞댔는지라, 왠고하니 그가 한층 더 오래 살면 살수록 그는 더 넓게 그것을 사유思惟했기에, 족쇄, 총액 및 획금獲金을 희생해가며, 그는 흠탐자欠探者 리오에게 통야좌행通夜座行하는 코터스 5세 퀸터스 6세와 식스터스 7세의 최초 및 최후의 예언자 연然한 속성俗性을 보았기 때문이로다.

　──식성이 좋구려, 묵스 경卿! 안녕 하시오? 하고 그라프스가 하처하여何處何如의 휘그당양黨樣의 마그다린 감상풍感傷風의 우성羽聲으로 삐악거리자 함내喊內의 수탕나귀들이 모두 큰소리로 함소喊笑하며 그의 의도를 명도鳴禱나니, 그 이유인즉 모두들 그들의 약은 두꺼비가 천신賤身임을 이제 알았기 때문이도다. 만나니 정말이지 축락祝樂할지로다, 나의 사랑하는 쥐여우 군. 아니 희망컨대 그대 혹시 모든 걸 내게 말해주지 않겠나, 성결자聖潔者여? 오리나무와 돌〔石〕에 관한 모

든 걸 그리고 또한 곡초穀草와 리자에 관한 걸 모두 통틀어? 아니?
  그걸 생각해 봐요! 오 최고 처량수전노凄凉守錢奴 재혹자再惑者여! 그라이프스여!
  ——쥐들! 하고 묵스가 가장 전효과적電效果的으로 우규牛叫했나니, 그들의 로브우스댁宅에 있던 설교 쥐, 그리고 합일체合一體의 쥐들 및 지머스 생쥐들이 어쨌든 타르드뇌기期의 문화 이야기를 듣고 움찔했는지라, 왠고하니 거친 노櫓에서 비단 음즙을 야기할 수는 없기 때문이나니. 그대 뒈져 버려 그리고 연옥사자煉獄死者로부터의 저주받을 자여! 아니야, 야수野獸를 위해 너를 교수絞首하라! 나는 탁월하게도 지고대신관至高大神官이로다! 머리를 낮추란 말이야, 천개天蓋 대머리 여왕들이여! 내 등뒤에 집합, 속관屬官들! 가당찮은 소리!
  ——나는 무한無限까지 그대에게 감사하나니, 하고 그라이프스가 머리를 숙였나니, 그의 날카로운 푸념하는 목소리가 자신의 촉수두觸鬚頭까지 사무쳤도다. 나는 아직도 언제나 모든 나의 손발 끝까지 소원을 갖고 있소이다. 그 시계로, 지금 몇 시인가요?
  맞춰 봐요! 애걸자哀乞者! 묵스에게!
  ——나의 집게손가락에 물어 봐요, 나의 아킬레스건腱에 유의해요, 나의 헌금獻金을 창脹해요, 나의 코(鼻) 나사렛을 숭崇해요, 하고 쥐여우 묵스가, 최상의 그레고리화華의 해학으로, 클레멘트자慈의, 어번예禮의 유진수秀의 세레스틴복福으로 변變하면서 급히 대답했도다. 몇녀시女時인가? 그것이 바로 내가 바바로사만蠻의 그대와 함께 해결할 나의 아드리안찬讚의 의도를 가지고 나의 사명을 척陟했던 건건에 관한 것이야. 뇌시雷時를 전시戰時로 하라. 사도 바울을 사도 이라나우스로 하라. 그대를 비톤패敗하라. 그리고 나를 로스앤젤레스로 하라. 자 이제 그대의 길이를 측정測定하라. 자 나의 용적을 산산算算하라. 어때 산포경산葡卿? 우리들의 쌍시간双時間의 이 공간空間은 그대에게 지나치

게 2차원적次元的인가, 임시臨時 변통자여? 그대는 포기하겠는가? 자? 어떤 일이 있어도?

성스러운 인내! 그대는 그에게 대답한 저 목소리를 들었어야 했는데! 작은 목소리를.

——나는 그에 관해서 방금 따르릉 생각하고 있었지, 그대 묵씨여, 하지만, 나의 건포도 타령에도 불구하고, 만일 내가 복종할 수 없다면, 나는 그대를 포기할 수 없어요, 하고 포도 그라이프스가 그의 희미망希微望의 최저에서부터 호소하듯 말했도다. 난꼭이야틀림없단니깐 그러니두고보라니깐. 나의 전도사顚倒寺는, 아드리안찬讚의 소 불알 친구여, 나 자신의 것이야. 나의 욕속慾速은 1초에 2피트야. 그리고 나의 최고의 특공特空은 난고卵高에서 하성下聲이지. 그러나 나는 그대 명성교황名聖敎皇(그 누구)에게도 결코 말할 수 없으리라 (여기서 그는 거의 실지失肢했나니) 나의 코르크 만취漫醉한 아빠가 말파리 사이비급사似而非給仕였어도, 그의 시의時衣를 그대가 입고 있음을.

믿을 수 없나니! 그럼, 불가피함을 들어라.

——그대의 사寺, 체(조리) 속의 암퇘지 같으니! 상시파문탁월양수대량자常時破門卓越兩手大樑者. 구주신의歐洲新衣 속의 토이土耳 혹은 아회亞灰 속의 토이조土耳鳥. 뉴 로마(新羅馬), 나의 피조물(놈), 영속永續을 믿어라. 사자시獅子市의 나의 건축 공간은 사자 같은 인간에게 언제나 대여貸與할지니, 쥐여우 묵스는 대부분의 연설집회장에서 콘스탄틴항구적으로 직결 재판을 교황주권식으로 채결하였나니(형파型破된 포도사자 그라이프스에게는 얼마나 허언虛言이란 말인가!). 그리하여 나는 그대가 인치씩(조금씩) 교살당하는 것으로부터 그대를 구하려니 나의 임시 변통 밖임을 유감스럽게도 선포하노라, (무슨 찌르기람!), 우리는 신처新處에서 너무 마음 들떠 서로 처음 만났는지라. (가련한 꼬마 체 속 암퇘지 저압착低壓搾된 포도 그라이프스! 나는 그에게 경멸을 느끼기 시작

하도다!). 나의 옆구리는, 교황의 칙령집勅令集에 감사하게도, 모부母婦의 댁宅처럼 안전하다네, 하고 그는 말을 계속했나니, 그리하여 나는 전적으로 건전한 것이 무엇인지를 나의 성천소聖天所로부터 볼 수가 있나니라. 대영제국大營帝國 및 애란愛蘭명에와 합병合倂할지라! 불완不完의 마비, "너 알지," 피어스 IX세 남南십자가에 맹세코, 그 자신을 찬讚하는 자에게 속하나니. 그리하여 거기 나는 그대를 압착의 주제主題로 남겨두어야만 하도다. 나는 그대에게 반증反證할 수 있나니, 잠깐 대중待重이라, 나의 적수敵手여! 혹은 코스폴(복음)은 우리들의 별이 아니야. 나는 그대에게 12 자투리를 걸겠어 (틀림없다니까). 넉넉한 12 덤으로 말이야. "우선 먼저"——하지만 나의 지식의 과실果實을 굴탕절이 하는 것은 쓴[辛]한 일이야. 여러 권卷을.

자신의 일별一瞥에 유리한 점수를 주기라도 하듯, 보석 점철된 직입봉直入捧을 전능비全能秘의 천장天頂까지 들어올리면서, 그는 몇 개의 이른바 섬광위성연閃光衛星然한 것으로부터 혈청광血淸光, 단풍나무 위의 일단一團의 귀리죽 성군星群, 테레사 가街의 성聖루시아 광光 및 성聖소피아 바랫 사원 앞의 정광停光(스톱사인)을 행운타幸運打했나니, 희랍어, 라전어 및 소장미회어蘇薔薇會語의 그의 양피지 교권敎卷 수數 타스 여餘를, 모충毛蟲의 전각前脚 사이, 불충不充의 단배單杯속에 쌓으며, 그리하여 그의 증거證據 광방수포廣防水布 주변에 자리했도다. 그는 그것을 도체일백大體一百 33회 증명했나니, 그리하여 "놀랍게도, 너 알지" 니크라우스를 철두철미 소멸하기 위하여 (그런데 니크라우스 아로피시어스는 한때 포도사자 그라이프스의 교황유언의 후광명後光名이었나니) 뉴크리디어스 및 인엑사고라스 및 몸센 및 톰셈에 의하여, 오라스무스에 의하여 그리고 아메니우스에 의하여, 유대인 아나크리터스에 의하여 그리고 복점가 마라카이에 의하여 그리고 카폰의 교사집敎史集에 의하여 그리고 그 다음, 궁둥이의 젤라틴(아교) 및 종일終日브랜디

주酒의 독액毒液을 가지고, 그는 철두철미하게 그것을 재증명했나니, 당시 어떤 다른 순서에서 분리하는 그런 순서로가 아니고, 타他의 33 및 일백회一百回, 이항정리二項定理 그리고 포에니 음경포陰莖怖 벽전필壁戰筆과 남藍잉크, 잉골즈비(잉크 엎지르는) 전설 및 책략, 굴렁쇠의 법칙과 편의便宜의 화훈花訓 및 과즙果汁, 폰티어스 빌라도 총독의 사법전司法典과 육六(환患) 비책鼻册 잡실雜室의 미이라 원고총집原稿總集 및 미판尾版 사활호서詐猾狐書의 장章들의 교활狡猾에 관한 장章에 의한 것이었나니.

한편 쥐여우[鼠狐] 묵시우스가 선전진先前進 및 후행진後行進과 함께, 중복적으로 그리고 이중적으로, 사실상事實上과 반사실反事實上[모순당착]을 공표公表하고 있는 동안, 이 분파적 포도사자 그라이포스인 그는 자신의 주교좌속성主敎座屬性을 단성이설單性異說하는 데 총흉상總胸上 탈공脫功했도다. 그러나 아 놀랍게도 그는 자신의 근저根柢의 인식표적認識票的 근육나성筋肉裸性을 묘사하여, 자신의 원무죄原無罪의 의상意想과 자신의 추악 성령聖靈의 전진행렬前進行列에 대한 자신의 감속적甘俗的 안식安息을 종합하기를 너무 요원遼遠하게 협근결頰筋結했나니, 이내 그의 교회 권위자의 목통두木桶頭들이 자신의 공매公賣와 자신의 교황 절대 무류絶對無謬의 교의敎義와의 상호 이견이 발견되었는지라, 그리하여 그의 논공자論功者들로부터 말발굽질을 당했던 것이로다.

——일천一千 마마년媽媽年 뒤에, 오 양피羊皮를 두른 그라이프스여, 이크 그대는 세상에 만목晚目되리라, 하고 피오 교황 묵스가 도언徒言했도다.

——일천一千 고고년高古年이 지나, 하고 그레고리 교황 그라이프스가 즉답卽答했도다. 모하메드의 산양이 되기를, 그대는, 오 묵스여, 한층 더 염아厭啞되리라.

——오인吾人은 계곡 공동空洞의 선녀選女에 의하여 최후의 최초로서 선택될지로다, 하고 묵스가 기품 있게 관술觀述했나니, 이유인 즉 행상行商 엘리아의 무비일각수無比一角獸와 마찬가지로, 오인은 관구管區 외양간 속에 있는지라 그것은 전시全市 & 전세계全世界의 홍옥紅玉(루비)과 탈옥奪玉(로비)이 낙하하기 때문이라, 그들을 축복하사.

　환약(필), 비세액鼻洗液(유향성), 아미 맨(군인) 겉 연초는 대大영국적, 본드가적街的 그리고 절엽횡적切葉橫的으로, 마치 당시 뉴쥬랜드로부터의 저 붕괴 아치교형橋形의 여행자처럼……

　——우리는, 하고 그라이프스가 휘주근히 혼백混白했나니, 최초의 최후가 될 수 없을 것인 즉, 우리는 희망하나니, 발할라 가려진 공포에 의하여 내방來訪받을 때. 그리하여, 그는 첨언했나니: 나는 전적으로 의지하고 있도다, 에리사베드의 43번 째 조상(안)彫像(案)을 참조하라, 단지但只의 숨결의 무게에. 픕완(完)!

　불견나不見裸의 매복자埋伏者, 사회적 및 사업 성공에 대한 잔혹한 적敵! (해청요정海靑妖精) 행복한 밤을 보장하려니 그러나……

　그리하야 그들은 서로 이전투구泥田鬪狗했나니, "맹견과 독사," 타리스티너스역청瀝靑이 피사스팔티움내광耐鑛을 타욕唾辱한 이래 여태껏 칼을 휘두른 최황량자最荒涼者와 함께.

　——단각환자短角宦者!

　——발굽자者!

　——포도형자葡萄型者!

　——위스키 잔자盞者!

　그리하야 우우자牛愚者가 배구자排球者(발리볼)를 응수應酬했도다.

　운처녀雲處女 뉴보레타가, 16처녀 하미광夏微光으로 짠, 그녀의 경의輕衣를 걸치고, 난간성欄干星 너머로 몸을 기대면서 그리고 어린애처럼 자신이 할 수 있는 모든 걸 귀담아 들으면서, 그들 위를 내려보고 있었도다. 견상자肩上者가 믿음 속에 그의 보장步杖을 고공高空으로 저들었을 때 그녀는 얼마나 경쾌驚快했던가 그리고 무릎마디자者가 의혹 속에 자구원自救援의 바울 맥脈을 연기演技하고 있었을 때 그녀는 얼마나 운폐雲蔽되었던가! 그녀는 혼자였나니. 모든 그녀의 운료雲僚들은 다람쥐들과 함께 잠들고 있었나니라. 그들의 뮤즈 여신, 월月 부인은, 28번의 뒷계단을 문지르면서 (달의) 상현上弦에 나와 있었도다. 신관부信管父, 저 스칸디정갱이어魚인, 그는 바이킹의 불결不潔 블라망주를 대양식大洋食하면서, 북삼림北森林의 소다 객실에 일어나 앉아 있었나니라. 운처녀 뉴보레타는 그녀 자신을 반성하며 귀를 기울이고 있었으니, 그의 성좌와 그의 해방의 천체天體가 그들 사이에 서 있었지만, 그리하여 그녀는 묵스로 하여금 자기를 치켜 보도록 하기 위해 그녀가 애쓰는 모든 것을 애썼는지라 (그러나 그는 너무나 무류적無謬的으로 원시遠視였나니) 그리하여 그라이프스로 하여금 그녀가 얼마나 수줍어하는지를 듣도록 하기 위해 (그는 그녀를 유의하기 위한 "자신의 존체存體"에 관하여 너무나 지나치게 이단제도적異端制度的으로 심이心耳 서럽기는 하지만) 그러나 그것은 모두 오유溫柔의 증발습기蒸發濕氣에 불과했나니라. 심지어 그녀의 가장假裝된 반사反射인 운요녀雲妖女, 뉴보류시아까지도 그들의 비지鼻知를 자신들의 마음에서 떼어낼 수 없었나니, 왜냐하면 용맹신앙勇猛信仰의 숙명과 무변無邊 호기심을 지닌 그들의 마음이 태양 헤리오고브루스(H)와 광도량廣度量 콤모더스(C) 및 극한極漢 에노바바루스(E) 그리고 경칠 추기경이다 뭐다 그들이 행한 것이 무엇이든 그들의 파피루스문서文書와 알파벳 문자원부文字原簿들의 습본濕本이 말한 것을 가지고 비협의秘協議중이었기 때문인지라. 마치 그것이 그들의 와생식渦生息인양! 마치 그들의 것이 그녀의 여왕국女王國을 복제분리複製分離할 수 있는 양! 마치 그녀가 탐색 진행을 계속 탐색하는 제3의 방녀放女가 되려는 양! 그녀는 자신의 사방의 바람이 자신에게 가르쳐 준 매력魅力있고 쾌력快力있는 방법을 다 시험했도다. 그녀는 작은 **브르타뉴의 공주마냥** 그녀의 무성색광霧星色光의 머리칼을 빨딱 뒤로 잦혔나니 그리하여 그녀는 예쁘장한 양팔을 마치 콘워리스-웨스트 부인처럼 토실토실 둥글게 하고 아일랜드의 제왕의 여왕의 딸의 포즈의 이미지의 미美처럼 그녀의 전신 위로 미소를 쏟았나니 그리하여 그녀는 트리스티스원비原悲 트리스티오차비次悲 트리스티씨머스최비最悲의 신부新婦가 되기 위해 태어나기라도 한 양 자기자신에게 한숨을 보냈도다. 그러나, 달콤한 마돈나여, 그녀는 자신의 국화꽃의 가치를 플로리다까지 운반하는 것이 나을 뻔했도다. 왠고하니 독선광견獨善狂犬의 무도견無道犬, 묵스는 전혀 무락적無樂的이요 더브주취酒臭의 고양이톨릭 교도, 그라이프스는 고탄苦歎서럽게도 무염적無念的이었기 때문이라.

—알았도다, 하고 그녀는 한숨지었나니. 이것이 남태男態로다.

 저 바로 유약柔弱한 유녀遊女의 유랑流浪거리는 유연柔軟의 한숨에 유착癒着하는 나귀의 유탄柔嘆 마냥 유삭遊爍이는 유초遺草들 오 미다스 왕의 갈대 같은 기다란 귀〔耳〕여. 그리하여 우영柔影이 제방을 따라 활광滑光하기 시작했나니, 활보闊步하며, 활가活歌하면서, 회혼灰昏에서 땅거미에로, 그리하여 그것은 모든 평화가平和可의 세계의 황지荒地 속에 황혼가한黃昏可限의 황울滉鬱이었도다. 월강지越江地는 모두 이내 단색형單色形의 부루네 암흑이었나니. 여기 서반지西班地 혹은 수토水土는, 거삼巨森이요 무수림無數林인지라. 쥐여우 묵스는 건음健音의 눈〔眼〕을 우당右當 지녔으나 그는 모두를 다 들을 수가 없었나니. 포사자 그라이프스는 경광輕光의 귀를 좌잔左殘 가졌으나 그는 단지 잘 볼 수가 없었도다. 그는 묵지默止라. 그리하여 그는 중重 및 피피疲하여, 묵지默識나니, 그리하여 그들 양자는 여태 그토록 암울暗鬱한 적이 없었나니라. 그러나 여전히 무〔鼠〕는 서여명鼠黎明이 다가오면 자신이 오포奧布하게 될 심연深淵에 관하여 사고思考했나니 그리고 여전히 포葡는 자신이 은총에 의하여 운運을 충만充滿하게 가지면 포주葡走하게 될 필상筆傷을 탈피감脫皮感했나니라.

오오, 얼마나 회혼灰昏이랴! 아베마리아의 골짜기부터 초원에 이르기까지, 영면永眠의 메아리여! 아 이슬별別! 아아 노별露別이도다! 때는 너무나 회혼인지라 밤의 눈물이 떨어지기 시작했나니, 처음에는 한 방울씩 그리고 두 방울씩, 이어 세 방울 그리고 네 방울씩, 마침내 다섯 그리고 여섯 일곱 방울, 왜냐하면 피곤한 자들은 눈을 뜨고 있었나니, 우리는 그들과 함께 지금 눈물 흘리네. "오! 오! 오! 우산으로 비를!"

그러자 그 때 저기 방축에로 무외관無外觀의 한 여인이 내려 왔나니 (나는 그녀가 발에 한질寒疾을 지닌 흑녀黑女였음을 믿거니와), 그녀는 그 성상聖霜 묵스가 펼쳐 있던 곳에서 그를 애변신적愛變身的으로 그러모았는지라, 그리하여 그를 자신의 불가시不可視의 거소居所, 즉卽 고소高所, "탐욕 독수리 관館"으로 날랐나니, 그 이유인 즉 그는 그녀의 주교主敎 푸주한의 에이프런의 신성 성헌聖獻 엄숙의 그리고 최고급 쇠꼬치육肉이었기에. 그런고로 묵스가 이성理性을 가졌음을 그대는 알리니 그리하여 내내 모든 걸 나도 알고 그대도 알고 그도 알았나니라. 그리하여 그 때 여기 방축에로 총중대總重大의 한 여인이 내려 왔나니 (비록 그녀의 발꿈치의 냉冷에도 불구하고, 모두들 그녀가 아름답다고 말하지만), 그리하여, 그가 도붓장수의 실타래에 대한 저주풍咀呪風처럼 휘날려 있는지라, 그녀는, 신지身枝로부터 경악(아이쿠) 속에, 겁먹은 듯 자율조自律調로 찢어진 채 매달린, 그라이프스를 확 끌어내렸나니 그리하여 그녀와 함께 그 지복자至福者를 자신의 불시不視의 편옥片屋, 즉, "만나 성찬옥聖餐屋"으로 그녀와 같이 데리고 갔도다.

그런고로 불쌍한 그라이프스는 과오했나니: 왜냐하면 그것이 언제나 그라이프스 같은 자가 현재에, 언제나 과거에 그리고 언제나 미래에 할 방식이리라. 그리하여 그들 가운데 어느 누구도 결코 사료思料 깊지 못했나니. 그리하여 이제 남은 것은 단지 한 그루 느릅나무와 한 톨의 돌멩이 뿐. 피에타의 신앙심과 함께 나뭇가지 잘리니(바울), 사울은 단지 돌멩이 예禮뿐. 오! 그래요! 그리하여 노보레타, 아씨여.

그런 다음 노보레타는 그녀의 가련한 긴 생애에서 마지막으로 반성했나니 그리고 그녀는 모든 그녀의 수만數萬의 부심浮心들을 하나로 만들었도다. 그녀는 자신의 모든 약정約定을 취소했나니. 그녀는 난간 성란干星 위로 기어올랐느니라. 그녀는 아이처럼 구름 낀 소리로 부르짖었나니: "우운雨雲이여! 비구름아!" 경의輕衣가 휠휠 휘날렸도다. 그녀는 사라졌나니. 그리하여 과거에 한 가닥 개울이었던 그 강속으로 (왠고하니 일천의 누년淚年이 영겁永劫 그녀에게 가고 그녀에게 영속永續오나니 그리하여 그녀는 무용舞踊으로 여비餘肥하고 열충熱衝이라 그리하여 그녀의 이혼명泥婚名은 미시스리피이기에) 거기 한 방울 눈물, 단 하나의 눈물, 모든 눈물들 가운데 가장 아름다운 눈물이 떨어졌나니 (나는 해러즈 희망 화점貨店에서 그대가 마주치는 그런 유類의 예쁘고 예쁜 범안凡顔에 "민곡敏哭하는" 저 아이반 규애우화叫愛寓話를 두고 하는 뜻이라), 왠고하니 그것은 윤년누閏年淚였기 때문이도다. 그러나 강은 얼마 안 가 그녀 위로 곱들어 달리나니, 마치 그녀의 심장이 파계破溪 된 듯 철썩철썩 물결치며: 아니, 저런, 어머! 고뇌로다, 오 슬픈지고! 난 너무 어리석게도 계속 흐르나니, 머무를 수 없기에!"

박수갈채는 금지, 제발! 그만! 교황세敎皇稅의 방울뱀이 "무심히" 그대들을 순력巡歷하리라.

여타餘他소년 여러분, 상급생, 나는 주제강의主題講義에 이어 여러분의 반응을 또 다른 곳으로 데리고 가겠노라. 노란 브라운, 그대는 이제 교실을 떠나도 좋아요. 조 피터즈, 폭쓰.

나는 나의 천개두뇌天蓋頭腦의 과소비세過消費稅를 심지어 부담한 나 자신의 천부의 이량理量에 대하여 이제 성공적으로 설명했는지라, 나는 천재天才에 의한 일구一口 이상을 보상받을 가치가 있는 경우임을 확신하도다. 나는 나의 언제나 헌신적인 친구요 빵덩어리절반세련자洗練者인, 멍청이 그노코비치에 대하여 심정深情을 느끼노라. 친애하는 소호小狐여! 마전시馬展示! 나는 저 사나이(솀)가 지독히도 무책호기적無責好奇的이지만 아주 지겹도록 예민하기 때문에 나 자신의 설교대說敎臺처럼 사랑할 수 있는지라, 그리하여 나는 성聖 메토디우스적 조리성條理性과 노결奴結해야만 하도다. 나는 그가 트리스탄 다 쿤하 땅의 야군여단夜軍旅團을 지휘하는 은둔자처럼 가서 살기를 바라나니, 그 곳에서 그는 106호號 주민이 되어 불접근가不接近可의 소도小島 근처에서 살게 되리라. (그 마호가니 목木의 집림지集林地는, 내게 상기시키나니, 파도 곁의, 이 노출된 광경은 비록 그 자체의 우산형雨傘型을 갈송渴松하며 그의 음지陰地를 깨끗하게 보존하기 위하여 진봉사목眞奉仕木(마가목) 류類의 방풍림대防風林帶를 필요로 하지만, ——가지 늘어진 너도밤나무, 독일 가문비 전나무 및 린덴 보리수는 그 주변이 황량荒凉 상태에 있는지라 ——크리켓 방망이 및 그의 두 종묘원種苗園의 충고자들이 제안했듯이, 무진장無盡藏 속하屬下에 응당 분류되어져야 하나니, 바로 이 때 우리는 모든 그러한 버터 밤나무, 단(甘) 고무나무 및 만나 물푸레 적삼목赤杉木 등등을 재부심再浮心하거니와, 마치 그것이 커라 사냥터 안에 있는 산사 나무들처럼 너무나도 거기 확무성적擴茂盛的인지라, 히말라야 삼목이 우리들에게 순수한 임분林分 그대로 화용畫用되고 있는 그 곳 버니 루베우스의 피나코타 화랑畫廊에 우리가 소개되어질 때까지 누구에게나 오두막집 장대처럼 플라타너스 목木 평명平明하게 응당 보이나니, 우리는 그것이 어라 당위當爲의 입지 조건을 갖고 있음을 의심하지 않는다 해도, 그러나 그 최대의 개인목個人木이 동東(E) 코나(C) 구릉丘陵(H)과 같은 올리브 소림疏林에 또는 속에 성장할 수 있는 종種의 증거인 저러한 자기파종행위自己播種行爲 없이 그것[木]이 늘 푸른 아카시아 나무 및 보통의 버드나무와 그 곳에 뒤엉켜 있나니 지금은 미숙未熟이라) "포플라 민民들의 목소리"라고 우리는 히코리[木]-호커리(하키 축구) 식으로 말하거니와 우리는 "상록常綠"(부란디)의 몇 잔을 더 들었으면 나는, 바라노라. 왜 노변에는 도맥道麥 혹은 명반明礬 냄비 위에는 꺼끄러기가? 시의원市議員 오리목木 백량목白樑木이 바로 그거로다. 그는 생각의 변화를 위하여 응당 떠나야 하나니 그리하여 만사세萬事世를 뒤돌아보는 것이 좋아요. 그렇게 하라, 사랑하는 다니엘! 만일 나 자신 스스로 한 사람의 존스(허세자)가 아니라면, 나 자신을 황파荒波 고래뱃속의 그의 돌고래가 되도록 선거選擧하리라, 왠고하니 그는 바로 자신의 얼굴 위로 나의 최고급 구두 양말을 끌어 뒤집어 쓴 나족裸足의 강도 놈인지라, 그것은 내가 나의 최량배最良背의 정원에서 야철주자夜鐵走者의 기쁨을 위하여 그리고 별들의 빈정댐을 향해 공시公示했던 것이로다. 그대는 그것이 가장 비영국적非英國的이라 말하리라 그리고 나는 그대가 그것에 대해 잘못이 아니기를 듣고 싶어요. 하지만 나는 한 걸음 더 나아가, 나의 진실에 약간의 목쉰 것 같은 느낌이 드는구려.

 그대 이리 와서 우리 함께 피차의 악성惡聲으로 무어 음유 시인처럼 합체合體하여 속삭입시다. 늙은 빌파스트가 날 엿듣고 있어. 윌쉬는 코크 주酒로 충만되고. 필립 더브연암淵岩은 석탄통石炭桶이라. 권골서拳骨西 위스트는 게다가 무망선반無望旋盤 저쪽 뒤에 있어. 윌쉬와 우스트는 더브연암 위의 혼탐魂探파우스트처럼 쌍유방雙乳房으로 병충病充이라. 미지자未知者는 작은 카펫 곁에 있나니. 그는 자기 방에서 글을 읽고 있어. 때때로 공부 중, 때때로 어깨를 나란히. 오늘 별고 없나, 나의 흑발의 신사? 흥미의 예점銳点에서부터, 거기 나가 그대에게 도달하려고 노규努叫하고 있나니, 그들 네 사람은 모두 박약심薄弱

心이라, 마치 그대가 모두들을 우화체寓話體로 느낄 수 있듯이.

　나의 유의자留意者(독자)들은 커다란 한락閑樂을 가지고 반동反動하려니와, 어찌하여 심지어 미카엘천사장마저도 겁내며 바보짓해왔던 공간 문제에 대하여 훼방毀謗놓기 전 발발勃發에, 내가 당신들의 허만족虛滿足에 관하여 심자신心自身에게 증명했는지, 어찌하여 그의 통철通徹한 천박淺薄함이 (나태懶怠 교수가 누구든 간에 그의 이름은 너무나 자주 걸인남乞人男으로 최면암시催眠暗示되나니) 만일 우리가 좋다면, (나는 2인칭으로 우리에게 이야기하고 있거니와) 그가 아무리 품위있는 우리의 것을 요구한다 해도 단지 현금現金푼돈보다 더한 것은 결코 아닌지, 이 등급等級된 지식인知識認에게 푼돈은 현금이요, 이 현금제도現金制度는 (그대는 이거야말로, 내 뜻은 제도 말이내만, 사생아의 종의 기원의 도그마 표식 속에 모두 함유되어 있음을 절대로 잊어서는 안되거니와), 내가 마음속에 지닌 반半아닌 또는 반의 치즈(빰)를 각각 그대가 지금 가질 수 있는 같은 시각 및 같은 모양으로 내가 그대의 호주머니 속의 한 조각 치즈(뻐악)를 지금 가지느냐 혹은 가질 수 없느냐를 의미하나니, 만일 그것이 부루스 및 카시어스가, 한때 미래매매未來買買의 낙농 시절에, 매자賣子 대 매자買者 어깨를 맞대고, 위사동시적僞辭同時的으로 유사궁지몰類似窮地沒당했던가 아니면 당하지 않았던가의 겨우였나니라.

　부루스는, 상상하는 것을 좋아합시다, 진정한 제일자第一者(프리마), 진짜 특선, 천연유지天然油脂 충만, 유제乳劑 중 최유催乳, 하지만 시해弑害 마냥 불패不敗라, 그리하여 물론, 절폐적絶廢的으로 무외잡적無猥雜的이나니, 반면反面에 카시어스는 분면分面히 그의 정반면訂反面이라 그리하여 사실상 어느 식도食道로든 이상적인 선택(치즈)이 못되는지라, 비록 두 사람 가운데 보다 양인良人(버터 맨)은 도착경쟁자到着競爭者의 경우의 한층 우연한 면에 녹아 내리듯 탐닉耽溺하나니 그리하여, 당장 이야기하자면, 한 쪽은 가능한 한 상대방에 질투를 품게되는 것이로다. 일견동일가一見同一家 및 경역사經歷史 숨바꼭질을 우리는 우리들의 준연습準練習을 위하여 가끔 읽곤 했나니, 더운가, 쇼트 자네? 폐부廢父가 가게문을 닫을 때까지 그리고 엄마, 불쌍한 엄마가! 우리들에게 초라한 만晩수프를 날라 왔나니, (아하 누구! 에이 어찌!) 산질酸質 및 유질油質 및 후염성嗅鹽性 그리고 향료 후추라! 우리들의 고일단古一團은 공동탁公同卓의 샐러드 그릇 주변에 집결했도다. 방풍나물 교구목사 세먼(연어) 자신 및 파슬리〔植〕 애송이 및 타임의 지승枝僧 및 한 타스의 머피 감자싹 및 20이상의 맵고 애틴 케이퍼〔草〕양讓들 및 푸른 소매의 레투시아 상추 양讓들 그리고 너 역시 그리고 나 셋, 눈 찡그려 홀짝이나 마음 착해 먹나니, 마치 셰익스액液과 베이컨란卵처럼! 그러나 사발과 입술 사이에는 많은 간격이 있나니. 그리하여 (저 코르크 마개를 비뚤어 빼지 말지니, 쇼트여!) 이것을 그대들이 가능한 잘 이해하기 위하여, 그대들이 어떻게 실지적實地的 벤치에 퇴보해 있는지를 느끼며, 나는 교탁校卓의 조용粗用을 위한 다음의 정돈整頓을 완료했나니 그리하여 만일 내가 그대들과 더불어 급히 가버리지 않으면, 나는 카이사르를 초월한 무인無人이로다.

연장年長의 급비생(시져)은 (폭군들, 왕시해王弑害는 그대들에게는 너무나 잘한 일!) 고령으로 견딜 수 없게 되었나니, (그러나 진명塵命의 소극작곡가笑劇作曲家는 난작亂爵이 들어오는 곳에 그와 같은 왕자의 제1막으로서 이 피아노취皃의 효과를 방출함으로써 천둥고鼓의 과오를 범하는지라) 일종의 구촌도살九寸刀殺 당하고 즉치卽齒 제거되었나니 (이 군인-저자-초당번超當番은 그의 보편普遍토리왕당주의王黨主義에도 불구하고 바로 저 남연해취南軟海吹의 거품자者들 중의 또 다른 한 사람이라, 그는 자신의 두 눈에서부터 결코 모래톱〔砂丘〕(샌드허스트)을 제거받지 못했나니, 그런고로 그가 우리들을 위하여 주도酒導하는 샴팬주전酒戰은 팬캐이크 반상전盤床戰처럼 평낙

平落한지라) 그 쌍자유인雙自由人 유형類型들은 징발徵發되어, 삭막朔漠한 전병장戰甁場에 신新 단도직입單刀直入의 장신구로서 그들의 재상현再上現을 이룩했도다. (페르샤-우랄인들의 숙주사宿主史에 대한 가장 저잡咀雜한 독서는 어찌 폰 맥쿨 나리가 표피두사집表皮頭詞集으로부터 저 고유성의명사聖意名詞를 입수入手했는지 우리에게 보여주나니, 비록 침투적浸透的 감식가鑑識家에게 이 치사자癡事子의 카프카스 백인종의 후손은 고대 시베리아 마을 토보로스크에 한 개의 통桶이 있듯이 마왕확적魔王確的인 데도) 보굴 성처녀 마리아의 음기陰器에 맹세코! 그러나 나는 그 무엄無嚴의 사실을 웨스트 포인트까지 부정否定하는지라, 나는 그대를 저 버터까지 채색할 수 있나니 (그만 둬요, 치즈 잇!), 만일 그대가 얼마간의 세정액洗淨液을 갖고 있다면. 사생死生! 오 맙소사 바보짓 자작해요! 글쎄 그 사건은 손에 입맞추듯 실재적이요 가능적이라! 마치 모든 말괄량이 여인이 그녀의 비댁鼻宅에 남편을 갖는 걸 싫어하듯 그들의 대화술은 반反도발적이도다. 카시어스는 자신이 기사騎士라는 생각을 생각한 반면, 부루스는 유사적柔思的 방어적 신앙주의를 최선으로 생각하는 풍착豊着한 원두圓頭의 머리를 가졌나니. 차자此者는 자신의 로프터 골프 채 (웃음) 속의 모든 자국 밑에 우유牛乳(다량)의 지혜를 가진 반면 피자彼者는 행수幸水의 유약乳弱한 오냐오냐그렇구말구 식이라. 비단으로 웃음 짓고 양파로 눈물 흘리니. 그는 고목高目을 지니지 아니하고 그는 저이低耳를 지니지 아니하도다, 엉엉. 그리하여 매야每夜 그가 윙크하는 축일祝日이래 같은 것을 되풀이했나니. 그것은 적절히 및 교정적矯正的으로 서술되었는지라 (그리고, 발톱으로 사자를 아는 자에게는 누구에 의해서이든 당당히 말할 필요가 없거니와) 그의 시기능視技能은 마치 피터스버그의 외바퀴 수레가 그이 위로 눈[雪]사태시켜 눈〔眼〕앞을 캄캄하게 했다 해도 그가 여전히 자신의 당당방관성堂堂傍觀性을 가지고 아일랜즈 아이 눈〔眼〕 속의 푸른 티끌을 식별할 수 있을 정도로 명철한 것이었나니라. 귀공자 차림을 했을 때의 부루스의 총 진실總眞實을 나로 하여금 그대에게 경매競賣하게 하라. 자 여기 있어, 그리고 또한 매력적이야, 6 대 7! 깨끗한 가계家系야, 경신敬神에 맹세코! 휴무 중의 왕이요 영원한 흥담興談이라! 그리하여 얼마나 유쾌하고 원숙한 와관外觀이람, 하나님 대 하느님을 걸고! 만일 내가 그 것에 대한 악惡을 입구멍 가득히 꾸짖는다면, 그대는 나를 그대의 기아飢餓의 한 복판에서 선식善食이라 부르리라. 먹어 없앨지로다, 다시 데울지로다! 아가雅歌의 뭔가를 노래할지로다. 버터와 벌꿀을 그가 먹을지니, 악을 거부하고 선을 택할지로다. 이것은, 물론, 우리들이 아이 시절에 왜 놀이를 배워야 했던지를 역시 설명하나니: 꼬마 한스는 한 조각의 버터 바른 빵, 나의 버터 바른 빵이요! 그리고 야곱은 그대의 햄 샌드위치(취분臭糞)이라! 예! 예! 예!

이것은 사실상, 그대에게 꼭 보여주거니와, 카시어스, 형뇌버터 볼 혹은 순생純生 치즈로다. 한 개의 구멍 또는 둘, 전감前鑑의 고취高臭 및 도충盜蟲이라. 치즈저咀! 그대는 불평하나니. 그리하여 나(하이)나 아고我高 말해야 하나니 그대 저런 저런 전혀 잘못이 없도다!

이리하여 우리는 우리들의 동배同輩와 비非동배, 망명자와 매복자埋伏者, 거지와 이웃에서 도피할 수 없나니 그리하여——이 곳은 푼돈 무언극 광고자들이 일시적 구원탄원救援歎願을 광개廣開하는 곳인지라——반감反感에 대하여 우리 함께 관용합시다. 어떠한 버터 나귀 숲으로부터도 수성水星을 만들어 내지 못하나니? 나는 이에 의하여 노로老 니코라스가 꼭대기의 회전이 날렵하면 할수록 밑바닥의 지름이 건음健音하다고 못박는 저 쿠사누스 곡학曲學(궤변)의 박식博識의 무식無識에 대하여 나의 최후의 승낙承諾을 부여하고 있지는 아닌지라 (존경하올 노로老 여인숙주旅人宿主가 응당 의미했던 바는: 공간 속에 한층 둔감鈍感하게 도 부동不動한 것은 꼭대기의 제1 가동可動 오벨리스크 기타에 의하여 시간

속에 사용하기 위해 제시되는 밑바닥처럼 내게 여겨지는 것이라). 그리하여 영웅시英雄視된 격분激忿의 그 노라누스 이론, 혹은, 적어도, 테오피러스가 최초에 자신은 비교하여 무용악취無用惡臭의 출발점이었다고 분언噴言하는 자이론自理論과는 별개의 저 기질基質(化)에 관한, 그리고 계란이 전벽계상全壁界上으로 안가락安價落하는 동안 버터브르투스가 브리치즈 류類를 타고 고가高價하게 될 것이라는, 그의 이론에 무조건적 무반응을 설사 이해받는다 해도 나는 오해하리라.

 자 그런데, 나는 이제 좀 더 근접하게 나 자신을 들여다 볼 공간을 찾을 수 있을 때까지 방금 이러한 양권兩拳의 한층 큰 경제적인 나선螺線 전기분해를 위한 실크보그 제製의 치즈강전기強電機를 무의도적으로 추천하는 일에 착수하지 않기로 하고, 우리들의 사회적 위장胃腸의 양兩 산물産物이야말로 (탁원한 브로먼 박사는, 그런데 나는 그의 수정된 식품 이론으로부터 알아차린 일이나, 반추反芻에 많은 이익을 주는 나의 책의 초판初版에 있어서 내가 그를 도왔던 바로 그 건전한 비평을 조심스럽게 소화해 왔었는지라) 그의 추축주의樞軸主義의 고정固定에 대한 양면가치兩面價値로서의 어떠한 미혹적迷惑的 행동의 양립불가능성이 어떻게 농이적聾耳的으로 양극화되는지를 적시適時에 그대에게 보여준 뒤라, 나는 이제 나의 결단을 계속 이어가리다. 이상에서처럼, 일방一方은 타방他方의 동화動畵요 타영他影은 일방의 **스코티아**(암영暗影)로, 두 남극男極이 포진布陣하고, 그리하여 두 남성들 간의 우리들의 비배분非配分된 중명사中名辭를 물량 부족적으로 두루 찾고 있는지라, 우리는 초점焦點이 될 한 여성을 허탐적虛探的으로 우원憂願해야 함을 느끼나니 그리하여 우리가 하계下界에서 자주 만나게 될 유녀乳女, M가 이 단계에서 유쾌하게도 나타나니, 그녀는 어떤 정확한 시간에 우리에게 그녀 자신을 소개하는지라, 그 시각을 우리는 절대적 영시零時(제로) 혹은 프라틴주의의 포비등점泡沸騰點이라 부르기로 다시 동의 할지라. 그리하여 자신의 농부農父의 회灰나귀를 상외上外로 탐조探造하려 갔던 키쉬의 저 전자前子 마냥, 우리는 우리들 자신의 회전 나귀를 타고 점잖게 귀향하여 마가린을 만나게 되도다.

우리는 이제 치생내악恥生內樂의 순수한 서정주의抒情主義의 기간을 거뜬히 통과했거니와 (기술적으로, 말하자면, 바보 가슴 같은 비올 현악기를 타는 이 주제식主題食의 식욕을 돋구는 참탁參卓이야말로 차마차馬 앞의 통통하게 살찐 푸딩같이 말랑말랑한 잉어로다), **이 악樂은 나 그대를 위해 크림을, 달콤한 마가린이여, 그리고 한층 희망적으로, 오 마가린! 오 마가린! 아직 주발 속에 금덩이가 남아 있다오!** 와 같은 비탄의 언어에 의하여 분명해지고 있나니 (통신자들은, 그런데, 양장羊腸 요리를 함께 먹는 데는 무슨 배합(곁들임)이 올바른 것인가를 내게 계속 문의하리라. 쑥국화(T) 소스면(S). 그만(E). 이러한 조잡한 작품들의 최초의 것의 전당포업적典當鋪業的 비애는 그것을 카시어스의 노력으로 현시顯示하도다. 부루의 단편은 토스트(축배)로서 자주 사용되었나니. 모발문화毛髮文化가 우리에게 과연 아주 분명하게 말해 줄 수 있거니와, 황은색黃銀色의 이러한 특별한 기미氣味가 어떻게 그리고 왜 최초에 장기臟器 위에(속이 아니고), 즉 보자면, 인간의 머리에 나타났는지, 대머리로, 까맣게, 구리 빛으로, 갈색의, 계루삭繫留索처럼, 비트 뿌리 마냥 혹은 블라망주 같은, 밑바닥이 펴진 집게벌레의 머리카락과 충분히 비교될 그런 곳에 말씀이야. 나는 이것을 상피양上皮讓에게 제공하고 있나니 그리하여 나는 그것을 인치引致하여 그의 주의를 전환하기 위한 방법으로 반모군返毛君의 관심을 끌게 할 의도로다. 물론 미숙한 가수는 공간-원소를, 노래하자면, 아리아를, **병시病時**, 살해돼야 하는, 시간-요소에로 종속從屬시킴으로써 우리들의 보다 현명한 귀를 계속 곡상도曲常道하고 있나니. 나는 나의 유념자留念者들 가운데 아직도 있을지 모를 어느 미탄생의 가수로 하여금 그녀의 일시적 피임격막避妊膈膜

(페서리)을 집에서 잊어버리기를 (어떤 일이 일어나든 그것이 최고!) 그리하여 귓불에 대한 빠른 성문폐쇄聲門閉鎖와 더불이 롤라드 요리곡料理曲을 공격하도록 충고하고 싶으니 (비록 마스 테너가, 나는 주장하려니와, 이것을 과장하는 경향이 있으나, 그의 재발견은 자주 느렸었나니) 그린 다음, 오! 제3의 탈진脫進의 박자로, 오! 그녀의 눈을 감기고 그녀의 구서口誓를 닫히고 내가 무슨 양념을 그녀에게 보내는지 보기 위해. 어떻게? 그대 멈춰요, 교성술녀交聲術女 오페라 가수여! 나는 솔로가 간절히 되고 싶어요. 나를 분기奮起토록 하라, 나의 용기여! 그리하여 영원히 나의 참된 B장조(브두어) 서정시인을 구救할지로다!

나는 율도관律都館(톤홀)의 음향상音響上의 그리고 관현건축적管絃建築的 처리에 관하여 몇 야드 안에 한 마디 말을 해야 하려니와, 그러나 우리들의 것은 자연 식물원적植物園的인지라, 거기 한 식물의 엽육葉肉은 태만계획자怠慢計劃者의 사향麝香이요, 그리하여 그대는 아르곤(가스 원소)에 대하여 상관하지 않을지니, 잠시 이득을 위하여 부루스(버터)와 카시어스(치즈)를 추구하고, 그들의 이등변 삼각형의 한 단段 또는 둘을 오르는 것이 나로서는 아주 편리하리라. 모든 감미자感美者는 마가린에 대한 나의 무광택 채색화를 보아 왔나니 (그녀는 자매와 너무나 닮았는지라, 그대는 알지 못하나니, 그리고 그들 양자의 의상은 **유사類似로다!**) 내가 **무용침無用針 여인 당화當畵**라고 제목을 단 이 그림은 현재 우리들의 국립 주수병酒水瓶 화랑을 장식하고 있도다. 진짜 생동적인 토르소 조상彫像을 위한 마음의 변화를 담은 이러한 풍속 초상화는 확실히 여성의 덤불〔森林〕혼魂을 환기시키나니, 그런고로 나는 도동跳動의 왈라비 캥거루 또는, 혹시 주루의 동물적 정광자情狂者가 그걸 더 좋아할지 모르나니, 콘고〔産〕의 상오리(꽁지)의 정신적 첨가에 의한 총체적 착상을 완성하기 위하여 그것을 체험적 희생자에게 위탁하고 있느니라. 편능형偏菱形(장사방형), 귀부인 부등변 사각형

(사다리꼴) (최고조의 마가린)을 구성하는 그 모자상자帽子箱子는 B와 C 가 기어오르는 것을 애정을 가지고 상상할 수 있는 정상도頂上圖를 또한 형성하나니, 이들은 신사의 봄 유행품(스프링 모드)을 암시하거니와, 이러한 유행품은 제3시신기始新期(에오세世) 및 경신기형성更新期形成의 초첨가超添加의 점토층粘土層으로 우리를 뒤돌려 놓는 것으로, 우리들의 정체政體에 있어서 점진적 형태변화를 필라델피아(일리노이)의 이바히(鷺)-아후리 교수는——그의 푸른버터가슴(善次善最善)에 나는 방금 최후의 일격(끝마무리)을 부여했거니와——적절하게도 경이상자驚異箱子라 이름 부르도다. 이 상자들은, 만일 내가 주제를 점잖게 깨트려 버리면, 한 개 당 4펜스의 값어치에 불과하지만, 나는 현재 한층 특허적特許的 공정工程으로, 내구적耐久的 및 내시적耐視的인 것을 발명 중이거니와 (나는 저 가간家間 자물통 쉐드록 홀즈에게 여쭈어보고 싶은지라, 이 자者는 이른바 주主에게 맡기는 방법으로 우리들의 고전古典 범죄의 지붕 증거를 제거하려고 애쓰고 있나니, 그는 만일 자신이 우연히, 지붕을 움직여, 스스로 활판滑瓣을 벗기지 않고도, 그가 사실상 무엇이든 탐색할 생각이 있는지) 그런 다음 그들 상자들은 심지어 가장 젊은 마가린녀女에 의하여, 그녀가 자리를 잡아 착석하고 제발 좋은 대로 미소라도 지으면, 그들의 진짜 가치架値의 단편斷片으로 축소될 수 있나니라.

이제, 나는 지금까지 그만큼 많이 행사行事 해온 후라, 저 반문맹半文盲의 젊은 여성(우리는 그녀를 계속 마가린으로 부르기로 하려니와)의 크기를 아주 터득한 것에 대하여 의문의 여지가 있을 수 없는 바, 그녀의 타이프는 어느 공원에서든 만날 수 있는 것으로, 대단히 "드레시한" 옷차림을 하고, 발등 길이의 "에셀"로 알려진 그리고 3/9까지 줄인, 진짜 모피를 입고, 잘 어울리는 머핀(유방) 모양의 모자에 (이번 가을에는 "애인절스킨 가죽"이 유행이라), 어떤 "스위트" 웃옷의 단短 셔츠성性에 대하여 변명이나 하듯 헛기침을 여봐란 듯 토하며,

그리고 그녀는 온통 무료 벤치 위에 앉아 "그것(섹스)"에 관해 탐욕스럽게 읽고 있을 때 그러나 "그이"를 분명分明 오비디우스식으로 탐중探中하나니 아니면 베스트 드레스의 각시 유모차와 아름다운 팔꿈치 시합에 관해 대단히 "스릴을" 느끼며 또는 영화관에서 "찰드" 차프린의 "최신화最新畵"를 관람중 흐느낌을 삼키거나 혼성 비스킷을 휘날리면서 또는 배수구 가장자리에서 어떤 까불까불 나풀대는 머리털의 짧은 프록 코트차림의 아가엄마의 아장아장 걸음마를 (스마이스-스마이즈 가家는 현재 두 하녀를 지니나니 세 남아를 열망이라, 한 사람의 운방수運放手, 한 사람의 사밀주자使密酒者 및 한 사람의 교비서敎秘書) 팔 길이만큼 인질로 잡고, **유아幼兒 나리**에게 수상가상水上加霜 쉬하는 법을 가르치고 있도다.

(나는 펄스(맥박) 군을 면접面接히 관찰하고 있거니와, 현재의 나의 위치에서 혹시 아닌가 하고 생각하는 여지를 가졌기 때문이라, 그녀의 "작은 꼬마"는 교육부하敎育部下의 중등 교사, 소아남小兒男의 투표된 제자요, 그리하여 그녀가 남자의 내의內衣 위에 부질없는 화미장華美裝을 과시함으로써 그녀 자신의 한층 남성적 개성을 감추려는 유아유괴녀幼兒誘拐女에 의하여 그가 이렇게 공공연하게 이용당하고 있나니, 그 이유인 즉 저 완녀完女의 배태(여성)성배태(女性)性은 진남眞男의 남성성男性性을 언제나 결핍하고 있기 때문이리로다. 어머니들의 타당한 분만 및 배뇨태아排尿胎兒의 교육을 위한 나의 로숀 해결解決은 이 순간부터 내가 나의 주의도注意圖를 점령하기 위하여 이 부추기는 말괄량이 여인을 내가 부추길(자극할) 때까지 참아야만 하겠노라.)

마가리나 그녀는 부루스를 극히 좋아하는지라, 하지만, 맙소사 가엾게도! 그녀는 치즈 또한 아주 좋아하도다. (이 동아세아 수입輸入에 의하여 만사萬事 위에 행사된 중요한 영향은 지금까지 충분히 풍미風味를 주지 못했나니, 하지만 이 경우에 있어서 우리는 기분 좋게 그것을 맛볼 수 있도다. 나는 되돌아와 좀 더 이야기하리라.) 그녀 자신의 타고난 권리로서

한 사람의 주교경主教敬의 클레오파트라인 그녀는, 부루스와 카시어스가 그녀의 비지배秘支配를 위해 다투고 있는 동안, 그녀 자신을 회피적인 안토니어스와 뒤엉키게 함으로써 이내 입장을 복잡하게 만드나니, 이 이탈리아 이민은 모든 천공穿孔밥 류類의 정제淨濟된 치즈에 개인적 흥미를 끌어 안은 듯이 보이나니, 동시에 그는 버터 요리하는 시골뜨기 촌놈처럼 조야성粗野性의 도덕 폐기론적(팬터마임) 예술을 연출하도다. 이 안토니우스(A)-부루스(B)-카시어스(C) 삼자三者 그룹은 등가류等價類(코리스)와 앞서 언급한 소위 동류상同類上(타리스)의 동류를 등식화等式化하는 것으로 이야기되어질 수 있나니, 이는 마치 초超화학적 경검약학經儉約學에서 최대열당량最大熱當量이 양적量的으로 양자충동력量子衝動力을 광조발光照發하는 듯 하는지라, 그리하여 계란과 유장乳漿에 대한 관계는 건초와 마종馬種의 관계와 유사하나니, 그대의 골프자子의 초자初者 에브(abe)는 풋내기 캐디로다. 그리하여 이것이 그대가 어느 소박한 형제박애의 바보든 착의着衣하기를 좋아하는 이유인지라, 자수정색의色衣의 저도인底都人. 다리 포갠 부살해자父殺害子, 그의 한 쪽에는 지독히도 녹색綠色이요 다른 쪽은 경과驚果롭게도 청색이라, 그것은 그러나 나의 아크로폴리스 두頭의 요새혈要塞穴을 통하여, 격려된 경칠 놈의 깽깽대는 경란輕亂스런 거만한 경불한당敬不汗黨의 천치天痴로서, 나의 위대한 탐색안探索眼에 대한 호소로부터 그를 가리지(스크린) 못할지니, 그리하여 그는 통석류痛石榴를 한 개 훔칠 때 그와 수류탄을 구별하지 못하는지라, 그리고 위세군威勢軍과 더불어 우리들의 조합군회당組合群會堂의 팡팡 고사포高射砲의 회중會衆과 함께 찬송가를 찬가贊歌하려 하지도 않도다.

아니야! 정동頂童은 그대의 타그피아 암사岩숲에로! 이러한 일은, 애비군君, 불가언不可言이도다. (그리고, 감염분甘鹽分과 알칼리성性의 물질을 제거하면, 우리가 시간이 지나 소금간을 맞출 수 있기를 나는 희망하나니, 그 이유인 즉 그대가 포타주 수프를 그 속에 떨어뜨릴 초석자기硝石磁器 속에는 역초일급力硝一級의 쓴 질산窒酸이 약간 들어있기 때문이라.) 제12뇌군단雷軍團이 올림프스 산을 폭풍우暴風雨하고 멈추었나니. 지금까지 12법전회法典回 나는 그걸 포고布告해 왔도다. 순수한 천재(버터) 대對 부식腐蝕의 카시어스(치즈)! 죽는 자, 그대에게 경례! 나의 유연有演인 타이탄 신의神義의 경주競走가 주走하고, 그리하여 민주마民主魔가 지고좌至高座를 점占하게 하라! (견직자絹織者 아브라함. 저 낡은 근면勤勉은 시대에 아주 뒤졌나니. 다음의 대답을 읽을지라). 나는 그대 소론이여 타별打別하리라. (대악질자大惡質者. 왜 직접적인 행동을 취하지 않는가. 이전의 답 참조). 나의 불변의 말[言]은 신성하도다. 말[言]은 나의 아내이니, 해설하고 해명하기 위해, 행상行商하고 경존敬尊하기 위해, 그리고 비나니 만종晩鐘(마도요)조鳥여 우리들의 예혼禮婚을 영관榮冠캐 하소서! 숨결이 우리를 떼어놓을 때까지! 와멘. 나의 나이와 함께 그대 변하리니 요주의要注意. 그대의 조모처럼 젊으리로다! 과오점過誤店의 도박꾼 하지만 정복正覆 질서에 의한 의식어儀式語! 혀로 공언하는 곳에, 결속結束 있어라! 적에게 영원한 권위 있어라! 나의 만월滿月번개를 느끼지 못할 여인은 무례녀無禮女 및 부정녀不貞女로서 그대에게 옷벗게 하라! 자신의 혼저魂底에 모세율법律法을 지니지 않으며 말 [言] 법의 정복에 의하여 경외敬畏되지 않는 사나이, 그리하여 그는 결코 스스로 비육肥育된 적이 없으며 머리를 씻기 위해 자신의 고국 땅을 떠나다니, 당시 그의 희망은 고지高地(신발) 속에 자신의 고뇌를 털어 버리려 했기에. 만일 그가, 거만한 파지갑破紙匣의 방랑자가, 나의 설법안說法岸에 다가와, 하늘이 그들의 물꼬지(파산)의 심술을 분출하고 있었을 때, 우리들의 방주方舟 무소위험호無騷危險號에서 한 입을 걸식乞食하기 위해, 나 자신과 맥야벳, 사두마차四頭馬車를 탄, 그를 족출足出할 것인가?──찬贊!──만일 그가 나 자신의 유홍제乳胸

弟, 나의 이중애二重愛요 나의 단편증인單偏憎人이라 한들, 우리가 꼭 같은 화로에 의하여 빵육育되고 꼭 같은 소금에 의하여 서탄署誕되었다 한들, 우리가 꼭 같은 주인으로부터 금탈金奪되고 꼭 같은 금고를 강탈했다 한들, 우리가 한 침대 속에 끌어 엉키고 한 마리 빈대에 의하여 물렸다 한들, 동성색남同性色男이요 천개동족天蓋同族, 발록구니와 들개, 빰과 턱이 맞닿아, 그걸 기도하기 위해 나의 심장이 찢어졌다 한들, 하지만 나는 두려운지라, 말하기 싫었나니!

12. 성저주聖咀呪 받을 것인가?

대답: 우린 동동同同(세머스, 세머스)!

문사文士 솀

솀이 쉐머스를 위한 약자略字이듯이 젬은 야곱을 위한 조기어嘲氣語로다. 그가 토착적土着的으로 존경할 만한 가문 출신임을 확신하는 몇몇 접근할 수 있는 완수자頑首者들도 있는지라 (그는 청침수靑針鬚 및 공포의 철사발鐵絲髮 사이의 한 무법자 및 대장 각하 사師 수림鬚林 씨의 근친이 그의 가장 먼 친척들 가운데 하나였나니) 그러나 오늘의 공간의 땅에 있어서 선의善意의 모든 정직자正直者라면 그의 이면裏面 생활이 흑백으로 쓰여질 수만은 없음을 알고 있도다. 진실과 비진실을 함께 합하면 이 잡종은 실제로 어떻게 보일는지 짐작할 수 있으리라.

솀의 육체적 꾸밈새는 손도끼형의 두개골, 팔자형八字型의 종달새 눈, 전공全孔의 코, 한쪽이 소매까지 마비된 팔, 그의 무관두無冠頭에는 마흔두 가닥의 머리털, 가짜 입술까지 18 가닥, 그의 커다란 턱에 매달린 섬유사纖維絲 3 가닥(돈남豚男의 아들), 오른쪽보다 높은 잘못된 어깨, 막대한 귀, 천연 곱슬한 인공 혀, 딛고 설 수 없는 한쪽 발, 한 줌 가득한 엄지손가락, 장님 위胃, 귀머거리 심장, 느슨한 간肝, 두 개 합쳐 5분의 2의 궁둥이, 그에게는 너무 무거운 14 스톤 무게의 끈적한 부랄, 모든 악惡의 남근男根, 살빠진 연어의 얇은 피부, 차가운 발가락의 장어 피, 부풀린 방광, 그리하여 너무나 그러하기 때문에 젊은 쉐미 군은 광역사光歷史의 바로 여명黎明에서 그가 처음 데뷔한 바로 그 순간에 자기 자신이 여차여차하다는 것을 알고는, 옛 호란드 국國(팽이 나라), 슈브린 시市, 돈가豚街 111번지의, 비원悲園인 그들의 유아원에서 엉겅퀴 말[言]을 하며 놀고 있었을 때, (우린 이제 푼돈을 위해 거기로 되돌아갈까? 이제 우린 몇 루피를 위해? 우린 완전 20에이트와 한 이레타를 위해? 12브록크 1보브를 위해? 4테스타와 1그로트를 위해? 다이나로는 안돼! 절대로 안돼!) 그는 모든 동생들과 자매들 가운데 우주의 최초의 수수께끼를 자주 말했나니: 묻기를, 사람이 사람이 아닌 것은 언제지?: 시간을 천천히 끝도록 그들에게 말하며, 꼬마들, 그리고 기다려요, 조수潮水가 멈출 때까지(왠고하니 처음부터 그의 하루는 두 주週였기에) 그리고 과거로부터 작은 선물인, 신감辛甘의 야생 능금을 우승자에게, 상賞으로 제공하면서, 왜냐하면 그들의 청동靑銅 시대는 아직 주조鑄造되지 않았기에. 한 놈은 천국이 퀘이커 교도일 때라고 말했고, 둘째는 보헤미안의 입술일 때라고 말했으며, 셋째는 인간이, 아니, 정말 잠깐만 기다려, 그가 그노시스 교도로서 결의가 대단한 때라고 했으며, 그 다음 놈은 죽음의 천사가 두레박을 걷어찰 때라고 말했고, 여전히 또 다른 놈은 술이 제 정신을 잃고 있을 때라고 말했나니, 그리하여 여전히 또 다른 놈은 귀여운 여인이 허리를 굽혀 사나이를 실신시킬 때라고 했으며, 가장 꼬마 중의 한 놈은 나야, 나, 셈, 아빠가 응접실을 도배했을 때라고 말했고, 가장 재치 있는 놈들 중의 하나는 자신이 사과를 먹고 갈고리 모양이 될 때라고 말했으며, 여전히 다른 한 놈은 네가 늙고 내가 백발로 잠에 깊이 떨어질 때라고, 그리고 여전히 또 한 놈은 우리들 사자死者가 몽유병자요, 그리고 또 한 놈은 그가 유사類似 할례割禮를 받은 직후일 때라고, 또 다른 놈은, 그래, 그가 바나나를 갖고 있지 않을 때, 그리고 한 놈은 저 돼지들이 공중으로 날아올라가려고 막 시작할 때라고 말했나니라. 모두들 다 틀렸도다, 그런고로 쉠 자신은, 독박자獨博者, 과자를 먹었나니, 정답은──모두 포기했지?──자신은 한 사람의──바위가 쪼개질 때까지 여불비례餘不備禮──가짜로다.

솀은 가짜 인물이요 저속한 가짜이며 그의 저속함은 음식물을 경유하여 처음 살금살금 기어 나왔나니라. 그는 너무나도 저속하여, 연어도안挑岸과 아일랜드교橋 사이에서 여태껏 작살로 잡힌, 최고급 곤이 가득 찬 훈제 연어 또는 최고급 뛰노는 어린 연어 또는 일년생 새끼 연어보다 오히려 그 싼값이 마음에 들어, 깁센 회사 제製의 다시용茶時用 통조림 연어를 더 좋아했나니, 여러 번 자신의 보튤라누스 중독中毒 속에 되풀이 말했거니와, 어떠한 정글 산産의 파인애플도 여태껏 잉글랜드, 모퉁이 가옥, 펀드래이타 및 그래드스톤 회사의 아나니아스 제製의 깡통으로부터 흔들어 쏟아 낸 염가품廉價品만큼 맛이 나지 않았도다. 인치 두께의 청혈淸血의 바라크라바 화형火刑 후라이 스테이크 또는 희제점希帝店의 뜨거운 양고기의 젤리 즙 많은 다리 고기 또는 지글지글 엿기름 꿀꿀 돼지 즙 또는 저 희약심希弱心의 유다 청년을 위한 소견육즙沼見肉汁의 늪 속에 온통 빠진 듯한 프럼푸딩 과자 재료 뭉치를 닮은 석판石板 위의 육향적肉香的 거위 가슴살은 아니라 할지라도! 고古 열성국熱誠國의 장미소薔薇燒 비프! 그는 그것을 손에 근촉近觸할 수 없었나니. 시식인屍食人의 남인어男人魚가 우리들의 처녀채식주의자處女菜食主義者의 백조를 좋아하게 될 때 무슨 일이 일어날지 알겠는가? 그는 심지어 그녀 자신과 도망을 쳤고 원속자遠贖者가 되었나니, 가로되 광狂일랜드의 쪼개진 작은 완두콩을 주무르는 것보다 유럽에서 편두扁豆의 요리로 얼렁뚱땅 지내는 것이 훨씬 빠를 것인지라. 언젠가 절망적으로 무원無援의 도취陶醉 상태에서 저들 반역자들 가운데, 이 어식자魚食者는 시트론 껍데기를 한쪽 콧구멍에 들어올리려고 애를 썼을 때, 딸꾹질하면서, 성문폐쇄聲門閉鎖와 함께 자신이 가진 결함에 의하여 분명히 즉발卽發당했나니, 그는 시트론의, 키스드

론의 향기에 의하여 영원히 유화流花 마냥 코카번화繁花하였는 바, 레바논의 레몬과 더불어, 산 위의 옹달샘의 삼杉 나무를 닮았기 때문이로다. 오! 그 자의 저속함이란 저 침저沈底에 달할 정도로 온통 하층下層이었나니! 어떤 화수火水 또는 최초 대접받는 최초주最初酒 또는 식도소주食道燒酒 또는 게다가 순수 바렛 양조 맥주마저도 아닌지라. 오 정말 아니! 그 대신 저 비극의 어릿광대는 신 포도 과실즙에서 짜낸 사과즙을 여과濾過하는 어떤 종류의 이국산異國産 오렌지 황록색黃錄色 흑청색黑青色의 담뱃대에 매달린 인생에 염병染病이 걸린지라 유장애소乳漿哀訴롭게 혼자 흐느껴 울었으니, 그리하여 그의 감침적感沈的 실수잔失手盞을 나누는 사이 그가 너무나 마마많은 호리병박의 술을 마마많이 꿀꺽 마셨을 때 거의 같은 저급한 자들에게 토해내는 이야기를 듣노라면, 그런데 그 자들은 언제나 그런데도 불구하고 자신들이 충분히 마신 때를 알고 있었나니, 저 비참자의 후대厚待에 대하여 온당히 분개했는지라, 그들이 공포恐怖롭게도 또 다른 술 방울을 마실 수 없을 때를 발견했는지라. 술은 고상한 단백질에서 직행直行한 것이요, 이봐요, 넓게 펼쳐 앉아, 이봐, 이봐, 그녀 그걸 왜 감추는가, 이봐, 이봐, 이봐, 저 포도주 술통, 대공비大公妃의 것처럼 가장 신선한 헝거리요주尿酒에 속하도다. 만일 그녀가 집오리(더크)라면, 그녀는 여공작女公爵(더치)이야, 그리고 그녀가 백포주색白葡酒色의 콧물을 가질 때 그녀의 잘못, 그래 그런가? 가짜 놈들이여, 그대들이 능글능글 웃고 있다니, 우습도다, 그대들이 그녀 속에 아직 있다고 상상해 봐, 여흥女興 요주尿酒. 그건 멋진 것이 아닌가, 이봐? 당연하지! 저속低俗함에 관해 말하자면! 저 저속함의 무슨 개놈의 양量이라니 이 불결한 작은 까만 딱정벌레한테서 진하게 눈에 띌 정도로 스며 나왔는지라 왠고하니 어떤 소치는 촌뜨기 소녀가 그녀의 냉혈 코닥 카메라를 가지고 저 여태껏 무보수無報酬의 민족적 배신자를 바로 그네 번째 스냅 사진으로 찍으려 하자, 그는 비겁하게 총과 카메라를 꺼려하나니, 그가 기꺼이 생각한 바 카알 페레, 쇼크 아메리가스로 가는 지름길을, 그렇게 오래지 않아 원한을 풀었기에, 조선소造船所인 프라이드윈을 경유하여, 비행非行의 출구, 제 13번 기차 철로로 하여, 그의 "여보세요, 아가씨! 안녕하세요?"와 함께, 과일 가게와 가성歌聲 꽃장수 가게인, 파타타파파베리 속으로 달려들어 갔나니, 그녀는 그의 걸음걸이로 보아 이 형무소를 탈출한 악한이 사악하고 방탕한 자임을 현장에서 알아 차렸던 것이로다.

〔존즈는 별 다른 고깃간입니다. 다음 번에 마을에 오시면 꼭 한번 들려주십시오. 아니면 좋으신 대로 금일매수今日買 오십시오. 목축업자의 춘육春肉을 즐길 수 있습니다. 존즈는 이제 빵구이와는 완전히 이혼했습니다. 다지기, 죽이기, 벗기기, 매달기, 빼기, 사지四肢 자르기 및 조각내기. 그의 양羊을 느껴 보세요! 최고! 염양廉羊 맛을 보세요! 최최고! 그의 간 또한 고가高價요, 공전空前의 특수품! 최최최고! 이상 홍보함.〕

그 당시에, 더욱이, 누구든 일반적으로, 장의사들 사이에 사랑이든 돈이든 어떤 짓을 다해서 희망하거나 또는 아무튼 추측하고 있었으니, 그는 금새 꼴사나운 모습으로 바뀔 것이요, 유전적 폐결핵(T.B.)으로 발달하여, 한 호기好機로 녹초가 될 것이라, 아니, 어느 비가 억수같이 쏟아지는 밤에 담요를 뒤집어 쓴 빚쟁이들의 눈을 피해, 에덴 부두 저편의 조잡한 노래며 물 튀기는 소리를 들으면서, 한숨짓고 몸을 뒹굴고, 확실히 만사가 다하여, 그러나, 비록 그가 심하게 그리고 지방적地方的으로 차변借邊 속에 떨어졌는데도, 심지어 그런 때도 이와 같은 도덕률 폐기론자廢棄論者는 전형典型이 될 수 없었도다. 그는 자신의 대뇌大腦에 발포하지 않을 것이요, 그는 리피 강에 투신하지 않을 것이요, 그는 폐랑肺囊으로 자폭自爆하지 않을 것이요, 그는 진흙으로 질식하지 않을 것이로다. 외국산의 악마의 유독성 엉겅퀴를 가지고, 저 생래生來 허약체질의 사기한은 죽음까지도 편취騙取했던 것이로다. 반대로, 전보를 쳤나니 (그러나 자신의 맥아구麥芽口로부터 고가어高價語를 꺼내면서: 해안 경비종從 레포렐로라? 젠장 맞을!) 그의 나폴리의 정신 요양원에서 자신의 동생인 조나단에게: 여기 오늘 오케이, 내일이면 가다, 우리는 첨접添接이라, 뭔가 도와다오, 무화자無火者. 그리고 답신을 받았나니: 불여의不如意, 데이비드.

글쎄 이봐요, 여러분, 물론 변덕스럽게도, 그건 조금씩 새어 나올 것이니, 그러나 이야기의 자초지종은 이러하외다. 그는 방랑 시인적 기억력에서 저속했나니. 항시 그는 달구지 여행담의 토막 토막을 보장寶藏의 만족을 가지고 마음속에 계속 보축寶蓄하고 있었나니, 이웃사람의 말을 탐욕하며, 그리고 국민의 이익 속에 월요세月曜洗 대화가 소동을 부리는 동안, 누군가 선의善意의 사람들에 의해 자신의 사악한 여로旅路에 관한 미묘한 토막 뉴스라도 자신에게 던져지면, 입 사나운 교황 절대주의자와 함께 사물의 영광을 위한 항변투抗辯鬪에 대하여 성서 논쟁으로 헛되이 변론하나니, 밥벌레 같으니라고, 그런데 경칠 걸식자乞食者 대신에 아남兒男이 되란 말이야, 이를테면, 빌어먹을, 간원懇願하건대, 이 술고래야, 저 대륙적 표현은 무슨 의미인가, 그대는 여지껏 그것으로 해가解架될지 몰라도, 우리는 그것이 통명通明하게도 어중이떠중이 같은 말로 생각된다네. 혹은, 경칠 개놈 같으니, 그대는 가리바여행暇里婆旅行 도중이나 혹은 그대의 전원 음유田園吟遊 여행을 하는 동안 저속한 돼지 놈의 이름에 울먹이는, 언제나 입의 구석지기로 여인들에게 말을 걸거나, 꾼 돈으로 생활을 하며 그리고 그대 나이 마흔셋인, 어떤 경쾌한 젊은 귀족과 어디선가 우연히 마주치지 않았던고? 마치 그가 대단한 학자인 체 조금도 조급躁急한 기색 없이, 그리고 조금도 미안한 생각 없이, 그가 풋내기 뱃사람의 공허한 얼굴을 하고, 청각자聽覺者의 외측外側의 이각耳覺에 연필을 고착시키고, 그런 다음 설렁대면서, 시간을 보내기 위해, 파넬풍風의 혀짤배기 소리를 하며, 그리고 얀샌파派의 그리스도 천개天蓋 아래 알비온 신사의 어떤 얌전한 자식이 그가 대학에 다닌 자라면 뭐라 생각할 것인지를 땀을 뻘뻘 흘리며 필사적으로 생각하면서, 사순절四旬節을 깨닫게 하고는 저 타미르어語 및 사미탈어회화會話의 갈채喝采에 동조했던 모든 인테리인들에게 (왜냐하면, 지금이나 이전이나 상대는 의사, 변호사 상인, 종루鐘樓 정치가, 농업 수공자手工者, 청천회淸川會의 성구자聖具者, 이들 만유재신설자萬有在神說者들 주변에 동시에 기식寄食하는 될 수 있는 한 많은 박애주기자博愛主技者들) 자신의 모든 저속한 천민賤民의 어중이떠중이 존재에 대한 전필생全畢生의 돼지 이야기를 말하기 시작하는 것이니, 이토泥土가 있는 곳에는 어디나, 지금은 사멸한 자신의 조상들을 비방하면서, 그리고 한 순간 자신의 원명遠名을 띤 조상인 포파모어에 관하여 커다란 궁둥이 나팔포喇叭砲(꽝!)를 타라 쿵 울리며 칭찬하나니, 이 에험에험씨氏로 말하면, 역사, 기후 및 오락이 그를 자신의 씨족의 시조始祖로 만들었는 바, 그리하여 비록 천국은 그가 얼마나 많은 벌금에 직면하고 있는지는 듣고 있을지라도, 언제나 빚을 진 상태라, 그리하여 또한 순간은 정역적正逆的으로, 어떤 소지봉小紙封이라는 자신의 부패한 꼬마 유령에 대하여 삼창三唱의 야유(체!)를 내뱉는지라, 이 힘미쉼미씨氏, 고사자枯死者, 악취자, 경박자輕薄者, 콧대 센자, 떠듬거리는 자, 얼간이, 도적들 가운데 불결한 칠번자七番者 그리고 언제나 바닥 톱장이(소야)로서, 마침내 가정家庭이란 가정이 도대체 무엇인지 모르는 자로, 부재자不在者를 대신하여 무청無請의 증언을 제시하며, 그곳의 참석자들(한편 그런 사이에 이들은, 그의 의미론意味論에 점점 흥미를 결缺하여, 다양한 잠재 의식적인 킬킬대는 웃음을 그들의 용모에서 천천히 몰아내도록 했거니와)에게 마치 지붕의 처마 이슬방울처럼 조잘대나니, 예(잉크스탠드)를 들면, 광기狂氣에 접변接邊하는 세심성을 가지고, 자신이 오용誤用한 모든 다른 외국의 품사品詞의 다양한 의미를 무의식적으로 설명하는 것이요, 그리하여 이야기 속의 모든 다른 사람들에 관하여 비위축적非萎縮的 온갖 허언虛言을 위장전술僞裝戰術하는 것이나니, 물론, 전의식적前意識的으로, 그들이 자신과 관여한 단순한 전도顚倒와 역병疫病 및 독기毒氣를 무시하는 것이라, 마침내 그러한 장광설의 암송에 의하여 천조千鳥의 발뒤꿈치에 있어서까지 전적으로 기만欺瞞되지 않는 자 하나도 없었도다.

 그는 물론 말할 필요조차 없거니와, 저 멍청이 같은 놈은 어떤 분명하고 직설적이요 입상立上 또는 도하倒下의 소란에 접근하는 일은 그 어떠한 것이든 싫어했는지라, 속어론자俗語論者들 사이에서 그 어떤 팔각형八角形의 논의論議를 중재仲裁하기 위하여 자신이 소환당할 때마다 자주, 저 낙인찍힌 무능자無能者는 언제나 최후의 화자話者와 어깨를 비비거나 굳은 악수자握手者였나니 (촉수觸手는 말없는 화법이라) 그리고 단어 하나 하나가 반급半及되자마자 그에 동의하며, 네네 명령만 내려요!, 그대의 하인, 좋아요, 난 그대를 존경해, 어떻게, 나의 선각자先覺者?, 자 한잔하지!, 아주 정말이야, 감사하네, 확실히 그래, 무슨 말인지 알아? 또한 좋아, 좋을 대로, 확실해?, 여기 채워줘!, 그래 그래, 자네 말했지, 과연, 정말 고마워, 나를 공격하는 거냐?, 게일(생강)어語 알아? 그건 그대 자신이야, 인기응변燐氣應變이라, 그리고 그 때 이내 그의 전비균형全非均衡의 관심을 다음의 팔각형 논자論者에게 초점을 맞추나니, 그 자者는 청취자의 시선을 포착하고, 그를 기쁘게 하기 위해 또는 그를 위해 더욱 다시 한번 감질나는 주잔酒盞을 넘치도록 채우기 위하여 가능한 무엇이 세상에서 존부존存不存한지를 (관冠 씌운 피 가래침으로) 그의 애처로운 일별一瞥로써 물으며 소원訴願하는 것이었도다.

 허리케인 어느 폭풍야暴風夜 (왜냐하면 그의 출발은 심한 강우를 동반

문사文士: 쉠 89

했기에) 어떤 기천 우幾千雨와 같은 아주 최전最前의 일이거니와 그는 그런고로 개인적 폭력과 밀접하게 유사한 것으로 대접을 받았나니, 리피 강의 텀블린의 삭막한 마을을 통과하여 부副 마보트 시장市場 81번지에 있는 반홈리씨氏의 집으로부터 멀리 녹전綠田(그린 팻지)까지 연어 연못의 연와장煉瓦場 너머를 생석회자生石灰者 대對 느리꽝이 탐지자의 라이벌 팀에 의하여 전혀 의심의 여지없이 축구蹴球당하자, 그들은 마침내, 자신들이 정말로 오히려 너무 느지막까지 지체遲滯되었기에, 일이 일인지라, 경쾌한 저녁에 대한 감사와 함께, 하나에서 열까지 싫증이 나서, 그를 럭비하는 대신에, 그들의 오본에서 오본을 뒤쫓아 집을 향해 질주하는 것이 낫다고 생각했는지라, 정신을 차리고, 단단하고 열렬한, 우정에 보답했나니 (비록 그들은 자신들이 그에게 야기시킨 모든 분쟁에 대하여 악한惡漢들만큼이나 질투했으나), 그리하여 이러한 우정은 밉살스런 전도자顚倒者의 완전한 저속에서 단순히 나온 것이었나니라. 다시 사람들은 경멸중의 경멸로서 그를 쳐다보고 있었나니, 처음에 그를 진흙 속에 구르도록 한 다음, 만일 적당히 이[虱]가 잡히면, 그를 가엾게 여기고 용서할 수 있었건만, 그러나 이 평민平民은 생래生來의 저속低速이라 몸을 저속低俗하게 빠뜨리고 마침내 시야에서 사라져 버렸던 것이로다.

모든 성인聖人들이여 악마를 쳐요! 미카엘이여 악마를 자 어서! 불가不可! 준비 완료?

어느 곳에서든지 전세계가 그의 아내를 위해 그 자신을 편든 적은 아직 없었다.

어느 곳에 의해서든 가련한 양친이 벌레, 피와 우레에 대하여 종신형을 선포한 적은 없었다.

코카시아의 제왕이 지금까지 천사天使영국에서 아더 곰을 추방한 적은 없었다.

색슨족과 유태족이 지금까지 언어의 흙무덤 위에서 전쟁을 한 적은 없었다.

요부妖婦의 요술요술妖術이 지금까지 고高 호드 언덕의 히스 숲에 불을 지른 적은 없었다.

그의 무지개가 지금까지 평화평화를 지상地上에 선언한 적은 없었다.

갈라진 족足은 천막天幕에서 넘어져야 하고, 비난받을 정원사는 떨어지기 마련이다.

깨진 계란은 갈라진 사과를 추구하노니, 왜냐하면 의지가 있는 곳에 벽璧이 있기 마련이다.

그러나 그들의 광자狂子가 그의 관棺을 뛰어오르는 동안 정산靜山은 물방아 도랑에 얼굴을 찌푸린다.

그리고 그녀의 모든 어리석은 딸들이 그녀의 귀에 웃음을 지을 때, 그녀의 계곡유성溪谷流聲이 각하閣下에게 속삭인다.

마침내 귀머거리 토리 섬의 네 연안沿岸들이 12마리 벙어리 애란愛蘭 집게벌레로 하여금 욕설을 퍼붓게 한다!

들어라! 들어! 그들의 잘못된 오해를 위해! 퍼스-오레일의 민요民謠를 지저귀오.

오 불행중 다행! 왼쪽은 게루빔케이크를 갖는가 하면 오른쪽은 그의 발굽을 쪼개도다. 깜둥이들은 저 교활한 놈을 끌어내어 비-배설적非-排泄的, 반-성적反-性的, 염악적厭惡的, 청결淸潔 순수적純粹的, 혈육血肉 경기競技를 결코 시킬 수 없었으니, 이들은 무모無謀 모모씨某某氏에 의하여 작사作詞되고 작곡되고 작가作歌되고 무용舞踊되어, 흑인 아동들이 종일 유희遊戱하듯 꼭 같이, 저 오래된 (호색과 강도의 내용은 전혀 없는!) 게임들을 재미와 원소元素를 위해, 우리는 다이나와 함께 놀곤 했으니, 조우는 그녀를 뒤와 앞에서 걷어차고 그리고 그

흑백혼혈 황녀黃女는 조우를 뒤에서 걷어차고, 이를테면 그 경기는 이러하나니: 즉, 둥둥 풍적수風笛手, 경찰관 놀리기, 모자 돌리기, 포로捕虜잡이와 오줌싸기, 미카엘 나무의 행운돈幸運豚, 구멍속의 동전, 여가장女族長 한과 그녀의 암소, 아담과 엘, 윙윙 뒝벌, 벽 위의 마기가家, 둘 그리고 셋, 아메리카 도약跳躍, 소굴 여우 사냥, 깨진 병, 펀치에게 편지 쓰기, 최고급품 당과점, 헤리시 그럼프 탐험, 우편 배달부의 녹크, 그림 그리기? 솔로몬의 묵독默讀, 사과나무 서양 배 종자種子, 내가 아는 세탁부, 병원 놀이, 내가 걷고 있었을 때, 드림코로아워의 외딴집, 워털루 전쟁, 깃발, 숲 속의 계란, 양품 장수, 꿈 이야기, 시간 맞추기, 낮잠, 오리 미이라, 최후 독립자獨立者, 알리 바바와 40인의 도적, 오이지 눈과 수발총병燧發銃兵, 생生의 단일 수결혼手結婚 및 불재발죄不再發罪, 짚 캔디, 밀집 속의 칠면조, 장운조長運朝의 반종磻種, 미리컨 경야經夜의 다취미多趣味, 팻 파렐과 칫솔 찾기, 사제司祭 구두 벗기기, 그의 증기蒸氣가 정원 주변의 룸바 춤을 닮았을 때.

그런데 악명으로 높이 알려져 있는 것은 어떻게 하여 저 놀랍도록 위협적인 일체파一體派 일요일에 저 웅대한 겔만 대對 골의 올스타 전전戰이 우리들의 비상한 윌링튼파派와 우리들의 작은 틱크스파派 간間에 급급急急하게 분노로 변했을 때 환영의 마르세이유의 그리고 아일랜드의 눈이 그들의 등에 미소짓는 단도短刀를 내려쳤는지, 당시 적赤, 백白 및 청군青軍이 흑黑, 백白 및 적군赤軍을 맞이하고 녹綠, 백白 및 적군赤軍이 영국의 전투 보충병과 한판 하다니, 처세포훈處世砲訓에 의한 지상 명령을 받아, 지독한 공포가 그를 개량하자, 이 야비한野卑漢은 파자마의 고약한 발작 속에 마치 자신의 벌거숭이 생명을 위하여 토끼 새끼처럼, 진토凍土에로, 아 맙소사, 마을의 모든 미녀들의 냄새 풍기는 저주詛呪에 의하여 추적당했는지 그리하여, 일격一擊을 가하지도 않은 채, (그가 걸친 돼지 스톨 목도리를 질질 끌고 있었는지라, 그가 먼지를 털었기 때문에) 그의 잉크전戰(집) 속에 콜크 마개처럼 틀어 박혀, 주기酒氣 때문에 한층 고약하게 악화되어, 거기 일생 동안 그 속에 멀찌감치 머물기 위하여, 한 순간도 놓치지 않을 세라, 그가 염발음捻發音을 한껏 내며 넘넘 블루스를 터뜨릴 때까지 피아노와 더불어 주먹을 치며 돌아다니고는, 슈쩌어 점店에서 산 요 껍데기 아래 조심스럽게 맥없이 쓰러졌으니, 자신의 얼굴을 죽은 용사의 장우장長雨裝 속에 감싸고, 그의 발에는 자장가의 햇빛 가리개 모자와 온수병溫水甁으로 그의 기다림의 정력을 불피우기 위하여 무장하고, 연약하게 신음하면서, 수도사 마리아풍風의 순단純單 주제로, 그러나 엄청나게 길고 잇따라 경치게도 큰 소리로, 민족이라, 한편 큰 확잔擴盞에서 꿀꺽꿀꺽 마시기에 종사하며, 그의 부父페트릭의 연옥煉獄은 네덜란드 검둥이가 견딜 수 있는 이상의 것으로, 비밀결사 전투와 모든 노호怒號에 의하여 반신 불구가 되어, (견총絹寵으로 넘치는, 매모每母 소消마리아여! 천모신天母神, 성聖아베 마리아여!) 그의 뺨과 바지가 총소리 멈출 때마다 색깔을 바꾸고 있었노라.

평 평신(평)도平信(平)徒 및 신수녀神修女 여러분, 저속이라니 어떠하나이까? 글쎄, 십자포도十字砲徒의 개(犬)놈에 맹세코, 전全 대륙이 이 비환자卑患者의 저속으로 쌩쌩 울려 퍼졌나니! 소파 위에 슈미즈 속옷 바람으로 누운 수묘數墓의 요녀妖女들, (반란의 저녁의 별들이 그들을 옴짝달싹 못하게 하여) 비늘 불경어不敬魚의 적나라赤裸裸한 (오!) 언급에 소리쳤나니: 악운어惡運魚!

그러나 정신 병원을 별개로 하고, 누가 그걸 믿겠는가? 저들 깨끗한 귀여운 지품천사智品天使 가운데 아무도, 네로제帝 또는 노부키조네황皇 자신도 이 정신적 및 도덕적 결함자缺陷者(여기 아마도 그의 최속성最俗性의 정수精髓에 달하여)가 하듯 그의 괴물적怪物的 경이성驚異性에 대하여 지금까지 이토록 퇴락頹落한 견해를 키워 본 자 없었나니,

이 자야말로 어느 경우에, 독주毒酒를 심하게 마시면서, 그가 카페다 방에서, 함께 벗삼아 오곤 했던 쾌남아快男兒요 개인 비서인, 저 대화자對話者, 천국산天國産의 쌍둥이인, 어떤 데이비 브라운-노우란 자에게, (이 돈골豚骨의 견시인犬詩人은 자신이 부여한 베데겔러트란 교수자絞首者의 이름 하에 스스로를 가장假裝했거니와) 집시 주점의 현관 구에서, 발포發砲라기보다는 푸념을 터뜨린 것으로 알려졌거니와, (쉠은 언제나 모독적이라, 성서聖書롭게 기록된 채, 빌 숫염소여, 그는 차월此月의 매녀每女마다 사내놈에게 자신의 네 수프의 총액을 애써, 오 맙소사, 그리고 지불하며, 정말이지, 저 유성流星의 꼬리처럼 확실하게, 사가史家의 40이빨을 위한 맛에 걸맞게, 유언留言하자면, 단지 20분만 더, 여보소[牛], 플룸의 마이스토르 쉬에머스가 저술한 술, 여인 그리고 물시계, 또는 사나이가 미칠 때의 외도법外道法이라 이름 붙은 그의 상상적 민요집, 살인적 필경법筆鏡法으로 된 어떤 최독最毒의 작품을 귀담아 들으려고 애쓰곤 했는지라) 그는 자신이 선밀先密하게 극지적極地的 반대자와 닮지 않거나 아니면 전확前確히 자기 자신과 꼭 같다고 상상 또는 추측했나니, 그윽(례禮!), 어떤 다른 다모자多毛者도, 다른 피수자彼鬚者(셰익스피어)도 으윽(실례!) 의식하지 않으며, 게다가, 위대한 도망자(스콧), 속임자(디컨스) 그리고 암살자(테커리)도, 비록 그가 마치 토끼 소년 난동亂童처럼 럼드람의 모든 다방의 사자獅子들과 함께 亞李反呼(아이반호)당하여 호면狐面 대對호면 호사狐詐당했다 하더라도, 악惡한 비卑한 패敗한 애哀한 광狂한 바보의 허영虛榮의 (곰)시장市場의, 루비듐색色의 성 마른 기질을 가진 정신착란증 환자인지라, 인과因果의 의과意果를, 십자말풀이 후치사後置詞로, 모든 그 따위 것들을 보다 크게, 최고로 스크럼을 짜맞추어 선통先痛케 하고, 만일 압운押韻이 이치에 맞아 그의 생명사선生命絲線이 건디는 한, 그는 비유적다음성적比喩的多音聲的으로 감언敢言하거니와, 모든 (샛길) 영어 유화자幽話者들을 지구(어스말)의 표면에서

싹 쓸어 없애 버리리라.

그가 저 피비린내 나는 시위턴의 날을 경험한 철저한 공포 뒤에, 많은 시련을 겪은 루카리조드 마을의 모든 문설주를 통하여 짙은 최초산最初産의 피로 얼룩지고, 온갖 자유로운 자갈길이 영웅들의 피로 미끄러운지라, 타인他人들을 위하여 하늘을 향해 절규하면서, 그리고 노아의 홍수인 양 배수排水 도랑마다 환희의 눈물로 용솟음치고 있는데도, 우리들의 저속한 황량자荒凉者는 구내를 선동하고 분발奮發할 공통의 음매 양羊의 담력膽力을 결코 갖지 못했는지라, 한편 횃불 군중의 그밖에 모든 사람들은 난도질하고 다 함께 곡타曲打를 치며, 한 때 운집하여, 배를 타거나 근처의 물에 빠져, 장쾌하게 바다를 질주하여 피터폴 애란시愛蘭詩의 괴물서怪物書에서 갈루라 코로스와 '오 순결하고 신성한 종전宗戰!'을, 지금은 물론 항시 중국선中國船에서 또는 세속世速의 침선沈船에서, 머리를 쳐들고, 그의 순수한 정신 착란을 야기하나니 (꼬마 녀석들은 네발로 자연 학교 교외 소품까지 기어다니며 윙윙 유탄流彈 소리가 간헐적으로 노래를 부르자 아이답게 환희하고) 그리고 보다 아름다운 여성의 행복한 종속물從屬物들은 보다 높은 것들을 통상 탐색하고 있었으나, 보아전戰의 맥크조바에 복수하기 위하여 스미스 귀부인과 경쟁하면서, 교육받은 걸음걸이로 그들의 망원경을 가지고 돌층계를 밟고 갔나니, 토닥 토닥이며, 전쟁 종식終熄 뒤에 단지 한번 동안 만성절萬聖節을 통하여 자비慈悲 정부씨政府氏에 의하여 흙탕 위로 세워진 일곱 뼘 넓이의 무지개 색교色橋를 가로질렀는지라, 이 자는 단지 나소가街의 가로등의 좌측左側처럼 좌현左舷으로 3단段 속사速射 18구경口徑 마력馬力 망원경을 통하여 그의 최서측最西側의 열쇠구멍으로부터 빛을 발하나니, 불가해한 날씨에 침을 뱉으며, (만성절의 무서운 밤이었으니!) 그의 영혼을 떨면서, 불확실운不確實雲에 기도할 때, 고독의 희망을 가지고 크로카파카 추구追求의 모든 물고기의 노파老婆를 위하여, 또는 카라타바라의 모든 대구 알 때문에, 참된 화해가 점진漸進하고 있든 또는 굉장한 부절제不節制가 후진後進하고 있든 그리고, 악마를 위하여, 도대체, 그를 보라 나를 보라 그리고 그의 나의 보라 갈가마귀를 그리고 코록코록코록 사랑을 얌전히 양난養卵하는 것을 독력으로 찾아내다니, 그가 미지의 전쟁자戰爭者에 의하여 건네 받은, 특정 목적의 모형을 지닌 불독의 비정규적 권총의 총신銃身 아래 직사정直射程에다 눈을 깜박이며 들여다 보았는 바, (거기 뚜쟁이들이 있었으니!) 이 용사勇士는, 필경, 만일 수줍은 쉠이 6명 또는 한 다스의 건방진 놈들에게 자루에 갇혀 종언終焉당하기 전에 (그를 찢어 녹초가 되게 하라!) 그들의 얼굴 속에 사실을 잠시 시찰查察하기라도 했다면, 냉분冷糞이 그의 뻔쩍이는 삐죽한 코 주둥이를 들어내 보이리라.

도대체, 무엇 때문에, 도우카리온과 피라, 그리고 방향芳香을 피우는 당사자 및 세상이 다 아는 식료품실의 신들 그리고 스테이토와 빅토 및 쿠트와 런 그리고 집회의 원형 식탁의 로렌코의 이름에 맹세코, 이 무심하게 저속한 인간 형型, 이 시궁창의(C) 중상적中傷的(C) 기둥(C), 이 사악의(B) 벵골의(B) 중놈(B), 이 흉악한(C) 안남의(C) 곰 같은 놈(C)을, 정말이지, 그가 마치 파파격破破格 속에 있는 듯이, 분명하게 자격을 부여해야 한단 말인가?

그 대답은, 모든 미치迷稚한 것들을 한 개의 미로궁迷路宮 속에 넣어 종합하거니와, 바로 이런 소리도다. 즉 그는 가장 기분 좋은 운하를 타고 자신의 선배들을 본받아 거대한 주점에서 난취亂醉하여 엉뚱한 곳에 정박함으로써(흑미호黑梶號, 그리고 약간의 승무원들, 꼬리 배들을 포함하여!) 마약媚藥과 마취痲醉 탐닉耽溺 속으로 껄렁이며 잠입했으니, 유리遊離된 과거의 과대망상 병자로 성장해 갔던 것이로다. 이것은 존경적尊敬的, 고가락高歌樂의, 박식博識한, 신고전적新古典的, 7인

치 대문자의 문자文字 나팔의 연도連禱를 설명하는 것이요, 이를 그
자는 너무나 귀족적으로 사랑한 나머지 자신의 이름 뒤에다 필사筆寫
했던 것이니라. 그의 둔녹색鈍綠色 소굴의 깊은 울혈鬱血 사이의 이
반半 미치광이가, 이클레스 가街의 그의 무용無用한 율리씨栗利氏스의
독서 불가不可한 청본靑本, 암삭판暗削版을, (심지어 지금도 무단 삭제의
권위자요 검열자, 최판이最判異 경卿, 포인대鋪因代 젠크 박사는 한숨짓나니,
그건 되풀이될 수 없노라고!) 읽는 척하는, 몸서리치는 광경을, 언제라
도 볼 수 있다면, 정말 흥미진진할 것이요, 일진풍一陣風에 3매枚씩
넘기면서, 자신이 실수한 고급 피지皮紙 위의 모든 대기염大氣焰이야
말로 이전의 것보다 더 화사한 영상映像이었다고, 거울을 들여다보며
크게 기뻐하면서, 즐거이 혼자 떠들고 있었나니, 이를테면, 영원토록
무료의 바닷가 장미 종種 오막집, 자유로운 숙녀의 가봉假縫 양말, 흰
푸딩 블라망주 과자 및 한번 씹어 10억 가치의 육기통六氣筒 바다 굴
과 함께 하수구下水溝 가득한 황금화색黃金貨色의 양주洋酒, 만원 오페
라 하우스(대사자臺詞者 좌석 이외에는 발붙일 틈이 없는 그리고 더욱이나
구경꾼의 행렬은 계속 불어나고 있었으니) 열광적인 귀족 여인들이, 연달
아, 극장 무대의 경내境內에서 그들이 갖고 있던 모든 심홍색의 바느
질감을 내팽개치며, 그들의 게이어티 팬터마임 가운데, 위태한 그들
의 골 세트를 느슨히 풀면서, 그 때, 당치도 않게, 글쎄, 모두의 설명
에 의하면, 그는 에린의 다정하고 가엾은 클로바를 최고 음부로 노래
했나니 (유태 귀여, 그대는 들었는가! 비누처럼 청결한! 만군萬軍의 시골뜨
기들! 마치 한 마리의 새처럼 감주甘酒롭나니!) 충분히 5분 동안을, 바리
톤 맥그라킨보다 무한히 훌륭한, 멋진 정장용正裝用 삼각모를 쓰고 그
의 매황두魅黃頭의 오른 손잡이 쪽에 녹색, 치즈 색 및 탕헤르 색의
삼위일체의 세 깃털을 꽂고, 맥파렝린 코트(재단사 케세카트, 그대 아는
가?) 스페인 풍의 단도短刀를 그의 갈빗대에다 (재단사의 한 바늘), 자

신의 가슴 블라우스를 위하여 청색 코 손수건을 꽃피우고, 그가 추기경 린던다리와 추기경 카친가리와 추기경 로리오투리와 추기경 동양미東洋尾로부터 그가 획득한 사교司敎의 지팡이를 들고 (야호!), 다른 손에는, 마님, 장애물 넘기 최초의 낙하落下를 위하여 다정하고 불결한 더비 수갑手匣을, 그리고 모든 그 따위 것들, 그러나 음울한 빛, 먼지투성이의 인쇄, 다 떨어진 표지, 지그잭 된 페이지, 더듬는 손가락, 폭스(여우) 춤을 추는 빈대, 늦잠꾸러기 이, 혀 위의 찌꺼기, 눈 속의 취기醉氣, 목메임, 단지술병의 대주大酒, 손바닥의 가려움, 구슬픈 방귀 소리, 비애의 탄식, 정신 피로의 안개, 두뇌수頭腦樹의 윙윙소리, 양심의 경련, 덧없는 분노, 단장斷腸의 침하沈下, 목구멍의 화열火熱, 꼬리의 근질근질함, 배腹 속의 독毒, 눈의 사시斜視, 위장의 부패, 청각의 메아리, 발가락의 발진發疹, 종양腫瘍의 습진, 다락방의 쥐, 종루鐘樓의 박쥐, 잉꼬 새와 윙윙대는 미조美鳥, 왁자지껄 떠들썩함과 귀 울림이다 뭐다 하여, 그가 그들로 벗어나는 데 한 달이 걸렸으며, 1주 동안 한 개 이상의 단어를 기억하는 데 어려움을 겪었도다. 대구신大口神 같은 이야기! 누(낚시)가 생선이란 말인가! 자네 그걸 피할(칠) 수 있어? 휘우 맙소사! 글쎄 그걸 낚을 수 있느냐고? 여태껏 이러한 저속의 불량배주의를 들은 적이 있느냐고? 그것에 대해 생각하다니 단호히 사람을 괴롭히도다.

하지만 이 대살수자大撒水者는 자기 자신에게 홀로 그에 대하여 강한 어조로 자만하곤 했나니 당시 아친부我親父는 왕뱀 건축가였으며 어이자者는 고전어古典語 법률 학도였나니, 흑판黑板을 가지고 교정矯正해 보였는지라 (무대 영국인들을 모사模寫하려고 애쓰면서 그는 만장滿場의 갈채를 받으며, 소리쳤나니: 부라보, 차알수差謁水 경卿! 완전한 문사文士! 거장巨匠, 루이스 월로! 말하라!) 어떻게 그가 군인 지역, 슈바벤 지방, 수면睡眠의 나라, 어깨 어쓱쟁이들의 나라, 기숙사 다뉴비어홈 및 야만야蠻지방 출신의 금광맥金鑛脈의 모든 재치才致 가족들로부터 안짱다리를 걷어차였는지를, 그런데 이들은 일포일日泡日, 월경고일月硬膏日, 화류혈일火流血日, 수혹일水惑日, 목쾌일木快日, 금색일今色日, 토충일土充日과 같은 주간적週刊的 대수도권고고화大首都圈考古化에 따라서 수도首都에서 정착하고 계층화階層化했는지라, 그의 냄새 때문에 대부분의 경우 그들의 화사華奢한 경내境內에서 그를 명하여 추방하는가 하면, 모든 요리녀料理女들은 그 냄새를 현저하게 반대했으니, 우물에서 샘솟아 나온 지긋지긋한 거품 악취를 닮았기 때문이라. 그가 저들 모범 가정의 분명하고 건전한 필법筆法(그 자신이 결코 소유하지 못한 나이제리아의 것으로)을 교수敎授하는 대신에, 얼마나 교묘하게 어느 날 자기 자신의 개인적 이익을 위하여 엄청난 위조 수표를 공공연하게 언급하기 위하여 모든 그들의 다양한 스타일의 서명書名을 복사하는 방법을, 훔친 과일을 먹으며, 연구하는 것 이외에, 이 어정뱅이가 도대체 무엇을 했다고 그대는 생각하나이까, 그리하여 마침내, 전술한 바와 같이, 더블린의 주방파출부廚房派出婦 연합회 및 가정부 모임, 매춘부 협회로 더 잘 알려져 있거니와, 이들은 그를 투저投底하는지라 그리하여 금주총체적禁酒總體的으로 순간의 열熱을 이용하여 이들 곤혹의 원천을 합동으로 쇠테 채움으로써 합세合勢했나니, 상호의 코를 잡으면서 (아무도, 사냥개 또는 세탁부도, 심지어 그 잔인한 터키인도, 아르메니아의 취적臭跡에 있어서 비희랍적이 될 수 없었는지라, 근접 영역에서 이 족제비 괭이를 감히 취취吹臭하지 못했나니) 그리고 그들이 비취鼻臭 연안구沿岸區에서 그렇게 했듯이, 한 점 한 점 그에게 따지는 말을 하는 것이었으니, 여보게 나리, 저속低俗하게 붕붕대다니 하필이면 악취愕臭를, 자네.

〔본본 제임스는 폐기한 여성 의상을 감사히 수취收取하며, 모피류 잠바, 오히려 퀼로트 제의 완전 1착着 및 그 밖의 여성 하의류착의자下衣類着衣者로

문사文士 쉠 99

부터 연락을 청취하고, 도시 생활을 함께 시발始發하고자 원함. 본본 제임스는 현재 실직 상태로, 연좌하여 글을 쓰러 함. 본인은 최근에 십시계명十時誡命의 하나를 범했는지라, 그러나 여인이 곧 원조하려 함. 체격 극상, 가정적이요, 규칙적 수면. 또한 해고解雇도 감당함. 여불비례餘不備禮. 서류 재중. **유광계약流廣契約.**]

우리는 파산당한 우울증 환자, 본명 비열한卑劣漢이, 정말로 얼마나 실질적으로 저속했는지에 관한 주식株式을 추산推算하기 불가하도다. 얼마나 많은 사이비似而非 문체의 위(쉠)광僞狂이, 얼마나 소수小數 또는 얼마나 다수의 가장 존경받는 대중적 사기詐欺가, 얼마나 극다수極多數의 신앙심으로 위조된 거듭 쓴 양피지羊皮紙의 사본寫本이 그의 표절자剽竊者의 펜에서부터 이 병적 과정에 의하여 첫째로 몰래 흘러 나왔는지를 누가 말할 수 있으랴?

그건 그렇다손 치더라도, 그의 페이지의 1인치 이내에 마왕폭적魔王暴的으로 그것이 뒹구는 그의 비영계적鼻靈界的 광휘光輝의 환상적 빛이 없었다면 (그는 이따금씩 그것에 접촉하려 했으니, 비성悲性 속의 자신의 공포에 질린 붉은 눈을, 그의 광성狂性 속의 비어리츠에 의하여 군기색軍旗色으로 위탁하고, 그의 수녀원 학생들이 처녀 환락의 부르짖음 속에 스스로 외색外色하나니, 생강 빛! 잉크 제품! 진피珍皮! 시네리라! 신쭉풀 씨! 인디고 원로! 및 바요렛 딸기로다!) 펜촉은 양피지에 글 한 획도 결코 쓰지 못했을 것이니라. 저 장밋빛 램프의 용솟음치는 연광燃光에 의하여 그리고 펜촉의 동시질용두사미식同時疾龍頭蛇尾式의 도움으로(한 권에 1기니씩을 그가 거기 받나니!) 그는 심지어 태애란怠愛蘭 견수렵대회犬狩獵大會의 방수복벽防水服壁의 우산 밑에 우량雨量을 분담하면서, 그가 여태껏 만난 모든 자들에 관하여 무명無名의 무수치성無羞恥性을 할퀴고 할구고 할쓰고 그리고 할켜 썼는지라, 한편 이 고약한 쉠(僞)지紙의 네 가장자리의 여백 상하전면上下全面에다 이 악취한惡臭漢은 (그는 노부老父 사다나파러스에 사사私事하고 있었으니) 노老 니키아벨리의 내년이內年耳의 **독견獨見 갖느냐 못가지 않느냐**, 그것이 문제로다, 아더 경卿 저著, 입증을 낭송하는 행위 속에 자기 자신의 비예술적 초상화를 끊임없이 점화點畫하곤 했나니, 눈眼속의 소녀들을 위한 사랑의 서정시와 함께 가슴 터질 듯 잘생긴 젊은 파오로, 애상哀想의 테너(가죽) 목소리, 파산구몰단지破産丘沒團地로부터 매(야드)년 132 드레크머스의 공작령公爵領 수입, 캠브리치(바지) 풍風의 예법, 신품新品의 두 기니의 예복 및 아주 멋 부린 그리고 금모요일金毛曜日 저녁의 즐거운 파티를 위해 빌려 입은 혹 달린 돈화豚靴, 길다란 귀여운 한 쌍의 잉크빛 이탈리아 풍의 콧수염을 붕소硼素의 바셀린과 자스민 향수를 발라 번득이나니. 푸흐! 그토록 법석 떨지 않아도 될 터인데도!

오세아 또는 오 수치羞恥, 정숙 보행자의 집, 유령의 잉크병으로 알려진, 유황 산책로 무無번지, 아일랜드의 아시아, 그곳은 톡톡 쥐들이 기몰寄沒하는 곳, 문패 위에 폐쇄閉鎖라는 필명이 세피아 물감으로 긁어 벗겨지고, 그의 희미한 창문 위에 까만 범포帆布의 커튼이 쳐 있나니, 그곳 밀세실密細室에는 영혼수축증靈魂收縮症에 걸린 자식이 납세자들의 비용으로 인생 행로를 추구하고, 주야 예수회의 짖는 소리 그리고 쓰린 무기침 소리로 의기소침해 있는, 바이러스 병 치료의 유황 그리고 매일 각자의 방법상方法上 자기와 타인의 과격한 남용에 있어 한층 과월過越한, 구역질 나는 벅찬 40건강정健康丁에 의한 절시홍분竊視肛奮, 순수한 쥐 농장의 오물을 위한 심지어 우리들의 서부 바람둥이(플레이보이)의 세계에서까지, 가장 최악의 곳이라, 희망되었도다. 자네는 볼리퍼몬드의 자네의 동성銅城 또는 자네의 기와집을 자만하고 있는가? 무용無用, 무용, 그리고 재무용再無用. 왜냐하면 이는 구린내 나고 잉크 냄새 나는, 부필자腐筆者에 속하는 아주 잡동사니이기 때문이라. 반실재문제半實在問題로써, 오빈오빈午頻에 엽식葉食하는 천사들은 거기 에담이 더 이상 희귀하게 냄새를 풍긴다고 생각지 않았도다. 맙소사! 거기 잠자리 소굴의 충석토沖積土 마루와 통음성通音性의 벽, 직립부直立部 재목이나 덧문은 말할 것도 없고, 다음과 같은 것들이 덧문처럼 초췌하게 산문散文했나니: 파열된 연애 편지, 내막 폭로 이야기, 등 끈적한 스냅 문구, 의심스런 계란 껍질, 소품권小品券, 부싯돌, 송곳, 칙칙폭폭, 전분질의 아몬드, 무피無皮 건포도, 알파벳 형태의 언채言茱, 성서聖書의 편기偏埼, 흔히 수립된 의견, 개나開裸, 에헴과 아하, 무음절無音節의 불가표현의 발칙한 것들, 차용증서, 적용서適用書, 백노대의 연도煙道, 몰락한 마魔 석양, 대접된 화여신火女神, 소나기 장식품, 빌린 가죽 구두, 양면용 재킷, 멍든 눈 가리 렌즈, 가정용 단지, 가발 와이셔츠, 하느님께 버림받은 외투, 결코 입지 않은 바지, 목조르는 넥타이, 위조 무료 송달 우편물, 최고의사最高意絲, 즉석 음표, 뒤집힌 구리 깡통, 미용未用 맷돌 및 비틀린 석반石盤, 뒤틀린 깃촉 펜, 고통 소화 불량본不良本, 확대 주잔酒盞, 도깨비에게 던져진 고물固物, 한때 유행했던 롤빵, 짓이긴 감자, 얼간이 몽타주, 의심 여지없는 발행 신문, 언짢은 사출射出, 오행五行 속요俗謠의 저주詛呪, 악어의 눈물, 엎지른 잉크, 모독적인 침 뱉음, 부패한 너도 밤, 여학생의, 젊은 귀부인의, 밀크 처녀의, 세탁녀의, 점원 아내의, 즐거운 과부의, 전前 수녀의, 부副 여승원장의, 프로 처녀의, 고급 매춘부의, 침묵 자매의, 챠리 숙모의, 조모의, 장모의, 양모의, 대모의 양말 대님, 우右, 좌左 그리고 중中에서 오려 낸 신문 조각, 코딱지 벌레, 구미口味 이삭줍기, 스위스 산産 농축 우유 깡통, 눈썹 로션, 정반대 엉덩이 키스, 소매치기로부터의 선물, 빌린 모자 깃털, 느슨한 수갑手匣, 공주公主 서약, 술 찌꺼기. 일산화탄소, 양면가용兩面可用 칼라, 경칠 악마 강정强錠, 부스러진 웨이퍼 과자, 풀린 구두 끈, 꼬인 죄수 구속복拘束服, 황천黃天으로부터의 선공포鮮恐怖, 수은

水銀의 환약, 비삭제非削除 환락, 눈에는 유리 눈으로, 이에는 빤짝 이로, 전쟁의 신음, 별난 한숨, 장지장통長持長痛, 맞아 맞아 맞아 맞아 예 예 예 예 예 그래 그래 그래. 그리하여 이것들에, 만일 우리가 모든 이 실내악의 파손, 격동, 왜곡, 전도를 첨가하는 스스로 참아야 할 위장(욕망)을 갖춘다면, 한 알의 선의善意가 부여되어, 우뢰雨雷의 아들, 선회하는 회교수사回教修士, 튜멀트, 자아自我 위의 자의自意 망명자亡命者를 실질적으로 볼 수 있는 충분한 가망성 있으려니, 백白 또는 적赤의 공포 사이 철야의 전율, 불가피한 환영에 의하여 피골皮骨까지 대낮 공포에 질린 채 (조형자造形者여 그에게 자비를 베푸소서!) 자기 자신의 신비神秘를 필요 비품으로 필서筆書하고 있나니.

물론 우리들의 저속한 영웅은 필요의 선택에 의하여 한 사람의 자신 시종侍從인지라, 그런고로 별란別卵을 위하여 (풍사과豐司果는 현가목懸枷木으로부터 아주 멀리 떨어지지 않나니) 스토우브리지 내화耐火 벽돌 부엌 및 연화황화물鉛化黃化物 냄새의 가금家禽 축사畜舍에 의하여 의도된 것은 무엇이든 그가 취하는지라, 그것을 이 정조화情調和의 대장간쟁이는, 무통제산란無統制産卵 보호법(금수류禽獸類)에 도전한 채, 요리 벽책僻冊의 교성곡嬌聲曲을 연주하면서, 자신의 디오게네스의 대등貸燈불에 의하여, 용광로에서 굽거나 닭요리하거나 데치기도 하고, 흰자위와 노른자위 그리고 황백을 하얀 자매보다 더 하얀 및 내 사랑, **금화양金貨孃**이란 봄의 향가香歌에 맞추어, 계피桂皮와 메뚜기와 야생 벌꿀과 감초와 카라긴 해초와 파리의 소석고燒石膏와 아스터의 혼합식과 허스터의 배요排尿와 엘리만의 황색 도찰제塗擦濟와 핀킹톤의 양호박과 성진星塵 및 죄인의 눈물과 함께, **쇄라단의 냄비 요리법**에 따라서, 리티 판 레티 판 레벤(생명)과 함께 그가 뒤에 두고 떠나 온 족란足卵 유類의 모든 진수성찬珍羞盛饌을 위하여, 발효어醱酵語의 강신술降神術, 아브라카다브라 엉덩이의 미부尾部를 찬가하며, (엘리제의 마담 가브리엘 달걀, 미스트레스 B. 애란愛卵, B. 마인필드 계란, 양계란주養鷄卵酒의 사과주, 소다 황산의 미숙란未熟卵, 완숙란完熟卵, 반숙란半熟卵, 토스트 위의 고양이란卵, 살찐 양병아리 요리, 포가비둘기 알라 페네라, 트리까레메의 후라이란卵), 이는 모두 찬장饌欌을 위하여 의도된 것이었나니 (아아 저런! 만일 그가 자신을 유아幼兒케 한 사대부四大夫들인 금주禁酒 주창자 마슈 신부와 노불 부친과 루카스 목사와 아귀이라 신부에게 보다 훌륭하게 귀를 기울이기만 했던들──평신도 목사 보우드윈을 잊지 마시라! 아아 정말!) 그의 인색한 마왕적 안티몬의 석회질의 리트머스 시험지 닮은 천성天性은 이러한 후미진 골방을 결코 필요로 하지 않았는지라, 그런고로 육대중肉大衆의 독재자들인 약탈자 로버와 매모자賣母者 멈셀이 그들의 법률 고문인 코덱스와 포덱스 제씨諸氏의 자극을 쫓아서, 그리고 그들의 교구 목사인 프람메우스 매부리 신부神父 자신의 은복恩福하에, 그를 모든 양지羊脂 양초와 자치적自治的 문방구가 어떤 목적을 위해서 보이콧했을 때, 그는 날기러기의 추적을 쫓아 날개를 타고 카타르시스의 대양大洋을 건넜는지라, 그리하여 자신의 기지奇智의 낭비에서 자기 자신의 목적을 위하여 합성 잉크와 감응지感應紙를 만들었나니라. 그대 묻노니, 도대체 어디서, 어떻게? 이러한 것의 방법과 물질을 이들 우리들의 도발적 기간 동안 얼굴 붉은 진홍색의 언어 속에 잠시 숨겨 두기로 하고, 영국교英國敎의 성직 수임자受任者는, 그 자신의 조잡한 덴마크의 말씨를 읽지 못하는지라, 바빌론 여인의 이마 위의 분홍색의 낙인烙印을 언제나 바라보면서도 그 자신의 경칠 뺨의 핑크색 낙인은 느끼지 못하리라.

첫째로 이 예술가, 탁월한 작가는, 어떤 수치나 사과도 없이, 생여生與와 만능萬能의 대지에 접근하여 그의 비옷을 걷어올리고, 바지를 끌어내린 다음, 그곳으로 나아가, 생래生來의 맨 궁둥이 그대로 옷을 벗었도다. 눈물을 짜거나 낑낑거리며 그는 자신의 양손에다 배설을 했나니. (높이 산문적散文的으로 표현하면, 그의 한 쪽 손에다 분糞을, 실례!) 그런 다음 검은 짐승 같은 짐을 풀어내고, 나팔을 불면서, 그는 자신이 "후련함"이라 부르는 배설물을, 한 때 비애의 명예로운 증표로 사용했던 항아리 속에 넣었도다. 쌍둥이 형제 메다드와 고다드에게 호소함과 아울러, 그는 그때 행복하게 그리고 감요甘饒롭게 그 속에다 배뇨했나니, 한편 그는 "나의 혀는 재빨리 갈겨쓰는 율법사의 펜이로다"로 시작되는 성시聖詩를 큰 소리로 암송하고 있었나니라. (소변을 보자, 그는 후련하다 말하고, 면책免責되기를 청하나니), 마침내, 혼성된 그 불결한 분糞을 가지고, 내가 이미 말한 대로, 오리온의 방향芳香과 함께, 굽고 그런 다음 냉기冷氣에 노출시켜, 그는 몸소 지워지지 않는 잉크를 제조했도다 (날조된 오라이언의 지워지지 않는 잉크).

그런 다음, 이 경건한 이네아스는, 소란한 대지각大地殼 위에, 부름에 응하여, 그가 24시간적으로 자신의 비천성非天性의 육체에서부터 불확실하지 않는 양量의 외설물을 제출하도록 강요하는 번개치는 칙령勅令에 순응하여, 오우라니아 합중성국合衆星國의 판권권板權權에 의하여 보호되지 않는 혹은 그에게 양도당하고 죽음당하고 분糞칠당하고, 이러한 이중염안二重染眼과 함께, 혈열血熱에로 인도되어, 철광석鐵鑛石에 마늘 산액酸液(청흑靑黑 잉크)이라, 그의 비참한 창자를 통하여, 야하게, 신의롭게, 불결하게, 적절하게, 이 러시아 온건파 사회당원인 에소우 멤쉬아비크 및 철두철미의 연금술자는 손에 넣을 수 있는 유일한 대판지大判紙, 즉 그의 자신의 육체의 모든 평방平方 인치 위에다 글을 썼나니, 마침내 그의 부식적腐蝕的 승화昇華 작용에 의하여 하나의 연속 현재시제現在時制의 외피外皮로 모든 결혼성가結婚聲歌를 외치는 기분형성氣分形成된 원윤사圓輪史를 천천히 펼쳐 나갔으니(그에 의하여, 그가 말한 바, 자기 자신의 개인적인 생무능生無能의 인생에서부터, 총육자總肉者, 유일 인간자, 사멸자에게 공통인, 위험하고, 강력한, 분할분배적分割分配的 혼돈 속으로 의식意識의 느린 불꽃을 통하여 우연변이偶然變移되는 것을 반영하는 것으로) 그러나 사라지지 않을 각 단어와 함께, 그가 수정水晶의 세계에서 먹물 뿜어 감추었던 오징어 자신은 자신의 과거의 압박 속에 유감스럽게도 도리안거래이道理安居來而처럼 사라져 버렸도다. 이것은 우리들이 알았다는 것을 말한 다음 아하 그건 그런 거로구나 하고 실존實存하는 것이니라. 그러니 젠장 악마여! 그리고 악무신惡無神의 저주여! 그런고로 아마도, 집괴성적集塊性的으로 문언간언問言하면, 결국 그리고 마침내 쟁기 전마前馬 앞뒤가 뒤집혀 그가 최후로 대중들 앞에 자신의 모습을 감춘 것은, 사각四角 광장을 돌면서, 변덕군중變德群衆의, 성聖 이그나시우스(작열灼熱의) 독毒 담쟁이덩쿨의 사제死祭를 위한 (돈월豚月의 6일에 개도開跳되고, 우리들의 왕은 교살되다니, 편히 잠드시라!) 그리하여 자신의 종령鐘鈴의 초붓자루를 휘두르면서, 변화의 황지荒地의 번쩍이는 열쇠자者, 만일 갑甲에 해당하는 것이 을乙에도 적용된다면, 그것을 잉크로 생각했던 금발의 순경은 심도深度는 없어도 요점에 있어서는 명석했나니라.

그것은 바로 크로이스-크룬-칼의 소심한 순경 (자매)시스터센이었나니, 교구의 파수꾼, 대견大犬 굴인掘人 소인沼人 걸인乞人 도인刀人 주자呪者 충자蟲者, 그리하여 그는 근처의 파출소에서 분견分遣되었는지라, 이 자가 하자何者이던, 그것이 하시何時이든, 작은 군운群雲(크라우드) 속의 불결한 진흙(크래이) 행위 그리고 용모상容貌上의 군중소란의 합자중상적合字中傷的인 효과로부터 그를 구조하기 위하기, 어느 저녁(이브) 이 풋내기를 잘못 뜻밖에 만나다니(카운터), 매이요 주州, 노크메리 마을의 만종萬鍾 집회 위원실 근처였는 바, 그가 왼쪽으로 비틀거리는 이상으로 한층 오른쪽으로 갈지자걸음을 걸으면서, 최초 매음녀에게서 돌아오던 길에 (그는 머기트소녀라는 내의명內衣名을 지닌, 무지개라는 자신의 교괄녀와 어디선가 귀여운 비둘기 사랑(맙소사!)을 늘상 즐기곤 했는지라) 그가 독취하毒醉下의 불행한 시기時機에 길모퉁이 가장자리에서 바로 오락가락하고 있었을 때, 숭배崇拜의 따뜻한 음신가淫神家의 적수문敵手門들 사이, 그의 숙창가宿唱家(보딩 하우스)의 창문을 통하여, 여느때처럼 아미雅美의 날씨에 대하여 인사하면서: 오늘은 어떠세요, 나의 음울한 양반? 몸이 아파요, 난 몰라, 하고 너무나도 분명한 겉치레의 자명한 교활함을 가지고 무능자無能者는 즉답卽答했나니, 그리하여 머리털을 치세우면서, 은총(그랭이스)의 기도에 이어, 그의 포착완捕捉婉 아래 크리스마스와 더불어, 포트와인마스 및 지갑紙匣마스 및 호의好衣마스 및 파티마스를 위하여, 마치 판당고 춤추는 왕자 마냥, 쉴토 스끄럼 스리퍼를 타며, 그는 잽싸게 안으로 사라졌도다. 사(여)바라! 분명히 백발白髮틱해 묵묵분위기의 저 만백萬白의 가련한 경호원은 이 참사(패인풀 캐이스)에 문자 그대로 깜짝 놀랐나니, 어떻게 그가 자폭自爆스럽게 엄습掩襲했는지, 그리고 그가 그 곳에 가게 되었는지, 도대체 그가 거기 가기를 의도했는지, 그럴 거야 하고 생각해야 하는지 어떤지, 게다가 실제 그가 오후의 전체 추세를 통하여 어떤 종種의 암캐 자식이 그를 덮쳤는지, 다시 그의 상대항相對港(카운터파트)에서 어떻게 카프탄 땅의 주피酒皮의 술푸대를 위한 크리스마스의 용량容量을 권고받고 마음이 진동했는지, 그리하여 심지어 더욱 놀란 것은, 그 사이, 그의 극대極大의 경악을 보면서, 그에게 보고되었나니, 감사하게도, 오물과 함께 사자死者의 당해當該의 결판結版을 농담하며, 어떻게 하여, 어이쿠맙소사(애러비), 도미니카회會와 결모結謀하여, 아무의 허락도 요구하지 않은 채, 자신의 살모殺母(마더)에게 당당하게도, 왕자답게, 두 갤런의 맥주를 갖고 귀선歸船한 그가 이름 그대로 교활자狡猾者였는지. 차려, 경계 그리고 거머잡아요!

시끄잠꾸러기요정여기얼른꺼지란말야! 걷어찬다? 무슨 살모? 누구의 부주父酒? 어느 쌍 갤런? 왜 이름 그대로 교활자? 그러나 우리의 비근태지성非勤怠知性은 이러한 흑맥주 저속성에 너무나도 배금련拜金鍊되어 있었나니, 잉크인쇄로는 너무나 치사하게도! 프트릭 오퍼셀이 동하冬河에서 냉석冷石을 끌어내고, 연어 해해海가 우리들의 청어 왕王을 위해 노래하는 것을 숙고하면서, 구 십 십일 십이 정월 이월 삼월 전진이라! 우리는 자비 또는 정의에 있어서, 뿐만 아니라 상쾌조爽快朝을 위한 애침愛寢위의, 우리들의 생존의 거주를 위하여, 여기 머물 수 없나니, 텐멘의 갈증의 행경卿을 토론하면서.

 정의正義 (피타자彼他者에게): 완력腕力은 나의 이름이요 도량度量은 나의 천성이라 그리하여 나는 넓은 이마를 가졌나니, 모든 용모는 단정하여, 나는 이 새〔鳥〕를 타두打頭하려니와 아니면 나의 갈색 베스의 총강銃腔은 붕대繃帶되고 말리라. 나는 타상打傷하고 화상火傷하는 소년이로다. 박살撲殺!

 앞에 서요, 무국無國의 부인否人이여 (왜냐하면 나는 3인칭 단수의 어용태御用態 및 낙담자의 기분氣分과 저법踥法을 통하여 사격형斜格形 그대를 더 이상 추종하지 않으려니, 하나 나의 복수법적復讐法的, 호격법적呼格法的 및 직접 화법의 경험 화법을 가지고, 그대에게 나 자신 직설直說하거니와), 앞에 서요, 대담하게 덤벼요, 나를 조롱해요, 나는, 비록 쌍의双意이긴 하지만, 나를 움직여요, 그대의 진실한 안색 속에 내가 웃도록, 그대가 영원히 후퇴하기 전에 내가 그대에게 이야기를 허락할 터이니! 쇄석碎石아담자子, 그대 나를 알고 나 그대와 그대의 모든 우치행愚恥行을 알고 있도다. 그대의 지난 침대유寢臺濡의 고백이래 아침나절 내내 스스로를 즐기면서, 도대체 그 동안(자궁 속) 어디에 있었던고? 나는 그대 자신을 감추도록 충고하오, 나의 사랑하는 친구여, 내가 얼마 전에 말했듯이 그리고 그대의 손을 나의 손안에다 두고, 만사에 관해 장야長夜의 소박하고 담소한 고백도告白禱를 가져요. 가만 있자.

그대의 배후는 몹시 어두워 보이고 있는지라. 우리가 암시하나니, 사이似而 쉠군. 그대는 그대의 몸 전체를 말끔히 청소하기 위해서 강속의 모든 요소들 그리고 처소處所를 위한 사권박탈私權剝脫의 순사십교황칙서純四十敎皇勅書가 필요하리로다.

    찰도察禱하세. 우리들은 사고思考했고, 의언意言했고 행동했도다. 왜, 누가, 어디서, 언제, 어떻게, 몇 번, 누구의 도움으로? 그대는 화사한 천국의 설교에 토대를 둔 이 두 부활절도復活節島 속에 성스러운 유년 시절부터 양육養育되고, 양식養食되고, 양성養成되고 양비養肥되었나니 그리고 다른 곳을 포효咆哮하면서(그대는 우야右夜를 약탈하거나 좌잔左殘을 누설하며, 번득일대로 번득이나니!) 그리고, 이제, 정말이지, 이 비겁세기卑怯世紀의 공백불한당空白不汗黨들 사이의 한 깜둥이로서, 그대는 숨겼거나 발견된 신들과의 피안彼岸에서 한 쌍의 이배심二倍心이 되고 말았는지라, 아니, 무정부주의, 유아唯我주의, 이단異端주의의 저주받는 바보로서, 그대는 그대 자신이 가장 강도强度롭게도 의심스런 영혼의 진공眞空 위에 그대의 분열된 왕국을 수립했도다. 그러면 그대는 그대가 섬기거나 섬기지 않거나 간에, 기도하거나 기도하지 않을 것을, 아하 맙소사, 구유 속의 어떤 신을 위하여 그대 자신을 견지하는고? 그리고 여기, 신심信心을 청산하고, 나도 역시 자존自尊의 상실을 위해 기도하고 우리들 모두 소돔의 웅덩이 속에 다 함께 수회水廻하는 동안 나의 희망과 전율에서 탈피함으로써 (나의 친애하는 자매들이여, 그대들은 준비되었는고?) 추문가醜聞歌의 무서운 필요성을 위하여 준비를 갖추도록 분발해야만 하는고? 모두들 그대의 죄를 위해 구슬퍼 하는 동안 나는 그대의 순결을 위해 전율하리라. 은폐된 말들을 멀리하고, 오래된 배드쉐바(不潔蕩衣) 대신 새로운 솔로몬 왕(祭典)을! 저 부조화의 명세明細, 그대는 그걸 이름 지었는고? 냉열冷熱! 깜짝! 승리! 이제, 나는 하향下向의 파이프를 비난하나니, 요한 야곱이여, 아직 청춘의 기간동안 (뭐랄꼬?) 각脚 단추 달린 통桶바지를 여전히 입고 있는 미숙기未熟期 동안, 그대는 자승自乘의 물딱총과 쌍둥이 턱받이의 멋진 선물을 받았나니 (그대 알지니, 우군愚君이여, 그대의 예술 중의 예술에서, 나와 마찬가지 그대의 쓰라린 경험으로[그런데 그걸 감추려고 하지 말지라] 형벌의 운명을 지금 나는 참견하고 있노라) 그리고 씨근대는 따위로 그대는 응당 (만일 그대가 그대를 세례洗禮했던 부사제副司祭처럼, 방금 일격一擊, 대담하다면, 애, 촛불을 꺼라!) 그대의 탄생의 땅을 재식민再植民하고 굶주린 머리와 화난 수천數千의 그대의 자손을 계산해야 하나니, 하지만 그대는 실패의 수 없는 계기契機들 가운데서, 그대의 공신양친公神兩親의 겸현謙賢한 소원을 지연시켰나니 (왜냐하면, 그대가 말했듯이, 나는 논박하리) 그리하여 그대의 탈선의 악의에다 첨가하면서, 그래요, 그리고 그의 특성을 변형시키면서, (글쎄 나는 그대 대신 그대의 신학을 읽었나니) 나의 침체성의 엉큼한 환락들——미약媚藥의 사랑, 울화로 야기된 밀회, 펜마크스의 작은 평화——을 감동성感動性, 감발성感發性, 감수성感受性 그리고 감음성感淫性, 집사執事 생활의 그대의 러보크의 다른 공포의 환락들과 함께, 눈에 띌 정도로 소침銷沈해 있을 때, 심지어 무방어無防禦의 종이 위에 그대의 사시안적斜視眼的 변명을 돌출突出하면서, 그리고 그것으로 우리들의 통 방울 사바계娑婆界의 기왕旣往의 불행을, 낙서탈격落書奪格으로, 첨가하다니!——또한 모든 기백역幾百域의 무수한 미녀들과 함께, 애녀愛女들만큼 많은 남성들, 여러 에이커와 여러 루드와 여러 폴과 여러 퍼취에 걸쳐 그대 주위와 근처에 운집한 채, 찰와도어의 축적된 사방砂防처럼 짙게, 성달成達한 여인들, 실지로 충분하게 교육받은, 무염야망無廉野望의 그들의 꿈의 배후에 늙고 풍만해졌다 하기에는 거리가 먼, 만일 그들이 단지 자신들의 명예를 남겨 갖기라도 했다면, 그리하여 애욕의 열정으로 소모되었을 때 악천후惡天候로 지체遲滯되지 않았다면, 그대의 주연酒宴을 스스로 소유하려고 분투하면서, 번뇌부煩惱父의 모든 딸들을 위한 비애의 단 하나의 자식, 여자 한 명에 한 남자 또는 통틀어 모두 (나는 당신을 위하여 최선의 남자 되리라, 나 자신), 저 자연의 매듭을 위하여 묵묵히 찰관察觀하면서, 조의화분弔意花盆 또는 뒤바뀐 그릇들, 10 바리버의 마노馬勞 또는 1 평퐁의 값도 소모되지 않을, 우憂의 수림세계樹林世界에서 가장 오래된, 바로 한 토막의 콧노래를, 전음가창顫音歌唱하는지라 (우리-둘! 하나에게!), 순금純金 악단에 의한 반주에 맞추어! 만세! 만세! 전감심全甘心의 신부살행실新婦殺行實의 고흉도高胸挑하는 처처녀處處女 모나여! 그녀의 눈은 대단한 환희에 넘쳐 우리는 그 속에서 모두 한몫 하리라──신랑新郎이여!

  사육死肉에 코방귀 뀌는 자, 조숙한 모굴인墓掘人, 선어善語의 가슴 속 악의 보금자리를 탐색하는 자, 그대, 그리고 우리들의 철야제徹夜祭에 잠자고 우리들의 축제에 단식하는 자, 그대의 전도顚倒된 이성理性으로, 그대 자신의 부재에 있어서 한 예언야벳, 그대의 많은 화상火傷과 일소日燒와 물집, 농가진膿痂疹의 쓰림과 농포膿疱에 대한 맹목적인 숙고에 의하여, 저 까마귀 먹구름, 그대의 음영陰影의 후원에 의하여, 그리고 의회議會의 띠까마귀의 복점卜占에 의하여, 온갖 참화慘禍를 함께 하는 죽음, 동료들의 급진폭사화急進暴死化, 기록의 회축화灰縮化, 화염火焰에 의한 모든 관습의 평준화, 다량의 감질甘質 화약火藥에 의한 화회火灰로의 귀환을 태깔스럽게 예언해 왔건만, 허나 그대의 이두泥頭의 둔감鈍感에 결코 자극을 주지는 못할 터인즉 (오 젠장, 우리가 알 바 아니잖아! 오 염병할 놈, 이러다가 빗맞겠다!) 그대가 당근을 더 많이 썰면 썰수록, 그대는 무를 더 베개하고, 그대가 감자 껍질을 더 많이 까면 깔수록, 그대는 양파 때문에 더 많은 눈물을 흘리고, 그대가 소고기를 더 많이 저미면 저밀수록, 그대는 더 많은 양고기를 쪼이고, 그대가 시금치를 더 많이 다듬으면 다듬을수록, 불은 한층 사납게 타고, 순가락은 한층 길어지고, 죽은 한층 딱딱해지나니, 그대의 팔꿈치에 더 많은 기름기가 끼고, 그대의 아일랜드의 새로운 스튜가 더 근사한 냄새를 풍기는도다.

오, 그런데, 그래요, 또 한가지 일이 내게 생각나다니. 그대는 나더러 이야기하게 내버려두련만, 그대는 극상極上의 예절을 가지고, 가장 통속적으로 설계된 채, 너의 생독권生瀆權은, 대계획大計劃과 일치하는, 우리들의 국민이 응당 그러해야 하듯, 모든 민족주의자들이 그렇게 하지 않으면 안되듯이, 그리하여 어떤 업業을 행해야 하나니 (무엇인지, 나는 그대에게 말하지 않겠노라) 어떤 교리성성敎理聖省에서 (게다가 어딘지 나는 말하지 않겠노라) 어떤 번뇌煩惱의 성무시간聖務時間 동안(성직자 역할은 그대 자신에게 독차지) 이러한 해(年)에서 이러한 시간까지 이러한 날짜에서 연당年當 한 주 이러 이러한 급료로 (기네스 맥주가, 내가 상기하건대, 그대에게는 바로 애찬愛餐이었나니, 마치 그대가 어느 요리크의 주교처럼 보일러의 찌꺼기까지 핥았을 정도로 몰락하여) 그리고 그대의 서푼짜리 천업賤業을 행하고 그리하여 이렇게 국민으로부터 참된 감사를 획득하고, 바로 여기 우리들의 책무責務의 장소에서, 그대의 노고역勞苦域과 눈물의 곡계谷溪, 그리하여 거기 신의 경섭리驚攝理를 쫓아 그대는 생生에서 최초의 수포水泡를 흡수했는지라, 그 구유로부터 그대는 한 때 자라 보고 놀란 가슴 소댕 보고 놀라는 식이니, 우리들과 같이, 우리들의 길이(長)만큼, 홀로 모퉁이의 망아지와 함께, 그곳에 그대는 대학살의 신앙심 깊은 알메니아인들처럼 인기가 있었거니와, 그리하여 그대는 내가 그대의 아래쪽에 파라핀 등유의 훈연기燻燃器를 들고 있을 때 나의 코트 자락에다 불을 댕겼는지라 (연통 청소는 깨끗이, 나는 희망하거니와) 그러나, 총알에 맞고 안 맞고는 팔자 소관 그대는 뒤쪽으로 용케 피하여, 불랑져 장군처럼 골웨이에서 도망쳐 (그러나 그는 자신의 보행이 걸릴까봐 초원의 풀을 빗질했

도다) 알리바이의 노래를 우리에게 부르기 위해, (비탄의 파도 소리가
천천히 구르며 넓게 부풀면서 변용變容을 불러일으키나니 진흙바위가 그들의
전도轉倒와 더불어 뒤엉키도다) 유목민, 가로등 곁의 몽요인夢尿人, 대아
인對我人, 매인每人의 억압된 웃음소리 사이에 동수성同數性의 남성 단
음절單音節을 교합交合하며, 그대의 분비적分泌的 애정愛情을 은폐隱蔽
하기 위해, 오도誤導 출구의 아일랜드 이민, 그대의 고부랑 6 푼짜리
층계 위에 앉아, 무無 장식솔기의 프록코트 돌팔이 도사道師, 그대는
(세익수비어洗益收婢語의 웃음을 위해 그대는 그런 별명으로 나의 것을 도와
주려는지?) 반셈족半셈族의 우연 발견능자發見能者, (감사, 난 이걸로 그
대를 묘사할 거라 생각하나니) 그대 구주아화歐洲亞化의 아阿프리가인利
假人!

우리 서로 한 발짝 더 길게 따라가 볼까. 단검短劍을 물에 빠뜨리
는 자여, 그리하여 우리의 군주, 여태까지 전원前園의 그의 행복의 낯
선 자가, 자신의 음료를 취하고 있는 동안? (구조자救助者를 치료하라!
한 잠, 한 잔, 한 꿀꺽 그리고 많은 중의 한 식食을!)

거기 그대 곁에 성장하고 있었나니, 부족父足 유보장遊步場의, 야만
가野蠻街, 노변야숙路邊夜宿에서, 제일 발 빠른 자의 기도祈禱들 가운
데, 바보, 실직당하여, 불세不洗의 야만인으로부터 밀려난 자, 권위에
서 도피하고 자기 자신에 묻힌 채, (나 상상컨대 넌 알리라 왜 꾀병자가
숨어 있는지 그가 오를 고무나무 없기 때문이라) 저 타자他者, 무구자無垢
者, 머리에서 발까지, 걸세, 저 순결의 자, 타시他時의 애타진자愛他眞
者, 하늘 나라로 도망치기 전에 천계天界에서 잘 알려졌던 그이, 당연
히 우리들의 잘 생긴 젊은 정신의사情神醫師, 모든 의미를 자의적 독
신獨身에 사주使嗾하며, 우리들의 수입부담收入負擔의 복권 추첨(운목
運木)에서 가장 유력한 선각자(일엽—葉), 천사들의 짝 친구, 저들 신
문 기자들이 그를 놀이 친구로서 그토록 잽잽하게 바랬던 한 청년,

그들은 그의 어머니에게 요구하여 저 꼬마 실형제實兄弟로 하여금, 제발, 화석치원火石稚園으로 끌어내기 위하여, 제발, 그리고 그의 스케이트를 가져오게 하고 그들이 모두 자부慈父가 사는 커다란 적정適正 가정家庭에서 진짜 형제들인 양, 동경하고 만족하고, 바로 그로부터 생명을 공취恐取하기 위하여, 그리하여 손에서 손으로 전달되는 사향麝香처럼 그를 타자他者와 함께 어깨 툭 치며 통과시키나니, 저 모질식모窒息된 전형(모델), 한 점 흠 없는 저 선견자善見者, 그의 정신적 분장扮裝은 도시 절반의 화제요, 일몰착의日沒着衣, 야경용夜更用 및, 여명착의黎明着衣 그리고 주식치장晝食治裝 그리고 다과시茶菓時를 위한 바로 그 의상衣裳, 그러나 너는 너의 힘의 참견중參見中에 어느 청명한 5월 아침 한 손으로 그를 저속低俗 쓰러 눕히나니, 너의 흉중胸中의 적敵을, 왜고하니 그가 너의 주문呪文을 뒤죽박죽 만들었기 때문이라 아니면 그가 너의 정면경正面鏡의 초점에 이채異彩의 모습을 들어냈기 때문인지라 (너는 한 사람을 살해한 것이 아니라, 천만에, 한 대륙을!) 그의 오장 육부가 어떻게 작업하는지를 알아내려고!

언젠가 우리들의 환상건축가幻像建築家들의 저 위대한 대지부大地父, 거부巨父, 중산계급주主에 관하여 읽을지니, 그리하여 그는 자신의 쳐든 견장堅杖의 첨단尖端에 양자兩者의 천공天空을 감촉할 것을 사고思考했는지라, 자신의 사고思考의 해도海濤에 얼마나 무기무력無氣無力하게 가라앉혔던고? 저 이단주의자 마르콘과 두 별리처녀別離處女들에 대한 여태의 사고思考 그리고 얼마나 그는 저 로시야露視野의 골레라임질녀들을 거추장스럽게 총살했던고? 저 여우 씨氏, 저 늑대양孃 및 저 수사修士 그리고 모리슨 가家의 처녀 상속인에 관해 여태껏 들은 적이 있는고, 응, 주절대는 원숭이여?

사치 속의 꾀병자, 수집대장收集大將이여, 요리된 야채, 여러 모자에 가득한 스튜 과일요리, 몇 여행 가방의 맛있는 술과 함께 식사시간에 너의 저속함이 무슨 짓을 했는지, 파리 교구 자금資金, 맙소사 창피자여, 이봐요, 너의 지독히도 무서운 마음에서 돌출한 빈곤의 공허한 방울 목소리로 무거워진 우짖음에 의해 너는 자선 저장고에서 너무나도 유연하게 고양이 애무했는지라, 그런고로 너는 트레비 점店에서 코트를 저당잡히기 위해 면류관冕旒冠에 맹세조차 할 수 없었나니, 너는 얼마나 끝없이 사악했던고, 그렇고 말고, 정말이지, 우리를 도우소서, 죄인 도화자道化者 베드로 및 죄인 수탉 파울이여, 병아리들의 벌린 아가리와 함께 '오랜 세기世紀' 이는, 말이 났으니, 에이날드 배심원, 척탄병의 실없는 통속적 구토불어嘔吐佛語로다. 네가 너의 판자와 골세骨洗를 갖도록 하기 위해 (오 너는 루불화貨를 잃었나니!) 1년에 너의 백금 1파운드와 1천 끈책冊을 갖기 위해 (오, 너는 자신의 십자가형의 십자가에 묶인 명예 속에, 가통架痛하나니!) 너의 시드니토요土曜의 소요락騷擾樂과 성휴야聖休夜의 잠을 갖게 하기 위해 (소문은 취침과 경야經夜 사이 네게 오리라) 그리고 유월절 안식 준일準日과 꼬끼오 수탉이 단막單幕을 위해 울 때까지 누워 있도록 내버려 두라. (오 조나단, 너의 추산위推算胃여!) 유인원類人猿은 감정의 분비물을 지니고 있지 않지만, 허나 온통 나를 위해 억수 눈물을 흘리나니, 고통 마술사여! 냄새가 코를 찌르는 밤에 종종 그들은 굶주린 손의 장악掌握을 위해 몸을 뒹굴도다. 글쎄, 네가 고용한 턱수염의 그들 아자젤이 너를 약탈하기 위해, 한편 너의 짓밟힌 짚 위에 무례하게도 너는 앵콜했나니 (문란紊亂 및 부주의!) 네가 자신의 동료라 불렀던 롯, 성서의 가인佳人에 관하여, 유스턴의 육肉의 항아리와 매리본의 매달린 의상衣裳에 관하여, 저 각제角製의 상아象牙 꿈을 너는 꿈꾸다니. 그러나 지붕 창월요정月妖精은 세례네월月에게 미소짓고 투광자投光者는 킬킬거렸도다: 누가 흐느낀다고 우리가? 너 자신을 처신하라, 그대 불항자不恒者여! 우리들의 예측할 수 있는 우일雨日에 대비하여 저 작은 부양浮揚

둥우리란卵은 어디 있는고? 그건 사실이 아닌가 (내게 반박하라, 과자식 객菓子食客이여!), 너의 미친 비가悲歌를 사모산寺墓山의 애석愛石 주변에서 휘파람휘날리고 있는 동안, (착하디 착한 예루살렘이여, 그가 건초 만들기 뒤에 세례를 받았으니, 짚 다발 속에 보내게 하라) 네가 졸부들 사이에서 너의 과중방종過重放縱을 탕진하거나 호텐토트 인의 다불인多佛人 사람들을 너의 빵 껍질로 위통胃痛하게 하지 않았다는 것이? 나는 옳지 않은고? 그래? 그래? 그래? 성납聖蠟과 성수인聖囚人에 맹세코! 내게 말하지 말지라, 백합야百合野의 사獅온이여, 네가 고리대금업자(상어)가 아님을 내게 말하지 말라! 위를 보라, 검댕 놈아, 서호鼠狐(묵스)한테 충고 받고 너의 약을 취하라. 선의善醫가 처방(멀리건)한 것이로다. 식전에 두 번 그걸 섞고 하루에 세 번 분배粉配하라. 그건 너의 포통葡痛(그라이프)을 위해 경치驚治라 그리하여 고독의 벌레를 위해 양치良治로다.

나로 하여 끝내게 하라! 유다에게 강장주强壯酒를 조금만, 모든 조의嘲意스의 나의 보석이여, 너로 하여금 눈 속에 질투를 불러일으키도록. 내가 보고 있는 것을 너는 듣는가, 하메트여? 그리고 황금의 침묵은 승낙을 의미한다는 걸 기억하게, 복사뼈 의시자疑視者여! 예의는 그만 두고, 부좀를 말하는 걸 배워요! 침묵! 이리 와요 열성가 군君, 너의 귀속에 가위 벌레를 말해 줄 터이니. 우리는 숯 돌진하는 거야, 왜냐하면 만일 지주地主의 딸년이 그걸 지껄이면 모두들 그걸 세상에 퍼뜨려서 그땐 캐드버리 전체가 온통 발광하고 말 테니까, 봐요! 너는 흔들 거울 속에 네 얼굴을 보는가? 잘 봐요! 난시亂視를 내가 할 때까지! 그건 비밀이야! 추물醜物이여, 글쎄, 수발총병受發銃兵들이여! 나는 그걸 크리켓 쇼에서 얻었지. 그리고 교인敎人은 그걸 청색 제복의 학동學童한테서 배웠다네. 그리고 경쾌한 양말 자者는 그걸 유혹자의 아내한테서 적어 두었어. 그리고 란티 춘부春婦는 늙은 함석

아내한테 부정不貞의 윙크를 했다오. 그리고 그녀는 그 대신 부수도사 副修道士 타코리커스에 의해 참회를 받았단 말이야. 그리고 그 착한 형제는 그가 너를 배변排便하도록 할 필요를 느끼고 있어. 그리고 얄팍한 포레터 자매는 단순히 서로 흥분하고 있었어. 그리고 켈리, 케니 및 키오는 일어서서 무장武裝을 하고 있어요. 만일 내가 그걸 믿는 걸 거절한다면 십자가가 나를 뭉그러뜨리도록. 만일 내가 그게 진실이 아니기를 희망한다면 수 세월을 통하여 요묘搖錨당해도 좋아. 만일 내가 무자비無慈悲로 너를 이웃으로 삼는다면 성체聖體가 나를 질식시켜도 좋아! 정靜! 너는, 셈(위선자)이여. 숙肅! 너는 미쳤어.

그는 사골死骨과 골수骨髓가 아직 존재함을 지적한다. '불면不眠, 꿈속의 꿈, 아아멘'.

자비여 (그 자신의) : '신이여, 당신과 함께 하소서!' 나의 실수, 그의 실수, 실수를 통한 왕연王緣! 천민이여, 식인食人의 카인이여, 너를 낳은 자궁과 내가 때때로 빨았던 젖꼭지에 맹세코 예서豫誓했던 나, 그 이후부터 광란무狂亂舞와 알콜 중독증의 한 검은 덩어리가 되어 왔던 너, 지금까지 존재하지 않았던지 또는 내가 존재할 것인지 아니면 네가 존재할 생각이었는지에 모든 존재성에 대한 강압적인 감각에 마음이 오락가락 한 채, 내가 여인처럼 방어할 수 없었던 저 천진무구天眞無垢를 사나이처럼 애통哀痛하면서, 보라, 너 거기, (대조적 형제) 카스몬과 카베리, 그리고 나의 여전히 무치無恥스런 심정의 가장 깊은 심연深淵에서부터 모비즈에 감사하나니, 거기서 너 젊음의 나날은 내 것과 언제나 혼성하지요, 이제 혼자가 되는 종도終禱의 시간이 스스로 가까워지기 전에 그리고 우리가 우리의 정기精氣를 바람에 일취一吹하기 전에, 왜냐하면 (저 왕족의 자者가 극진極盡에서부터 일적주一滴酒를 아직 마시지 않았나니, 기둥 위의 화병, 스페니얼 개(犬) 무리 그리고 그들의 노획물, 종자從者들과 대중 주점의 주인은 일 밀리미터도 꼼짝하지 않았으니, 지금까지 행해진 모든 것은 아직도 재차 거듭해야 하기 때문에, 수압일水壓日의 재난災難, 그런데 보라, 너는 정명定命되어, 목조일木嘲日의 새벽, 그리고 봐요, 너는 군림하도다) 재난의 초탄初誕의 그리고 초과初果인 너, 낙인찍힌 양羊이여, 쓰레기 종이 바스켓의 기구器具인 나에게, 천둥과 우레리언의 견성犬星의 전율에 의하여, 너는 홀로, 돌풍에 고사枯死된, 아름다운 무마無魔의 지식의 나무, 아아, 유성석流星石으로 뒤덮이고, 성어星語, 동굴지평인洞窟地平人처럼 빤짝이며, 무적無適의 부父의 아이, 돼지라, 내게는 너의 비밀의 탄식의 침대인, 석탄 굴 속에 눈에 띄지 않은 채 부끄러워하는 자者, 사자死者의 목소리만이 들리는 최하최외最下最外의 거주자, 왜냐하면 너는 내게서 떠나 버렸기에, 왜냐하면 너 나를 비웃었기에, 왜냐하면, 오 나의 유독자惟獨子, 너는 나를 잊고 있기에!, 그런데 우리들의 이갈색모泥褐色母가 다가오고 있어요, 아나 리비아가, 예장대禮裝帶의, 섬모纖毛의, 삼각주의, 그녀의 소식을 가지고 달려오나니, 위대하고 큰 세계의 오래된 뉴스, 아들들은 투쟁했는지라, 슬슬슬프도다! 마녀의 아이는 일곱 달에 걸음 걷고, 멀멀멀리! 신랑은 펀체스타임 경마장에서 그녀의 공격을 피하고, 종마種馬는 총總레이스 코스 앞에서 돌을 맞고, 두 미녀는 합하여 하나의 애사과哀司果를 이루고, 목마른 양키들은 고토故土를 방문할 작정이라, 그리하여 40개의 스커트가 치켜올려지고, 마님들이, 한편 파리 무릎의 여인은 유행의 단각短脚을 입었나니, 그리고 열두 인은 술 빚어 철야제徹夜祭를 행하니, 그대는 들었는가, 망아지 쿠니여? 그대는 지금까지, 암망아지 포테스큐여? 목짓으로, 단숨에, 그녀의 고수머리를 온통 흔들면서, 걸쇠 바위 그녀의 손가방 속에 떨어지고, 그녀의 머리를 전차표電車票로 장식하고, 모든 것이 한 점으로 손짓하고 그러자 모든 파상波狀, 고풍古風의 귀여운 엄마여, 작고 경이로운 엄마, 다리僑 아래 몸을 멱감기며, 어살을 종도鐘跳하면서, 작은 연못 곁에 몸을 피하며, 배의 밧줄 주변을 급주急走하면서, 텔라드의 푸른 언덕과 푸카 폭포의 연못(풀) 그리고 축도祝都 브레싱튼이라 부르는 장소 곁을, 살리노긴 역역域 곁을 살기스레 사끄러지면서, 비오는 날처럼 행복하게, 졸졸대며, 거품을 일으키며, 혼자서 조잘대면서, 그녀의 알랑대는 미끄럼과 함께 기댄 그들의 양 팔꿈치 위의 들판을 범람시키면서, 아찔 어슬렁대는 유랑녀, 어머니 마마여, 어쩔대는 발걸음의 아나 리비아여.

   그는 생장生杖을 치켜들고 벙어리는 말하도다.

-꽥꽥꽥꽥꽥꽥꽥꽉!

아나 리비아 플루라벨

오
내게 말해줘요 모든 것을
아나 리비아에 관해! 난 모든 것을 듣고 싶어요
아나 리비아에 관해! 글쎄, 당신 아나 리비아 알지? 그럼, 물론, 우린 모두 아나 리비아를 알고 있어. 모든 것을 나에게 말해 줘요. 내게 당장 말해 줘요. 아마 들으면 당신 죽고 말거야. 글쎄, 당신 알지, 그 늙은 사내가 정신이 돌아 가지고 당신도 아는 짓을 했을 때 말이야. 그래요, 난 알아, 계속해 봐요. 빨래랑 그만두고 물을 튀지 말아요. 소매를 걷어붙이고 이야기의 실마리를 풀어봐요. 그리고 말참견 말아요――걷어 붙여요!――당신 허리를 굽힐 때. 그것이 무엇이든 그가 악마원惡魔園에서 하려던 짓을 그들 셋이 알아내려고 몹시 애를 썼지 뭐요. 그자는 지독한 늙은 무뢰한이란 말이야. 그의 셔츠 좀 봐요! 이 때 좀 보란 말이요! 물을 온통 시커멓게 만들어 버렸잖아. 그리고 지난 주 이맘때쯤 이래 지금까지 줄곧 담그고 짜고 했는데도. 도대체 내가 몇 번이나 물로 빨아댔는지 알라? 그가 매염賣染하고 싶은 곳을 난 마음으로 알고 있다니까, 가불결마假不潔魔! 그의 개인 린넨 속옷을 바람에 쐬게 하려고 내 손을 태우거나, 공복장空腹腸을 굶주리며. 봉투棒鬪로 그걸 잘 두들겨서 깨끗이 해요. 곰팡이 때를 문지르느라

내 팔목이 비틀 공팡이라네. 그리고 그 속 죄의 젖은 그리고 부패한 아랫도리라! 그가 야수제일野獸祭日에 무슨 짓 했담? 그리고 도대체 그가 얼마나 오랫동안 자물쇠 밑에 갇혀 있었지? 그가 한 짓이 뉴스에 나와 있었다니, 순회재판 및 심문자, 험프리 흉포한凶暴漢의 강제령强制令, 밀주密酒, 온갖 죄상罪狀 등등. 하지만 시時가 경언耕言할 테지. 난 그를 잘 알아요. 무제無制 시時는 아무도 섯 하지 않을 거야. 당신이 춘종春種하면 소조확小潮穫하기 마련. 오, 난폭한 노무뢰한老無禮漢! 잡혼雜婚하며 잡애雜愛하며. 구치 판관判官은 우당右當하고 드럭해드 판관은 좌악左惡이었나니! 그리고 그의 뻔뻔스러움이라! 그리고 그의 점잔 빼는 꼬락서니라니! 그는 마치 말구릉馬丘陵처럼 머리를 얼마나 늘 높이 추켜 세웠던가, 마치 유명한 외국의 노공작老公爵인 양, 걸어가는 족제비처럼 등에 장대한 혹을 달고. 그리고 그의 더리풍風의 느린 말투하며 그의 코크 종種의 헛소리 그리고 그의 더블린풍의 혀짤배기 그리고 그의 골웨이풍의 허세라. 형리刑吏 해케트 혹은 독사讀師 리드 혹은 순경 그로울리 혹은 곤봉 든 그 사내한테 물어봐요. 그 밖에 그 사나이는 도처到處 뭐라 불리고 있지? 성명姓名? 거대巨大 휴지즈(H) 두頭 케이펏(C) 조불결자무不潔者 얼리포울러(E). 혹은 그가 어디서 태어났으며 또는 어디서 발견되었던고? 어고슬랜드, 캐티갯의 트비스타운? 뉴 한漢샤, 메리메이크의 콩코드? 누가 그녀의 안유安柔의 모루에 당금질을 하거나 아니면 그녀의 물통에 도규跳叫하단 말인가? 그녀의 혼인예고婚姻豫告는 아담 앤드 이브즈 성당에서 결코 방행方行되지 않았거나 아니면 남녀가 오직 선장船長 결연結緣되었던가? 게다가 집오리로서 나는 그대를 수오리 삼나니. 그리고 거친 시선(야거위)에 의하여 나는 그대를 흘끗 보도다. 시간의 언저리 위의 화산花山이 행복한 협곡峽谷을 소망하며 두려워하도다. 그녀는 자신의 모든 선미線味를 들어 낼 수 있나니, 사랑과 유희의 허가장으로. 그리고 만일 그들이 재혼하지 않으면 어떤 수단을 써서라도! 오, 이제 그건 과통過通하고 다른 걸 우문牛門하구료! 돈[卿] 돔[尊] 우천지愚淺智 그리고 녀석의 하찮은 우행憂行! 야도夜盜, 유행성 독감 및 제3 위험당危險黨에 대비하여 스토크 및 펠리컨 보험사들에 자신의 도움이 입안入岸되어 있던고? 내가 들은 바 그가 해안의 사브리나를, 적은 사랑의 새장 속의, 굴 껍질 험악한 땅과 꾸불렁 삼각주三角洲 곁을, 그녀의 그림자의 섬광閃光과 함께 고양이쥐 놀음하면서, (뭔가 나풀거림이 얼마나 그를 우뚝 세워 욕공辱攻했으랴!) 노인회관老人會館의 두풍원頭諷院과 불치不治 병자 휴게소 그리고 질병 면역소免役所의 종가終家, 비틀거리는 자의 곡도曲道를 지나, 그가 그녀를 가간家姦했을 때, 그는 자신의 인형과 선전굴善錢掘하고, 처음에는 발굴發掘하고 잇달아 파종播種했나니. 누가 당신한테 그따위 자칼 사기등화詐欺燈話를 판매한 거야? 깡통에 든 반죽 파이 같으니! 그녀에게 끼워 줄 풀[草]반지도 없이, 개미 낱알 보석 한 알 없이. 사내는 무항구無港口의 이버니컨의 오캐이양[大洋]에서부터, 생명의 보트인, 개버린 옷에, 세대 박이 배를 타고, 개버린 옷에, 마침내 육지의 아련한 토락土落을 엿보았고 그리하여 그의 선장船裝 아래에서 두 마리 까욱까욱을 풀어 놓았도다, 이 위노偉老의 페니키아 유랑자. 그녀의 해조海藻 냄새로 비둘기집(피전하우스)을 설립設立했나니. 정말이지 그들은 재미있게 했도다! 하지만 그 당사자, 키잡이는 어디에 있었던고? 저 상인은 여울 넘어 바다 평평한 너벅선을 따라, 낙타 타기 망토를 바람에 휘날리며, 마침내(금고) 도망치는 배고선背敎船의 깐깐 이물로 그는 추도追道하고 그녀를 사지砂地 흉파胸破했나니. 도와줘요! 사람 살려! 그러자 고래가 성배찬聖杯餐을 낚아 채도다! 파이프를 불어대며 장단을 늦추고, 그대 타고난 천치 이집트인, 그런데 그대는 그에 가까운 사람 같아! 글쎄, 곧 나한테 다 말해 줘요 그리고 변명을 억제하지 말아요. 사람들이 그녀의 시바 강변을 그가 힘차게 거슬러 올라가는 것을 보았을 때, 여느 힘찬 왕연어처럼, 그녀의 우등대牛燈臺를 그들은 돌환突環하며, 파도의 활수연活水煙과 함께 도도濤倒하며. 보이야카 왕비 승리! 보야나 만세! 그는 우리들의 곰팡이 냄새 나는 빵, 그의 약간의 건포도 빵을 힘들어 버나니, 상인. 정말 그는 그랬도다. 여기를 봐요. 그 사내의 이물(뱃머리)의 이 젖은 곳에. 그는 해수海水의 유아幼兒라 불림을 그대는 알지 못하는고, 물 꼬마 탄자誕者라? 아베마리아, 그인 정말 그래! H.C.E. 대구(魚)의 눈(eye)을 지녔지요. 분명히 그녀도 사내처럼 엇비슷하게 고약했지. 누구? 아나 리비아? 그래, 아나 리비아. 그녀는 사방으로부터 빈정대는 계집들, 예쁜 요녀들, 못난 가시네들을 그이를 즐겁게 해주려고, 그녀의 범죄하는 추장, 그리고 제사장祭司長의 음소陰所를 간질여 주려고 불러들이고 있는 걸 당신은 알아? 그녀가 그랬어? 그러고 말고! 그래 그게 끝이야? 엘 니그로가 라플라타를 들여다보자 몸을 움츠렸던 것처럼. 오, 듣고 싶어 내게 모든 걸 말해줘요, 그녀가 꿀맛같이 달콤한 사내한테 얼마나 사랑을 받았는지! 매춘녀가 낙오하자 토끼 눈의 윙크. 그녀는 전혀 상관하지 않는 양, 전 돈 없어요, 나는 부재자不在者, 그인 격정激情의 사나이, 매혼자賣婚者! 매혼자 그래서 어쩌고 어쨌다고? 그따위 러시아 힌두어語 헛소알랑 집어치워요! 혼성어로 말하란 말이야. 그리고 호우豪雨면 호우라 불러요. 이 무식초보자, 학교에서는 네게 헤브라이어를 가르쳐 주지 않았단 말이야? 그건 꼭 마치 내가 당장 순수 언어 보존의 명분名分 속에 모범을 보이며 염동작용念動作用에서 나와 그대를 고소하려 하는 것 같군. 맙소사 그래 그녀는 그따위 사람인가? 하지만 그녀가 그런 저속한 짓을 할 줄은 난 거의 생각지 못했어. 그대는 그녀가 창가에서, 버드나무 의자에 몸을 흔들거리며, 온통 설형문자楔形文字로 쒸어진 악보를 자기 앞에 놓고, 마치 줄 없는 활로 바이올린 버들피리 만가輓歌를 연주하는 척하면서, 간들거리고 있는 것을 탐지하지 못했단 말인가? 분명히 그녀는 활이나 줄을 가지고, 전혀 연주할 수 없다니까! 분명히, 없지! 꼴 좋겠다. 글쎄, 나는 절대 그런 이야기를 들은 적이 없어! 더 말해 줘요. 전부 내게 말해요. 글쎄, 늙은 험버 영감은 마치 범고래처럼 침울해 있었지, 그의 문간에는 살갈퀴 풀이 무성했고 게다가 오랜 세월 동안 염병이 그리고 활 쏘는 사람이나 산탄散彈포수도 불출이라 암산의 등성이에는 온통 봉화烽火만 타고 부엌 또는 성당에는 무無램프요 그래프턴 방축 길의 거인의 동굴과 펑글러스의 무덤 주변에도 사모死帽 독버섯 그리고 위대한 호민관護民官의 분묘墳墓에 쌓인 해독 살갈퀴, 자신의 자리 위에 녹울鹿鬱하게 앉아, 꿈꾸듯 그리고 흥얼대며, 자신의 수척한 얼굴 모습, 자신의 어린 아이 스카프의 까다로운 퀴즈를 질문하며, 자신의 장례식을 재촉하고 있었나니, 그리하여 그 곳에 그는 저 조간 몰몬 신문(타임스)에서 모두들의 사채死債를 점검하는가 하면 유산을 문답問答하거나, 뛰었다, 넘었다, 그리고 그들의 소요노동騷擾勞動 속에 안면安眠의 잠자리에 깊이 묻힌 채, 입을 목구멍에서 입술까지 120도 쩍 벌리자, 낙수 홈통의 새들이 그의 악어 이빨 사이를 쪼고 있었나니, 내내 혼자 단식투쟁을 하거나 자기자신에게 심판일을 영슈하거나 숙명을 인비忍悲하거나, 분승憤昇하며, 자신의 머리칼을 눈 위까지 빗어 내리거나, 높은 고미받이 다락방에서 별이 보일 때까지 까만 암소들과 잡초 우거진 개울과 젖꼭지 꽃봉오리와 염병에 걸린 자들을 꿈꾸고 있었나니, 응시凝視라 과연 교구敎區가 포타주에 필적할 가치가 있었을 건가. 그대는 그에게 속하는 것은 모두 시대에 뒤떨어진 것이라 어찌하여 그가 부당 감금되어 몽환夢幻을 꿈꾸었는지 생각할지니. 그는 7년 동안을 계속 토吐하고 있었도다. 그리하여 거기에 그녀, 아나 리비아, 그녀는 감히 한시도 잠을 위해 눈을 붙이지 못한 채, 여름철 무릎 겹치마 차림으로 그리고 난폭한 양 뺨에, 작은 꼬마 아이, 손가락 두께의 벤다반다처럼, 사방에 목구멍을 가르랑거리며, 그녀의 사랑하는 연인에게 작별을 하고 있었으니. 당신의 사랑하는 매기로부터 새 감자와 소금이 함께 하기를. 그리고 그녀는 이따금 그에게 싱싱한 생선요리를 대접하거나 그가 장저腸底까지 만족하도록 잡혼雜混 계란 요리를, 아무렴, 그리고 토스트 위에다 덴마크 베이컨 그리고 한 잔 반의 멀건 그린란드 산産 홍차 또는 식탁 위에 모카 산 설탕 탄 모카 커피 또는 서강다西江茶 또는 진예眞藝의 백랍 컵의 고사리 주酒 그리고 연한 연부軟浮 빵을 대접했나니 (어때요, 여보?), 그 이유인즉 마침내 그녀의 연약한 양 무릎이 육두구肉荳처럼 찌그러지고 말 때까지 저 돼지 사내의 위장을 만족시켜 주려고 했나니, 한편 그녀의 이음쇠(몸뚱이)가 중풍中風으로 흔들리고 말았는지라 그리하여 팽팽한 여과기濾過器에 먹을 음식물을 고산적高山積하여 성급하게 돌진하자, (그때 운석隕石같은 분노가 분출噴出했도다) 우리들의 쾌남快男 핵은 경멸의 눈초리와 함께, 이 암퇘지 같으니, 이 고래같은 이라 말하듯, 욕설을 쏘아붙이다니, 그리하여 혹시 그가 그녀의 발등 위에 접시를 떨어뜨리지 않았으니, 정말, 다행이었도다. 그러자 그녀는 한가지 찬미가, 아래로 숙이는 마음 또는 맬로우의 방탕아들 또는 첼리 마이클의 비방은 일진풍一塵風처럼 또는 올드 조 로비드슨의 발프 조調의 일 절을 휘파람으로 불러주고 싶었도다. 누구든지 그런 휘파람 소리를 들으면 필시 그대가 두 동강 나고 말리니! 아마 그녀라면 바벨탑 위에서 울부짖는 암탉을 잡을 수 있으리로다. 그녀가 입으로 꼬꼬댁 우는 법을 알고 있다 해서 해가 질 게 뭐람! 그러자 압착기壓搾機의 무게 못지 않게 한자漢者에게서 한 마디 투도 나오지 않았나니. 그게 진실인가? 그건 사실이야. 그러자 화려한 화마華馬를 환승環乘하고, 귀족 니비아 가문 출생이요, 분별과 예술의 난박사娘博士, 애노나, 그녀의 스파크 불꽃 반짝이는 부채를 하늘거리면서, 양털로 그녀의 백상白霜의 머리다발을 가색假色했나니,── 한편 월미인越美人들은 그들의 웅피熊皮 아래를 어루만졌는지라!── 변화무쌍한 비취색의 시대時代 가운을 입었나니, 이는 두 추기경의 걸상을 감싸고 가련한 컬런 존사尊師를 억누르거나 맥케이브 존사를 질식시킬 정도라. 오 허튼 소리! 그들의 보라색 헝겊 쪽! 그리고 그녀의 코로부터 가루분을 휘날리며, 그녀의 쉰여섯 종류의 감미로운 말씨로, 식활강기食滑降機 아래로 그에게 붕붕 풀무소리를 으르렁거렸는지라: 요람의 아이여, 고리버들 바구니 같으니! 이봐요, 당신, 제발 죽지 말아요! 마치 물오리처럼 또는 로미오레쯔크에게 노래하는 마담 델바 마냥 정말 선아仙娥의 아성牙聲으로 그녀가 도대체 무슨 말을 지껄이기 시작했는지 당신 알아? 당신은 결코 짐작도 못할 거야. 말해 봐요. 말해 봐. 피비, 여보, 말해요, 오 내게 말해요 그리고 내가 당신을 얼마나 사랑하는지 당신은 모를 거야. 그리고 호도湖島 저쪽에서부터 들리는 지저귀는 노래 소리에 미친 척 하면서: 높은 지옥스커트가 귀부인들의 백합 걸친 어미돼지 몸짓을 보았도다: 그리고 한층 귀부인다운 목소리로 그런저런 노래 부르고 또 부르나니 그리하여 아래쪽 보더 아저씨는, 엄청나게 헐거운, 일요사색日曜沙色 외투에 휘감긴 각기병脚氣病 환자처럼, 하품 귀머거리로, 바보 영감 같으니! 저리 가요! 불쌍한 심농深聾의 늙은이! 당신은 단지 지분거리고만 있어! 아나 리비(無生)? 각성제가 나의 판단! 그러자 그녀는 애참哀慘 속에 일어나 토트로 달려나가, 문간에 기대선 채, 그녀의 낡은 사기연砂器煙 파이프를 뻐끔뻐끔 빨면서, 그리고 쏘이, 핀덜리, 데이리 또는 메어리, 밀러크리, 오우니 또는 그로우, 건초 길 걷는 어리석은 하녀들 또는 쾌활하고 바람난 계집애들에게 억지 웃음을 보내며, 불결한 배출구 곁으로 모두들 안으로 들어가도록 신호하지 않았던가? 입 좀 닥쳐요, 이 어리석은 멍청아? 하지만 하느님께 맹세코 정말이라니까! 그들을 하나씩 안으로 불러들이며 (이쪽은 봉쇄구역이야! 여기 화장실이야), 그리고 문지방 위에서 지그 춤을 추어 보이며 그들의 엉덩이 흔드는 법을 가르쳐 주었지 그리고 고상한 여인에게는 최희最喜의 의상을 어떻게 시야에서 가리도록 마음 써야 하는지 그리고 한 처녀가 한 남자를 대하는 온갖 방법을 진미珍味롭게 가르쳐 주었나니 2실링 1펜스라던가 또는 반 크라운이라던가 일종의 꼬끼오 닭 우는 소리를 내면서 반짝이는 은화를 들어 보이고 있었지. 어머나, 맙소사, 정말 그녀가 그랬어? 글쎄, 이런 지독한 이야기는 처음 들어보는걸! 세상의 모든 멋진 귀여운 창녀들을 그에게 다 던져 주다니! 어떠한 축다祝多의 섹스를 원하든 상관없이 당신이 바라는 내하內何의 붙든 계집에게, 험피의 앞치마 속에서 잠시 동안의 포옹하고 안식처를 찾는 일이라면 2실링 보태기 2펜스면 족足이라!

그리고 그녀는 얼마나 지루한 율시律詩를 썼었던가 말이야! 오 그래! 오 저런! 데니스 플로렌스 맥카시의 속옷을 내가 경칠 힘들여 비누칠하는 동안 진짜 그 이야기의 진조眞潮를 내게 말해 줘요. 범승氾昇해요, 주렴奏濫해요, 낭랑한 피아목소리로! 나는 나의 옥소족沃素足이 다 말라 안달 죽을 지경이니, 하나가 쓰고 둘이 읽고 공원의 연못가에서 발견된, 아나 리비아의 쿠싱루(아가雅歌)를 알 때까지! 나는 그걸 알 수 있어. 그대가 그런 줄 난 알아. 이야기가 어떻게 돌아가고 있지? 자 잘 들어 봐요. 당신 듣고 있어? 그래, 그래! 정말 듣고 있어! 그대의 귀를 (제비)돌려요! 귀담아 들으라니까!

대지大地와 구름에 맹세코 그러나 나는 진신眞新의 강독을 원해요, 정말이지 난 그래요, 게다가 한층 포동포동한 자를!

지금 내가 갖고 있는 저 접합물接合物은 낡았기 때문이야, 정말 그래, 나의 늙은 흐늘흐늘 비실비실 대인 영감, 나의 사중생死中生의 동반자, 식료품 저장고의 나의 검약한 열쇠, 나의 한껏 변한 낙타의 혹,

나의 관절 파괴자, 나의 5월의 벌꿀, 나의 최후 12월까지의 천치, 그의 거울잠에서 깨어나 옛날처럼 나를 억누르기 위해.

어디 장원莊園 나리나 혹은 스트라이크의 지방 기사騎士라도 있다면, 나 경의驚疑나니, 숭배할 양말을 그를 위해 세탁하거나 기워 주는 대가로 현금 한 두 푼을 내게 지불하리니, 우리는 이제 말고기 수프도 우유도 다 떨어지고 말았는지라?

냄새 아늑히 서린 나의 짧은 브리타스 침대가 없었던들 나는 밖으로 도주라 톨카 강江 바닥의 진흙이나 또는 클론타프의 해변으로 외도外逃하여, 염鹽의 신辛더블린 만灣의 싱그러운 공기를 그리고 내게로 하구 엄습河口掩襲하는 해풍의 질주를 느끼련만.

어서! 계계속! 내게 좀더 말해 봐요. 세세한 것(기호)까지 다 말해 봐요. 난 단순한 눈치까지 다 알고 싶어요. 무엇이 옹기장이를 여우굴 속에 날아들게 했는지까지. 그리고 왜 족제비들이 살이 쪘는지. 저 향수鄕愁 열병이 나를 후끈하게 하고 있어. 혹시 말 탄 어느 사내가 내 이야기를 듣고 있는지 몰라! 우린 총알 사내아이와 불륜병不倫兵을 대면하게 할 수 있으련만. 자, 이제 개암나무 부화장孵化場 이야기. 크론달킨 마을 다음으로 킹즈 인(왕숙王宿). 우리는 선천鮮川과 함께 거기 곧 도착하게 돼요. 도대체 그녀는 통틀어(연장 속에) 얼마나 많은 애들(약어若魚)을 가졌었지? 난 그걸 당신한테 정확히 말할 수 없어요. 단지 근사치만 알아. 누구 말하듯 그녀가 세 자리 숫자를 채우고, 하나 더하기 하나 더하기 하나, 일백십일과 일, 111이 되도록 한정했다는 거야. 오 맙소사, 그렇게 많은 떼거지들을? 우린 그러다가 교회묘지에 빈 땅 하나 남지 않겠다. 컨드(K)에게 지팡이 그리고 이욜프(E)에게 사과 그리고 야콥(Y) 이야에게 이러쿵저러쿵, 복싱 주교主敎의 무류無謬 슬리퍼의 은총에 맹세코, 그녀는 자신이 애들에게 붙여 준 요람명搖籃名의 절반도 기억할 수 없다니까. 일백하고 어떻게?

그들이 그녀에게 플루라벨(複數腹) 세례명洗禮名을 붙여주길 잘했어. 오 맙소사(로레라이)! 얼마나 지독한 부담(鑛脈)이랴! 하이 호! 하지만 많으면 많을수록 더 즐겁나니, 2 능직綾織, 3 전음顫音, 여餘 4 및 탈품奪品 6 북北 7, 그리고 남南 8 그리고 원숭이 놈들 그리고 새끼들까지 9 아주 카드 점占에 나와 있다니까. 할아비를 닮은 방심쟁이 그리고 비참 덩어리 그리고 악한들 중의 악한 그리고 괴짜. 히하우! 그녀는 한창시절 나돌아다니는 논다니였음이 틀림없지요, 그렇고말고, 더할 나위 없지요. 분명히 그녀는 그랬어요, 정말이고 말고. 그녀에게는 자기 몫의 류남流男을 몇 명 지녔나니. 당시 저 계집한테 한번 눈초리를 던져 봤자 전혀 놀라는 기색조차 없다니까요, 더욱이 남을 홀리기만 하고 말이요, 그게 사실이었지! 내게 말해 봐요, 말해 봐, 그녀가 어떻게 사내들과 어울려 지냈는지, 그녀는 정말 예쁜 계집이었어요, 그 귀여운 악마? 폰테-인-몬테에서 타이딩타운까지 그리고 타이딩타운에서 항구까지, 우리들의 멋쟁이 남자들 앞에 자신의 매력을 뿌리면서. 다음에서 다음으로 서로 깍지끼거나 애무하면서 옆구리를 툭 치거나 한잔 마시면서 스스로의 환희 속에 사라지고 시류에 뒤진 채. 그래 최초로 폭발한 게 누구란 말이요? 누군가 그이였지요, 그들이 어디에 있든 간에, 전술적戰術的 공격으로 아니면 단독 전투로. 땜장이, 양복쟁이, 군인, 수병, 파이 행상인 피스 아니면 순경. 그게 바로 내가 늘 묻고 싶었던 거야. 떼밀고 또 한층 힘껏 떼밀고 고지高地의 본부本部까지 나아가지요! 그게 그래튼 아니면 프라드(대홍수) 다음의, 수저년水底年이던가, 아니면 처녀들이 궁형弓型을 이루고 또는 세 사람이 떼지어 서 있었을 때였던가? 무국無國에서 온 무인간無人間이 무無를 발견했듯이 의혹이 솟는 곳을 신앙이 발견할 거요. 앨번, 오 대답해 봐요, 무엇 때문에 그대 그렇게 한숨짓고 있는고? 그 사나이의 주먹마디를 풀어봐요, 빨리 그리고 수월하게! 그녀는 당분간은 그에게 손을 댈 수가 없지요. 그건 가야할 장고長孤의 길, 지루한 산보지! 노 저어 뒷걸음질이라니 얼마나 얼간이 짓이요! 그녀는 그녀의 공격자가 라인스터의 제왕帝王, 바다의 늑대, 연대기상年代記上으로 누군지, 또는 그가 무슨 짓을 했는지 또는 그녀가 얼마나 감칠맛나게 놀아났는지, 또는 어떻게, 언제, 왜, 어디서 그리고 얼마나 자주 그가 그녀에게 덤비었는지 그리고 어떻게 그가 그녀를 배반했는지 거의 알 수 없다고 스스로 말했지요. 그녀는 당시에 젊고 날씬하고 창백하고 부드럽고 수줍고 가냘픈 껑다리 계집애인데다, 산책하면서, 은월광호銀月光湖 곁에 그리고 사나이는 어떤 쿠라남(競走地)의 무겁게 뚜벅뚜벅 비틀거리는 외도침남外道寢男인지라, 그의 태양이 비치면 건초를 말리나니, 애태우는 킬데어의 강둑 곁에 그 당시 속삭이곤 하던 참나무들(평토탄平土炭이여 그들과 함께 하소서!)처럼 튼튼했는지라, 삼폭수森瀑水를 위해 그녀를 가로질러 철썩. 그가 호랑이 눈을 그녀에게 주었을 때 그녀는 해요정海妖精의 수치로 자신이 땅 아래로 꺼지는 줄만 생각했지요. 오 행복한 실수여! 나 바라나니 그게 그이였으면! 거기 당신이 잘못한 거로다, 경치게도 잘못을! 당신이 시대착오적時代錯誤的인 것은 단지 오늘밤만이 아니나니! 그것은 그보다 훨씬 뒤의 일이었는지라, 당시 애란愛蘭의 정원이라 할 위켄로우 주州에는 어디에고 수로水路가 없었던 시절, 그녀가 킬브리드 교橋를 씻어 흐르고 호수패스 다리 아래 거품을 일으키며 달리고, 그 엄청난 남서南西폭풍이 그녀의 유적流蹟을 어지럽히며 내륙의 곡물 낭비자가 그녀의 유궤遺軌를 염탐廉探하고, 어떻게든 자신의 길을 지루遲流하며, 하호何好 하악何惡, 실 짜고 맷돌 갈고, 마루 걸레질하고 맥麥타작하고, 험프리의 울타리 둘러친 마을의 보리밭과 값싼 택지宅地에 모든 그녀의 황금생黃金生(리피江)을 위하여, 그리고 웰링턴 선의마善意馬, 토지연맹 수확자와 잠자리를 나눌 것이라 감히 꿈도 꾸지 못할 때였나니. 아아, 소녀다운 시절의 이야기라! 바닷가 모래 언덕의 비둘기에 맹세코! 뭐라? 그래? 당신 그게 분명히 확실해? 핀 강이 모운 강과 접합接合하는 곳이 아닌, 노어 강이 블룸 산과 헤어지는 곳이 아닌, 브래이 강이 패어러 강의 물길을 바꿔 놓은 곳이 아닌, 모이 강이 컬린 호와 콘 호 사이 컨 호와 콜린 호 사이에서 그녀의 유심流心을 바꾸어 놓은 곳이 아닌 것이? 아니면 넵투누스가 스컬 노櫓를 잡고 트리톤빌이 보트를 저으며 레안드로스의 삼자三者가 두 여걸女傑과 꽝 부딪쳤던 곳? 아니야, 결코 아니, 전혀, 천만에! 그럼 오우 강와 오보카 강의 어디 근처? 그것은 동서 쪽 또는 루칸 요칸 강과 또는 인간의 손이 여태껏 결코 착족着足한 적이 없는 곳? 어딘지 말해 봐요, 제일 첫 번째 근사한 때를! 내가 말할 테니, 잘 듣는다면. 당신 러글로우의 어두운 협곡을 알지? 글쎄, 거기 한 때 한 지방 은둔자隱遁者가 살았나니, 마이클 아클로우가 그의 귀천貴川하신 이름이라, (수많은 한숨과 함께 나는 그의 용암상鎔巖床에 물을 뿌렸지!), 그리하여 육칠월의 어느 화금요일華金曜日, 오 너무나 아름답고 너무나 냉정하고 너무나 유연하게 그녀는 보였나니, 여수령女水靈 낸스, 고정부高情婦 나논, 무화과나무 숲의, 침묵 속에, 온통 귀를 기울이며, 그대 단지 촉감하지 않을 수 없는 불타는 곡선, 그는 새롭게 도유塗油한 양 손, 자신의 맥중핵脈中核을, 그녀의 마리아 노래하는 까만 사프란 색의 부발浮髮 속에 돌입突入했는지라, 그걸 가르며, 그녀를 위안하며, 일몰日沒의 이 붉은 습야濕野 마냥 진겁고 풍만한 것이었나니. 계곡 서접誓接의 세천細川 곁에, 무지개 색남색男의 천호天弧가 그녀를 (머리)빗으며 오렌지 색화色化했나니라. 아프로디테 미여신美女神의 황혼, 그녀의 에나멜 색 눈은 보라색 폭간暴姦의 가장자리까지 그를 남색화藍色化하는지라. 원망願望 원망怨望! 어쩌고저쩌고? 희주稀酒! 레티 럴크의 경소輕笑가 저 월계수를 방금 그녀의 다브다브 천요녀川妖女 위에 던지나니 요들가歌를 녹

〔岩〕창唱하자. 메사 강! 그러나 마력파魔力波는 이내 1천 1의 요정 올 가미를 품으나니. 그의 욕천浴川의 살신殺神 심바가 음살淫殺되도다. 그는 자기 자신을 억제할 길 없는지라, 너무나 스스로 격갈激渴해진 나머지, 자신 속의 주교主敎임을 잊지 않으면 안되었으니, 그리하여 그녀를 위쪽으로 비비거나 아래로 쓰다듬으며, 그는 미소하는 기분 속에 자신의 입술로 마구 입맞추었나니, 그 주근깨 투성이 이마의 아나-나-포규의 입술에다 (그는 안돼, 안돼, 절대로 그녀에게 경고하면서) 키스 또 키스를 연달아 퍼부었도다.

그대가 바삭바삭 목이 타는 동안 그녀는 숨이 끊기듯 했나니. 그러나 그녀는 자신의 추진동推振動으로 2피트만큼 몸이 솟았던 거다. 그리고 그 후로 죽마竹馬를 타듯 스텝을 밟았나니. 그것은 향유香油 대신 버터를 곁들인 키스였지 뭐요! 오, 그인 얼마나 대담한 성직자였던고? 그리고 그녀는 얼마나 선원船員 리비였던고? 논다니 나아마가 이제 그녀의 이름이라. 그 이전에 스코치 반바지를 입은 두 젊은 녀석들이 그녀를 범했던 거다, 러그나킬리아 산정山頂의 고귀한 픽트 족族, 맨발의 번과 주색쟁이 웨이드가. 그런데 당시의 그녀로 말하면, 엉덩이에는 감출 한 오래기 털 흔적 또는 선술집의 선복船腹 부분 유람선은 말할 것도 없고 그 자작나무 마상이 피선皮船을 유혹할 앞가슴조차 갖기 전의 일이었나니. 그리고 다시 그런 일이 있기 전에, 아가, 오리, 전혀 준비도 갖추지 못한 채, 너무나 연약하여 요정미기수妖精美騎手도 지탱하지 못할 정도였도다, 백조白鳥 새끼의 깃털과도 새롱대지 못할 판이었는지라, 그녀는 치리파-치러타, 사냥개에 의하여 핥아 받았나니, 조가鳥歌와 양털 깎는 시절, 정든 킵퓨어 산山 언덕의 중턱에서, 단순히, 잠깐 쉬 하는 동안, 그러나 무엇보다 먼저, 제일 고약한 일은, 저 파동 치는 활달한 계집, 그녀의 유모 샐리가 수채에서 고이 잠든 사이 그녀는 악마의 계곡의 틈 바퀴에서 슬며시 미끄러져 나왔나니, 그리하여 피피 파이파이, 그녀가 발걸음을 내딛기도 전에 배수구의 수로에 벌렁 나자빠지는지라, 한 마리 휴한우休閑牛 아래 온통 침체된 검정 연못 속에 드르누운 채 꿈틀거리고 있었나니 그리하여 그녀는 사지四肢를 높이 치켜들고 천진자유天眞自由롭게 소리내어 웃어대자, 한 무리 산사목 처녀 떼가 온통 얼굴을 붉히며 그녀를 곁눈으로 쳐다보고 있었도다.

핀드혼(훈제 대구)의 이름의 음흡을 내게 똑똑히 들려줘요, 무투(山人)이든 미티(江木)이든, 어떤 이목자泥目者가 목격자였나니. 그리하여 왜 그녀의 얼굴이 주근깨로 점점이 얼룩져 있는지 찰랑찰랑 듣게 해요. 그리고 그녀의 머리카락은 마르셀 식 물결 웨이브든 아니면 단순히 가발假髮을 쓰고 있던가 사실대로 졸졸 얘기해 봐요. 그리고 처녀들은 당황한 나머지 자신들의 붉힌 얼굴을 어느 쪽으로 떨구었는지, 뒤쪽 서쪽으로 아니면 앞쪽 바다 쪽으로? 사랑스런 목소리를 그토록 가까이 듣다니 두려웠던고 아니면 흠모하고 혐오하며 혹은 혐오하며 흠모했던고? 당신은 사정에 밝은 건가 아니면 사정에 어둔 건가? 오 계속해요, 계속 말해요, 계속하라니까! 글쎄 당신이 알고 있는 것에 관해 말이야. 당신이 뜻하는 바가 무엇인지 나는 바로 잘 알고 있어요. 오히려! 당신은 두건頭巾이나 나들이옷만 좋아하니, 얌체라, 그리고 나더러는 오래된 베로니카의 걸레에 묻은 기름기 일만 하게 하고. 글쎄 지금 내가 뭘 헹구고 있지 그런데 맙소사? 그건 앞치마인가 아니면 법의法衣인가? 알란, 글쎄 당신의 코는 어디에 있지? 그리고 풀은 어디에 있고? 그건 제의실祭衣室의 봉헌奉獻 냄새가 아닌가. 저 오데 고론과 그녀의 향수 냄새로 그게 매그러스 부인 거라는 걸 여기에서도 말할 수 있어. 그리고 당신 그걸 바람에 쐬어야 해. 그건 바로 그녀한테서 나온 냄새야. 그건 비단 주름 복지服地지, 크램프턴 잔디 복지가 아니고. 신부님, 저를 세례해줘요, 왜냐하면 그녀가 죄를 지 그녀의 집수역集水域을 통하여 그녀가 스스럼없이 팽개친 거야, 자기 무릎 장식을 위해 엉덩이 만세라고 외치며. 온갖 낡은 평복平服에서 술(프릴)이 달린 것은 이 한 벌뿐이지. 바로 그거야, 맹세코! 웰랜드 천泉! 혹시 내일 날씨가 좋으면 누가 이걸 구경하러 발을 끌며 다가올까? 어떻게 누가? 다음에 내가 갖지 않은 것(부랄)에 물어 보라니까! 벨비디어의 우노출생優露出生 놈들. 그들의 순항용巡航用 모자와 보트클럽의 색복色服에. 뭐라고, 모두들 떼를 지어! 그리고 저런, 모두들 빼기며! 그리고 여기 그녀의 처녀 이름 글자가 또한 새겨져 있어. 주홍색 실로 K(부두) 위에 L을 겹쳐. 살색 복지 위에 세상이 다 보도록 서로 이은 채. 로라 코운 암살자가 아님을 보여주기 위해 X표를. 오, 비방자가 그대의 안전핀을 비틀어 버렸으면! 그대 맘마魔의 자식, 킨셀라의 리리스(아담의 전처)여! 그런데 그녀가 입은 속옷의 다리를 누가 찢고 있었단 말인가? 어느 다리인가? 종鐘 달린 쪽이야. 그걸 헹구고 빨리 빨리 서둘러요! 내가 어디서 멈췄지? 절대로 멈추지 말아요! 속담續談! 당신 아직 그 얘기 끝나지 않았어. 난 계속 기다리고 있다니까. 자 계속해 봐요, 계속해!

글쎄, 그것(죄)이 자비 수도회의 토일월주보土日月週報에 실린 뒤 (한번은 그들 탁발승들이 닭고기와 계란 베이컨의 만찬을 마친 다음 입 새김질을 하면서, 여기 그걸 좀 보여줘요 거기서 마음을 띠어요 읽을 기사를 다 마치면 얘기 해줘요 등으로, 그들의 하얀 염소 가죽 장갑을 더럽히고 말았나니), 심지어 그의 설발雪髮 위에 내린 눈까지도 그를 넌더리나게 했도다. 용(溶), 용, 죽겠지, 이봐! 시발始發(S) 그녀의(H) 두주頭主(C) 향사鄕士(E)! 당신이 언제 어디를 가든 그리고 어느 주방酒房에 들리든, 도시 또는 교외郊外 또는 혼잡스런 지역, 로즈 앤 보틀(장미와 술병) 또는 피닉스 선술집 또는 파우어즈 여관 또는 주드 호텔 또는 내

니워터에서 바아트리빌까지 또는 포터(港) 라틴에서 라틴 가街까지 어느 촌변村邊을 헤매든 간에, 그대는 발견했나니, 아래위 뒤바꿔 새긴 그의 조각상 또는 그의 기괴한 모습을 흉내내며 익살부리는 모퉁이의 불량배들, 쾌걸快傑 터고 극劇에서 로이스 역役의 사나이 모리스, (유럽풍의 치킨하우스, 지방 빼지 않은 쇠기름과 요구르트, 자 함남男의 뿔이야, 아하담 이 쪽으로, 파티마, 반전半轉!), 피리를 불고 벤조를 켜고 근처의 선술집 주변을 떠돌아다니며, 우정회友情會의 굽 높은 삼중三重 모피모毛皮帽를 그의 두개골 주변에 빙빙 돌리나니. 네바-강가의-페이트 또는 미어(바다) 강-건너의-피트처럼. 이건 온통 포장하고 돌을 간 하우스만, 그것은 아무도 결코 소유한 적이 없으며 그의 다리를 수탉 들어 암탉 알을 깐 여물통 비치의 마구간. 그리고 눈물 질질 흘리는 애송이놈이, 그들의 팀파니 피들과 함께 위대한 돌림노래를 합창하면서 그를 재판하며 주위에서 왁자지껄 떠들어 댔나니. 그대의 엄부嚴父를 조심해요! 그대의 모母를 생각하란 말이요! 홍자洪者 횡이 그의 흥겨운 가짜 별명이야! 볼레로 곡을 불러 봐요, 법을 무시하고! 그녀는 여전히 저따위 온갖 깡패녀석(뱀)들과 평등하려고 길 건너 골목길 근처의 십자가 막대기에 맹세를 했도다. 임신가姙娠可의 동정녀 마리아 양孃에게 맹세코! 그래서 그녀, 지금까지 아무도 들어보지 못한 한 가지 못된 그런 유류의 장난을 꾸밀 계획을 짜겠노라 홀로 중얼거렸지요, 그 장난꾸러기가. 무슨 계획을? 빨리 말해봐요 그리고 잔인하게 굴 것 없어요! 무슨 살인사殺人事를 음조淫造했단 말인가? 글쎄, 그녀는 자신의 물물교환 자子들 중의 하나인, 우편 배달부 쇼운한테서, 그의 램프 불빛의 차용권과 함께, 한 개의 부대 뻭, 새미 피皮의 우편낭郵便囊을 빌렸나니, 그런 다음 그녀의 염가본廉價本, 낡은 무어력曆, 캐시 저著의 유클리드 기하학과 패션 전람展覽을 가서 상담한지라 그리하여 가장무도회에 참가하기 위해 조시단장潮時端裝을 했노라. 오

기그 고글 개걸개걸. 그 광경을 어떻게 말할 수 있담! 너무나 야단스러워서 억제할 수가 없는걸. 저주할 것 같으니! 파하하破河河 우雨히히히 우하하雨河河 파波히히! 오 하지만 당신은 이야기해야 해요, 정말로 해야 한단 말이요! 어스레한 더글다글의 먼 계곡 가글가글에서 울려오는 거글거글 물소리처럼, 꽈르르 꽈르르 소리나는 걸 듣게 해줘요! 말하다트 마을의 신성한 샘泉에 맹세코, 나는 정녕코 틸리와 킬리의 불신앙不信仰의 산山을 통하여 천국에 가는 기회를 저당잡혀도 좋으니, 그걸 듣게 해줘요, 한 마디 남김없이! 오, 잠깐만, 여인, 정신차리게 날 좀 내버려둬요! 만일 내 이야기가 싫거들랑 너벅선에서 나와요. 글쎄, 마음대로 해요, 제발. 여기, 앉아서 시키는 대로 해요. 나의 노櫓를 잡고 그대의 뱃머리 쪽으로 몸을 굽혀요. 노를 앞쪽으로 굽히고 당신의 비만체肥滿體를 끌어당기란 말이요! 천천히 귀를 기울이고 조용히 그걸 해봐요. 내게 길게 말해요! 이젠 서두를 것 없어요. 숨을 깊이 쉬어 봐요. 이제 편한 뱃길이라니까. 차근차근 서두르면 가게 될 꺼요. 내가 성당 참사원慘事員의 속옷을 문질러 빨 때까지 여기 당신의 축복의 재灰를 내게 빌려주구료. 이제 흘려 보내요. 방류放流. 그리고 천천천천히.

처음 그녀는 자신의 머리칼을 풀어 내리고 발까지 늘어뜨렸어요 그녀의 묵직한 꼬인 머리타래를. 그런 다음, 모나母裸되어, 그녀는 감수유액甘水乳液과 유향有香 피스타니아 진흙으로, 위아래로, 머리 꼭대기에서 발바닥까지 샴푸 칠을 했나니. 그녀의 용골龍骨의 홈을, 혹과 어살과 사마귀와 부스럼을, 반흠反欽의 버터 스카치와 터핀유油와 사미향蛇尾香을 가지고 기름칠한 뒤에, 그녀는 부엽토腐葉土를 가지고, 주사위 5점형의, 눈동자도瞳子島와 유수도乳首島 주위를, 자신의 귀여운 배복의 전면全面을, 선도先導했도다. 그녀의 젤리 배는 금박金箔 납세공품納細工品이오 그녀의 입상粒狀 발향發香 뱀장어의 발목은 청동

색이라. 그리고 그런 연후에 그녀는 자신의 머리칼을 위하여 화환을 엮었나니. 그녀는 그것을 주름잡았는지라. 그녀는 그것을 땋았도다. 목초牧草와 하상화河上花, 지초芝草와 수란水蘭을 가지고, 그리고 추락한 슬픔의 눈물짓는 버드나무를 가지고. 그런 다음 그녀는 자신의 팔찌랑 자신의 발목걸이랑 자신의 팔고리 그리고 짤랑짤랑 조약돌과 토닥토닥 자갈 그리고 달각달각 잡석의 홍옥 빛 부적符籍 달린 목걸이랑 그리고 애란 라인스톤의 보석과 진주와 조가비 대리석의 장신구와 그리고 발목장식을 만들었지. 그걸 다 완성하자, 그녀의 우아한 눈에 깜부기 까만 칠을, 아녀쉬카 러테티아비취 퍼플로바 무녀舞女, 그리고 그녀의 소지수색沼地水色 까만 입술에 리포 크림, 그리고 그녀의 광대뼈를 위한, 딸기 빛 빨강에서 여餘 보라색까지, 화장물감 상자의 색깔을, 그리하여 그녀는 자신의 거실 하녀들, 두 종자매, 실리지아 그랜드와 키어쉬 리얼을, 풍요자豊饒者에게 보냈나니, 수줍어하고 안달하는, 마님으로부터의 존경과 함께, 그리하여 잠깐 동안 여가를 그에게 요청하는지라. 촛불 켜고 화장실 방문, 리-온-아로사(장미림薔薇林)에서, 즉시 귀가. 수탉이 9시를 타打, 하고 성초가星草家가 신부新婦롭게 광시光視하자, 거기 혼혈하인混血何人이 나를 기다리도다! 그녀 자신 반분半分도 원거遠去하지 않겠노라 말했나니라. 그러자, 그런 다음, 그의 등 혹을 돌리자마자. 우편낭을 그녀의 어깨 너머로 사蛇매었나니, 아나 리비아, 바다 굴의 얼굴, 그녀의 물통거품 투성의 집을 뛰쳐나왔도다.

그녀를 서술할지라! 급행急行, 하불가何不可? 쇠다리미 뜨거울 때 타타打唾하라. 나는 하란何蘭에도 그녀 이야기는 저세底世 놓치지 않으리니. 롬바 해협의 이득을 위해서도 절대. 연희宴喜의 대양大洋, 나는 그걸 들어야만 하나니! 급조急早! 속速, 쥬리아가 그녀를 보기 전에! 친녀親女 그리고 가면녀假面女, 친모목녀親母木女? 전미숙녀全美淑

女? 12분의 1의(작은) 소계녀小溪女? 행운녀? 말라가시 생녀生女? 그녀 무슨 衣着를, 귀불가사의貴不可思議 기녀奇女? 장신구와 몸무게를 합쳐, 그녀 얼마나 개산槪算했던가? 여기 그녀가, 안 대사大赦! 남자 감전感電하는 재난녀災難女라 부르나니.

전혀 감전선녀感電選女 아니나 필요必要 노老 모파母婆, 인디언 고모姑母로다. 나 그대한테 한가지 시험을 말하리라. 하지만 그대 잠자코 앉아 있어야 하나니. 지금 내가 이야기하려고 하는 걸 그대 평화를 갖고 귀담아 들을 수 있겠는고? 때는 아마도 만령절야萬靈節夜 아니면 4월 차야此夜의 1시 10분 또는 20분 전이었으려니와, 그녀는 당시 그녀의 추물醜物 이글루 에스키모 가문家門의 덜컥거림과 함께 살금살금 걸어 나오다니, 총림주민叢林住民의 한 여인, 그대가 여태껏 본 가장 귀염둥이 모마母馬, 그녀 사방에 고개를 끄덕이며, 만면소滿面笑라, 두개의 영대永代 사이, 당혹의 당황 그리고 경위敬畏 대 경심警心으로, 그대의 팔꿈치에도 닿지 않을 주디 여왕. 자 얼른, 그녀의 교태嬌態를 쳐다보고 그녀의 변태變態를 붙들어요, 왠고하니 그녀가 크게 살면 살수록 한층 교활하게 자라니까. 호기好機를 구하고 취取하라! 더 이상 아니? 도대체 어디서 그대는 여태껏 공성攻城 망치만큼 큰 램베이 도끼를 본 일이 있단 말인고? 아 그래, 당신 말이 옳아요. 나는 잘 잊어버리는 경향인지라, 마치 리비암(사랑) 리들이(적게) 러브미(사랑) 롱이(길게) 그랬듯이. 나의 복사뼈 길이만큼, 말하자면! 그녀는, 그것 자체가 한 쌍의 경작지耕作地, 소 끄는 쟁기소년의 징 박은 목화木靴를 신었도다: 번질번질 나풀대는 꼭대기와 식장용飾裝用의 삼각형 테두리 및 일백 개의 오색 테이프가 동떨어져 춤추는 그리고 도금 핀으로 그걸 찌른 막대사탕 꼴 모자: 그녀의 눈을 경탄하게 하는 부엉이 유리의 원근안경遠近眼鏡: 그리고 태양이 그녀의 수포용모水泡容貌의 피모皮毛를 망가트리지 않게 어망漁網의 베일: 그녀의 향현響絃 늘어

진 귓불을 지착枝錯하는 포테이토 귀걸이: 그녀의 입방체의 살갗 양말
은 연어 반점철斑點綴되었나니: 그녀는 빨아서 색이 빠지기 전 절대로
바래지지 않는 아지랑이 수연색水煙色 캘리코 옥양목의 슈미즈를 자랑
해 보였나니: 튼튼한 코르셋, 쌍双을, 그녀의 신선身線을 선곽線廓하
고: 핏빛오렌지의 니커보커 단 바지, 두 가랑이의 한 벌 하의, 자유분
방의, 벗기 자유로운, 자연 그대로의 검둥이 즈로즈를 보였나니: 그
녀의 까만 줄무늬 다갈색 마승투馬乘套는 장식 세퀸으로 바느질되고
장난감 곰으로 봉제되고, 파상波狀의 골풀 견장肩章 및 왕실 백조 수
모首毛로 여기저기 꿰매져 있나니: 그녀의 건초乾草 밧줄 양말 대님에
꽂힌 한 쌍의 안연초安煙草: 알파벳 단추가 달린 그녀의 시민 코르덴
상의上衣는 두 개의 터널 벨트로 주변선결周邊線結되었나니: 각 주머
니 바깥에 붙은 4펜스짜리 은화가 휘날리는 풍공風攻으로부터 그녀의
안전을 중량重量했도다. 그녀는 자신의 빙설산氷雪山 코를 세탁물 집
게로 가로질러 집었나니 그리하여 그녀의 거품 이는 입 속에 뭔가 괴
물을 연방 으스러뜨리고 있었는지라, 그녀의 비연색鼻煙色 방랑자의
스커트의 가운 자락 강류江流가 그녀 뒤의 행길을 따라 50 아일랜드
마일 가량을 추주추주追走趨走했도다.

이게 어찌된 노릇, 내가 그녀를 놓치다니 유감이야! 그래 달콤한
행기幸氣여, 아무도 기절하지 않았나니! 그러나 그녀의 입 어디에? 그
녀의 비갑鼻岬이 불타고 있었던고? 그녀를 본 자는 누구나 그 상냥한
꼬마 델리아 여인이 약간 괴상해 보인다고 말했지. 어머나 맙소사,
웅덩이를 조심해요! 아씨여, 선善하고 제발 바보 얘기 말아요! 우스꽝
스런 가련한 마녀 마냥 그녀는 틀림없이 (숯)잡역 해왔도다. 정말이지
그대가 지금까지 본 추례녀醜禮女야! 소생沼生의 숭어 눈으로 그녀의
사내들을 배신견背信見하다니. 그리고 그들은 그녀를 자비 여왕으로
왕관 씌웠나니, 모든 딸들이. 5월강月江의? 그대 아무럼! 글쎄, 자신

을 위해 자기 자신을 볼 수 없었으니. 나는 인지認知라 그 때문에 그 애녀愛女가 그녀의 거울을 이토泥土했도다. 그녀 정말 그랬던고? 나를 자비소서! 가뭄해갈解渴解脫하는 호외노동자단團의 코러스(합창)가 있는지라, 쌍말로 마구 떠들어대며 그리고 담배를 질겅질겅 씹으면서, 과일에 눈길을 돌리며 그리고 꽃 키우면서, 그녀 머리카락의 파동과 유동流動을 관조觀照하면서, 북부 나태자懶怠者(노스 레이저즈)의 벽정壁井 위에, 주카 요크 주점 곁에 지옥의 불의 주간週間을 낭비하거나 임대賃貸하면서, 그러자 그녀가 동초冬草의 잡초를 몸에 묻히고 저 해변도海邊道 곁을 곡류曲流하는 것을 그들이 보았을 때 그리고 그녀의 부주교副主敎의 본네트 아래 있는 자가 누구인지를 알아차리자, 아본데일의 물고기인가 클라렌스의 독毒인가, 상호 사초담私草談하는지라, 목발 짚은 기지자機智者가 매스터 베이츠에게: 우리 두 남구동료南龜同僚 사이의 이야기 그리고 그들은 쑥돌을 데우고 있어, 또는 그녀의 얼굴은 정형미안술正型美顔術 받았지 혹은 앨프가 마약중독이야!

그러나 도대체 그녀의 혼잡배낭混雜背囊 속의 노획물鹵獲物은 무엇이었던고? 바로 그녀의 복강腹腔 속의 야자주椰子酒 혹은 후추 항아리에서 쏟은 털 후추? 시계나 램프 그리고 별난 상품들. 그리고 도대체 (천둥 속에) 그녀는 그걸 어디서 천탈天奪했던고? 바로 전쟁 전 아니면 무도舞蹈 후? 나는 근저根底에서 신선新鮮 색물素物을 갖고 싶어요. 내 턱수염에 맹세하지만 그건 밀어密漁할 가치가 있는 것임에 틀림없어요! 자 얼른 기운起運내요, 어서! 정말 착한 개(천) 자식 같으니! 내가 소중한 것을 당신한테 말하기로 약속하지. 그런데 글쎄 대단한 것 아닐지 몰라. 약속어음을 가진 것도 아니고. 진실을 내게 털어놓으면 나도 당신한테 진짜 말할께요.

글쎄, 동그랗게 파상면波狀綿으로 동그란 링처럼 허리띠를 동그랗게 두르고 그녀는 또닥또닥 종종걸음으로 달리며 몸을 흔들며 옆걸음질하나니, 덩굴풀 짙은 좁다란 소지沼地를 통하여 그녀의 표석漂石을 굴리면서, 이쪽 한층 마른 쪽에 가식수초可食水草와 저쪽 한층 먼 쪽에 야생의 살갈퀴, 이리 치고, 저리 몰고, 가운데 길이 어느 것인지 또는 그것을 부딪쳐야 할는지를 어떤지 알지도 못하고, 물오리를 타는 사람처럼, 그녀의 아이들에게 온갖 소리를 재잘거리면서, 마치 창백하고 나약한 애들이 외쳐대는 소리를 엿들은 산타 클로스처럼, 그들의 꼬마들의 이야기를 들으려고 귀기울이며, 그녀의 두 팔로 이소라벨라를 감돌면서, 이어 화해한 로마즈와 레임즈와 함께, 거머리처럼 들어 붙었다 화살처럼 떨어졌다, 달리면서, 이어 불결한 한漢의 손을 침으로 침 뱉어 목욕시키나니, 그녀의 아이들 모두에게 각자 한 개씩의 크리스마스 상자를 가지고, 자기들이 어머니에게 주려고 꿈꾸었던 생일 선물을, 그녀는 문간에 비치飛置했나니라! 매트 위에, 현관 곁에 그리고 지하실 아래. 소천자小川者들이 그 광경을 보려고 전주前走나니, 빤질빤질한 사내놈들, 장난꾸러기 계집애들. 전당포에서 나와 (연옥의) 불 속으로. 그리하여 그녀 주변에 그들 모두, 젊은 영웅들과 자유의 여걸女傑들, 그들의 빈민굴과 분수 우물로부터, 구루병자病者들과 폭도들이, 총독 부인의 조기朝期 접견식接見式에 도열하는 스마일리 아원아兒園兒들 마냥. 만만세, 귀여운 안 울鬱! 아나 만세, 고귀한 生을! 솔로 곡을 우리에게 들려줘요, 오, 속삭여요! 너무 즐거운 이탈리아! 그녀는 정말 멋진 음질音質을 가졌잖아! 그녀를 상찬賞讚하며 그리고 그녀에게 약간의 갈채를 보내며 또는 그녀가 훔친 쓰레기 부대 속, 막다른 골목에서 몸소 낚아채고, 그녀의 활족식活足式의 왕실로부터 하역下賜 받은 빈민 상품, 증답용贈答用의 초라한 기념품과 쓰라린 기억의 잡동사니, 자신 손 뻗어 훔쳐 낸 온갖 정성품精誠品들에 조소를 보내나니, 역겨운 놈들과 구두 뒤축 쫓는 놈들, 느림보와 혈기血氣 탕아, 그녀의 초탄初誕 자식들과 헌납공물獻納貢物의 딸들,

모두 합쳐 1천 1의 자者, 그리고 그들 각자를 위한 고리버들 세공 속의 행운 단지. 악의惡意와 영원을 위하여. 그리고 성서聖書에 입맞추다(죽다). 집시 리를 위하여 그의 물주전자 끓일 땜장이 술통 한 개와 손수레 한 대. 근위병 추미를 위한 부추 넣은 닭고기 수프 한 통. 실쭉한 팬더의 심술궂은 조카를 위한 삼각 진해제鎭咳劑 한 알, 신기하게도 강세强勢의. 가엾은 뻬꼴리나 쁘띠뜨 막프란느를 위한 감기약과 딸랑이 그리고 찔레꽃 뺨. 이사벨, 제제벨과 르윌린 무마리지를 위한 바늘과 핀과 담요와 정강이의 조각 그림 맞추기 장난감, 조니 워커 뻭을 위한 놋쇠 코와 미정련未精鍊의 벙어리 장갑. 케비닌 오디아를 위한 종이 성조기星條旗. 퍼지 크레이그를 위한 칙칙폭폭 및 테커팀 톰비그비를 위한 야진夜進의 야생토끼. 골목대장 헤이즈와 돌풍 하티건을 위한 오리발과 고무 구두. 크론리프의 자랑거리, 수사슴 존즈를 위한 방종심放縱心과 살찐 송아지. 스키비린 출신 바알을 위한 한 덩어리 빵과 아버지의 초기 야망. 볼리크리의 남아, 래리 더린을 위한 유람 마차 한 대. 테규 오프라내건을 위한 정부용선政府用船의 배 멀미 여행. 제리 코일을 위한 이잡이 틀 한 대. 앤디 맥켄지를 위한 고기를 잘게 여민 민스 민트 파이. 무전無錢 피터를 위한 머리핀과 걸인용乞人用 터진 나무 접시. G. V. 부르크를 위한 12도 음색판. 얌전한 앤 모티어 수녀를 위하여 머리 숙인, 물에 빠진 인형 한 개. 부랑치지의 침대용 제단祭壇 의상. 맥페그 위핑턴을 위한 월데어즈의 단 바지. 수 도트에게 한 개의 커다란 눈〔目〕. 샘 대쉬에게 가짜 스텝(종지부). 팻시 프레스비를 위한 클로버 속에, 잡아, 반쯤 상처낸 뱀, 및 바티간 교황청 발행 뱀잡이 허가증. 빳빳이 서는 디크를 위한 매일 아침의 발기勃起 그리고 비틀비틀 돌멩이 대이비를 위한 매분每分 드로프스 한 알. 복자福者 비디를 위한 관목 숲 참나무 묵주. 에바 모블리를 위한 두 개의 사과나무 의자. 사라 필포토를 위한 요르단 골짜기의 눈물단지 한 개. 아일린 아루너가 그녀의 이빨을 백화白化하여 헬렌 알혼을 능가하기 위한 페티피브 제製 가루분이 든 예쁜 상자 한 개. 무법자 애디를 위한 채찍 팽이 한 개. 버터만 골목길의 키티 콜레인을 위하여 그녀의 하찮은 물주전자를 위한 한 페니 푼돈. 희악인戱惡人 텔리을 위한 도장용塗裝用 삽 한 자루. 홍행인 던을 위한 물소 가죽 마스크 한 개. 목사보牧師補 파블을 위한 두 날짜 적힌 부활제의 계란 한 개와 다이너마이트 권權. 망토 걸친 사나이를 위한 급성 위장염. 드래퍼와 딘을 위한 성장星章 부付의 가터 훈장. 도깨비-불과 선술집의-바니를 위한 그들의 신주辛酒 감미甘味의 노블 사탕 건대 두 자루. 올리버 바운드를 위한 논쟁의 한 방법. 소少로 사료思料되었던, 소마스를 위하여, 자신이 대大로 느끼는 크라운 한 잎. 경쾌한 트윔짐을 위한 뒷면에 콘고즈우드의 십자가가 새겨진 티베타인 화폐의 산더미, 용자勇者 브라이언을 위한 찬미 있을지어다 그리고 내게 며칠의 여가를 하사하실지어다. 올로나 레나 막달레나를 위한 풍족한 정욕과 함께 5페니 어치의 연민. 카밀라, 드로밀라, 루드밀라, 마밀라를 위한 한 개의 양동이, 한 개의 소포, 한 개의 베개. 낸시 샤논을 위한 한 개의 투아미 산産 브로치. 도라 리파리아 희망수希望水를 위한 한 대의 냉각 관수기灌水器와 한 대의 난상기暖床器. 윌리 미거를 위한 한 쌍의 블라니 허풍쟁이. 엘지 오람으로 하여금 정분수定分數에 최대의 정성精誠을 쏟으면서, 그녀의 엉덩이를 긁을 수 있도록 머리핀 석필石筆 한 자루. 베티 벨레짜를 위한 노령老齡 연금. 괴짜 피츠를 위한 세탁용 블루 구루 분粉 한 자루. 타프 드 타프에게 풍작을 위한 미사전서 한 권. 쾌남아 재크를 위한 바람둥이 계집 하나. 타락 천사 루비콘스타인을 위한 로저슨 크루소의 금요일(프라이대니) 단식. 빅토 위고노(교도)를 위한 직공용織工用 직물천 날실 포플린 넥타이 366매. 청소부 케이트를 위한 빳빳한 농작물용 갈고리 한 개 및 상당량의 잡다

아나 리비아 플루라벨 143

퇴비물雜多堆肥物. 호스티를 위한 발라드(속요)의 구멍 한 개. J.F.X.P. 코핑거를 위한 두 다스의 요람搖籃. 태어난 황태자를 위한 펑 터지는 10파운드 포탄 10발과 함께 황녀皇女를 위한 불발不發 폭죽 5발. 저쪽 재 구덩이 너머의 매기를 위한 평생 지속持續의 피임구. 러스크에서 리비언배드까지 사공沙工 페림을 위한 대비大肥 냉동 육여인冷凍肉女人. 쇠약 맹인 통풍의 고우를 위한 온천과 시집詩集 및 주연용酒宴用 시럽. 아모리쿠스 트리스트람 아무어 성聖 로렌스를 위한 성자聖者의 명의변경名義變更 및 병구病丘 기쁨. 루벤 적흥赤胸을 위한 기로틴 셔츠 및 황야의 브레넌을 위한 대마大麻 교수용絞首用 바지 멜빵. 창설자 소위를 위한 참나무 제製의 무릎과 아열대亞熱帶의 스코트를 위한 모기 장화. 카머파派의 캐인을 위한 C3의 꽃꼭지. 우체부 쉐머스 오샤운을 위한, 칼과 스탬프를 포함하는, 무양지도無陽地圖 달력. 놀런 외外의 브라운을 위한 가죽 씌운 자칼[動]. 돈 조 반스를 위한 석냉石冷 어깨 근육. 오노브라이트 줄타기 창부唱婦를 위한 자물통 마구간 문門. 빌리 던보인을 위한 대고大鼓. 아이다 아이다를 위한 범의성犯意性 황금 풀무, 나 아래서 불어요, 그리고 실버[銀]는―― ――누구――그이는-어디에를 위한 자장자장 가歌의 흔들의자, 엘뜨로베또. 축제 왕과 음란飮亂의 피터와 비란飛亂의 쇼티와 당밀의 톰과 O.B. 베헌과 흉한凶漢 설리와 마스터 매그러스와 피터 클로런과 오텔라워 로사와 네론 맥퍼셈과 그리고 누구든 뛰돌아다니는 우연히 마주치는 자를 위한 위네스 맥주 또는 예네시 주, 라겐 주 또는 니켈 주, 기꺼이 꿀꺽꿀꺽 튀기며 먹감기 좋아하는 것은 무엇이든. 그리고 셀리나 서스큐한나 스태켈럼을 위한 돼지 방광 풍선. 그러나 그녀는 프루다 워드와 캐티 캐널과 페기 퀼티와 브라이어리 브로스나와 티지 키어런과 에너 래핀과 뮤리얼 맛시와 쥬산 캐맥과 멜리사 브래도그와 플로라 고사리와 포나 여우-선인善人과 그레트너 그리니와 페넬롭 잉글산트와 레시아 리안처럼 핥는 레쯔바와 심파티카 소헌과 함께 롯사나 로헌과 유나 바이나 라떼르자와 뜨리나 라 메슴과 필로메나 오파렐과 어마크 엘리와 조제핀 포일과 뱀 대가리 릴리와 쾌천快泉 로라와 마리 자비에르 아그네스 데이지 프랑세스 드 쌀 맥클레이에게는 무엇을 주었던고? 그녀는 그들 모든 어머니의 딸들에게 한 송이 월화月花와 한 줄의 혈맥血脈을 주었나니: 그러나 포도복葡萄服을 망설이는 자에게는 이기전리期前에 익은 포도 알을. 그런고로 마치 그녀의 필강우筆强友, 솀으로부터 그의 성시盛時 오전汚前에 인생이 과過했듯이, 그녀의 수치羞恥의 딸 이찌에게는, 사랑이 그녀의 눈물 적월전積越前에 빛났나니라.

맙소사, 그토록 빽 가득히! 빵 가게의 한 다스와 10분의 1 세稅와 덤으로 더 얹어 주다니. 그건 말하자면, 허황스런(터브 통桶의) 이야기가 아닌가! 그거야말로 하이버이언의(애란의) 시장市場이군! 그따위 모든 것, 크리놀린 봉투 아래 것에 불과한지라, 만일 그대가 저 돈통豚桶의 봉인封印을 감히 찢어 버린다면. 그들이 그녀의 독염병毒染病으로부터 도망치려 함은 무경無驚이도다. 청결淸潔의 명예에 맹세코 당신의 허드슨 비누를 이리 좀 던지구료! 글쎄 물에 극미極味가 남아 있어요. 내가 그걸 도로 떠내려보낼 테요, 제일 먼저 마안 조강朝江에. 저런 어쩌나! 아이, 내가 당신한테 차수입借手入한 표청분漂靑粉을 잊지 말아요. 소용돌이 강류江流가 온통 당신 쪽에 있어요. 글쎄, 만일 그렇다면 그게 모두 내 잘못이란 말인가요? 누가 그게 모두 당신 잘못이라 했나요? 당신은 약간 날카로운 낌새야요. 나는 아주 그런 편이지. 코담배 봉지가 내 쪽으로 떠내려오다니, 그건 그의 성직복에서 나온 추광물醜狂物이요, 그녀의 작년의 소지선화沼池仙花를 가지고 그로 하여금 그의 허영의 시장市場을 재도再倒하게 했나니. 그의 붉은 인디언 속어로 된 성서의 오편汚片을 나는 읽고 있는지라, 지껄 페이지에 그려진 금박제金箔製에 깔깔 웃음으로 낄낄했나니. 하느님이 가라사대: 인간을 있게 하라! 그리하야 인간 있었나니. 호! 호! 하느님 가라사대: 아담을 있게 하라! 그리하야 아담 있었나니. 하! 하! 그리하여 원더메어의 호반湖畔 시인과 레파누(세리던의) 낡은 '마차 정류장 곁의 집' 그리고 밀(J)의 여인에 관하여, 플로스 강의 복제複製와 함께. 그래, 물방앗간 주인에게는 한 개의 늪을 그리고 그의 명주 솜을 위하여 한 개의 돌멩이라! 그들이 그의 풍차 바퀴를 얼마나 날쌔게 움직이는지 나는 알아요. 내 두 손이 위스키 주酒와 소다 수水 사이에 마치 저 아래 놓인, 저기 저 모도자기模陶瓷器 조각처럼 청냉青冷이로다. 아니 어디 있는고? 지난번 내가 그걸 보았을 때 사초莎草곁에 놓여 있었나니. 맙소사, 나의 애통이여, 난 그걸 잃고 말았도다! 아아, 비통한지고! 저 혼탄수混炭水를 가지고 누가 볼 수 있담? 이토록 가까운데도 저토록 멀다니! 그러나 오, 계속해요! 나는 사담詐談을 좋아하지요. 나는 재삼재사再三再四 더 많이 귀담아 들을 수 있나니. 강 파하波下에 비雨. 날벌레가 부평초浮萍草 구실을 하지요. 차후此厚가 내 (해단海單)겐 인생이나니.

글쎄, 당신은 알고 있는고 아니면 당신은 감지感知하지 못하는고 아니면 모든 이야기는 자초지종自初至終이요 그의 자웅雌雄임을 내가 말하지 않았던고. 봐요, 봐요, 땅거미가 짙어 가고 있어요! 나의 고지枯枝들이 뿌리를 내리고 있어요. 그리고 나의 차가운 뺨좌座가 회봉灰逢으로 변해 버렸어요. 피루어(몇시)? 피로우(악당)? 무슨 시대? 시간이 당장 늦었어요. 나의 눈 아니면 누군가가 지난번 워터하우스의 물시계를 본 이래 지금은 무한無限이라. 그들이 그걸 산산조각내 버렸지요, 나는 모두들 한숨짓는 소리를 들었는지라. 그럼 언제 그걸 재조再造할 것인고? 오, 나의 등, 나의 배후背後, 나의 배천背川! 나는 아나(A)의(L) 계천溪川(P)에 가고 싶어요. 핑퐁(탁구)! 육시만도六時晚禱

의 미종美鐘 종소리가 울리나니! 그리고 춘제春祭의 성태聖胎! 팡(痛)! 옷가지에서 물을 짜내(鐘出)요! (新)이슬을 짜들어(鐘入)요! 성천聖泉이시여, 소나기 피해被害옵소서! 그리고 모두에게 은총을 하사下賜옵소서! 아멘(기남祈男). 우리 여기 그걸 지금 펼칠까요? 그래, 그렇게 해요. 펄럭! 당신 쪽 둑에다 펼쳐요 그리고 내 것은 내 쪽에다 펼칠 테니요. 펄럭! 난 이렇게 하고 있어요. 펼쳐요! 날씨가 냉전冷轉하고 있어요. 바람(風)이 일고 있어요. 내가 호스텔 이불(시트)에 돌멩이를 몇 개 눌러 놓겠어요. 신랑과 그의 신부가 이 시트 속에서 포옹했는지라. 그렇잖으면 밖에 내가 물 뿌리고 그걸 접어 두기만 했을 텐데. 푸주인의 앞치마는 내가 여기 묶어 두겠어요. 아직 기름기가 있어요. 산적散賊들이 그 곁을 지나갈 테지. 슈미즈 6벌, 손수건 10개. 9개는 불에다 말리고 1개는 빨랫줄에다, 수도원의 냅킨 12장, 아기용의 숄이 1장. 요셉은 선모仙母를 알아요, 그녀가 말했나니. 누구의 머리! 투덜대며 코 골다니? 숙정肅靜! 그녀의 아이들은 지금 모두 어디에, 글쎄? 지나간 왕국 속에 아니면 다가올 권력 아니면 그들 원부遠父에게 영광 있으라. 모든(全)리비알, 충적沖積루비알! 혹자는 여기, 다자多者는 무다無多라, 다시 다자多者는 전거全去 이방인. 나는 저 샤논 가家의 꼭 같은 브로치(寶)가 스페인의 한 가족과 결혼했다는 이야기를 들었어요. 그리고 브렌던 청어 연못 건너편 마크랜드 포도주토酒土에 던즈의 던 가家가 모두 양키 모자 9호를 쓴 비고자鼻高者들이지요. 그리고 비디의 덤불 참나무 묵주 한 개가 강을 따라 동동 떠내려 갔나니, 마침내 배철러의 산책로 저편 공중변소의 주主 배수구의 옆 분류分流에 금잔화金盞花 한 송이와 구두장이의 한 자루 초와 함께, 어제 저녁 잊혀진 채 맴돌고 있었도다. 그러나 전착前着된 세월의 동그라미 흐름과 그 사이 미거 가家의 최후자에게 남은 것이라고는 통틀어 무릎받이 버클 한 개와 앞쪽 바지 부분의 고리 두 개 뿐이었나니. 그래 그런 이야기를 이제 한단 말이오? 정말 그래요. 지구와 그 가련한 영령英靈들에 맹세코! 글쎄, 과연, 우리들은 모두 그림자에 불과하다니까요! 글쎄 정말, 당신은 그것이, 거듭 그리고 거듭, 범람하듯 몇 번이고 응송應頌(타안打岸)되는 걸 못 들었단 말이오? 당신은 들었어요. 정말 그랬어! 난 못 들었어, 못 들었다니까요! 난 귀에다 솜뭉치를 틀어 막고 있어요. 최소음最小音까지도 거의 막고 있다니까. 오 과연! 뭐가 잘못됐어요? 저건 저기 맞은 편에 기고마장氣高馬丈 자신의 동상銅像 위에 가죽 조끼 기모노 입은 위대한 핀 영도자가 아닌가? 최상강부最上江父, 그건 바로 그 자신이오! 그래 저쪽! 그래요? 팰러린 컴먼 경마지競馬地의? 당신은 지금 애스틀리의 야외 곡마曲馬 서커스장을 생각하고 있어요, 그런데 그 곳에서 그 순경이 페퍼 가家의 그 환영백마幻影白馬에게 당신이 사탕 뾰루통(샐쭉)을 주는 걸 금지시켰지요. 당신의 눈에서 거미줄을 걷어 내요, 여인이여, 그리고 당신의 세탁물을 잘 좀 펴구려! 내가 당신 같은 체신없는 여자를 알다니 정말이지! 펄럭! 무주無酒의 아일랜드는 지독持毒한 아일랜드요. 주여 당신을 도우소서, 마리아, 기름기에 찌들인 채, 무거운 짐(세탁의)은 저와 함께 하소서! 당신의 기도. 나는 그렇게 생각했어요. 마담 안커트 세부洗婦여! 말해봐요, 이 철면피鐵面皮여, 당신은 콘웨이의 캐리가큐라 향천주점香泉酒店에서 음주하고 있었지? 이 재치 없는 할망구, 내가 무얼 어쩌고? 폴럭! 당신의 걷는 뒷모습은 마치 그레꼬로망(라희랍羅希臘) 루마티스에 걸린 암캐(계주繫柱) 같지만 엉덩이(돌쩌귀)가 잘 맞지 않아요. 성聖 마리 알라꼬끄(總鷄)여, 나는 습한 새벽이래, 부정맥不整脈과 정맥노장靜脈怒張에 고통하며, 나의 유모 차축車軸에 충돌한 채, 경세傾勢의 앨리스 재인과 두 번이나 차에 친 외눈 잡종 개와 함께, 보일러 걸레를 물 담그고 표백하면서, 그리고 식은땀을 흘리며, 나 같은 과부가, 세탁부洗濯夫인, 나의 테니스 챔피언인 아들에게 라벤더 색 플란넬 바지를 입히기 위해, 기동起動하지 않는 가 말이야? 당신은 그 쉰 목소리의 기병들로부터 연옥치煉獄恥를 받았나니, 그 때 당신은 칼라와 옷소매라는 별명의 클라런스 백작이 도회의 세습자가 되고, 당신의 오명汚名이 칼로우에 악취를 품겼나니. 성聖 스카맨더 천川이여, 나는 그걸 다시 보았도다! 황금의 폭포 근처에. 우리들 위에 얼음이! 빛의 성자여! 그곳에! 당신의 소리를 재발 침복侵伏해요, 그대 지천遲賤 인간! 저건 흑 딸기 수풀인가 아니면 저들 네 명의 괴노怪老들이 소유하는 회록灰綠의 당나귀 이외에 무엇이란 말인가. 당신은 타피 및 라이언즈 및 그레고리 이야기를 하고 있는 거요? 내 뜻은, 만사萬謝, 저들 네 명의 자들, 안개 속에 저 미랑자迷浪者를 쫓는 그리고 그들과 함께 한 늙은 조니 맥도걸 말이요. 저건, 아마 먼, 피안彼岸의 풀벡 등대 불인가, 아니면 키스트나 근처 연안을 항해하는 등대 선인가, 아니면 울타리 속에 내가 보는 개똥벌레 불빛인가 아니면 인도 제국에서 되돌아온 나의 갈리인가? 반달이 밀월蜜月할 때까지 기다려요, 사랑이여! 이브(저녁)여 사라져요, 귀여운 이브여, 사라져! 우리는 당신의 눈에서 저 경이驚異를 보나니. 우리는 다시 만날지라, 그리고 한 번 더 헤어질 것인지라. 당신이 시간을 발견하면 나도 장소를 구할 테요. 푸른 유성乳星이 전도顚倒한 곳에 나의 성도星圖가 높이 빛나고 있어요. 그럼 이만 실례, 나는 가요! 빠이빠이! 그리고 그대여, 시계를 끄집어내요, 나를 잊지 말아요(물망초). 당신의 천연자석天然磁石. 여로(저나 천)의 끝까지 가구賀救하소서! 이곳에 그림자 때문에 나의 시경視景이 한층 짙게 난영亂泳하고 있는지라. 나는 나 자신의 길, 나의 골짜기 길을 따라 지금 천천히 집으로 돌아가는도다. 나 역시 갈 길로, 라스민.

아하, 하지만 그녀는 어쨌거나 괴노파怪老婆였나니, 아나 리비아, 장신구 발가락! 그리고 확실히 그도 무변통無變通의 괴노남怪老男, 다정한(D) 불결한(D) 덤플링(D), 곱슬머리 미남들과 딸녀들의 수양부 修養父. 할멈과 할범 우리들은 모두 그들의 한 패거리. 그는 아내 삼을 일곱 처녀를 갖고 있지 않았던고? 그리고 처녀마다 일곱 목발을 지니고 있었나니. 그리고 목발마다 일곱 색깔을 가졌는지라. 그리고 각 색깔은 달리하는 소리를 지녔었도다. 내게는 군초群草 그리고 당신에게는 석식夕食 그리고 조 존에게는 의사의 청구서. 전하前何! 분기 分岐! 그는 시장녀市場女와 결혼했나니, 안정安情답게, 난 알아요, 어느 에트루리아의 카톨릭 이교도 마냥, 핑크색 레몬색 크림색의 아라비아의 외투에다 터키 인디언(남색) 물감의 자주색 옷을 입고. 그러나 성 미가엘(유아乳兒) 축제祝祭에는 누가 배우자였던고? 당시 있었던 모두는 다 아름다왔나니. 쉿 그건 요정의 나라! 충만의 시대 그리고 행운의 복귀福歸. 그대에게 동신同新이라. 비코의 질서 또는 인간심人間心의 행실, 아나(A) 있었고, 리비아(L) 있으며, 풀루라벨(P) 있으리로다. 북방인北方人의 것이 남족南族의 거처를 이룩했나니 그러나 얼마나 다수의 복순식자複純殖者가 몸소 각자를 이루었던고? 나를 라틴어역語譯하라, 나의 삼위일체三位一體 학주學主여, 그대의 (무신조無信條) (아란어의) 산스크리트에서 우리의 애란어愛蘭語에로! 산양山羊(H) 민民(C) 에블람이여(E)! 그는 자신 위에 산양의 젖꼭지 지녔었나니, 고아들을 위한 유방柔房을. 호호 주여! 그의 가슴의 쌍동雙童이라. 주여 저희를 구하소서! 그리고 호호! 헤이? 하何 총남總男. 하서何暑? 그의 종알대는 딸들의. 하노何鷺?

　들을 수 없어요 저 물소리로. 저 철렁대는 물소리 때문에. 횡횡 날고 있는 박쥐들, 들쥐들이 찍찍 말하나니. 이봐요! 집에 가지 않으려오? 하何 톰 말론? 박쥐들의 찍찍 때문에 들을 수가 없어요, 온통 피신彼身 리피(생엽도生葉跳)의 물소리 때문에. 이봐요, 우리를 화구話救소서! 나의 발이 동서動鼠(이끼)하려 않나니. 난 저변底邊 느릅나무 마냥 늙은 느낌이야요. 샤운이나 또는 쉠에 관한 얘기인가요? 모두 리비아의 딸-자식들. 검은 매鷹들이 우리를 듣고 있어요. 밤! 야夜! 나의 전고全古의 머리가 관락館落하도다. 난 저변 돌[石] 마냥 무거운 기분이야. 죤이나 또는 샤운에 관해서 내게 얘기한다고? 살아 있는 아들 쉠과 샤운 또는 딸들은 누구였던고? 이제 밤이야! 내게 말해봐요, 내게 말해! 내게 말해봐, 느릅나무! 밤이야 밤! 나무 줄기나 돌에 관해 내게 말해줘요. 강류江流하는 물결 곁에, 여기저기 찰랑대는 물소리. 안녕!

제임스 조이스의 시(詩)

Collected Poems of James Joyce

실내악

I

현(絃)이 땅과 공중에서
  감미로운 음악을 짓는다.
버드나무들이 서로 닿는
  강가의 현(絃).

강을 따라 음악이 들린다
  사랑이 거길 거닐기에,
망토에는 창백한 꽃,
  머리에는 검은 잎사귀.

아주 부드럽게 연주하고 있다,
  머리를 악보에 기울이고,
손가락은 헤매고 있다
  악기 위를.

II

황혼이 자수정(紫水晶)빛에서 바뀐다
　짙은 그리고 한층 짙은 푸른빛으로,
램프가 연초록빛으로 채운다
　가로의 나무들을.

낡은 피아노가 곡을 탄다,
　침착하게 그리고 천천히 그리고 쾌활하게.
그녀는 노란 키──위로 몸을 굽히고,
　그녀의 머리를 이쪽으로 기울인다.

수줍은 생각과 정중하고 커다란 눈 그리고 손
　모두들 뜻대로 움직인다──
황혼이 한층 검푸르게
　자수정빛과 더불어 바뀐다.

Ⅲ

만물이 휴식하는 저 시각에,
  오 하늘의 외로운 감시자여,
  너 듣느뇨, 밤바람과
해돋이의 희미한 문(門)을 열기 위해
  사랑을 향해 연주하는 하프의 탄식을?

만물이 휴식할 때 너 혼자만이
  깨어 있느뇨――
  길을 재촉하는 사랑을 향해 연주하는 하프의 감미로운 곡,
그리고 밤이 지나도록
  응답송가(應答頌歌)로 대답하는 밤바람 소리를 들으려고?

계속 연주하라, 보이지 않는 하프여,
  사랑을 위해,
  부드러운 햇빛이 넘나드는 그 시각에
하늘의 사랑길이 훤히 밝아진다,
  부드럽고 감미로운 음악을 공중에도 땅에도.

IV

수줍은 별이 하늘을 헤쳐 갈 때
  몹시도 처녀답게, 설움에 잠긴 채,
들어라 졸린 밤을 뚫고
  너의 문간에서 부르는 이의 노래를.
그의 노래는 이슬보다 부드럽나니
  그리고 그가 너를 찾아왔노라.

오 이제 공상에 더 잠기지 말아요
  땅거미질 무렵 그가 소리쳐 부를 때,
더구나 생각지 말아요:
내 마음에 관해 노래를 쏟고 있는 저이가 누구일까?
저 노래로 넌 알리라, 애인의 노래,
  널 찾아온 사람은 바로 나로다.

V

창문에서 몸을 내밀어요,
　금발의 아가씨,
네 노래를 들었노라
　즐거운 가락.

책을 닫았노라.
　더 읽을 수 없어,
불꽃이 춤추는 것을 살펴보고 있었나니
　마루 위에서.

책을 내려놓고,
　나는 방을 나왔지,
너의 노래를 들었기에
　어둠을 뚫고.

노래하고 노래하고 있다
　즐거운 가락,
창문에서 몸을 내밀어요,
　금발의 아가씨.

VI

저 감미로운 품안에 안기고 싶어
  (오 얼마나 감미롭고 아름다우랴!)
아무리 사나운 바람도 그곳 나를 찾지 못하리.
  슬픈 고행(苦行) 때문에
저 감미로운 품안에 안기고 싶어.

언제나 저 마음속에 안기고 싶어
  (오 나는 조용히 노크하고 살며시 애원한다!)
거긴 평화만이 내 것이 되리라.
  고행이 한층 감미로우리니
그리하여 저 마음속에 언제나 있으리라.

VII

나의 사랑은 가벼운 옷차림을 하고 있다
  사과나무 사이에서,
상쾌한 바람이 떼지어
  무척 달려가고 싶은 곳.

거긴, 상쾌한 바람이 지나치며
  앳된 잎사귀와 속삭이며 멈추는 곳,
나의 사랑이 천천히 지나간다, 풀 위의 그림자에 허리
  굽히며.

그리고 거기 하늘은 웃음짓는 땅을
  덮는 희푸른 잔,
나의 사랑은 사뿐히 지나간다, 예쁜 손으로
  그녀의 옷을 치켜들고.

VIII

누가 초록빛 숲 사이로 지나가느뇨,
　그녀를 온통 봄물결로 치장하며?
누가 상쾌한 초록빛 숲 사이로 지나가느뇨,
　그를 한층 아름답게 하려고?

누가 햇빛 속을 지나가느뇨,
　가벼운 발소리 알아채는 길을 지나?
누가 상쾌한 햇빛 속을 지나가느뇨,
　그토록 순결한 용모를 하고?

온갖 수풀의 길들이
　포근한 금빛 불로 번쩍인다——
누굴 위해 햇볕 쬐는 수풀이 온통
　그토록 화려한 옷차림을 하고 있느뇨?

오, 그건 내 참사랑을 위한 것
　숲이 화려한 치장을 하고 있노라——
오, 그건 나 자신의 참사랑을 위한 것,
　너무도 젊고 아름다운 내 사랑.

IX

5월의 바람, 바다 위에 춤을 춘다,
환희에 넘쳐 이랑에서 이랑으로
동그라미 그리며 춤을 춘다,
거품이 날아 머리 위로 화환을 이루고,
은빛 아치 공중에 다리를 놓는다,
너 보았느뇨, 어디엔가 내 참사랑을?
　아아! 아아!
　5월의 바람이여!
사랑은 멀어지면 불행한 것!

X

빛나는 모자와 장식 리본,
　그는 골짜기에서 노래부른다:
　따라와요, 따라와요,
　　사랑하는 모든 그대.
꿈은 뒤에 남은
　몽상가에게 맡겨요,
　저 노래와 웃음 소리는
　　아무것도 움직이지 못해요.

리본을 펄럭이며
　그는 한층 대담하게 노래부른다.
　어깨에 떼를 지어
　　야생의 벌들이 붕붕거린다.
그리고 꿈은 끝나고——
　애인으로서 애인에게,
　　사랑하는 이여, 내가 왔어요.

XI

작별하라, 안녕히, 안녕히,
　소녀 시절에 작별을 고하라,
행복한 사랑이 네게 사랑을 구하려
　너의 소녀의 습성(習性)인——
널 아름답게 가꾸는 띠,
네 노란 머리칼의 댕기를 구하러 왔노라.

구천사(九天使)의 나팔 소리에
　그의 이름을 네가 들었을 때
너는 조용히 풀기 시작하라
　그에게 너의 소녀의 앞가슴을
그리고 조용히 댕기를 풀어라
그건 처녀의 상징.

XII

고깔 쓴 달이 무슨 생각을 네 마음속에
　일으켰느뇨, 내 수줍은 애인아,
그 옛날 만월(滿月) 속의 사랑
　그의 발 아래 영광과 별——
단지 광대 수도사와 닮은
어느 성자(聖者) 때문인가?

성직자를 무시하는
　현명한 나를 차라리 믿어 주오,
영광이 저 눈 속에 타고 있다
　별빛에 맞대어 떨고 있다. 나의 것, 오 나의 것!
이제 달이나 안개 속엔 눈물이 더 없으렷다
그대, 아름다운 감상자를 위해.

XIII

아주 점잖게 가서 그녀를 찾아내오,
　　그리고 내가 왔다고 알려 주오,
방향(芳香) 실은 바람의 노래는 언제나
　　축혼가(祝婚歌).
오, 검은 땅을 황급히 넘어
　　그리고 바다 위로 달려요
바다와 땅은 우리를 갈라놓지 못하리니
　　나의 사랑과 나를.

자, 바람아, 너의 착한 호의에
　　비나니, 너 가서
그리고 그녀의 작은 정원으로 들어가
　　그녀의 창가에 노래해 다오.
노래부르고 있다: 혼풍(婚風)이 불고 있다
　　사랑이 전성(全盛)에 달했기에.
그리고 멀지 않아 너의 참사랑이 너와 함께 있게 되리라,
　　멀지 않아, 오 멀지 않아.

XIV

나의 비둘기, 나의 아름다운 자여!
  일어나요, 일어나!
  밤이슬이 내려 있다오
나의 입술과 눈 위에.

향풍(香風)이 엮고 있소
  한숨의 가락을:
  일어나요, 일어나,
나의 비둘기, 나의 아름다운 자여!

나는 삼목(三木)나무 곁에서 기다린다,
  나의 자매, 나의 사랑아.
  비둘기의 하얀 앞가슴,
나의 앞가슴은 그대의 잠자리 되리라.

창백한 이슬이 내려 있다
  나의 머리 위의 베일마냥.
  나의 아름다운 자, 나의 아름다운 비둘기여,
일어나요, 일어나!

XV

나의 영혼이여, 이슬에 젖은 꿈에서, 깨나요,
　사랑의 깊은 잠에서 그리고 죽음에서,
보라! 나무들이 한숨으로 가득 차 있다
　아침이 그 잎들에게 타이른다.

차차 동이 트고
　부드럽게 타는 불꽃이 나타나고 있다.
회색과 금빛 거미줄의
　저 온갖 베일을 떨게 하면서.

그러자 달콤하게, 살며시, 몰래,
　아침의 꽃망울들이 움직인다
그리고 요정(妖精)의 교활한 합창이
　들리기 시작한다(무수히!)

XVI

오 골짜기는 이제 시원하다
　거기, 사랑아, 우리 함께 가리라
수많은 합창들이 방금 울리고 있다
　사랑이 이따금 갔던 그곳.
그리고 그대는 지빠귀들의 부름을 듣지 못하는가,
　우리들을 불러내는?
오 골짜기는 시원하고 상쾌하다
　거기, 사랑아, 우리 함께 머무르리라.

XVII

그대의 목소리가 내 곁에 있었기에
  나는 그에게 고통을 주었지,
나의 손에 그대의 손을
  내가 다시 잡고 있었기에.

아픔을 달랠
  말〔言〕도 없고 신호도 없다──
친구였던 그는
  나에겐 이제 낯선 사람.

XVIII

오 사랑아, 듣느뇨
 그대 애인의 이야기를.
사나이는 슬픔을 가지리라
 친구들이 그를 저버릴 때.

그는 그때 알리라
 친구들은 거짓이며
그들의 말들이
 한줌 재에 불과함을.

그러나 여인이 그에게
 살며시 다가오리라
그리고 살며시 치근거리리라
 사랑으로.

그의 손이 놓여 있다
 그녀의 매끄럽고 둥근 가슴 아래.
그리하여 슬픔을 지닌 그는
 휴식을 취하리라.

XIX

모든 사내들이 그대 앞에서
　근거 없는 불평을 즐긴다 해도 슬퍼 말라:
사랑아, 다시 사이좋게 지내오——
　그들이 그대를 모욕할 수 있겠는가?

그들은 온갖 눈물보다 더 슬프다.
　그들의 생명이 한숨처럼 계속 솟는다.
그들의 눈물에 당당히 응답하라:
　그들이 거절하고. 거절할 때.

XX

어두운 소나무숲 속에
　우린 눕고 싶어요,
짙고 시원한 그늘 속에
　대낮에.

그곳에 눕는 것이 얼마나 달콤하리,
　키스하는 것이 달콤하리,
커다란 소나무숲이
　측랑(側廊)처럼 늘어서 있는 곳!

그대의 엎드린 키스는
　한층 달콤하였지
그대의 머리칼의
　부드러운 휘날림과 함께.

오, 소나무숲 쪽으로
　대낮에
자 나와 함께 가요,
　달콤한 사랑아, 서둘러.

XXI

영광을 잃은 자, 그리고
  그의 영혼을 따를 자를 찾지 못한 자,
조소와 분노의 적들 사이에서
  조상의 거룩함을 견지하면서,
저 지고(至高)의 독자(獨者)여——
  사랑이 그의 친구로다.

XXII

저톡록 달콤한 감금(監禁) 속에
  나의 영혼은, 사랑하는 이여, 즐기나니—
내 마음을 누그러뜨리는 부드러운 양팔
  그리고 나를 감싸 주는.
아, 그들은 나를 여전히 그곳에 간직해 줄 수 있을 것인가,
나 기꺼이 포로 되련만!

사랑하는 이여, 서로 얽힌 팔을 통하여
  사랑으로 떨리었나니,
저 밤이 나를 유혹하도다
  공포가 우리를 괴롭히지 않는 곳으로.
그러나 잠자라, 잠자면 꿈꾸게 마련
거긴 영혼과 영혼이 감금되어 누워 있다.

XXIII

내 심장 곁에 고동치는 이 심장은
　내 희망이요 내 모든 재산,
서로 떨어지면 불행하고
　서로 키스하면 행복하다.
내 희망이요 내 모든 재산——그래요!——
그리고 내 모든 행복.

굴뚝새들이 어떤 이끼 낀 둥우리에
　갖가지 보물을 보관하듯,
내 두 눈이 눈물 흘릴 줄 알기 이전에
　내가 소유했던 보물을 간직했다오.
사랑이 단 하루만 산다 한들
우리는 그들처럼 값지지 않으리요?

XXIV

묵묵히 그녀는 빗질을 하고 있다,
　그녀의 긴 머리칼을 빗질하고 있다.
묵묵히 그리고 우아하게
　실로 아름다운 모습으로.

태양은 버들잎 사이에서
　그리고 얼룩진 풀 위에 비치고 있는데,
그리고 그녀는 아직도 긴 머리칼을 빗질하고 있다
　거울 앞에서.

제발, 빗질일랑 그만둬요,
　그대의 긴 머리칼의 빗질일랑,
예쁜 모습으로 변장한
　마녀(魔女) 얘길 들었으니.

그녀는 애인에겐 언제나 매한가지
　그곳에 머무르거나 떠나거나,
모두 예뻐 보인다네, 예쁜 모습을
　했거나 아무렇게 내버려 두어도.

XXV

사뿐히 오라 아니면 사뿐히 가라,
　그대의 마음이 그대에게 괴로움을,
골짜기들과 많은 닳아 버린 태양을 예언할지라도.
　오리애드[1]가 그대의 웃음을 달리게 하라,
버릇없는 산바람이
그대의 휘날리는 머리칼을 온통 물결치게 할 때까지.

사뿐히, 사뿐히——몹시도:
　저녁 별이 뜰 시간에
저 아래 골짜기를 감싸고 있는 구름
　가장 겸손한 수행원은:
마음이 가장 괴로울 때
노래로 나타내는 사랑과 웃음.

---

1) 그리스 신화의 산의 요정

XXVI

그대는 밤의 패각(貝殼)에 기댄다,
  예측하는 귀를, 친애하는 귀부인이여.
환희의 저 부드러운 합창 속에
  무슨 소리가 그대의 마음을 두렵게 했던가?
북쪽의 회색 사막에서부터
돌진해 오는 강물 소린 줄 알았던가?

  그대의 그 기분은, 오 겁많게도!
바로 그의 것, 그대 잘 살펴볼진대,
  그가 미친 얘기를 우리에게 남겨 주나니
무서운 요괴(妖怪)의 시간에——
  그리고 그건 모두 퍼처스[2]나 홀린스헤드[3]에게서
    그가 읽은 어떤 낯선 이름에 불과하도다.

---

2) Samuel Purchas: 영국의 기행문·탐험기 편집자(1517~1626).
3) Rahael Holinshed: 영국의 연대기 작가(?~1580).

XXVII

비록 내가 그대의 미트리다테스[4] 왕이 되어
　독창(毒槍)에 항거할 운명일지라도,
그대는 마음의 환휠랑 상관치 말고
　나를 포옹하여야만 하나니,
나는 오직 그대의 살결에 새겨진
적의(敵意)를 버리고 고백하리라.

우아하고 고상한 말씨를 하기에는
　사랑하는 이여, 내 두 입술은 지혜가 지나치게 굳어 있소.
더구나 우리네 평화의 시인들이 축하하는
　사랑의 찬미를 난 알지 못하오,
게다가 위선이 아닌 사랑까지도
알지 못하오.

---

4) 흑해 남해안 소아시아 북동부에 있던 고대 왕국 폰투스(Pontus)의 왕으로 로마군에게 패함〔132?~63 B.C.〕

XXVIII

점잖은 숙녀여, 사랑의 종말에 관해
　슬픈 노랠랑 부르지 마오.
슬픔은 젖혀 놓고 노래불러요
　흘러가는 사랑은 얼마나 족하오.

죽은 애인들의 길고 깊은 잠과
　무덤 속에 온갖 사랑이,
어떻게 잠잘 것인가를 노래하오:
　이제 사랑은 지쳐 있소.

XXIX

사랑하는 가슴이여, 왜 나를 이렇게 대하려느뇨?
  나를 상냥히 꾸짖는 다정한 눈,
그래도 그대는 정말 아름다와라──그러나 오,
  어찌 당신의 미(美)를 말로 다하리요!

거울같이 맑은 당신의 눈을 통하여,
  서로 키스하는 부드러운 속삭임을 통하여,
사랑이 있는 그늘진 정원을
  황량한 바람이 소릴 내며 공격한다.

그리고 사랑은 이내 사라지리라
  거친 바람이 우리 위를 불 때──.
그러나 그대, 다정한 사랑아, 내게 너무나 다정한,
  아하! 왜 나를 이렇게 대하려느뇨?

XXX

때마침 사랑이 지나치며 우리에게 다가왔다
　그때 한 사람은 황혼에 수줍은 듯 놀았고,
한 사람은 무서워하며 곁에 서 있었지――
　사랑이 애초엔 모두 두렵기에.

우리는 진지한 애인이었다. 사랑은 흘러갔다
　달콤한 시간을 몇 번이고 가졌던.
이제 우리는 마침내 반기나니
　우리가 나아갈 그 길을.

XXXI

오, 그것은 도니카니 근처였다
　그때 박쥐가 나무에서 나무로 날았다
나의 사랑과 나는 함께 걸었다.
　그리고 그녀가 내게 들려준 말은 실로 달콤하였다.

우리들을 따라 여름 바람이
　속삭이고 있었다──오, 행복하게도!──
그러나 여름의 입김보다 더 부드러웠으니
　그녀가 내게 해준 키스였다.

XXXII

온종일 비가 내렸다.
　오 비에 젖은 나무 사이로 오라:
나뭇잎들이 짙게 깔려 있다
　기억의 길 위에.

기억의 길가에 잠시 머무른 뒤
　우리는 떠나가리라.
오라, 사랑하는 이여,
　내가 그대의 마음에 얘기할 수 있는 곳으로.

XXXIII

이제, 오 이제, 이 갈색의 대지(大地)에
　사랑이 그토록 달콤한 노래를 짓던 곳
우리 둘은 함께 거닐리라, 손에 손 잡고,
　그 옛날의 우정을 위해 참고 견디며,
슬퍼하지 않으리, 우리들의 사랑이 즐거웠기에
사랑은 이제 이렇듯 끝이 났다네.

붉고 노란 옷을 걸친 한 악한이
　나무를 두들기며, 두들기고 있다,
그리고 우리들의 고독 주변에 온통
　바람이 즐거이 휘파람을 불고 있다.
나뭇잎들──그들은 전혀 탄식하지 않는다
세월이 그들을 낙엽지울 때.

이제, 오 이제, 우리는 더 이상 듣지 못하리
　19행 2운체시(韻體詩)와 원무곡(圓舞曲)을!
하지만 우리는, 사랑하는 이여, 키스하리,
　하루가 다하여, 슬픈 이별을 고하기 전에.
슬퍼 말아요, 사랑하는 이여, 절대로──
세월은, 세월은 흘러가고 있다네.

XXXIV

이제 잠자요, 오 이제 잠자요,
　오 그대 불안한 마음이여!
"이제 잠자요" 외치는 한 가닥 목소리가
　나의 마음속에 들린다.

겨울의 목소리가
　문간에 들린다.
오 잠자요, 겨울이
　"이제 더 이상 잠자지 말아요!" 외치고 있기에.

나의 키스는 이제 그대의 마음에
　평화와 고요를 안겨 주리라——
이제 편안히 계속 잠자요,
　오 그대 불안한 마음이여!

XXXV

온종일 나는 듣노라
　신음하는 파도 소리를,
비록 바닷새가
　홀로 날아갈 때 슬플지라도
그는 단조로운 파도 소리를 향해
　외치는 바람 소리를 듣는다.

회색의 바람, 찬바람이 불고 있다
　내가 가는 곳에.
나는 많은 파도 소리를 듣는다
　저 아래.
온종일, 온밤, 나는 듣는다
　그들이 이리저리 흐르는 소리를.

XXXVI

나는 땅 위로 군대(軍隊)가 진격하는 소리를 듣는다
  그리고 돌진하는 말(馬)들의 우렛소리, 그들 무릎 주변의 물거품 소
  리를
오만스레, 까만 갑옷을 걸치고,
  말고삐를 멸시하며, 회초리를 휘두르는, 전차수(戰車手)들이, 그들
  뒤에 서 있다.

그들은 밤을 향해 구호를 외친다:
  나는 멀리 그들의 솟구치는 웃음을 들을 때 잠자며 신음한다.
그들은 음울한 꿈을 쪼갠다, 눈부신 화염(火炎),
  쩽그랑 울린다, 모루 위에서처럼 심장 위에서 쩽그랑 울린다.

그들은 득의양양 긴 녹색의 머리칼을 흔들며 다가온다:
  그들은 바다에서 나와 고함치며 바닷가를 달린다.
내 마음아, 너는 절망할 지혜는 없는가?
  내 사랑, 내 사랑, 내 사랑, 왜 너는 나를 홀로 남겨 두었는가?

한 푼짜리 시들

틸 리

그는 겨울 태양을 따라 여행한다,
춥고 붉은 길을 따라 소떼들을 몰면서,
귀에 익은 목소리로, 그들을 부르면서,
그는 카브라 위로 짐승들을 몰고 간다.

그 목소리는 그들에게 집은 따뜻하다고 말한다.
소떼들은 음매 하고 울고 발굽으로 거친 음악 소리를 낸다.
그는 꽃핀 나뭇가지로 그들을 몰고 간다,
입김이 그들의 이마 위로 깃털처럼 솟는다.

소떼들과 어울린, 시골뜨기,
오늘밤 난롯가에서 사지를 쭉 뻗는다!
나는 어두운 시냇가에서 애통해 한다
내가 꺾은 가지 때문에!

더블린, 1904.

산 사바의 경기용 보트를 바라보며

나는 그들의 젊은 가슴들이 소리치는 것을 들었다
번쩍이는 노 위로 사랑을 향해
그리고 초원의 풀들이 한숨짓는 것을 들었다:
'다시는, 다시는 돌아오지 않으리!'

오 가슴들이여, 오 한숨짓는 풀들이여,
헛되이 슬퍼하라 사랑으로 이는 너의 깃발을!
지나가는 거친 바람이 다시는
돌아오지 않으리, 다시는 돌아오지 않으리.

트리에스트, 1912.

딸에게 준 한 송이 꽃

그 하얀 장미는 실로 연약하고
그 장미를 준 손 또한 연약하다
그녀의 영혼은 시들고 더 한층 창백하다
시간의 음산한 파도보다.

장미처럼 연약하고 아름답다──하지만
가장 연약한 열광적인 놀라움을
그대는 가린다, 상냥한 눈길 속에
나의 푸른 혈관의 아이.

트리에스트, 1913.

그녀는 라훈을 슬퍼한다

라훈에 조용히 비가 내린다, 조용히 내리고 있다,
나의 비밀의 애인이 누워 있는 곳에.
나를 부르는 그의 소리는 실로 슬프다, 슬프게 부르고 있다,
회색 달이 떠오를 때에.

사랑이여, 그대는 듣느뇨
얼마나 부드럽게, 얼마나 슬프게 그의 목소리가 계속 부르고 있는
    가를,
여전히 대답은 없고 침침한 비가 내리고 있다,
그때처럼 지금도,

오 사랑이여, 어두운 우리의 마음 또한, 차갑게 누워 있으리라
회색 달 아래 쐐기풀, 까만 곰팡이
그리고 속삭이는 빗줄기 아래에
그의 슬픈 마음이 누워 있듯이.

트리에스트, 1913.

만사(萬事)는 해방되다

새도 없는 하늘, 바다의 황혼, 외로운 별 하나
서쪽 하늘을 뚫고 나아간다,
그대, 사랑에 도취된 마음, 그토록 희미하게, 그토록 먼
사랑의 시간을 기억할 때.

맑고 젊은 눈의 부드러운 시선, 순결한 이마,
향기로운 머리칼이,
떨어진다, 침묵을 통해 대기의 황혼이
방금 떨어지듯이.

그녀가 한숨으로 주었던 그 값진 사랑이
모두 그대만의 것이었을 때,
저 수줍고 달콤한 매혹을 기억하면서,
왜 그대는 탄식만을 일삼는가?

트리에스트, 1914.

폰타나 해변에서

바람이 흐느껴 울고 해변의 자갈이 흐느껴 운다,
부두가의 말뚝들이 미친 듯 신음한다.
망령든 바다가 하나하나 헤아린다
은빛 진흙으로 덮인 돌멩이를.

흐느끼는 바람과 한층 차가운 회색 바다로부터
나는 그를 따뜻하게 감싼다
그리고 떨고 있는 연약한 어깨와
어린 팔을 만진다.

우리들 주변에 두려움이,
공포의 어둠이 하늘에서 내린다
그리고 내 마음속에는 얼마나 깊고 끝이 없는가
사랑의 아픔이!

트리에스트, 1914.

단엽(單葉)들

'오 아름다운 파도처럼,
그대는 아름다워라!'

차갑고 달콤한 이슬과 부드러운 광선 위로
달은 침묵의 그물을 짠다.
고요한 정원에서 한 아이가
샐러드 단엽(單葉)들을 모은다.

달빛어린 이슬이 그녀의 머리칼에 별무늬를 수놓고
달빛이 그녀의 어린 이마에 입을 맞춘다
그리고 단엽들을 모으면서, 그녀는 노래를 부른다:
'파도처럼 아름다운, 아름다운 그대여!'

내 것이 되어 주오, 제발, 밀랍으로 봉한 귀여
그녀의 철없는 중얼거림을 듣지 못하도록
그리고 내 것이 되어 주오, 방패처럼 감싼 마음이여,
달의 단엽들을 모으는 그녀를 위하여.

트리에스트, 1915.

만조(滿潮)

부푼 만조(滿潮) 위에 금빛 갈색으로
얽힌 바위 덩굴들이 솟으며 흔든다.
음산한 낮의 거대한 날개들이
번쩍이는 바다 위로 나직이 내려 덮인다.

황량한 파도가 무자비하게
잡초 같은 말갈기를 흔들며 솟게 한다
거기 나직이 걸린 낮이 바다 위를 빤히 내려다본다
침울하게 경멸하면서.

오 금빛 덩굴이여, 솟아라 그리고 흔들어라,
그대의 불확실처럼 번쩍이며 거대하고 무자비한
얽힌 열매들을,
사랑에 넘치는 만조에까지!

트리에스트, 1915.

야경시(夜景詩)

어둠 속에 음산한,
창백한 별들이 그들의 횃불을
수의(壽衣)에 가려, 파도치게 한다.
천국의 먼 가장자리에서 유령의 불빛들이 희미하게 비춘다,
솟아오르는 아치와 아치 위로,
죄의 어두운 밤의 회중석(會衆席)을.

천사장,
잃어버린 천사의 무리들이 잠에서 깨나
예배를 드린다 마침내
달 없는 어둠 속에서 말없이, 희미하게, 어울어지며,
천사장이 가지고 있는 향로를 흔들자
모두들 자리에서 일어난다.

그리고 길게 큰 소리로,
밤의 회중석을 향하여 솟으며,
별의 조종(吊鐘)이 울린다
그때 영혼들의 참배하는 황무지로부터
허공을 향하여 구름처럼,
뭉게뭉게 황량한 향냄새가 솟아오른다.

트리에스트, 1915.

홀 로

달의 회색어린 금빛 그물이
온밤을 하나의 베일로 만든다,
잠자는 호반(湖畔)의 램프들이
노란 등의 덩굴손을 끈다.

수줍은 갈대들이 밤을 향해 속삭인다
하나의 이름을——그녀의 이름을——
그리고 나의 모든 영혼은 기쁨이 되고,
수치심에 기절한다.

취리히, 1916.

한밤중 거울 속의 유희자들에 대한 기억

그들은 사랑의 언어를 큰 소리로 말한다. 갈아라
그대의 야윈 턱이 싱긋 웃으며 드러내는
열세 개의 이빨을. 자극하라
그대의 욕망과 움츠림, 육체의 벌거벗은 탐욕을.
그대의 사랑의 숨결은, 말하거나 노래부를 때,
썩은 냄새를 풍기나니,
고양이의 숨결처럼 시큼하고 혓바닥처럼 거칠다.

이 시체는 피부와 뼈가 빳빳한 채,
눈을 감지도 않고, 눕지도 않는다.
그들의 진득진득한 입술로 입맞추도록 내버려 두라.
보다시피 아무도 그녀를 입맞추기 위해 선택하지 않으리.
무서운 굶주림이 그의 시간을 붙들고 있다.
너의 심장, 짠 피, 눈물의 열매를 끄집어내라.
끄집어내어 마구 먹어 치워라!

취리히, 1917.

반 홉 가(街)

나를 조롱하는 눈들이 신호한다
저녁때 내가 지나가는 길을.

보랏빛 신호들이 그곳에
애인들이 밀회하고 짝지은 별이 되는 회색의 길을.

아 악의 별! 고통의 별!
심장이 솟구치는 젊음은 다시 오지 않을 뿐더러

노쇠한 심장의 지혜 또한 여전히 알지 못한다
내가 지날 때 나를 조롱하는 신호들을.

취리히, 1918.

하나의 기도

다시!
'와요, 주어요, 내게 당신의 모든 힘을!'
멀리서 낮은 한 가닥 목소리가 깨지는 두뇌 위에 숨을 내뿜는다
그 소리의 잔인한 평온, 굴종의 비참,
숙명적 영혼에 대해서처럼 그녀의 두려움을 달래면서,
멈추어라, 말없는 사랑이여! 나의 악운이여!

당신의 은밀한 접근으로 나를 눈멀게 해주오, 오 자비를 베풀어 주오,
내 의지의 사랑받는 적이여!
내가 무서워하는 차가운 감촉을 나는 감히 견디지 못하오.
그래도 내게서 끌어내 주오
나의 맥없는 인생을! 내게 한층 깊숙이 몸을 굽혀요, 위협하는 머리여,
　나의 몰락에 기고만장하여,
지금의 그이, 과거의 그이를 기억하며, 불쌍히 여기면서!

다시!
다 함께, 밤에 감싸인 채, 그들은 대지 위에 누워 있었다. 나는 듣
　는다
멀리서 그녀의 낮은 목소리가 깨지는, 나의 두뇌 위에 숨쉬는 소리를.
'와요!' 나는 항복한다. 내게 한층 깊숙이 몸을 굽혀요! 나는 여기 있소.
정복자여, 나를 버리지 마오! 오직 기쁨만이, 오직 고뇌만이,

나를 가지오, 나를 구해 주오, 나를 위로해 주오, 오 나를 살려 주오!

파리, 1924.

성 직

나는 나 자신에게
정화(淨化) -청 결〔Katharsis - Purgative〕이란 이름을 지어 주리라.
나는, 시인들의 문법서(文法書)[1]를 지지하기 위하여
갖은 일 다 젖혀 놓고,
선술집과 유곽으로
지혜로운 아리스토텔레스의 마음을 동반하면서,
탄창(彈唱) 시인들이 그들의 잘못을 엄두도 못 내도록
여기 해설자가 되어야겠다:
그러니 이제 나의 입술로부터
소요학파(逍遙學派)의 학식을 들어 보라.
하늘로 들어가거나, 지옥을 여행하거나,
불쌍하게 되거나 참혹하게 되거나,
인간은 철저한 방종의 안일이 절대로 필요하다.
진실하게 태어난 모든 신비주의자들에게는
단테와 같은 사람이야말로, 편견이 없으며,
그 대신 노변에 편히 앉아,
이교(異敎)의 극단을 모험하는 자다,
마치 역경을 생각하면서도
식탁에서는 즐거움을 발견하는 자처럼.

---

1) 조이스가 모은 당대 시인들의 파격시집.

상식에 의하여 자신의 생애를 다스릴 때
인간은 어찌 열정적이 되지 않을 수 있겠는가?
그러나 나는 저 침묵의 무리들[2]의 일원이 되어서는 안 되겠다——
금으로 아로새긴 켈트족[3]의 술 장식을 그[4]가 걸칠 때,
그를 찬양하는 마음 들뜬 귀부인들의 경박성을
서둘러 만족시키는 자와는——
아니면 온종일 맨숭맨숭
그의 연극 속에 잔소리를 섞어대는 자[5]와는——
아니면 자신의 행동으로 하여
"풍채" 좋은 몸가짐을 더 "사랑하는 체"하는 자[6]와는——
아니면 헤이즐해취(Hazelhatch)의 백만장자들에게
졸작을 연기(演技)하고는
단식일이 지난 뒤에 울면서
그의 온갖 이교도적 과거를 고백하는 자[7]와는——
아니면 모자를 밀짚이나 십자가에 고정하지도 않으면서[8]
모든 사람들에게 가난한 차림이야말로 카스틸(Castile)의 예의임을 보여주려 하는 자[9]와는——

---

2) 조이스를 제외한 예이츠 등 애비 극장을 중심으로 아일랜드의 문예부흥을 주장하던 당대의 문인들.
3) 아일랜드 외변인(外邊人)들, 즉 스코틀랜드 및 웨일즈인들.
4) 예이츠.
5) 존 밀리센트 싱(John Milicent Synge) : 당대의 저명한 극작가.
6) 올리버 고가티(Oliver Gorgarty) : 당대의 조이스의 친구며, 《율리시즈》의 벅 멀리건의 모델.
7) 패드레익 콜럼(Padraic Colum) : 당대의 문인으로서, 조이스의 친구.
8) 성실한 교인이 아니면서.
9) 매기(W. K. Magee) : 당대의 문인.

아니면 그의 존경하는 주인을 사랑하는 자[10]와는——
아니면 술을 공포 속에서 마시는 자[11]와는——
아니면 침대에 나긋이 누워 머리 없는 예수 그리스도를 보고,
아이스퀼로스의 오랜 잊혀진 작품들을,
우리들의 평판을 얻으려고 끈질지게 애쓰는 자[12]와는
그러나 내가 말하고 있는 이 모든 자들은
나를 그들 도당의 우두머리로 삼고 있다.
그들은 덧없는 꿈을 꾸고 있을지 모르지만
나는 그들의 불순한 풍조(風潮)를 빼앗아 버린다
왜냐하면 나는 그들을 위하여 나의 왕관을 잃어버리고,
위대한 어머니인 교회가 그 때문에 나를 저버린
그따위 일들을 할 수가 없기 때문이다.
그리하여 나는 비겁한 자들을 위로하고
내 정화의 성직(聖職)을 완수한다.
나의 주홍빛이 모직과도 같이 그들을 하얗게 만든다.
나로 하여 그들은 배불뚝이를 순화시킨다.
수녀 같은 광대들에게 모조리
나는 감독대리처럼 행동한다,
그리고 수줍고 신경질적인, 모든 아가씨들에게
나는 비슷한 친절의 봉사를 한다.
왜냐하면 나는 놀라는 일 없이
그녀의 눈 속에 우울한 미(美)를,

---

10) 조지 러셀(George Russell)의 추종자인 조지 로버츠(George Roberts).
11) 제임스 스타키(James S. Starkey) : 당대의 문인으로서, 조이스의 친구.
12) 조지 러셀.

나의 부패한 "욕망"에 대처할
아름다운 처녀의 "도전"을 찾아내기 때문이다.
우리가 공공연히 만날 때마다
그녀는 결코 그것을 생각하는 것 같지 않다.
그녀가 밤에 침대에 묻혀
그녀의 허벅지 사이에 내 손을 느낄 때
내 귀여운 님은 가벼운 차림을 하고
부드러운 열망의 불길을 느낀다.
그러나 재물신(財物神, Mammon)은
레비아단(Leviathan)[13]을 파문하고
저 숭고한 정령은 늘상
재물신의 무수한 종들에 대항하여 싸운다.
그들 또한 재물신이 부과하는 경멸에서
언제나 면제될 수는 없다.
나는 저 멀리 잡색의 무리들의 비틀거림을
눈돌려 바라본다,
내가 지닌 힘을 증오하는 저 영혼들은
아퀴나스 학파 속에 무장되어 있다,
그들이 몸 굽혀 기어가며 기도하는 곳에
나는 두려움 없이, 숙명처럼 서 있다,
동지(同志)도 없이, 친구도 없이 그리고 혼자서,
청어뼈와도 같이 냉철하게,
사슴뿔을 공중에 뻗쩍이며

---

13) 구약성서 〈욥기〉에 나오는, 물속에 사는 거대한 바다괴물. 조이스를 암시함.

산봉우리와도 같이 굳세게.
그들로 하여금 대차대조표(貸借對照表)[14]에 어울리도록
알맞게 행동하게끔 내버려 두라.
그들이 힘들여 무덤에 이를지라도
그들은 결코 내 정신을 빼앗지 못할 뿐 아니라
내 영혼을 그들의 영혼과 결합시키지 못하리라,
억만년(億萬年)이 다한다 해도:
그리고 그들이 문간에서 나를 쫓아 버린다 해도,
나의 영혼이 그들을 영원히 쫓아 버리리라.

---

14) 특정 시기에 있어서 기업의 손익대조표.

분화구로부터의 개스

신사 숙녀 여러분, 여러분은
외지(外地)에 나가 있는 어느 아일랜드 작가의
음울하고 불길한 예술 때문에
하늘과 땅이 진동했던 이유를 듣기 위하여
여기에 모였습니다.
십 년 전에 그는 나에게 한권의 책을 보낸 적이 있습니다.[1]
나는 그 책을 전후, 상하로
망원경의 두 렌즈를 통하여
무려 백여 번 가량이나 읽었습니다.
나는 그 책을 마지막 한 자까지 인쇄를 하였지만
다행이 주님의 은총으로
마음의 어둠을 몰아내고
그 작가의 불결한 뜻을 알아냈지요.
그러나 나는 아일랜드의 은혜를 입고 있습니다:
항시 작가와 예술가를 추방하고
그의 풍자의 정신 속에서
차례로 지도자를 배반한
아름다운 나라, 아일랜드의 명예를

---
1) 여기서 화자(話者)는 조지 로버츠.

이 손으로 받들고 있습니다.
파넬²⁾의 눈 속에 생석회를 집어넣게 한 것은
술을 마시거나, 술을 마시지 않은
아일랜드 사람의 기질이지요.
로마 주교의 구멍 뚫린 거룻배를
파멸로부터 구제한 것은
아일랜드 사람들의 기지(機智)입니다.
모든 사람들이 알고 있다시피, 교황은
빌리 왈쉬³⁾의 허락 없이는 트림도 할 수가 없습니다.
그리스도와 케사르가 환대받는 곳
내 유일한 사랑, 오 아일랜드여!
클로버⁴⁾가 자라는 아름다운 나라여!
(숙녀들이여, 코를 푸는 것을 용서하십시오)
나는 일말의 관심도 없는 혹평을
여러분에게 보이기 위하여
산양(山羊)⁵⁾의 시편들과,
(여러분은 분명히 읽었으리라 생각됩니다만)
"의붓자식", "색골" 및 "창녀"라는 말이 난무하는 희곡 한 편과 소득
    의 10퍼센트로 먹고 산 성실한 신사 무어⁶⁾가 쓴
그리스도와 성 바울,
그리고 내가 기억할 수 없는 어느 여인의 다리에 대하여 쓴

---

2) 아일랜드의 애국자, 무관(無冠)의 왕으로 숭앙받음.
3) 한때 더블린의 대주교.
4) 아일랜드의 상징.
5) 〈산중(山中)의 가수〉의 저자인 조지프 캠벨(Joseph Campbell).
6) George Moore: 당대의 아일랜드 시인.

희곡 한 편도 출판하였습니다.
나는 신비로운 책들을 수십 권 출판했지요:
코우신즈[7]의 탁상서적도 출판했습니다
비록(용서를 빌며) 그 운문에 대하여 말하자면
여러분들에게 당치도 않은 가슴앓이를 일으킬 테지만 말입니다:
나는 황금의 입을 가진 그레고리[8]가 쓴
남북부의 민속을 출판하였습니다 :
나는 슬프고, 어리석고, 엄숙한 시인들을 출판했습니다:
나는 이른바 패드레익 콜럼을 출판했습니다 :
나는 마운셀 출판사 사장(社長)의 여행가방으로부터
보따리처럼 끄집어낸 플레이보이 슈미즈[9]에서
천사의 날개를 타고 솟아오르는 위대한 존 밀리센트 싱을 출판했습니다.
그러나 나는 울리어리 커티스[10]와 존 와이즈 파우어[11]에게
시간제로 이탈리아어를 낭독하면서
흑인 출판업자라면 참을 수 없는 태도로,
지저분하고 정다운 더블린에 대해 쓰는,
오스트리아 사람들의 노란 옷을 입고 있는
저 경칠놈의 친구의 행동을 참는 데도 한도가 있습니다.
천벌을 받을 일이외다! 여러분들은
내가 웰링턴 기념비의 이름이나

---

7) James Cousins: 더블린의 접신론자 및 시인.
8) Lady Gregory: 당대의 여류 문인.
9) 사장 로버츠는 여인의 하의(下衣)를 입고 여행했다 함.
10) O' Leary Curtis: 당대의 더블린 신문기자.
11) John Wyse Power: 당시 더블린 정부의 경시총감.

시드니 산책로 그리고 샌디마운트행 전차,
도우네스의 과자점이나 윌리엄즈의 잼 따위를 출판하리라 생각합니까?
만일 그런 짓을 한다면 나야말로 경칠놈입니다──지옥에 떨어질 것입니다!
《아일랜드 지명록(地名錄)》에 대하여 이야기합시다!
그것은 맹세코 내게 경외감을 주는 것인데,
그자는 컬리즈 홀[12]을 언급하는 것을 잊어버렸지요.
천만에, 숙녀들이여, 나의 출판사는 에린(Erin) 계모에 대한
그처럼 조잡한 명예훼손 문서에 절대 관계하지 않을 것입니다.
나는 불쌍한 사람들을 동정합니다──그것이 내가
나의 책을 지키도록 붉은 머리의 스코틀랜드인[13]을 택한 이유지요.
불쌍한 자매 스코틀랜드여! 그의 운명은 이제 다하였습니다.
팔아먹을 스튜어트 왕가(王家)도 더 이상 없습니다.
나의 양심은 중국의 명주와도 같이 섬세합니다.
나의 마음은 버터 밀크와 같이 부드럽습니다.
콜럼은 여러분들에게 그의 《아이리쉬 리뷰》[14]에 대하여
내가 계산으로 따져 백 파운드의 비난을 하였다는 것을 말할 수 있습니다.
나는 나의 조국을 사랑합니다──정말로 사랑합니다!
이민(移民)의 기차와 선박을 생각할 때마다
얼마나 내가 눈물을 흘리는지 보아 주었으면 합니다.

---

12) 돌리마운트(Dollymount)에 있는 수영장.
13) 마운셀 출판사 사장 로버츠 자신.
14) 콜럼이 편집한 잡지명.

이것이 내가 아주 읽기 어려운
철로 안내서를 널리 발간한 이유입니다.
나의 출판사 복도에서는
불쌍한 창녀가 매일 밤마다
자유형 씨름 경기를 마구 합니다.
그러면 그 외국인은 취하고 체신없는 더블린 창녀로부터
수다를 떠는 재능을 배우지요.
누가 말했습니까?: 죄악에 저항하지 말라. [15]
나는 그 책을 불태워 버릴 것입니다,
그러니 악마여 나를 도와주소서.
불타는 책을 바라보며 나는 찬송가를 부를 것이며
그 재(灰)를 손잡이가 달린 항아리에 보관할 것입니다.
나는 무릎을 꿇고
방귀와 신음으로 참회할 것입니다.
잇달아 나는 나의 참회하는 엉덩이를 공중을 향해 드러나게 할 것입
  니다.
그리고 나의 출판사 옆에서 흐느끼며
나의 무서운 죄를 고백할 것입니다.
배넉번[16]에서 온 아일랜드의 배심장(陪審長)은
항아리 속에 그의 오른손을 집어넣고
경건한 엄지손가락으로 나의 엉덩이 위에다
'생자(生者)의 기억(Memento homo)' [17]이라 십자를 그을 것입니다.

---

15) 그리스도의 산상수훈(山上垂訓).
16) Bannockburn: 영국 스코틀랜드 중부 스틸링(Stirling)의 남쪽에 있는 소도시.
17) 성회례(聖灰禮) 때에 신부가 참회의 상징으로 머리에 재를 뿌리며 하는 말.

보라, 저 아이를

어두운 과거에서
한 아이가 태어나니.
기쁨과 슬픔으로
내 마음 찢어진다.

요람 속에 고요히
생명이 누워 있다.
사랑과 자비여
그의 눈을 뜨게 하소서!

젊은 생명이 숨을 쉰다
유리 위에서.
없었던 세계가
다가오고 있다.

한 아이가 자고 있다 :
늙은이는 가고.
오, 버림받은 아버님이시여,
당신의 자식을 용서하소서!

자코모 조이스

누구세요? 푹신하고 향기로운 모피에 둘러싸인 창백한 얼굴. 그녀의 동작이 수줍고 급하다. 그녀는 안경을 쓴다.
'네': 짧은 한 마디. 간결한 웃음. 짤막한 눈꺼풀의 잦은 움직임.

거미줄 같은 글씨, 잠자코 경멸하듯 그리고 순순히, 길고 섬세하게 계속 줄을 이어간다: 재치 있는 젊은이.

나는 미지근한 말씨의 고요한 물결을 불어낸다: 스베덴보리, 사이비(似而非) 아레오파고스 회의의 의원, 미구엘 드 몰리노스, 요아힘 압바스. 물결이 다한다. 그녀의 반친구가, 뒤틀린 몸을 다시 뒤틀면서, 맥빠진 비엔나식 이탈리아어로 중얼거린다: "정말 유식하지! (*Che coltural!*)" 긴 눈꺼풀이 깜박이며 치뜬다: 따끔한 바늘끝이 벨베트의 눈동자 속에서 찌르듯이 떤다.

하이힐 소리가 돌층계 위에서 공허히 똑똑 울린다. 성(城)안의 차가운 공기, 목을 매단 갑옷, 빙글빙글 포탑의 나선형 계단 위에 울퉁불퉁한 철의 보루(堡壘). 똑똑 울리는 하이힐 소리, 높이 공허하게 울리는 한 가닥 소리. 여기 층 아래 아가씨와 이야길하고픈 자가 기다리고 있다오.

그녀는 결코 코를 풀지 않는다. 말의 형식: 훌륭하기 위해서는 적을수록 좋다.

동그랗고 무르익었다: 혈족결혼(血族結婚)의 선반(旋盤)에 의하여 동그랗게 그리고 고립된 종족의 온상(溫床)에서 무르익었다.

베르첼리 근처의 크림빛 아지랭이 깔린 논. 그녀의 처진 모자챙이 그녀의 가짜 미소에 그림자를 던진다. 그림자는 무더운 크림빛을 받아 그녀의 가짜 미소 지은 얼굴을 얼룩지운다, 턱뼈 밑의 유장(乳漿)빛 회색 그림자, 촉촉한 이마 위의 달걀 노른자빛 얼룩, 두 개의 부드러운 안구(眼球) 속에 숨겨진 불쾌한 누런 익살.

그녀가 내 딸에게 준 꽃. 연약한 선물, 연약한 증여자(贈與者), 연약한 파란 정맥의 아이.

바다 건너 먼 곳의 파도바. 고요한 중세(中世), 밤, 역사의 어둠이 달 아래 '에르베 광장'에서 잠들고 있다. 시(市)가 잠자고 있다. 강변 어두운 거리의 아치 아래 창녀의 눈이 오입장이들을 염탐한다. "친크 세르비지 페르 친크 프란치(5프랑이면 다섯 번 서비스 해 드려요)." 감각의 어두운 파도, 다시 그리고 다시 그리고 다시.
"어두워서 내 눈은 안 보여, 내 눈은 안 보여,
여보 어두워서 내 눈이 안 보여요."
다시. 이제 그만. 어두운 사랑, 어두운 갈망. 이제 그만. 어둠,

황혼. '광장'을 건너며. 넓은 초록색 목초지에 내리는 회색의 저녁, 묵묵히 땅거미와 이슬을 뿌리며. 그녀는 어색한 몸가짐으로 어머니 뒤를 따른다, 새끼 암망아지를 인도하는 어미 말. 회색의 황혼이 날씬하고 맵시 있는 엉덩이, 늘씬하고 깊게 팬 목, 잘생긴 머리통을 드러낸다. 저녁, 평화, 경이(驚異)의 땅거미······ 여보! 마부 양반! 여어보![1]

---

1) 셰익스피어의 〈햄릿〉 제 3막 2장에 나오는 대사의 패러디.

아빠와 소녀들이 썰매를 타고 언덕 아래로 미끄러져 내려간다 : 터키 황제와 궁녀들. 모자와 재킷을 꼭 끼이게 입은 채, 체온으로 따뜻해진 가죽바지 위로 교묘히 십자(十字)끈을 맨 구두, 짧은 스커트가 두 무릎의 둥근 마디 위에 팽팽하다. 하얀 번쩍임: 한송이, 눈 한 송이:

"다음에 그녀가 썰매를 탈 때에는
꼭 구경을 가야지."[2]

나는 담배가게에서 뛰어나와 그녀의 이름을 부른다. 그녀는 몸을 돌려 발을 멈추고 내가 지껄이는 학과와 시간의 이야기를 듣는다, 학과, 시간: 그녀의 창백한 뺨이 천천히 연한 광채로 붉게 타오른다. 아니야, 아니야, 겁낼 것 없어요!

---

[2] 영국의 시인 윌리엄 쿠퍼(William Cowper)의 시 〈존 길핀(John Gilpin)〉의 변형.

"미오 파드레(저의 아버님이세요).": 그녀는 가장 하찮은 일에도 분별 있게 행동한다. "운데 데리비바투르? 미아 피그리아 하우나 그란디시마 암미라지오네 페르 일 수오 마에스트로 잉글레세(어디서 오시죠? 저의 딸은 선생을 정말 좋아한답니다)." 잘생기고, 불그스름한, 유대인의 모습을 한 하얀 콧수염을 기른, 노인의 얼굴, 우린 함께 언덕을 내려가며 내 쪽으로 몸을 돌린다. 오! 완벽하게 말씀하셨다: 예의, 관용, 호기심, 믿음, 의심, 천연스러움, 노인의 무기력, 자신, 솔직, 세련됨, 성실성, 경고, 비애, 동정: 모두 완벽한 혼합. 이그너티우스 로욜라[3]여, 빨리 와서 나를 도와주시오!

이 가슴이 쓰리고 슬프다. 비련(悲戀)의 사랑인가?

길고 음탕하고 심술궂게 생긴 입술: 까만 피부의 연체동물

---

3) 《율리시즈》에서도 스티븐은 궁지에 몰릴 때 가끔 이 예수회의 시조(始祖)에게 도움을 청한다.

밤과 진흙 길에서 고개 들어 쳐다보니 언덕 위로 흐르는 안개. 축축한 나무 위에 걸려 있는 안개. 위층 방의 한 가닥 불빛. 그녀는 연극을 보러 가기 위해 옷을 입고 있다. 거울에는 유령들이 비쳐 있다…… 촛불들! 촛불들!

'품위 있는 아가씨.' 한밤중 음악회가 끝난 뒤, 쌩 미쉘가(街)를 내내 걸어 올라가며 이 말들을 조용히 속삭였다. 자 진정해, 제임지! 그대는 또 다른 이름을 흐느껴 부르며 더블린의 밤거리를 쏘다니지 않았던가?

유대인들의 시체가 묘지의 흙더미에서 썩어 가며 내 주변에 놓여 있다. 여기 그녀의 동족의 무덤이 있다, 까만 돌, 희망 없는 침묵…… 여드름 난 미셸이 나를 여기에 데리고 왔다. 그는 자살한 아내의 무덤가에 모자를 쓴 채 저기 나무 건너편에 서 있다, 잠자리에서 함께 자던 여인이 어째서 이런 결과를 초래했는가 이상히 여기면서…… 그녀의 동족과 가족의 무덤: 까만 돌, 희망 없는 침묵: 만사는 준비되어 있다. 죽지 마!

그녀는 양팔을 들어 베일천의 가운 단추를 뒷목덜미에서 채우려 애쓴다. 할 수가 없다: 천만에, 그녀는 할 수 없다. 그녀는 묵묵히 뒷걸음쳐 내게로 온다. 나는 팔을 들어 그녀를 돕는다: 그녀의 팔이 내려간다. 나는 거미줄마냥 보드라운 가운 자락을 잡고 단추를 채우려고 그들을 앞으로 끌면서 검은 베일의 터진 틈으로 오렌지색 슈미즈에 감싸인 그녀의 유연한 몸뚱이를 본다. 슈미즈는 어깨의 꺾쇠 리본을 벗기자 서서히 떨어진다: 연하고 미끈한 나신(裸身)이 은빛 솜털과 함께 반짝인다. 미끈하게 매끈한 은빛의 날씬한 엉덩이 위로 윤기나는 은빛 홈 위로 슈미즈가 천천히 흘러 내려간다…… 차고 조용히 움직이는, 손가락…… 감촉, 감촉.

작고 무딘 무력하고 연약한 숨결. 그러나 몸을 굽혀 귀를 기울여보라: 한 가닥 목소리를. 크리슈나⁴⁾ 신상(神像)의 차바퀴에 깔린 참새소리, 지구를 흔드는 진동자(振動者). 제발, 하느님이시여, 위대한 하느님이시여! 안녕히, 위대한 세계여! ……"아베르 다스 이스트 에이네 슈바이네레이(그러나 이건 정말 비열한 것이다)!"

그녀의 날씬한 청동빛 구두에 매달린 커다란 나비 리본: 배불뚝이 새의 발톱.

---

4) 힌두교 신화에 나오는 비슈누신(神)의 제8화신(化身). 힌두교인들은 그 신상을 실은 차에 치여 죽으면 극락에 간다고 믿음.

"아가씨는 빨리, 빨리, 빨리 간다"……언덕 윗길의 맑은 공기. 트리에스트가 싸늘하게 잠에서 깨나고 있다: 귀갑(龜甲) 모양으로, 웅크린 갈색의 기와지붕 위에 비치는 으슬한 햇빛. 무수히 엎드린 빈대가 한 민족의 석방(釋放)을 기다리고 있는 것처럼. 벨루오모가 아내의 애인의 아내의 침대에서 일어난다: 부지런한 가정부가 손에 초산 접시를 들고, 급히, 움직인다…… 언덕 윗길의 맑은 공기와 고요: 그리고 말굽 소리. 말을 탄 소녀. 헤다! 헤다 가블러!⁵⁾

장사꾼들이 처음 나온 과일을 제단에 바친다: 파란 점이 박힌 레몬, 보석 같은 앵두, 잎이 찢어져 있는 수줍은 복숭아. 차양을 늘어뜨린 노점들의 거리를 마차는 지나간다, 바큇살을 햇빛 속에 빙글빙글 돌리면서. 길 비켜요! 그녀의 아버지와 그의 아들이 마차 속에 앉아 있다. 그들은 올빼미의 눈과 올빼미의 지혜를 지녔다. 《이교도 대전》의 박식을 명상하며 그들의 눈으로부터 올빼미 같은 지혜가 빤히 쳐다보고 있다.

그녀는 악대가 국가(國歌)를 연주했을 때 '세콜로' 시(詩)의 비평가, 에토레 알비니가 자리에서 일어나지 않았기 때문에 이탈리아의 신사님들이 그를 자리에서 끌어낸 것이 옳다고 생각한다. 그녀는 저

---
5) 입센의 희곡 〈헤다 가블러〉에 나오는 여주인공.

녁식사 때 그 이야기를 들었다. 정말이야. 그들은 자신의 조국이 어느 것인지 확신하는 한 조국을 사랑한다.

그녀는 귀를 기울인다: 가장 총명한 처녀.

그녀가 무릎을 갑자기 움직이자 끌려 올라간 스커트. 하얀 단을 친 레이스의 속치마가 지나치게 올라갔다. 다리로 팽팽해진 거미줄 모양의 양말. "시 퐅(괜찮겠어요)?"

나는 가볍게 피아노를 치며, 존 도울랜드[6]의 차분한 노래를 조용히 부른다. 〈떠나기가 아쉬워〉: 나 역시 떠나기가 아쉽다. 그 시대가 지금 여기 있다. 여기 욕망의 암흑에서 열리며, 동이 트는 동녘 하늘을 어둡게 하는 눈(眠)이 있다, 그 눈의 반짝임은 질퍽한 제임스의 구애(求愛)의 소굴을 덮어 준 찌꺼기의 반짝임 바로 그것이다. 여기에 온통 호박빛의 포도주며, 죽어가는 몰락(沒落)의 감미로운 곡조, 오만스런 파반춤, 발코니에서 쭉쭉 입맞추는 시늉을 하며 사랑을 구하는 다감(多感)한 귀부인, 강탈자들에게 기꺼이 몸을 내맡기며, 껴안으며 또 껴안는 매독에 걸린 계집과 나어린 아내들이 모두 여기에 있다.

베일에 가린 듯한 칙칙한 봄날 아침 파리의 아침의 그윽한 냄새가 부동(浮動)한다: 아니스 열매, 젖은 톱밥, 뜨거운 빵반죽 냄새: 쌩 미쉘 다리를 건너자, 잠에서 깨나듯 검푸른 물결에 내 가슴이 서늘해진

---

6) 영국의 음악가(1563?~1626?)

다. 물결은 석기시대 이래 인간이 살아온 섬 주변을 기어들며 핥는다…… 거대한 이무기들은 설치한 성당 안의 황갈색 어둠. 그날 아침만큼 추운 날씨. "쿠아 프리구스 에라트(그날은 추운지라)." 높다란 맨 마지막 제단의 층계 위에 하느님처럼 알몸이 된 사제(司祭)들이 나약스런 기도를 드리며 엎드려 있다. 보이지 않는 독경사(讀經師)의 목소리가 점점 커지며, 〈호세아〉의 한 구절을 읽는다. "호세아 디시트 도미누스: 인 트리불라티오네 수아 마네 콘수르겐트 아드 메. 베니테 에트 레베르타무르 아드 도미눔(주께서 말씀하시기를: 어려움을 당할 때 내게로 아침 일찍 오라. 다시 주께로 되돌아오라)." ……그녀는 죄로 때문은 회중석(會衆石)의 그늘에 감싸여, 그녀의 가냘픈 팔꿈치를 내 팔에 댄 채, 창백하고 으스스하게, 내곁에 서 있다. 그녀의 육체는 안개에 가린 채로 냉랭한 그날 아침의 전율, 급히 지나가는 횃불, 잔인한 눈을 연상케 한다. 그녀의 영혼은 슬프며, 떨면서 울고 싶어한다. 오 예루살렘의 딸이여, 나를 위해 울지 말아 다오!

나는 고분고분한 트리에스트에게 셰익스피어를 설명한다: 점잖고 순박한 자에게 무척 공손한 햄릿이 폴로니어스에게만은 사납다고, 나는 인용한다. 필경, 분격한 이상주의자인 그는, 애인의 부모로서 그녀의 상(像)을 드러내려는 자연의 흉칙한 시도로만 볼 수 있었던 모양이야…… 알아들었어요?

그녀는 복도를 따라 내 앞을 걸어간다, 그리고 그녀가 걸어가자 엉킨 머리가 천천히 풀려 내린다. 천천히 풀리면서, 흘러내리는 머리. 그녀는 알지 못한다, 그리고 내 앞으로, 천진하게 자만스레, 걸어간다. 단테의 애인도 저렇게 천진하고 자만스레 걸어갔고, 첸치의 딸, 베아트리체[7]도 피와 폭력의 더러움을 외면하고, 저런 걸음걸이로 죽음을 향해 걸어갔다:

"……허리띠를 매어 주어요
그리고 이 머릿단을
단조로운 마디로 묶어 주어요."

하녀는 사람들이 그녀를 곧장 병원으로 데리고 가야 했다고 내게 말한다. "포버레타(불쌍한 소녀)", 그녀는 몹시 고통을 겪었어요, 정말로, "포버레타", 병이 아주 중해요…… 나는 그녀의 텅 빈 집에서 걸어 나온다. 울음이 금방 솟구쳐 나올 것 같은 기분이다. 아, 맙소사! 이럴 수는 없다. 순식간에, 한 마디 말도 없이, 한 번 보지도 못하고. 아니야! 아니야! 분명 지옥의 운수도 기필코 나를 저버리지는 않을 거야!

수술을 받았다. 외과의(外科醫)의 칼이 그녀의 내장을 뚫고 들어갔다가 도로 빠져 나왔다, 배 위에 톱니 모양의 뚜렷한 상처를 남기고. 영양(羚羊)의 눈처럼 아름다운 그녀의 크고 까만 눈이 고통스러워함을 나는 본다. 오, 잔인한 상처! 음탕한 신이여!

다시 창가의 의자에서, 떠들어대는 행복한 말씨, 행복한 웃음. 폭풍 뒤에 지저귀는 한 마리 참새, 간질병 환자인 주(主)여 그리고 생명의 증여자의 약탈하는 손가락의 뻗음에서 파닥거리면서, 가냘프고 어

---

[7] 시인 단테가 사랑한 영원한 이상적 애인.

리석은 생명을 구해 낸 행복, 행복하게 지저귀며, 행복하게 짹짹거리고 있다.

그녀는 말한다, 만일 그 《예술가의 초상》이 오직 솔직만을 위한 속직한 작품이면, 왜 내가 그녀에게 그걸 읽어 보도록 주었는가 물어보고 싶었다고. 오 그랬어요, 그랬어요? 문학소녀.

그녀는 전화 곁에 까만 원피스를 걸치고 서 있다. 작은 수줍은 웃음 소리, 작은 부르짖음, 수줍은 말의 흐름이 갑자기 멎는다……"팔레로 콜라 마마(어머님과 말씀해 보세요)"……이리 와! 삐악, 삐악! 자아! 까만 암평아리가 놀란다: 작은 부르짖음, 말의 작은 흐름이 갑자기 멈춘다. 병아리가 통통한 어미 암탉, 마마를 부르고 있다.

오페라좌(座)의 상층석. 습기찬 벽이 축축한 물기를 뿜어낸다. 여러 가지 냄새의 교향악이 웅크린 인간의 형태의 덩어리를 녹인다: 겨드랑이의 시큼한 냄새, 썩은 오렌지 냄새, 가슴팍의 녹아 내리는 고약 냄새, 매스틱 포도주, 저녁밥을 먹은 뒤의 퀴퀴한 마늘내 나는 숨결, 구린 인(燐) 섞인 방귀, 오포포낙스 향료, 미혼 처녀와 기혼녀의 숨길 수 없는 땀냄새, 남자들의 구린 비누냄새…… 밤새도록 나는 그녀를 빤히 보았다, 밤새도록 나는 그녀를 살펴보리라: 뾰족탑같이 말아 올린 머리칼 그리고 올리브빛 동그란 얼굴과 잔잔하고 정다운 눈. 머리에 매단 파란 리본과 그녀 몸을 두른 파란 자수(刺繡)의 가운: 모두 자연의 온실 유리 속의 환각과 무덤을 덮은 머리칼 같은 우거진 풀의 색조.

그녀의 마음속에 주어진 나의 말: 수렁을 뚫고 빠지는 차가운 맨들맨들한 돌멩이들.

저 차분하고 싸늘한 손가락들이, 때가 끼고도 마음에 드는 책장들을 만지작거렸다, 나의 수치가 영원히 이글거릴 저 책장을, 차분하고 싸늘하며 순결한 손가락, 저 손가락으로도 실수한 일은 결코 없었을까?

그녀의 몸은 냄새가 없다: 향기 없는 한 송이 꽃.

층계 위. 싸늘하고 가냘픈 손: 수줍음, 침묵: 권태가 넘치는 까만 눈: 권태로움.

황야 위에 베일을 이루는 회색 연무(煙霧)의 소용돌이. 그녀의 얼굴, 어찌 저렇게도 창백하고 점잖을까! 엉킨 촉촉한 머리칼. 그녀의 입술이 조용히 눌리자, 한숨이 새어 나온다. 키스했다.

나의 목소리가, 말의 메아리 속에 사라져 간다, 메아리치는 언덕을 통하여 아브라함을 부르는 영원신(永遠神)의 예지(叡智)에 지친 목소리처럼 사라진다. 그녀는 베개를 받친 벽에 등을 기댄다: 사치스런 암흑의 모습을 드러낸 터키의 궁녀같이. 그녀의 눈이 나의 생각을 들이마셨다: 그녀의 여성의 축축하고 따뜻함을 내맡긴 채, 맞아들이는 암흑 속으로 나의 영혼은 스스로 녹으며, 액체와 풍요의 씨를 방출하고 쏟아 내며 채웠다…… 자 이제 원하는 자여 그녀를 앗아 가라……

내가 랄리의 집에서 나오자 나는 그녀와 갑자기 마주친다, 두 사람이 장님 거지에게 동냥을 주려던 참이었다. 그녀는 까만 독사 같은 시선을 다른 데로 피하면서 나의 갑작스런 인사에 답한다. "에콜 수오 베데레 오토스카 루오모 퀴안도 로 베데(바라보는 자는 누구나 독살한다)." 브루네토 씨(氏), 나는 당신의 그 말에 감사합니다.

그들은 인간의 아들을 위하여 나의 발밑에 카핏을 깐다. 내가 지나가기를 기다린다. 그녀는 홀의 노란 그늘 속에 서 있다, 플레이드천의 망토가 그녀의 처진 어깨를 추위로부터 가려 주고 있다: 내가 놀라 발을 멈추고 주변을 둘러보자 그녀는 냉담스레 내게 인사를 하고는 맥빠진 곁눈으로 한 줄기 독기 서린 시선을 내게 쏟으며 층계로 올라가 버린다.

구겨진 파란 녹두빛 부드러운 천이 안락의자를 덮고 있다. 좁아 터진 파리풍(風)의 방. 미용사가 방금까지도 여기 누워 있었다. 나는 그녀의 스타킹과 검은 녹빛 먼지 묻은 치맛자락에 키스했다. 그건 다른 여자다. 그녀. 고가티가 소개해 달라고 어제 찾아왔다. 《율리시즈》가 그 이유다. 지적 양심의 상징…… 그렇다면 아일랜드? 그리고 남편은? 줄무늬진 신을 신고 복도를 걸어다니거나 혼자서 장기를 둔다. 우리는 왜 여기 남아 있을까? 방금까지도 미용사가 혹 달린 무릎 사이에 내 얼굴을 움켜잡고, 여기 누워 있었다…… 나의 민족의 지적 상징. 귀담아 들어 보라! 어둠이 갑작스레 내렸다. 들어 보라!
　―전 마음이나 육체의 이런 활동을 불건전하다고 할 수 있을지 납득할 수 없어요―
　그녀는 말한다. 차가운 별들 저편에서 들려 오는 가냘픈 한 가닥 목소리. 지혜의 목소리. 계속 말해 줘요! 오, 또 말해 줘요, 그리하여 나를 지혜롭게 해주어요! 이런 목소리를 나는 들어 본 적이 결코 없었다.
　그녀는 구겨진 안락의자에 기대어 나를 향해 몸을 움츠린다. 나는 움직일 수도 말을 할 수도 없다. 별에서 태어난 육체의 도사린 접근. 지혜의 간통. 아니야. 나는 가야 돼. 가야지.
　―짐, 여보!―
　핥는 부드러운 두 입술이 나의 왼편 겨드랑이에 키스한다: 무수한 혈관에 도사리는 키스. 나는 화끈거린다! 불타는 나뭇잎처럼 나는 오그라든다! 나의 오른편 겨드랑이에서 송곳니 같은 불꽃이 출렁인다. 별 같은 뱀이 내게 키스했던 것이다: 차가운 밤의 뱀. 나는 정신을 잃었다!
　―노라!―

　장 페터스 스벨링크. 이 네덜란드의 옛 음악가의 이상스런 이름이 모든 아름다움을 이상하고 멀게 만든다. 나는 그 옛날 노래의 클라비코드[8]를 위한 그의 변주곡을 듣는다: 〈젊음은 끝났나니〉 오랜 음의 몽롱한 안개 속에서 한 가닥 흐릿한 불빛이 나타난다: 영혼의 이야기 소리가 들려 오려 하고 있다. 젊음은 끝이 있나니: 끝이 여기에 당도한 것이다. 그럴 수는 결코 없으리라. 너는 그걸 잘 알고 있지 않느냐. 그렇다면 어떻게? 그걸 쓰는 거야, 경칠, 그걸 써요! 그 밖에 별 도리가 없지 않은가?

"왜요?"
"그러지 않고서는 당신을 볼 수가 없잖아요." 미끄러져 가는——공간——시대——잎새를 닮은 별들——그리고 사라져 가는 하늘——
· ——정적——그리고 한층 깊은 정적——절멸(絶滅)의 정적——그리고 그녀의 목소리.

"논 훈크 세드 바라밤(이 자(者)가 아니 바라밤을 석방해요)!"

미비(未備)됨. 텅 빈 아파트. 희미한 햇빛. 길고 까만 피아노: 음악의 관(棺). 빨간 꽃을 단, 여자의 모자와, 접힌, 우산이 그 끝에 놓여 있다. 그녀의 무기들: 투구, 홍색, 그리고 새까만, 바탕 위의 무딘 창.

결구(結句): 나를 사랑하라, 나의 우산을 사랑하라.

---

8) 피아노를 닮은 건반악기의 일종.

제임스 조이스의 에피파니
Epiphanies of James Joyce

1

〔브래이: 마텔로 테라스의 집 응접실에서〕

반스 씨――(지팡이를 짚고 들어온다!)…… 오, 글쎄, 그 애는 틀림없이 빌 거요, 조이스 부인.

조이스 부인――오 그래요…… 저 얘기 들어요, 짐?

반스 씨――그렇잖으면――만일 그 애가 그렇잖으면――독수리가 와서 그의 눈알을 뺄 거요.

조이스 부인――오, 하지만 그 앤 분명히 빌 거예요.

조이스――(식탁 밑에서, 혼자 말로)
―― 눈알을 뺄 거야,
잘못을 빌어요,
잘못을 빌어요,
눈알을 뺄 거야.

잘못을 빌어요,
눈알을 뺄 거야,
눈알을 뺄 거야,
잘못을 빌어요.

이 장면은 1891년으로 거슬러 올라간다. 그러나 이 에피파니는 훨씬 나중에 쓰여졌음에 틀림없다. 《초상》을 위해 단지 약간 수정되었을 뿐, 이 이야기는 스티븐이 예술의 권위에서 피난처를 찾고 자신의 역경에서 시를 지을 때, 그의 미래의 극적 예고를 제시하기 위하여 사용된다. 원고는 버펄로 소장. 이와 같은 극적 에피파니들 가운데, 괄호 속의 세팅은 편집자가 쓴 것이 아니라, 조이스의 것이다.

2

내일은 수업이 없다. 겨울 토요일 밤이다. 나는 난로가에 앉아 있다. 곧 그들이 식량을 가지고 돌아 올 거야, 고기와 채소, 차, 빵, 버터 그리고 냄비에서 지글지글 하얀 푸딩을…… 나는 일리삭를 읽으면서 앉아 있다. 노란 책장을 넘기면서, 이상한 옷을 입은 남녀를 지켜보면서. 그들이 사는 방법을 읽는 것은 즐거운 일이다. 그것을 통하여 나는 그 너머에 있는 대륙 사람들의 삶에 접촉하고, 독일 사람들과 친교를 맺는 것 같다. 가장 즐거운 환상이다. 내 젊음의 친구!…… 그 속에서 나는 내 자신을 상상해 보았다. 그들의 친밀한 동정 속에서 우리의 삶은 여전히 신성하다. 밤에 그가 철학 책이나 다른 옛날 이야기를 읽을 때면 나는 그와 함께 있다. 나는 그가 혼자 방랑할 때 그와 함께 있다. 혹은 그가 결코 보지 못한 자, 그녀의 팔에 아무런 적의를 품지 않은 채, 그를 감싸고, 그녀의 순수하고 풍부한 사랑을 제공하면서, 그가 어떻게 해야 할지 알지도 못하는 영혼의 소리에 귀를 기울이면서, 대답하는 저 처녀와 함께 있다.

전원시: 소박한 환경에 사는 민감한 젊은이가 유럽의 정신과 벗삼고 있다. 조이스는 여기서 공동 편집자인 어크먼 차트린(Erchmann-Chatrian)의 소설을 암시하고 있다: *L'Invasion, L'Ami Fritz, Le Juif Polonais*. 여기서 이상적인 사랑의 주제는 '애아비'와 《초상》의 머세이스의 전조가 된다. 원고는 코넬 소장.

3

　가장 늦게까지 머물러 있던 어린이들은 파티가 끝나면 집에 가야 한다는 것을 이해하기 시작한다. 이것이 마지막 전차이다. 그 여윈 갈색 말들이 그것을 알고 맑은 밤하늘에 경계의 종을 흔들어 댄다. 차장은 운전자와 얘기를 하고 있다. 둘은 종종 초록색 등불 밑에서 고개를 끄덕인다. 근처에는 아무도 없다. 우리는 귀기울여 듣는다. 나는 위 계단에서 그녀는 아래 계단에서, 우리들이 얘기하는 사이 사이에, 그녀는 내가 있는 계단으로 올라왔다가는 내려가기를 여러 번 한다. 한 번인가 두 번 내 곁에 머물러 있다, 내려가는 것을 잊고서, 그리고 내려간다…… 내버려 둬. 내버려 둬…… 그리고 그녀는 이제 허영을 쫓지 않는다──그녀의 멋진 옷과 장식 띠와 긴 검은 양말 등──왜냐하면(어린이의 지혜로) 우리는 이런 목적이 우리가 추구했던 어떤 다른 목적보다도 우리를 더 기쁘게 해주리란 것을 알 것 같다.

　고요한 순간을 감동 있게 회상한다: 남들부터 소원함에 대한 예외가 이 기록들에 너무나 자주 언급되어 있다. 《초상》에서 이 장면은 세 번 나타난다: 처음에는 어떤 사건으로, 나중에는 스티븐의 신랄한 회상으로. 《영웅 스티븐》에서는 그것은 암시된다. 원고는 코넬 소장.

4

〔더블린: 마운트조이 광장에서〕

조이스——(결론을 내린다)……
릴리 숙모——(킥킥거린다)——오 영광을!…… 나도 저러했는데……
내가 소녀 적에 영주와 결혼하게 될 거라고 확신했어……
아니면 그와 비슷한 사람과……
조이스——(생각한다)——그녀가 자신과 나를 비교하는 것이 가능할까?

릴리 숙모의 암시된 비교에 대한 그의 놀란 반응이 나타내듯, 여기서 아이러니는 조이스 자신에게 향해진다. 만일 이러한 해석이 맞는다면, 우리는 여기서 그의 마음의 기억할 만한 국면이나 다른 사람을 노출시키는 '비천함'을 기록하는 것이 아니라, 그 자신의 상처받은 허영을 기록하는 에피파니에서 영웅 대신 희생자가 되는 조이스의 드문 예를 볼 수 있다. 원고는 버펄로 소장.

5

　오래되고 어두운 창문이 있는 집의 높은 쪽으로: 좁다란 방의 불빛: 바깥의 땅거미. 한 노파가 차를 만드느라 돌아다니고 있다. 그녀는 변화와 그녀의 이상한 방법 그리고 사제와 의사들이 말한 것에 대하여 이야기한다…… 멀리서 나는 그녀의 이야기를 듣는다. 나는 석탄 속을, 모험의 길 속을 방황한다…… 맙소사! 문 입구에 있는 것이 뭐야?…… 해골──원숭이. 여기 난로를 향하여, 목소리에 이끌려 온 하나의 어리석은 생명체.

　──저건 매리 엘런이지?──
　──아니, 에리자, 짐이야──
　──오…… 오, 잘 자, 짐──
　──뭐 필요해? 에리자?──
　──난 그걸 매리 에런이라 생각했어……나는 네가 매리 엘런이라 생각했어, 짐──

　여기서 의도된 효과는 진부한 여인과 소년의 모험적 상상 사이의 대조에 좌우된다──이는 '애라비' 같은 이야기에서처럼 '죽은 사람들'의 자매들 중의 한 모델이었던 조이스의 대모 콜라난 부인의 죽음 후 15 어서즈 아일랜드에서 발생했다. 조이스는 《초상》을 위해 다시 작업했고, 중세의 싸늘함에 대한 청년기의 도전을 제거하면서, 그 점을 다시 《율리시즈》에서 언급했다. 유령 같은 분위기와 어서즈 아일랜드에 있는 집과의 연관에서 '죽은 사람들'의 궁극적인 꽃피는 분위기와 사상의 가장 초기의 근원들 중의 하나를 우리는 발견한다. 원고는 코넬 소장.

6

반은 사람의 모습이요, 반은 염소의 모습을 한 기괴한 형태의 동물들과 살아 있는 엉겅퀴와 뻣뻣한 잡초로 뒤덮여 있는 작은 들판. 기다란 꼬리를 질질 끌면서 그들은 여기저기 공격의 대상을 찾아 돌아다닌다. 그들의 얼굴은 드문드문 털이 나 있고, 이 털은 뾰족하며 탄생 고무처럼 회색 빛이다. 자신이 저지른 비밀스런 죄가 이들을 움직이게 만들고, 이제 이들이 그 죄를 알고 있는 이에 대한 반응으로 즉각적인 악의를 보이고 있다. 한 놈은 몸뚱이에 꽉끼는 찢어진 플란넬 조끼를 입고 있다. 또 한 놈은 수염이 무성한 뻣뻣한 잡초에 찔릴 때마다 외마디 단조로운 비명을 지르며 불평한다. 그들이 내 주변을 한층 가까이 에워싸듯 움직이며, 그 오래 전에 저지른 죄에 대해 잔인한 눈을 번득이며, 천천히 원을 그리며 다가와서는 그 끔찍한 얼굴을 위로 치켜올린다. 사람 살려!

《영웅 스티븐》의 초안에 언급된 지옥에 대한 꿈의 에피파니, 《초상》의 초고를 참고할 것. 그리고 아마도 《영웅 스티븐》의 분실된 부분에 언급되어 있을 것 같은 지옥에 대한 꿈의 에피파니. 후에 《초상》에서 정교하게 다듬어졌음. 《영웅 스티븐》의 초안에서 이 에피파니는 1893년의 후반부를 다루는 부분에서 사용되어졌으며, 그러나 또 다른 가능성을 알고자 한다면 연대기를 참고할 것…… 원고는 코넬 소장.

7

이제 떠날 시간이다——아침은 준비가 되어 있다. 나는 또 다른 기도를 드리리라…… 배가 고프다. 조용히 미사가 시작되고 끝나는 이 한적한 교회에서 머무르고 싶다…… 환호, 성스러운 여왕, 자비의 어머니, 우리의 생, 우리의 달콤함 그리고 우리의 희망! 내일 그리고 매일 매일 나는 당신에게 공물로서 미덕을 바치고 싶다. 왜냐하면 내가 그렇게 하면 당신이 좋아하리라는 것을 알고 있기 때문이다. 이제 잠시 작별을 고하자…… 오, 거리의 아름다운 햇빛 그리고 오, 내 마음 속의 햇빛이여!

《초상》에 묘사된 것과 같은 조이스의 종교적인 면에 대한 이야기다. 신앙심의 이러한 평화로운 기분은 6번 에피파니에 나오는 지옥에 대한 산란스런 꿈과 대조를 이룬다. 원고는 코넬 소장.

8

잔뜩 흐리게 구름이 하늘을 덮었다. 세 갈래의 길이 만나는 곳 그리고 땅이 질퍽한 해변가 앞에 개 한 마리가 옆으로 길게 누워 휴식을 취하고 있다. 때때로 그 개는 콧등을 공중에 치켜올리고는 길고도 슬프게 울부짖는 소리를 낸다. 사람들은 멈추어 서서 그 개를 쳐다보다가 지나가곤 한다. 몇몇 사람들은 한때는 소리내어 울부짖었으나 지금은 소리를 내지 않는, 고된 나날의 하인인 양, 그들 자신의 슬픈 목소리를 듣는 듯한 비애에 의하여 아마도 정말 슬픈 듯, 사로잡힌 채 있다. 비가 내리기 시작한다.

스태니스라우스 조이스가 꿈의 에피파니라 부른 이것을 조이스는 《영웅 스티븐》에서 약간의 수정을 가하여 실제 사건으로 만들었다. 원고는 코넬 소장.

9

〔마린가: 7월 어느 일요일 정오〕

토빈──(두꺼운 부츠를 신고 소리내어 걸으면서 그리고 그의 지팡이로 땅을 툭툭 치면서)…… 오 사람을 견실하게 하는 데 결혼과 같이 좋은 것은 없지. 내가 사람들과 술을 먹고 방탕하여 여기 《이그재미너》로 오기 전에…… 나는 이제 좋은 가정을 가졌고…… 나는 저녁에는 집으로 가서 만약 내가 술 마시기를 바란다면…… 글쎄, 나는 그것을 마실 수 있다네…… 받아들일 여유가 있는 젊은이들에게 내가 하는 충고는: 젊어서 결혼하라.

1900년 7월 마린가 여행에서 들은 이 부르주아적 충고는 플로베르의 《인정된 관념들의 사전》과 맞먹는, 진부한 표현이라는 인상을 조이스에게 주었음에 틀림없다. 그는 《영웅 스티븐》에서 약간 그것을 개정하여 사용할 수 있었다. 원고는 버펄로 소장.

10

〔더블린: 대임거리, 스태그 헤드에서〕

오마호니──자네 저기 시를 쓴다는 신부를 아는가?
  러셀 신부라던데?
조이스──오, 그래…… 그가 운시를 쓴다는 것을 듣고 있어.
오마호니──(능숙한 미소를 지으며)…… 운시라, 그래…… 그게 그 시들에 대한 타당한 이름이야……

  이 경우에 있어서 우리의 관심은 시를 쓰는 신부에 대한 조이스의 분개에 기울여야 할지 조이스의 평가에 맞추는 오마호니의 기민함에 기울어야 할지를 말하기는 어렵다. 만약 《영웅 스티븐》에서 사용되었다면, 이 에피파니는 마린가 자료(원고에서는 20페이지 전에 있어도, 인쇄본의 맨 끝에 위치하고 있다)와 《영웅 스티븐》 원고의 중요한 부분이 시작되는 유니버시티 컬리지 자료와의 중간에 아마 나타났을 것이다. 원고는 버펄로 소장.

11

〔더블린: 쉬히의 집, 벨비디어 광장〕

조이스——나는 너가 그 사람을 뜻한다는 것을 알았어. 하지만 너는 그의 나이에 대해서는 잘못이야.

매기 쉬히——(심각하게 말하기 위해 몸을 앞으로 기댄다). 왜, 그의 나이가 몇인데?

조이스——일흔둘.

매기 쉬히—— 그래?

《영웅 스티븐》에서의 상황은 이 곤혹스러운 장면을 명확하게 해준다. 토론의 대상은 입센인데, 그는 방금 추측 게임의 대상이 되었다. 1900년에 입센의 나이가 몇인지를 방안의 어느 누구도 몰랐다는 사실은 조이스와 스티븐이 의심의 여지없이 자신들을 그 속에서 발견했던 지적 황무지의 정도를 강조한 것으로 상상된다. 원고는 버펄로 소장.

12

〔더블린: 쉬히의 집, 벨비디어 광장〕

오렐리——(진지함이 더해지며)…… 이제 내 차례 같군…… (아주 심각하게)…… 네가 좋아하는 시인은 누구냐?

(잠시 중지)

한나 쉬히—— ……독일인?
오렐리—— ……그래.

(잠시 중지)

한나 쉬히—— ……내 생각에는…… 괴테……

진지함, 중지 그리고 침묵은 선택의 우스꽝스러운 안정성을 강조한다. 그래서 우리가 의심할 여지없이 추론할 수 있는 것은 한나 쉬히가 독일 시를 거의 알고 있지 못하다는 사실이다. 이 장면은 무미건조한 즐거움을 돋보이게 하기 위하여 《영웅 스티븐》에서 사용되었다. '다니엘' 가족의 가정에서 이런 무미건조한 즐거움을 배경으로 스티븐의 기질이 강조되고 있다. 1890년 작. 원고는 버펄로 소장.

13

〔더블린: 쉬히의 집, 벨비디어 광장〕

폴톤——(그가 지나가자)——난 자네가 특별히 자네의 업적에 대해 축하를 받았다고 들었어.

조이스——고마워.

브레이크——(잠시 후)…… 난 결코 누구에게도 충고해 본 적이 없어…… 오, 삶은 지독한 거야!……

조이스——하.

브레이크——(담배 연기를 내뿜으며)——물론…… 밖에서 보기에는 아주 좋아 보이지…… 알지 못하는 사람들에게는…… 하지만 자네가 안다면…… 정말 지독한 거야. 양초 토막, 아니…… 저녁 식사, 비참한…… 빈곤. 자넨 전혀 몰라……

기네스에서 서기가 되어 달라는 제의에 몹시 분개했던 조이스에게 그를 위한 잠재력에 넘치는 무대 직업에 대한 이러한 토론은 굉장히 역겹고 힘든 일이었음이 틀림없다. 우리는 브레이크가 상당한 무지에서 말하고 있음을 이해할 수 있다. 그의 이러한 무지는 파이프 담배 연기의 심원함과 아주 잘 대조를 이룬다. 1900년 판. 원고는 버펄로 소장.

14

〔더블린: 쉬히의 집, 벨비디어 광장〕

딕 쉬히——무슨 거짓말이죠? 의장님, 물어 봐야겠어요……
쉬히 씨——조용히, 조용히!
폴론——그건 거짓말이란 걸 알잖아요!
쉬히 씨——당신은 취소해야 합니다.
딕 쉬히——저의 말은……
폴론——아니, 난 하지 않을 거요.
쉬히 씨——덴비를 위하여 명예 회원들을 소집합니다…… 조용히, 조용히!……

쉬히의 집에서는 더욱 떠들썩하다: 이번에는 모의 의회이다. 조이스는 참가하지 않은 것 같았기에, 우리는 그가 혼자 떨어져 있는 것이 이러한 무의미한 장난보다 우월하다고 가정할 수도 있다. 《영웅 스티븐》에서 이 '의회 게임'은 다니엘 댁과 스티븐의 궁극적 권태로 인도하는 '상쾌한 황홀'과 연관되어 있다. 1890년 작. 버펄로 소장.

15

〔마린가에서: 가을 어느 저녁〕

절름발이 거지──(지팡이를 짚으며)…… 어제 내 등 뒤에서 나를 부른 게 너희들이지.

두 아이들──(그를 쳐다보며)…… 아니에요.

절름발이 거지──오, 맞아, 하지만……(지팡이를 아래 위로 흔들며)…… 하지만

내 말을 잘 들어…… 저 지팡이가 보이냐?

두 아이들──예.

절름발이 거지──등 뒤에서 날 부르면 저 지팡이로 너희들을 찢어 버리겠어. 간을 꺼내 버리겠단 말이야…… (혼자 설명한다)…… 내 말 들어? 너희를 찢어 버리겠어. 간과 눈을 빼 버리겠단 말이야.

1900년 마린가 여행의 또 다른 유물로서, 《영웅 스티븐》을 위한 조이스의 이 재작업은 그를 흥미 있게 한 장면의 특질을 나타낸다. 《영웅 스티븐》에서 그는 '너희 새끼들'과 같은 거친 말투를 사용하여 거지의 굉장한 저속함을 강조했다. 두 가지 경우에 거지는 매우 실질적이고, 매우 생생하며, 매우 저속하다. 22번에 따르면 이 마린가 장면은 위의 9번에 있는 장면과는 분리된다. 이 번호는 잘못 되었는지 모른다. 아니면 조이스가 스티븐을 마린가에 두 번 보낼 의도였을 수도 있다. 그러나 이 두 가지 에피파니들은 《영웅 스티븐》에서 똑같은 이야기로 사용되었다. 버펄로 소장.

16

하얀 안개가 서서히 내리고 있다. 나는 좁은 길을 따라 내려가 어느 웅덩이에 이르렀다. 무언가 웅덩이 속에서 움직이고 있었다. 그것은 거친 노란 털을 가진 북극 짐승이다. 지팡이로 찌르자 그가 물에서 일어섰을 때, 나는 그의 등이 엉덩이 쪽으로 경사져 있고 그가 매우 굼뜨다는 것을 알았다. 나는 두렵지는 않았지만, 내 지팡이로 가끔씩 그를 찔러 내 앞으로 오게 했다. 그는 앞발을 무겁게 움직이며 내가 이해할 수 없는 말들을 중얼거렸다.

아마 1901년에 쓰여진 꿈의 에피파니로, 이런 종류로 쓰여진 최초의 것들 중의 하나라고 스태니스라우스 조이스는 말한다. 버펄로와 코넬 소장.

17

〔더블린: 쉬히의 집〕

한나 쉬히——오, 분명히 떠들썩한 많은 군중들이 있을꺼야.

스케핑턴——사실상, 우리의 친구 조각스가 가끔 말하듯, 오합지졸의 날이 올꺼야.

매기 쉬히——(선언한다)—— 이 순간에도 오합지졸이 문곁에 서 있을지 모른다!

이 짧은 장면은 아마 1901년 11월 조이스가 그의 "오합지졸의 날(Day of the Rabblement)"을 스케핑턴의 수필과 함께 어느 팜플렛에 발표한 직후에 벌어졌을시도 모른다. 마가렛 쉬히는 입센의 《건축 청부입자(The Master Builder)》의 1막에서 반복되고 있는 주제를 빗대고 있는 조이스의 수필의 마지막 줄을 풍자적으로 인용하고 있다. 조이스-조각스가 이 풍자에 어떻게 반응했는지 알아보는 것은 흥미로운 일일 것이나, 이 에피파니 속에는 실마리가 거의 없다. 원고는 버펄로 소장.

18

〔더블린: 북부 순환로에서: 크리스마스〕

오켈러헌 양──(혀짧은 소리로 말한다)──제가 그 이름을 말했잖아요, 《도망친 수녀》 말이에요.

딕 쉬히──(큰 소리로)──오, 나는 그런 책을 읽고 싶지 않소…… 나는 조이스에게 물어 봐야겠소. 글세, 조이스 자네는 《도망친 수녀》를 읽어 본 적이 있나?

조이스──나는 어떤 현상이 이 시간쯤에 일어나는지를 관찰하지.

딕 쉬히──무슨 현상?

조이스──오…… 별들이 나타나지.

딕 쉬히──(오켈러헌 양에게)…… 이 시간쯤에 조이스의 코 끝에 별이 어떻게 나타나는지 관찰해 본 적이 있소?…… (그녀는 미소를 짓는다)…… 내가 그 현상을 관찰하기 때문이지.

(약간의 격려를 받은) 딕 쉬히의 호색적인 제목과 서투른 재치로 한 장난은 결국 조이스 자신이 곤경에 빠진 맥없는 야비성의 친숙한 함정을 의미한다. 그의 위치로 보아 우리는 이것을 1901년 12월로 추정한다. 버펄로 소장.

19

〔더블린: 글렌개리프 광장의 집에서: 저녁〕

조이스 부인——(심홍색으로, 떨면서 거실 문에 나타난다)…… 짐!
조이스——응?
조이스 부인——당신은 몸에 대해서 좀 아시나요?…… 어쩌면 좋아요?…… 조오지의 위장 구멍에서 뭔가가 흘러 나와요……
그런 일에 대해서 들어 본 적 있어요?

조이스——(놀라며)…… 모르겠는데……
조이스 부인——의사를 부르러 보내야 한다고, 당신 생각지 않으세요?
조이스——모르겠는걸…… 무슨 구멍?
조이스 부인——(초조하게)…… 우리 모두가 갖고 있는 구멍……여기(가리킨다)
조이스——(일어선다)

"그의 눈을 **빼라**"라는 에피파니처럼, 이것은 정말로 멋진 극적 장면이고, 그 속에서 극적인 형태의 냉담한 비인간성이 제시된 경험의 감정적 힘을 고양시킨다. 이것은 예술가의 마음속에서 관찰된 평범함도 아니고 기억할 만한 면도 아니다. 그것은 이렇게 얼음같이 차고 냉담한 형태 속에 막연하게 보존된 인생의 의미 있는 한 단편이다. 재작업을 하여 그것은 《영웅 스티븐》에서 이사벨의 죽음을 위하여 사용되었다. 실제 날짜는 1902년 3월. 버펄로 소장.

20

그들 모두는 잠들어 있다. 지금 나는 올라가려고 한다…… 어젯밤 내가 잠들었던 내 침대에 그가 누워 있다. 그들은 천으로 그를 덮고 동전으로 그의 눈을 가렸다…… 불쌍한 녀석! 우리는 종종 함께 웃곤 했지—— 그는 매우 가볍게 몸을 움직였는데…… 그가 죽다니, 정말 안됐다. 나는 다른 삶들처럼 그를 위해 기도할 수 없다…… 불쌍한 녀석! 그 밖에 다른 모든 것들도 그처럼 불확실하다니!

1902년 3월 남동생 조오지의 죽음에 대한 조이스의 감정 표현은 거의 꾸밈없이 직설적이다. 그러나 주검의 침상 맡에서 기도할 수 없음은 《율리시즈》의 중요한 주제들 중의 하나의 전조이다. 코넬 소장.

21

두 명의 문상객이 군중을 뚫고 들어온다. 여인의 치마 자락을 한 손에 쥔 소녀가 먼저 달려 왔다. 소녀의 얼굴은 칙칙하고 흐리멍덩한 눈을 한 생선의 얼굴이다. 여인의 얼굴은 시장 상인의 얼굴 모양으로, 작고 네모지다. 소녀는 입술을 일그러뜨리며, 울어야 할 시간인지 살피기 위해 여인을 쳐다본다. 여인은 평평한 모자를 매만지며, 장례 예배당을 향해 급히 걸어간다.

스태니스라우스 조이스에 의하면, 이 글은 사건이 있은 지 두서너 달 뒤에 제임스 조이스에 의하여 쓰여진, 1903년 8월에 있었던 그들의 어머니 장례에 대한 묘사다. 만일 스태니스라우스가 옳다면, 이 글이 제공하는 정보는 에피파니들이 이루어지는 과정에 대한 귀중한 통찰력을 우리에게 제공한다. 이 에피파니는 1902년 3월의 조오지 조이스의 죽음을 다룬 일련의 글 속에 포함되어 왔다. 이는 이러한 나열이 역사적이거나 혹은 전기적인 것이 아니요, 소재들이 그들의 심미적 관련에 따라 짜여진 창조적인 것이다. 이리하여 《영웅 스티븐》에서처럼, 이 에피파니는 스티븐의 누이동생 이사벨의 죽음에 대한 연속의 일부가 되었다. 조이스는 《율리시즈》에서 패디 디그남의 장례에서 블룸의 내적 독백의 일부로서 한층 창조적으로 사용함으로써, 다시 한번 그에 복귀했다.

22

〔더블린: 국립 도서관에서〕

　스케핑턴――자네 동생의 죽음의 소식을 듣게 되어 유감이었어……
우리가 제 때에 알지 못해서…… 장례식에 참석 못한 것을 미안하게
생각해……
　조이스―― 오, 그는 너무 어렸고―― 소년이었지……
　스케핑턴―― 아직도…… 그건 가슴 아픈 일이야……

　이 비밀스럽고 기이한 장면은 이사벨의 죽음과 관련해서《영웅 스티븐》에서 인용된 것으로, 실제로 1902년 3월에 사망한 젊은이인 조오지의 죽음과 연관된다.《영웅 스티븐》에서의 문맥은 우리에게 그것의 의미에 대한 우리의 단서를 제공하고, 다른 에피파니에 대한 편집자의 비평적인 논평들은 마음 속의 이러한 에피파니에 대한 조이스의 해석과 병행하여 이루어졌다. 문맥상 이 대화는 "그 순간에 도달한 것은 스티븐에게 비설득력의 정점으로 보인다"고 한 조이스의 논평을 뒤따르고 있다. 우리는 이러한 극적 에피파니들의 많은 것은 조이스에게는 무엇인가――비속성, 진부함, 무미건조함, 사소함―― 의 정점을 상징한다고 추정할 수도 있다. 그러나 때때로 우리는 독자들이 알아차리기에는 너무도 희귀한 개인적인 하나의 의미를 추측해야 한다. 그러나 이런 경우에 이 에피파니에서 스케핑턴의 형식적인 감상과 19번째 에피파니에서 발생하는 조이스의 진정한 감정 사이의 대비야말로 의미심장하고 실수의 여지가 없다. 순서대로 배열될 때, 이러한 에피파니들은 조이스가 말없는 논평의 방식으로 적용하기를 즐겼던 의미심장한 대비들을 위한 하나의 문맥을 제공함으로써 서로간의 힘을 강화하고 있다. 원고는 버펄로 소장.

23

그것은 춤이 아니다. 사람들 앞으로 내려가라, 소년아. 그리고 그들을 위해 춤추어라…… 그는 검은 옷을 입고, 다수들 앞에서 춤추기 위해 유연하고 진지하게 밖으로 뛰어 나간다. 그를 위한 음악은 없다. 그는 손발을 천천히 부드럽게 움직이면서, 동작에서 동작을 거치면서, 젊음의 모든 은총과 간격 속에서 그가 소용돌이치는 몸, 허공에서 돌아가는 한 마리 거미, 하나의 별처럼 보이는 것처럼 될 때까지 원형극장 한참 아래서 춤추기 시작한다. 나는 그에게 찬사의 말들을 소리치길 원하고, 대중들의 머리 위로 "보아라! 보얼!" 하고 도도하게 소리치고 싶다…… 그의 춤은 매춘부들의 것이 아니라 헤로디아스(Herodias: Herod Antipas의 후처로 살로메의 어머니: 살로메를 부추겨서 세례자 요한을 죽이도록 헤롯왕에게 간청하게 했다. 성서 마르코 6장 17-28절 참조—역주)의 딸들이다. 그것은 사람들 사이에서 갑작스럽고 젊고 남성적인 모습으로 솟아올랐다가, 그것의 승리 위에서 죽은 흐느낌 속에서 다시금 땅으로 떨어진다.

(스태니스라우스 조이스에 의하면) 조이스가 그의 죽은 동생인 조오지에 대해 꿈꾸었던 하나의 꿈의 에피파니. 코넬 소장.

24

그녀의 팔이 잠시 나의 무릎에 놓여 있다가 물러갔고 그러자 눈은 한순간——그녀의 비밀스럽고, 주의 깊게 지키는, 숨겨진 정원을——드러내었다. 나는 그녀와 같은 사람을 위해 만들어졌던 빨간색과 흰색의 조화와, 그녀의 이름과 영광들을 말했던 것, 그녀에게 결혼을 위하여 일어나 떨어져 오라고 명령했던 것, 그녀에게 아마나(Amana)로부터 그리고 표범의 산으로부터 배우자를 내다볼 것을 명령했던 것을 기억한다. 그리고 모든 신비가 사라지면서 몸과 마음의 완벽한 부드러움에 대해 응답했던 것을 기억한다: Inter ubera mea commorabitur(그는 내 가슴 위에 눕게 될 것이다).

여기서는 〈솔로몬의 아가〉의 반응과 함께 한 미지의 에피파니가 되고 있다. 라틴 구절 (그는 내 가슴 위에 눕게 될 것이다)은 불가타(Vulgate) 구약의 〈노래 중의 노래〉(1장 12절)로부터 인용되었다. 《초상》을 위하여 조이스는 이 문장을 재구성했는데, 그것을 일부러 정신적 의미로 해석했다. 코넬 소장.

25

빠르고 가벼운 소나기는 끝났지만, 검은 대지로부터 수증기가 피어오르는 안뜰의 관목들 사이에는 다이아몬드 송이(이슬)들이 머무르고 있다. 가로수 길에는 사월을 즐기는 소녀들이 있다. 그들은 의심스러운 시선을 한 채, 산뜻한 부츠의 또닥거리는 소리와 예쁜 페티코트가 사각거리는 소리를 내며, 교활한 각도로 펴진 가벼운 무기인 우산 아래에서 암자를 떠나고 있다. 그들은 봄의 아름다운 약속, 저 영예로운 사절⋯⋯을 들어 왔던 수녀원——차분한 복도와 소작한 기숙사, 흰 묵주의 시간들이 있는——으로 되돌아오고 있다.

비가 쓸어가 버린 한 농촌의 가운데, 모호한 햇빛을 차단하는 유리창이 있는, 하나의 높고 평범한 건물이 서 있다. 시끄럽고, 배고픈, 삼백 명의 소년들이 긴 탁자에 앉아 바닷가 거북의 기름과 땅의 아직 요리되지 않은 지방(脂肪)과 야채로 장식된 쇠고기를 먹고 있다.

이 에피파니는 그 효과를 위하여 차분하고 보호되는 소녀들의 삶과 저속하고 세속적인 소년들의 상황 사이의 대조에 의존하고 있다. 좀더 상세히 말하면, 이 문단은 《영웅 스티븐》에서 사용되었고, 《초상》을 위하여 스티븐에게 그의 19행 2문체 시의 작문에 바로 선행하는 E.C.의 자비로운 시각을 제공하기 위해 재구성되었다. 코넬 소장.

26

그녀는 약혼을 했다. 그녀는 그들과 둥글게 춤추고 있는데, 춤을 출 때면 하얀 드레스가 살짝 살짝 올라가고, 머리에는 하얀 나무 가지 모양의 장식을 하고 있다. 시선은 약간 돌려져 있고 볼에는 엷은 홍조를 띠고 있다. 그녀의 손이 잠시 내 손안에 머물렀고 그 손은 가장 부드러운 천과 같다.
——당신은 이제 여기 좀처럼 오지 않지요.——
——네. 은둔자가 되가는 것 같아요.——
——요 전날 당신 오빠를 봤어요…… 당신과 비슷한 점이 많아요.——
——그래요?——
그녀는 그들과 둥글게 춤추고 있다——누구에게도 몰두하지 않고 공평하고 신중하게. 그녀가 춤을 출 때면 하얀 가지 모양의 머리 장식에서는 물결이 일고, 어둠 속에서 볼의 홍조는 더욱 짙다.

스태니스라우스 조이스에 의하면, 이 장면——조이스의 엄숙함과 침묵이 소녀의 억제된 유쾌함과 대조되는——은 조이스가 고가티에게서 빌린 야회복을 입고 갔던 쉬히의 집에서의 파티를 실제로 묘사하고 있다. 약혼한 쉬히가의 이 소녀는 아마도 조이스의 친구 스케핑턴과 결혼한 한나일 것이다. 여동생 매리와 함께 그녀는 《영웅 스티븐》과 《초상》의 엠머 크러리에게 다소 영향을 주었다. 《초상》에서 이 에피파니는 회상으로 다시 쓰여지고, 특히 스티븐의 경우 대화는 더욱 간결해지고 재치를 띠게 된다. 코넬 소장.

27

 우울한 여름 밤, 어떤 감촉으로도 감동시킬 수 없는 지친 여인처럼, 꿈에서 꿈이 없는 잠으로 변해 버린 마을의 침묵을 뚫고 더블린의 거리에 발굽 소리가 희미하게 들린다. 발굽 소리는 다리에 가까워지자 그다지 희미하지 않게 들린다. 어두운 창을 지나는 순간에는 마치 화살에 쏘인 때처럼 침묵은 공포로 깨어진다. 이제 발굽 소리는 멀리 들린다---침울한 밤에 빛나는 다이아몬드처럼 발굽 소리는 회색의 늪을 지나 어느 목적지로——누구에게로——무슨 소식을 가지고 서둘러 가고 있는가?

 이 에피파니는 모험에 대한 보편적인 동경을 묘사하려는 시도로 보인다. 이것은 《초상》의 마지막에 있는 일기의 한 페이지인 듯하며, 스티븐은 '모호한 정서에 대한 모호한 말'처럼 다소 풍자적인 견해를 보이고 있다. 코넬 소장.

28

파도가 희미하게 빛나고 있는 달이 보이지 않는 밤. 배가 몇 개의 불이 밝혀진 항구로 들어 가고 있다. 바다는 무자비한 굶주림의 포로가 되어 막 달려 들려고 하는 짐승의 눈처럼 무디어진 분노로 충만하여 불안전하다. 육지는 평평하고 듬성듬성 나무가 심어져 있다. 많은 사람들이 항구로 들어오는 배가 어떤 배인지 알아보려고 해변에 모여 있었다.

꿈의 에피파니. 코넬 소장.

29

   기다랗게 휘어진 화랑: 바닥에서 검은 환영들의 기둥이 솟아나고 있다. 화랑에는 돌 위에 세워진 전설 속의 초상들이 늘어서 있다. 그들의 손은 피곤함을 들어내며 무릎 위에 포개져 있고, 그들의 눈은 어두운 환영처럼 영원히 그들 앞에 일어서는 인간의 잘못 때문에 어두워져 있다.

   《초상》에서 꿈으로 사용된, 꿈의 에피파니. 코넬 소장.

30

팔과 목소리의 주문(呪文)——길들의 하얀 팔들, 그것들의 가까운 포옹의 약속과 달을 향하여 선 큰 배들의 검은 팔들, 그들의 먼 나라들의 이야기. 그들은 계속해서 말한다: 우리는 홀로 있다——오너라. 그리고 목소리들도 그들과 함께 말한다: 우리들은 그대들의 사람들이다. 그리고 그들이 갈 준비를 하며, 미친 듯이 무서운 젊음의 날개를 흔들며, 나에게 그들의 친척을 불러 줄 때, 그들의 동행으로 분위기는 무겁다.

이것은 지극히 중요한 에피파니이다. 그 속에 우리는 조이스가 다이더로스의 신화로 그 자신을 치장하기 시작함을 알 수 있다. 그는 《영웅 스티븐》과 《초상》에서 스티븐이 파리로 떠나기 직전에 그것을 사용했는데, 초기 판에서는 삼인칭 서술로 그것을 바꾸어 놓았고, 《초상》에서는 스티븐의 일기를 통하여 일인칭 시점(時點)으로 돌려놓았다. 코넬 소장.

31

여기 우리, 나그네들이 함께 모였다. 꼬불꼬불한 길 한가운데 밤과 침묵으로 가까이 덮인, 여기서 우리가 함께 산다. 우정 속에 우리는 함께 쉬고, 매우 만족하며, 우리가 걸어온 길의 꼬불꼬불함을 더 이상 생각지 않는다. 허리의 꼴사나운 움직임으로 사납고 열정적이게, 홍수처럼 미세하고도 중얼거리는 듯한 어둠으로부터 나에게 다가오는 것은 무엇인가? 공중에 독수리 대 독수리로, 극복하기 위하여 울고, 사악한 방종에 소리치는 것처럼, 나로부터 대답하며 소리치면서, 뛰어 오르는 것은 무엇인가?

우리는 여기서 또 다르며 매우 다이더로스적인 문구를 쓴 조이스를 발견하는데, 스태니스라우스 조이스에 다르면, 이것은 1903년 후반기에 나온 것으로, 조이스의 "피리 부는 시인(piping poet)"의 마지막을 기록한다. 코넬 소장.

32

사람들은 진창길을 지나서 울타리로 모여든다. 뚱뚱한 여자 한 명이 드레스를 대담하게 올리고 오렌지 주스를 빨고 있다. 창백한 젊은이 한 명이 런던 말씨를 쓰면서 소매에서 술병을 교묘히 꺼내 마신다. 키가 작달막한 노인이 우산 위에 쥐를 가지고 다닌다. 무거운 긴 구두를 신은 경찰이 노인을 다그치고 우산을 빼앗는다. 그 작은 노인은 사라져 버린다. 말 파는 사람들이 이름과 가격을 고함지르며 부르고 있다. 그 중 한 명이 어린 아이처럼 소리를 지른다. "귀여운 놈이요!", "귀여운 놈!"······ 사람들은 늪지를 지나 이리저리 휘청거리며 울타리로 모여들고 있다. 어떤 사람들은 그 경기가 계속되고 있느냐고 묻는다. 대답은 '예'와 '아니오'이다. 악대가 연주를 시작한다······ 아름다운 갈색 말이 노란 색 옷을 입은 기수를 태우고, 햇빛 속으로 번개처럼 사라진다.

어쩌면 다른 꿈과 관련된 이 에피파니는 다음 두 가지의 대조되는 사실, 즉 더럽고 평범한 사람들이 늪에서 모여든다는 것과 아름다운 말과 기수가 햇빛 속으로 사라진다는 것—이 두 가지의 대조로 인해 그 효과가 나타난다. 버펄로 소장.

33

그들은 큰 거리를 삼삼오오 떼를 지어 지나간다. 마치 자신들을 위해 불이 켜진 그 곳에서 한가로운 시간을 보내고 있는 사람들처럼. 그들은 과자 가게에서 재잘거리면서, 페스츄리 조각을 부셔 먹으면서, 혹은 카페 문 옆에 놓인 테이블에 앉아 있다. 혹은 간음하는 여인의 목소리 같이 부드러운 옷을 바삐 움직이면서 마차에서 내린다. 그들은 향기를 발산하면서 지나간다. 그 향기 아래에서 몸뚱이는 따뜻하고 습한 냄새를 풍긴다…… 아무도 그들을 사랑하지 않았고 그들 역시 자신을 사랑하지 않았다. 그러니까 그들은 받은 것은 있어도 아무 것도 주지 않았다.

1902-1903년 파리에서의 한 장면. 조이스는 여기에서 매춘의 핵심을 다루려 한다. 이 에피파니의 단편이 《율리시즈》에서는 거의 알아볼 수 없을 정도로 개조되어 나타난다. 이 에피파니와 다음에 나오는 에피파니는 스티븐이 파리를 출발한 뒤에 쓰여진 것이다. 그래서 《영웅 스티븐》과 《초상》에서는 이것이 사용되지 않았다. 코넬 소장.

34

 그녀는 밤에 도시가 조용할 때 다가 온다. 보이지 않게, 들리지 않게, 전혀 불청객으로. 그녀는 그녀의 고대의 자리에서 그녀의 아이들의 막내를 방문하기 위해 온다, 가장 존경하는 어머니, 마치 그 아이가 그녀에게는 떨어져 있지 않았듯이. 그녀는 심중(心中)을 알고 있다. 그런고로 그녀는 상냥하고, 전혀 엄하지도 않다. 나는 나의 아이들의 마음 속에 어떤 변화, 어떤 상상적 영향을 알 수 있겠는가, 하고 말하면서. 네가 낯선 사람들 사이에서 슬플 때 누가 너를 동정하랴? 몇 년이고 몇 년이고 나는 네가 나의 자궁 속에 있을 너를 사랑했노라.

 스태니스라우스 조이스는 이것은 그의 형님이 1902-3년에 파리에 사는 동안 쓴 꿈의 에피파니라고 말한다. 꿈 속에 조이스는 그의 어머니의 방문을 받았으며, 그녀의 이미지는 성모 마리아의 그것과 함께 혼돈되고 뒤엉켰다. 이는 조이스에게 《율리시즈》에서 그의 자신의 생활 속에 어머니의 영이 오락가락 하는 스티븐을 위한 토대를 마련해 주었다. 원고는 버펄로와 코넬 소장.

35

〔런던: Kennington에 있는 어떤 집에서〕

　에바 레슬리── 그래, 모디 레슬리 누이고 그리고
프레드 레슬리는 나의 오빠야──프레드 레슬리를 들어 봤니?……
(생각에 잠기며)…… 오 그는 엉덩이에 털도 안난 상놈이야…… 그인
지금 없어……

　(나중에)

　나는 너한테 누군가가 나하고 하룻밤에 열 번을 함께 잤다고 말했
지…… 그게 프레드란 말이야…… 나 자신의 오빠 프레드…… (생각
에 잠기며)…… 그인 잘생겼어…… 오 난 프레드가 좋아……

　그의 숫자로 보아 우리는 이것이 조이스가 1902년 크리스마스 때 파리에서 귀가하는 도중 런던을 지나며 들은 말로 간주할 수 있다. 이는 확실히 창녀와 화류계 여인에 대한 그의 계속적인 관심의 예로서, 야비한 육체를 통명하게 그리고 직접적으로 기록하고 있다. 이 사건에서 조이스는 《율리시즈》에서 병사 카(Carr)의 말씨를 살리기 위하여 '엉덩이에 털도 안 난(whitearsed)'이란 멋진 표현을 구사할 수 있었다. 이는 의심의 여지없이 한 영국의 화류계의 입에서 나온 이 말을 영국 외교관인 헨리 카라는 이름을 딴 자의 입 속에 담게 함으로써 특별한 홍미를 느꼈던 것이다.

36

그래요, 그들은 두 명의 자매들이다. 튼튼한 팔로 버터를 휘젓는 여인은 어둡고 불행해 보인다(그들의 버터는 유명하다). 다른 여인은 자기 고집대로 할 수 있어 행복하다. 그 여인의 이름은 리나. 나는 그들의 언어 가운데 'to be'라는 동사를 이해한다.

——당신은 리나입니까?——

나는 그녀가 그렇다는 것을 알았다.

그러나 여기 그 사람은 꼬리가 있는 코트와 구식 높은 모자를 쓰고 있다. 그는 여인들을 무시한다. 그는 코트 꼬리를 내밀은 채 조그마한 보폭으로 걸어간다…… 세상에! 얼마나 그가 왜소한지! 그는 틀림없이 연로하고 허영스럽다…… 어쩌면 그는 내가 생각한 대로…… 가 아닐지 모른다. 이 두 덩치 큰 여인이 이 왜소한 남자를 두고 불화가 생긴 것은 우스꽝스러운 일이다…… 그러나 당시 그는 세상에서 가장 위대한 사람이다……

스태니스라우스 조이스에 의하면 또 다른 꿈의 에피파니. 이 에피파니의 주체자는 입센이다. 화자의 진부한 시각을 통해 나타나는 이 예술가-주인공의 이러한 견해는 입센을 약간 우스꽝스럽게 보이게 하지만, 동시에 조이스의 성숙한 문체의 전형적인 애매 모호한 아이러니로 그의 위대성을 강조한다. 버펄로 소장.

37

나는 미지근한 기름 냄새가 나는 기관실을 마주보는 갑판에 누워 있다. 거대한 안개가 프랑스 절벽 아래 돌출부에서 돌출부로 해안을 감싸며 깔리고 있다. 안개벽 너머 성모라는 검고 거대한 성당 속에서, 나는 거기 제단 앞에 밝고 평온하게 노래하는 소년들의 목소리를 듣는다.

스태니스라우스 조이스는 조이스가 그의 유명한 전보인 "무(母) 위독 귀가 부(父)"를 받고 난 뒤 '디이페에서 뉴 헤이븐까지 가장 값싼 항로'를 통해 1903년 4월 파리에서 돌아올 때 우리를 위해 이 장면을 알려 준다. 이 같은 에피파니에서 종종 그러하듯이 효과는 대조에 달려 있다. 즉 이 장면에서 기름 냄새가 물씬나는 가운데 조이스와 제단 앞의 합창단 소년들과의 대조 말이다. 버펄로와 코넬 소장.

38

〔더블린: 성 피츠보로 콘노트의 모퉁이에서〕

꼬마 사내 아이——(정원 문간에서)…… 아…… 이야
젊은 여인 1——(반쯤 무릎을 구부린 채로, 그의 손을 잡는다)——글쎄, 마비가 네 애인이지?
꼬마 사내 아이——아…… 이야
젊은 여인 2——(소년 위로 몸을 구부리며, 위로 쳐다본다)——누가 너의 애인이지?

분명히 진부함과 속됨을 보여 주는 것으로, 이 무미건조한 이야기는 《율리시즈》의 노오시카 장에 새겨져 있다. 버펄로 소장.

39

그녀는 가슴에다 책을 가볍게 든 채, 그 내용을 읽으며 서 있다. 그녀의 짙은 색 옷을 배경으로, 온화한 얼굴에 내리깐 눈매를 지닌 그녀는 빛을 받아 그 윤곽을 드러낸다. 그리고 아무렇게나 앞쪽으로 당겨 쓴 접은 모자에서 갈색 곱슬 곱슬한 머리카락이 장식 술처럼 내려 있다……

그녀는 무슨 내용을 읽고 있을까——원숭이에 관해서, 이상한 발명품에 관해서, 또는 순교자들의 전설인가? 이 라페에로의 미인이 얼마나 깊이 사색에 잠겨 있는지, 얼마나 추억에 잠겨 있는지 누가 알랴?

만일 조이스가 이탈리아의 화가의 실제 작품을 의중에 두고 있다면, 그건 신분을 밝히기가 어렵다. 아마 삶에서의 한 장면이 조이스의 마음에 이 화가의 초기 작품을 회상케 했을 것이고, 이를 배경으로 책에 이따금 등장하며, 그로 하여금 패터풍(Patersque)의 어법을 채택하도록 했을 것이다. 버필로와 코넬 소장.

40

오코넬 가에서:
(더블린: 하밀턴 론의 약제사에서)

고가티——그건 고가티 줄건가요?

약제사의 조수——(쳐다본다)——그래요…… 지금 대금을 치르시겠어요?

고가티——아니, 청구서에 써넣으시오. 그리고 그걸 보내시오. 주소는 알지 않소.

(펜을 집는다)

약제사의 조수——그-래요.

고가티——루트랜드 광장 5번지

약제사의 조수——(글을 쓰며 반쯤 혼자 말로) …… 5 …… 루트랜드…… 광장이라.

1903년 또는 1904년의 이 작은 장면에 대한 단서는 고가티의 주소와 조이스의 그에 대한 태도에서 찾을 수 있다. 그것은 좋은 주소, 즉 청구서를 보내고 지불을 기대할 수 있는 주소이다. 이 모든 것은 조이스의 계속적으로 바뀌는 거주지들과 변함없는 회계 습관과는 퍽 다르다. 고가티에 대한 조이스의 모든 질투와 두려움은 저 마지막 루트랜드를 강조하는 데서 나온다. 우리가 앞서 22번 에피파니에서 스케핑턴의 '불확실성'을 보듯이, 우리는 아마도 여기에서 고가티의 자아 확신과 모든 것을 알고 있다는 듯한 태도를 볼 수 있을 것으로 기대된다. 그러나 조이스가 이 장면에 있지 않고 그 밖에 서 있지만——'손톱을 다듬으면서' 또는 그가 듣는 대화를 암기하려고 애쓰면서——이는 우리가

물려 받아 가지고 있는 고가티에 대한 초상화이다. 대부분의 작가들에게처럼 조이스에게 모든 초상화는 예술가의 초상화들이다. 이 에피파니는 특히 가치가 있는 것으로, 그 이유인즉 이는 손질하지 않은 초고이요——우리가 갖고 있는 에피파니의 유일한 초고——그리고 그가 포착하고 있던 순간을 극화하고, 그의 질을 정확하게 하기 위하여 고심한 충분한 증거를 우리에게 보여주기 때문이다. 더욱이 이는 이 에피파니(본 장의 서론의 소재 속에 재 인쇄된)에 대하여 고가티의 견해를 어느 정도 지니고 있다. 이 에피파니에 대한 고가티와 스태니스라우스 조이스의 견해는, 만일 우리가 스태니스라우스가 마음 속에 주로 이러한 종류의 이야기를 지니고 있다는 것을 기억한다면, 외관상 보이듯 그렇게 서로 멀리 떨어져 있지 않다. 그것은 그가 자신의 《산문 선집》에 수집했고 고가티는 자신이 등장하는 곳에서 이와 같은, 극적 종류를 마음에 지니고 있다. 원고는 코넬 소재.

작품해설

Ⅰ. 《피네간의 경야(經夜)》에 대하여
Ⅱ. 제임스 조이스의 시(詩)에 대하여
Ⅲ. 제임스 조이스의 에피파니에 대하여

□ 해설 Ⅰ

《피네간의 경야》에 대하여

1. 《피네간의 경야》 개요

《피네간의 경야(*Finnegans Wake*)》의 얽히고 설킨 환중환(環中環)의 이야기의 줄거리를 탐색하기란 너무나 힘겨운 일이다.

다음은 애덜린 글래쉰(Adsaline Glasheen)의 저서 《피네간의 경야 조사(*A Census of Finnegans Wake*)》에 수록된, 《피네간의 경야》의 개요를 번역하여 전재한 것이다.

제1부 제1장(pp. 3~29) 경야

부활 신화는 '피네간의 경야'란 민요로써 구체화된다. 바이그메스터 피네간(Bygmester Finnegan)은 그의 관(棺)에서 일어나려고 하지만, 평화만을 바라는 당시의 이웃 사람들은 그를 제지한다. 이야기는 과거의 지식을 얻거나 잘못 해석하려는 다양한 방법들을 명하는 여담들 때문에 끊기기는 하나 비교적 솔직담백하게 진전된다. '뮤즈의 방(The Musey room)'의 삽화(pp. 8~11)는 시각적 및 플라스틱 예술과 동일하다. 당대의 기록물인 연대기(pp. 13~14) '무트와 주트(Mutt and Jute)'(pp. 15~18), 고고학적 인류학과 유사과학, '프란크퀸(prankquean)'(pp. 21~23), 문학 등의 서술.

제1부 제2장 (pp. 30~47) 민요

관 위에다 주인공을 끌어내린 뒤, 시민들은 끊임없이 그에 관한 정보를 탐색하기 시작한다. 왜 그는 떨어졌던가? 어떻게 하여 험프리 침프든 이어위커(Humphrey Chimpden Earwicker)〔이제 주인공은 이렇게 불리는지라〕는 그의 별명을 이렇게 붙였던가? 한 가지 설명에 의하면, 이 이름은 그의 임금님이 착하고 충실한 어떤 부하에게 부여한 것이라 한다. 또 다른 설명에 따르면, 일련의 불행, 루머, 스캔들, 그리고 원한이 이와 같은 이름을 붙여 주었고 또 쌍스런 '퍼스 오레일리의 민요(Ballad of Persse O'Reilly)'의 대중 공연을 가져왔다는 것이다. 이 민요에 의하면 H.C.E.는 동성연애나 신교도주의와 같은 치명적인 죄 때문에 비난을 받는다. 계급분쟁에 관한 비코(Vico)의 저서를 읽으면, 이 장은 별반 어려움이 없을 것이다.

제1부 제3장 (pp. 48~74) 험담

제2장에서 루머는 더블린을 통하여, 즉 공간을 통하여 움직였다. 이제 그것은 시간을 통하여 움직이고 마침내 제2장의 사건들은 자세히 강조되고 변형됨으로써 인식에서 사라진다. 시간은 H.C.E.에 대한 증오를 부드럽게 만든다. 그의 죄는 아마도 동성연애가 아니고 이성(異性)연애였으리라. 아마도 그가 죄를 스스로 지었다기보다는 남들이 그로 하여금 죄를 짓게 했는지도 모른다. 그는 아마도 죄를 전혀 짓지 않았는지도 모른다. 그는 자기를 비방한 적을 용서하거나 축복했던 성자(聖者)였을 것이다. H.C.E.는 원상(原狀)을 되찾게 됨으로써 흥미를 덜 띠게 되고, 대중은 그들의 관심을 그의 적에게로 돌린다.

제1부 제4장 (pp. 75~103) 사자(獅子)

그의 이웃 사람들의 소문에도 불구하고 H.C.E.는 무덤 속에 머물러 있지 않을 것이다. 그는 무덤을 파헤치고 도망친다. 한편 시민들은 적을 확인하며 자신들의 관심을 처형하는 데로 돌린다. 재판이 벌어지고, 극심한 논쟁을 벌이는 증언을 통하여 죄수는 한 쌍의 쌍둥이 자식을 갖고 있음이 입증된다. 법률은 어느 쌍둥이가 죄가 있는지를 결정할 수 없다. 그러나 대중의 여론은 샤운(착한 쌍둥이)을 영웅으로 삼고 쉠(나쁜 쌍둥이)을 비난한다. 쌍둥이는 이어위커의 자식들인데, 그들은 죽었거나 사라졌거나 아니면 성소(聖所)의 죄수가 되었을지도 모를 자기들의 아버지를 덮어 감추기 위하여 나타난다. 이 쌍둥이들은 지금까지 인간의 실재(實在)를 너무나 자주 감추어 왔던 선과 악의 양극을 대표한다.

제1부 제5장 (pp. 104~125) 암탉

이어위커의 아내 아나 리비아는 남편의 어려움을 스스로 설명해 왔지만, 이 작품의 마지막 장까지 그것을 제시하도록 허락되지 않는다. 그러나 그녀의 아들 쉠(샤운이 언제나 그의 아버지 쪽으로 끌림에 따라 그는 자신의 아버지로부터 언제나 이탈한다)이 그녀 대신 한 마리의 작은 암탉이 퇴비 더미에서 파낸 이 편지의 단편에 대하여 홍수 같은 박식과 명석한 설명을 쏟는다. 쉠은 이 단편에 대한 감각을 일부러 암담케 하려고 애를 쓰고 본문 해석에 대한 한 가지 매력 있는 희작(戲作)과 한층 고답적인 비평을 가져온다. 이 모든 것은 결국 학문과 기지(機智), 그리고 씌어진 언어야말로 인기 있는 루머가 그러하듯 믿을 것이 못 됨을 알려 준다.

제1부 제6장 (pp. 126~168) 12가지 질문

샤운이 이제 그의 차례가 되어 만사를 혼동 속에 몰아넣는다. 그의 만연된 이기주의, 그 자신이 정말로 명석하지 못하다는 슬픈 인식 속에 그는 자신의 아버지를 과장하고 그의 다른 관계들을 훼손한다. 샤운은 12가지 질문을 제출하고 한 대중연설에서 그에 따른 대답을 하지만, 그의 쌍둥이 동생에 대한 증오의 강박관념 이외에 드러내는 것이라곤 별로 없다. 샤운은 질문이 바뀔 때마다 자신을 놓쳐 버리고 이를 알지 못하기 때문에 깊은 슬픔에 빠진다. '무크스와 포도(the Mookse and the Gripes)', '버러스와 케이시어스(Burrus and Caseous)'는 성공담이 못 되지만, 샤운은 그것들이 성공담인 양 이야기한다.

제1부 제7장 (pp. 169~195) 문사(文士) 솀

이 장은 샤운의 12번째 질문의 해설이다. 그것은 그가 치명적으로 묘사한 일종의 예술가의 초상이다. 솀의 생애는 조이스 자신의 그것을 닮고 있으며, 솀이 퍼붓는 공격은 그에 대해 비우호적인 비평가들의 그것과 닮고 있다. 조이스는 자기 자신의 고통과 그의 박해감을 충분히 동화하지 못하고 있는 듯이 보인다. 그리고 이 부분은 아주 읽기 쉽긴 해도 읽는 이를 몹시 슬프고 당황하게 만들고 있다. 결국 자비로서의 솀은 정의로서의 샤운을 넘어 그의 어머니에게 선택된다. 샤운은 생자(生者)를 죽이고, 솀은 멍청이로 하여금 말하게 한다.

제1부 제8장 (pp. 196~216) 아나 리비아 플루라벨

솀을 위하여 말하는 그 별난 멍청이는 리피강의 양둑에서 불결한 린넨천을 비비는 빨래하는 두 아일앤드 여인들이다. 그들은 강의 화신으로서 또는 강의 요정으로서의 아나 리비아에 관해 험담을 즐기고 있다. 그녀의 애인들, 그녀의 남편, 그녀의 아이들, 그녀의 간계, 그녀의 번뇌, 그녀의 복수 등 모든 것이 마치 작은 강 그 자체의 소리처럼 흐르는 시, 산문의 형식으로 연관되고 있다. 이러한 험담은 종말에서 일종의 자비의 형식으로 끝난다. 두 여인들은 밤이 다가옴에 따라 각기 나무와 돌멩이로 변하고, 그리하여 새로운 기원이 시작된다.

제2부 제1장 (pp. 219~259) 미크의 미미, 니크 그리고 마귀들

이 장은 환상 속의 환상의 이야기로서, 《피네간의 경야》 가운데 가장 어려운 곳으로 간주되고 있다. 이어위커의 아이들이 초저녘에 문밖에서 경기를 하며 놀고 있다. 그들의 놀이는 성 미가엘(샤운 또는 처프)과 사탄(쉠 또는 글러그) 간의 천국의 전쟁 형태를 나타낸다. 그러나 그들의 싸움의 직접적인 목적은 그들의 누이동생인 이씨(Issy)다. 그들의 싸움에서 어느 쪽이 승리를 거두는지는 분명치 않으나, 아이들이 학습을 위하여 집안으로 불려 들어가고, 비코(Vico)의 초기 인간이 문명을 건설하기 위하여 동굴로 불려 들어감으로써 이 장은 끝난다. 쉠은 오히려 불쾌스런 사탄인데 그의 행동은 조이스 자신의 그것과 평행을 이룬다. 그러나 여기서 조이스는 박해감을 소화하는 듯이 보인다.

제2부 제2장 (pp. 260~308) 학습

이 장은 하느님에 의한 인간의 창조 그리고 인간에 의한 인간의 창조의 이야기다. 아이들이 그들의 학습을 행하고 쉠은 샤운에게 기하학 학습에 있어서의 창조를 가르친다. 이 장은 학습 교재의 형식으로 제시되며 각주와 가장자리 주석으로 완성되고 있다.

제2부 제3장 (pp. 309~382) 주점

그의 주점에서 대접하는 H. C. E.에게로 이야기는 되돌아간다. 그의 고객들은 술을 마시고 논쟁을 하며 TV 드라마를 시청하는데, 이 드라마는 H. C. E. 자신과 긴밀한 연관을 맺고 있다. 이 중 〈노르웨이 선장(The Norwegian Captain)〉이란 드라마는 젊은 험프리가 어떻게 하여 커

쓰라는 양복상과 싸웠으며 아일랜드 소녀와 결혼하고 기독교에 귀의하는지를 말해 준다. 〈버클리의 러시아 장군 사격(How Buckley shot the Russian General)〉이란 드라마는 그의 아들(솀)의 손에 의한 그의 죽음을 말해 주고 있다. 마지막으로 H.C.E.는 자신이 아일랜드의 최후의 왕인 로더릭 오코너의 이야기를 몸짓을 섞어 가며 이야기하는 듯 보인다. 주점에 홀로 남은 H.C.E.는 그의 딸이자 아내가 한층 젊은 사내를 남편으로 택한 것을 인식하고, 그의 손님들의 남긴 술찌꺼기를 마시고 취하게 된다.

제2부 제4장 (pp. 383~399) 마마루조

매트 그레고리, 마크 라이언즈, 루크 타르피, 조니 맥도걸 네 노인──그들은 지금까지 한갓 그림자들에 불과했다──은 콘윌의 나이 먹은 사도 마가를 떠나 바다 위로 떠나가는 트리스트람과 이주드의 허니문을 살펴본다. 이 노인들은 떠들썩하고 탐욕적이며 무능하고 고뇌에 빠져 있다. 그들은 애인들을 곁눈질하고 역정스런 역사의 기억들의 불연속적 흐름을 지껄여댄다. 이 장의 끝에서 그들은 차례로 이 씨에게 소야곡을 들려주며 그녀더러 자신들에게 호의를 베풀라고 간청한다.

제3부 제1장 (pp. 403~428) 배달부 샤운

회색의 당나귀(네 노인들의 소유물)가 이 장의 이야기를 서술하며 샤운에게 그가 지니고 있는 편지에 관하여 일련의 질문을 한다. 샤운은 정말로 그 편지에 대해서 아는 바 없고, 단지 아나 리비아와 솀이 그것을 썼으며, 자신은 그것을 전달하도록 임명되었을 뿐이라고 한다. 솀에 대한 샤운의 불면(不眠)의 불만이 다시 되살아나고, 그들 자신의 우위를 증명하기 위하여 '온드트와 메뚜기(The Ondt and the Gracehoper)'

라는 이야기를 한다. 이 장의 샤운은 배달부인 부시코의 시인에게 뭔가를 빚지고 있지만 조이스는 그가 실지로 리피강을 따라 굴러 내려오는 맥주통에 불과하다고 말한다. 그러자 샤운은 사탄으로서 쉠의 역할을 인계받는다.

제3부 제2장 (pp. 429~473) 조운

이제 조운이 된 샤운은 어떤 여학교 또는 마녀 집단에서 연설을 행한다 (이야기의 대부분은 예수가 예루살렘의 딸들에게 연설한다). 그의 설교는 수동적인 성적 도덕관에 대한 표면상의 탄원이다. 그러나 외설적이고 비정상적인 기미들로 충만되고 있다. 샤운의 개인적 야망에 대한 자신의 확신은 압도적이며 그는 복음주의자에 대한 심오하고 강력한 비평을 견지한다. 모든 역겨운 표현에도 불구하고 샤운이 쉠에게 그의 누이동생인 이씨를 양보함으로써 쉠은 이제 성령과 키레네의 시몬의 이중역을 한다. 그런 다음 그는 구세주인 하느님으로서 모든 가능한 여성으로부터 애도받으며 죽는다.

제3부 제3장 (pp. 474~554) 야운

이제 야운이 된 샤운은 죽어 누워 있거나 혼수상태에 있다. 네 노인은 경야(徑夜) 또는 현현(顯現)에 당도하고——반(半)강심술로, 반(半)심리(審理)로——그에게 심문을 행한다. 그들은 그를 통하여 많은 개인들, 이 작품에 등장하는 모든 인물들을 소환하고 H.C.E.의 근원적인 문제, 그리고 그가 어떻게 하여 추락했는지의 문제에로 되돌아간다. 드디어 H.C.E. 자신의 목소리가 들린다. 그는 자신의 죄를 시인하지만, 문명의 설립자로서의 자신이 성취한 길다란 휘트먼식(Whitmanian)의 카탈로그를 들어 자신을 옹호한다.

제3부 제4장 (pp. 555~590) 양친

이 장의 대부분은 침대에 들어 있는 험프리와 아나 리비아에 관한 이야기다. 양친은 솀의 몽매간(夢寐間)의 아우성으로 잠에서 깬다. 그들은 잠자는 아이들을 방문한다. 그들은 침대로 되돌아가 성교를 행한다. 그러나 트리스트람과 이주드의 발랄한 성교와는 대조적으로 그들의 행위는 재미가 없고 남자와 여자는 추하게 늙어 있다. 이 장에서 우리는 잠에서 깨어 있는 이어위커 가족의 현실에 접근하고 있는 듯하나, 이것은 또 다른 환영일 수도 있다. 제2부가 솀의 장인 것처럼 제3부는 샤운의 장인데, 샤운은 언제나 성(性)을 모독하는 데 관련되어 있음을 기억해야 할 것이다.

제4부 (pp. 593~628) 새벽

아침이 그럴 듯한 결심과 함께 나타난다. 잠자던 자들이 깨나기 시작한다. 조이스는 마을 교회 창들에 비치는 태양에 대하여 서술하고 있다. 하나는 "성 케빈(샤운)의 점진적인 고독"을 비추고, 다른 하나는 성 파트릭(샤운)과 대드루이드교 단원(솀)의 만남을 비추고 있다. 이것이 끝나자 H.C.E.를 옹호하는 아나 리비아의 편지의 완전한 텍스트가 펼쳐진다. 그것은 언제나 그 어떤 다른 사람의 과실이라고 그녀는 말한다. 마지막으로 아나 리비아의 죽음의 연설이 시작된다. 그녀는 인간이 만든 세계에서 도망쳐 그녀의 자매요정에게로 그리고 그녀의 차가운 광부(狂父)인 바다로 되돌아가지만, 딸이자 아내가 그 대신 그녀의 위치를 대신한다. "핀, 다시(Finn, again)!"하고 그녀는 남편에게 부르짖는다.

2. 물의 언어 <아나 리비아 플루라벨>

I

　제임스 조이스의 최후의 노작(勞作)인 《피네간의 경야》는 《브리태니카 백과사전》이 올바르게 평한 대로 "현대 문학에 있어서 난해의 극(極)"이다. 《율리시즈》는 백과사전적 한낮의 인간 의식 이외에도 비코의 역사철학, 프로이트나 융의 밤의 인간 무의식을 묘사하는 문학, 신화, 역사, 종교, 전설, 코란(Koran)의 지식 등 수많은 고전적 인유를 포함한 갖가지 지식을 집대성하여 이른바 '초음속어(ultrasonic language)' 또는 '꿈의 언어(language of dream)'로 써내려간 일종의 신비의 작품으로 알려지고 있다. 이 이질적인 작품은 4세기 서구문학 전통에 도전이나 하듯 이를 처음 펼치는 독자로 하여금 이것이 아마 일종의 문학적인 기묘한 장난이거나 아니면 혁명문서, 전통을 파괴하려는 문학적 볼셰비키 또는 일시적인 언어의 실험이라고 착각하게 할는지 모른다. 그러나 이것을 공부해본 사람이라면 이것이야말로 천재의 작품이고, 최고의 심각한 작품이며, 가장 합리적인 작품이라는 것을 알게 된다.
　《피네간의 경야》의 신비성은 특이한 언어에 있다. 영어, 불어, 독어, 서반아어 등 어족(語族)이 비슷한 인구어(印歐語)는 말할 것도 없고 동양어인 중국어, 일본어, 심지어는 우리 나라의 한글(우연인지는 몰라도)의 철자인 (ㄱ), (ㄴ), (ㄷ), (ㅅ), (ㅇ), (ㅏ) 등의 기호에 이르까지 만국어(萬國語)의 혼성, 파괴, 응결로 이루어진 일종의 언어의 수라장을 연상케 한다. 따라서 근 6만 4천 개의 어휘를 수용하고 있는 《경야》의 언어를 해독하기 위해서는 제3의 새로운 언어를 공부하는 노력과 시간이 요구된다. 조이스는 이렇게 이루어진 단어들 속에 여러 개의 의미를 동시에 포함시킴으로써 시간과 공간을 압축시키고 있다. 평자들은 이를 가리켜 '말의 혁명(revolution of word)'이라고 부른다. 비유적으로 말하면, 《경야》의 언어는 마치 전화케이블을 통하여 여러 나라 사람들이 각기 다른 언어로 동시 통화하는 현상이라고나 할까. 이를 풀어 나가면 문학적, 역사적, 신화적, 종교적 등의 여러 가지 의미가 마치 실타래 풀리듯 풀려 나온다. 따라서 《경야》의 언어를 읽기란 일종의 '언어 수수께끼(word puzzle)'를 푸는 격이지만 이들을 풀어 나가면 프루스트의 장편(Proustian length)을 능가할 것만 같다.

조이스는 한걸음 더 나아가 이러한 언어가 담은 함축성에 만족하지 않고 이 작품을 하나의 음악적 작품으로 삼기 위한 노력으로 언어의 빈번한 두음(頭音), 유음(類音), 의성어, 이미지 등을 사용하여 시적 효과를 동시에 노리고 있다. 이처럼 이 작품에 얽힌 조이스의 언어의 천재성은 그의 연구가들을 아연케 할 정도이다. 특히 여기에 번역 수록한 《경야》의 한 장인 〈아나 리비아 플루라벨〉에서 작가는 그의 언어를 될 수 있는 한 '강처럼(riverlike)' 흐르게 하려고 애를 썼다. 이러한 의도를 달성하기 위한 중요한 방법의 하나는 동서고금의 수많은 강들의 이름과 그 비유를 삽입하는 것으로 〈아나〉에는 6백 개가 넘는 강의 이름이 담겨 있다. 이러한 표면적 의도는 다음과 같은 한 구절에서도 엿볼 수 있다.

And what was the wyerye rima she made! Odet! Odet! (p. 200)
(그리고 그녀는 얼마나 심술궂은 시(詩)를 썼었던가 말이야! 오 그래! 오 그래!)

이 구절에서 'wyerye'는 '운율' 즉 시(詩)의 rhyme이 되며, weary(지

친, 심술궂은)와 두 개의 강 이름인 Wyne강과 Rye강으로 결합되고 있다. 이는 또한 watery(물의)를 암시한다. 'rima'는 이탈리아로서 영어의 rhyme을 의미한다. 'Odet!'는 본래의 의미 '오 저런(O that)!'에다 ode, odette(송가) 그리고 Oder강과 융합되어 있다.

〈아나〉는 여인의 상징인 O자(字)와 그녀의 기호인 △의 형태로 시작되고 있다. 이것으로써《경야》, 특히 〈아나〉는 시각적 효과로 충만되어 있고, 여기에다 의미를 강화하기 위하여 음을 동시에 사용하고 있음을 알 수 있다. 이처럼 작가는 언어의 모든 가능성을 총동원하고 이를 개발하는 데 그 목적을 두었는데, 그 중 대표적인 요소가 의성어와 합성어에 의한 신조어(新造語)의 창조다. 우리가 〈아나〉의 종말 부분을 녹음된 조이스의 목소리로 듣는다면 이 작품이 어째서 일종의 '음조시(音調詩, tone poem)'인가를 금세 알아차릴 수 있을 것이다. 이와 같이 이 작품은 음과 의미, 청각적·시각적 효과를 동시에 노린 의미의 상관 관계에 의하여 이루어져 있다. 〈아나〉는 소리를 내지 않고는 읽혀질 수 없다는 말을 들을 정도로 '대주제(leitmotif)'와 편곡적(編曲的) 언어를 사용하는 작곡법과 가장 많이 닮았으며 일종의 오케스트라 구실을 하고 있다. 저명한 조이스 학자인 월튼 리츠 교수는 "〈아나〉의 위대한 구절을 읽고 있을 때에는 마치 신화의 창조를 직접 목격하고 있는 것만 같다"고 말했다.

이처럼 다양한 언어의 함축성과 율동적 음율을 지닌《경야》라는 조이스의 '우주어'를 언어 구조가 다른 어떤 언어로 번역한다는 그 자체가 모순일지도 모른다. 〈아나〉를 불어로 처음 번역한 사람은 새무얼 베케트였고, 이를 교정한 사람은 다름 아닌 조이스 자신이었다. 그러나 영어와 반 이상이나 닮았고 그 어족이 가장 비슷한 불어 번역 역시 조이스에게 결코 만족을 주지 못했던 것으로 전해진다. 따라서 그 어떠한 언어로 번역한다 하더라도 작가가 본래 의도한 것에는 반의 반도 미치지 못할 것임은 명약관화한 일이다. 단지《경야》의 '표면의(表面意, surface meaning)' 또는 '모체(母體, matrix)'를 옮기는 정도일 뿐, 다른 어떤 언어로의 번역도 이 이상은 다른 도리가 없을 것이다.

여기 우리말로 번역 수록한 〈아나〉 역시 이러한 취지에 근거를 둔 일종의 실험역(實驗譯)에 불과하다. 그래도 이 번역문 속에서 이와 같은 '표면의'가 내포하고 있는 자연주의적 비극성 뒤에 숨어 있는 조이스 문학 본연의 희극적 풍자성이 독자의 흥미를 끌 수 있으리라 믿는다.

역자가《경야》를 본격적으로 공부하기 시작한 것은 1974년 당시 유학중이던 미국의 털사(Tulsa)대학 대학원에서였다. '조이스 재단(Joyce Foundation)'을 갖고 있는 이 대학에서 때마침 세계적인《경야》학자인 네덜란드 출신의 리오 크누스(Leo Knuth) 교수의《경야》강의가 진행되고 있었는데, 역자가 그의 강의를 두 학기에 걸쳐 청취한 것이 오늘 〈아나〉를 번역한 계기가 된다. 첫 학기에는《경야》에 대한 전반적인 소개가 있었고 뒤이어 역자에게 주어진 과제는《경야》의 최초 제 8, 9 문단의, '주석적 분석(exegetical analysis)'이었다. 이를 위하여 역자는 한 학기를 공들인 끝에《경야》의 실체를 체득하게 되었다. 그리하여 생겨난 결실이《피네간의 경야》개요'다. 그리고 두 번째 학기에는 〈아나〉를 공부하게 되었는데, 그후 지금까지 이를 우리말로 옮겨 보겠다는 일념으로 노심초사해 왔다. 이 번역은 바로 이 오랜 집념의 소산임을 밝히고 싶다. 이를 작업해 오는 동안 궤도 이탈에 대한 크누스 교수의 잦은 수정이 가해졌다. 얽히고 설킨 작품의 플롯을 좇아 어둠 속을 헤매는 행위는 마치 캄캄한 지하의 광맥을 찾는 광부의 그것이라고나 할 수 있을까? 최근 발간된 더블린대학의 맥휴 교수의《피네간의 경야 주석(Annotations to 'Finnegans Wake')》이 이 작업의 마무리에 등불이 되어 주었다.

  지난 여러 해 동안 역자는 이 일을 수행해 오면서 조이스에게서 몇 가지 교훈을 얻었다: 《경야》에 기울인 조이스의 노력은 가히 편집병적(偏執病的)이었다 해도 과언이 아니지만 그의 천재성은 차치하고라도 그가 보인 집념과 인내를, 눈을 아홉 번이나 수술해 가면서 그리고 딸 루시아의 정신착란증으로 '인생 최대의 비극'을 겪으면서 그리고 주변 작가들에게 '광인의 짓'이란 조롱을 받으면서도 하루 평균 14시간을 17년 동안 심뇌(心惱)한 히로이즘을, 그러고도 그의 작품 저변에 깔려 있는 '嘲意스性(Joycity)'을, 그리하여 봄이 오고 꽃이 피고 열매를 맺는 변화무쌍한 자연의 순리 기필코 돌아오는 '주전원(周轉圓, epicycle)'의 진리 밝은 내일을 향해 초월론적 희망을 아련히 추구하면서 하느님의 현현(顯現)으로 달리는 그의 낙관성과 역사의 몽마(夢魔)에서 깨나려고 애쓰는 그의 노력을.

  《경야》는, 한때 '읽을 수 없는(unreadable)' 《율리시즈》가 오늘날 학위를 위한 '행복한 사냥터(happy hunting ground)'로서 불멸의 고전이 되었듯이, 오늘날 정복해야 할 알프스산처럼 학자들의 도전을 기다리고 있다. 1939년 이 작품이 출판된 이래 수백 편의 논문과 많은 연구서가 쏟아져 나옴으로써, 지금 구미 학자들은 본격적인 '《경야》 산업(Wake Industry)'에 종사하고 있다.

  끝으로 역자의 이 작은 노력의 산물이 우리 나라 조이스 문학 연구에 다소나마 도움이 되었으면 하는 마음 간절하다.

II

  조이스가 1922년 《율리시즈》를 출간하고 그의 《피네간의 경야》를 집필하기 시작한 것은 1923년 3월 10일부터인 것으로 알려져 있다. 《경야》의 집필 순서는 《율리시즈》의 그것과 마찬가지로 현재의 17장의 순서와는 일치하지 않는다. 따라서 제일 먼저 집필한 것이 〈로더릭 오코너왕〉이고, 제일 나중에 집필한 것이 〈쉠과 샤운의 두 이야기〉이며, 〈아나 리비아 플루라벨〉은 《경야》 가운데서 다섯 번째로 집필한 것으로, 1924년 1월에 시작했다. 1925년 파리의 《나비르 다르장(Navire d'Argent)》지 10월호에 최초로 연재되었고, 1928년 10월에 뉴욕의 크로즈비 게이지 출판사에 의하여 팸플릿으로 출간되었으며, 다시 1930년 6월에 런던의 패버 앤드 패버사(社)에 의하여 소책자로 출간되었다.

조이스가 해리어트 위버(Harriet Weaver)에게 보낸 1927년 10월 27일자의 서한에서 밝히다시피, 그는 전날인 26일에 〈아나〉를 "의기양양하게 끝마쳤다"라고 했고, 잇달아 발레리 라르보(Valery Larbaud)에게 보낸 서한에서도 이를 집필하는 데 1,200시간이 걸렸으며 "엄청난 정신적 소모"를 치렀다고 기록하고 있다. 《경야》가 단편적으로 잡지에 연재되고 있었을 때, 세계의 독자들은 그에 대한 급진적인 호기심과 감탄, 그리고 두려움을 동시에 나타냈거니와 그러면서도 〈아나〉에 대한 반응은 가장 즐거운 것이었다. 특히 이 작품에 나타난 작가의 언어 구사력의 통렬함과 희극적 새타이어에 대한 경탄은 《율리시즈》에 버금가는 것이었다. 예를 들면 〈아나〉가 출판되었을 때 아취볼드 맥클리쉬(Archilbald MacLeish)는 다음과 같이 감탄했다.

나는 어제도──아니 오늘도 그 문제에 대하여──당신이 우리들에게 읽어 준 그 페이지가 얼마나 나를 감동시켰고 흥분시켰는지 표현할 말을 찾지 못했습니다. 당신이 쓴, 언어의 힘을 거의 초월한 이 순수한 창작은 말로써 표현할 수 없는 훌륭한 것입니다. 그러나 나는 침묵을 지킬 수는 없습니다. 이것만은 확신하노니──당신이 성취한 것은 당신 자신까지도 자랑할 수 있는 걸작입니다.

또한 조이스의 친구였던 존 드링크워터(John Drinkwater)는 〈아나〉의 마지막 페이지를 가리켜 "영문학사상 가장 위대한 부분"이라 했고, 제임스 스티븐즈(James Stephens)는 "〈아나〉야말로 인간이 지금까지 쓴 가장 위대한 산문이다"라고 격찬했다.

이상과 같은 〈아나〉에 대한 감탄 및 격찬과 함께, 그의 위대한 산문시 또는 시산문이라 할 이 장(章)은《율리시즈》가 현대문학에 지대한 영향을 미친 것처럼 오늘날 현대시에 많은 영향을 미쳤는데, 특히 영국시에 미친 영향은 지대한 것이었다. 예를 들면 〈아나〉가 없었던들 딜런 토머스(Dylan Thomas)의 시가 지닌 가장 아름다운 리듬의 효과와 T. S. 엘리어트의 장시(長詩)들이 담은 리듬과 음향의 승리는 결코 불가능했으리라.

그러면 〈아나〉의 내용을 대강 훑어보자. 두 빨래하는 여인들이 리피강의 상단인 더블린의 서부 외곽 마을 채플리조드에서 강을 사이에 두고《경야》의 주인공인 H. C. E.와 A. L. P.의 옷을 헹구고 표백하면서 그들의 부부생활과 그들이 숨기고 있는 여러 가지 비밀 이야기들에 대한 가십(gossip)을 즐기고 있다. 여주인공인 A. L. P.는 리피강을 대신하는데, 리피강은 킬테어주의 위클로우산에서 발원(發源)하여 양들과 소떼들이 푸른 클로버(아일랜드의 심벌)를 뜯는 넓은 들판과《율리시즈》의 유명한 풀라포우카 폭포를 거쳐 채플리조드에 다다른다. 이곳에서 두 여인은 주인공의 속옷가지를 하나하나 헹굴 때마다 그들 부부의 애정 행각, 특히 A. L. P.의 연애 시절, 강(江)의 님프라 할 그녀의 처녀 시절의 연인들, 그녀의 현재의 남편, 그녀의 아이들, 그녀의 연애 술책, 그녀의 사랑의 고통 및 복수에 관하여 이야기를 나누는데, 이 이야기는 리피 강물이 흐르는 소리와 함께 엉키면서 계속된다.

그러자 이야기는 A. L. P.의 남편이 저지른 죄로 옮아 간다. 그녀는 자신의 남편을 사랑하고 있었는데, 어느 날 그가 더블린시의 서쪽 피닉스 공원에서 어떤 죄를 저지른다. 그러나 이 죄가 에덴동산에서의 아담의 원죄(原罪)인지, 아니면《율리시즈》에서 스티븐의 그의 망모(亡母)에 대한 양심의 가책과 같은 것인지 알 도리가 없다. 이는《경야》전체를 통하여 드러나지 않는다. 이 죄는 조이스 자신의 자서전적 요소의 변장(變裝)이라고도 볼 수 있는데, 여기서 H. C. E.의 죄의 고백은 성 아우구스티누스나 루소의《참회록》의 기록처럼 작가 자신의 고백이다. 그 속에서 작가는 여러 가지 다양한 범죄에 대하여 스스로를 꾸짖고 있다.《율리시즈》의 환각(幻覺)의 장(章)인 '키르케'에 등장하는 다양한 '과거의 죄'처럼 조이스의 경우 이러한 죄가 자신에게 실재하기보다는 한층 환상적이긴 하나 성적 행각 그 자체를 꾸짖고 있다. 그러나《경야》전체를 통하여 하나의 대표적 주제인〈아나〉의 H. C. E.의 죄는 죄인을 한없이 괴롭히되 그 정체를 노골화하지는 않는다.

그리하여 이러한 죄를 저지른 뒤 점점 고조되어 가는 남편에 대한 세상의 불미스러운 스캔들을 무마하기 위하여 그의 아내는 갖은 애를 쓴다. 결국 그녀는 어느 날 자신의 쌍둥이 자식 중의 하나인 우편배달원 샤운한테서 그의 우편배달용 배낭을 하나 빈 뒤, 남편의 유품인 선물들을 그 속에 가득 채워가지고 111명의 자식들에게 이것들을 생일 선물로 나누어 준다.

그러자 이들 빨래하는 여인들의 이야기는 리리 킨젤라라는 여인의 옷을 빠느라고 잠시 중단되기도 한다. 이내 날이 저물고 해거름이 다가온다. 리피강의 강둑이 확산되고 더블린 만에 당도한 강물은 다시 증발하여 증기가 되고, 구름이 되고, 비가 되어 위클로우 계곡의 샘물에 다시 합세함으로써 환중환(環中環, cycle within cycle)의 순환을 계속한다.

마침내 두 여인은 밤이 깊어 감에 따라 서로 말하기 어려워지고, 하늘에는 박쥐가 나는 가운데 한 사람은 느릅나무로, 다른 한 사람은 돌멩이로 윤회(輪廻)한다. 그들은 윤회하기 직전에 H.C.E.의 두 아들 솀과 샤운에 관하여 알고 싶어하는데, 이들 두 아들에 대한 이야기는 다음 장(章)의 내용을 형성한다. 강물은 계속 흐른다.

〈아나〉의 이야기는 그리스신화와 서사시의 형태로 시작됨을 알 수 있다. "tell me all"로 시작되는 〈아나〉의 서두는 "Tell me, Muse"로 시작되는 호머의 《오뒷세이아》의 서두와 유사하다. 〈아나〉의 전반부에 나오는 "I want to hear all"의 "hear all"은 그리스신화의 제우스의 아내인 헤라를, "you know"는 로마신화의 주피터의 아내인 주노 여신을, "I know"는 역시 그리스신화의 카다무스의 딸이고 테베 왕 아타마스의 아내이며 프릭소스와 헬레의 계모로서 미친 남편에게서 도망쳐 나와 바다에 투신하여 해신(海神)이 되는 이노를 암시한다. 〈아나〉의 전체 이야기는 여주인공이 남편을 유혹하는 다음과 같은 구절에서 그 클라이막스를 이루는데, 이는 제우스를 유혹하는 헤라의 아름다운 멜로디를 닮고 있다.

우선 그녀는 머리를 풀어 내리고 그녀의 묵직한 꼬인 머리타래를 자신의 발까지 늘어뜨렸지. 그런 다음, 어머니의 나체가 되어, 감수(甘水) 유액과 유향(有香) 피스타니아의 진흙으로, 아래위로, 머리 꼭대기에서 발바닥까지 비누칠을 했지 …… 그녀의 젤리 배〔腹〕는 금박 입힌 납세공품(蠟細工品)이요 그리고 그녀의 향내 나는 뱀장어 같은 발목은 알곡 낱알 같은 청동색. 그리고 그렇게 한 연후에 그녀는 자신의 머리칼을 위하여 화환을 엮었단 말이야. 그녀는 그것에 주름을 잡았지. 그녀는 그것을 땋았어. 잎사귀 넓은 포아풀과 하상화(河上花), 지초(芝草)와 수란(水蘭)을 가지고, 그리고 몰락한 슬픔의 눈물짓는 버드나무를 가지고 말이야.

〈아나〉의 이야기에서 A. L. P.와 H. C. E. 부부의 아들딸들은 처음에는 111명인데, 이 수는 소련의 통속적 전설 속에 나오는 어떤 바다 노인의 자식의 수로서, 신비와 다산(多産)을 상징한다. 그러자 이 수는 《아라비안 나이트》의 1001야(夜)로 불어나고, 또한 더블린의 가련한 시민들로 변용(變容)한다. 그리하여 하나가 여러 개가 되고, 다시 여러 개가 하나가 되는 윤회를 거듭함으로써 마치 하얀 빛이 프리즘을 통과하는 이치가 된다. 이는 셋이 하나가 되는 가톨릭의 삼위일체 (Trinity)의 원리이기도 하다. 빨래하는 노파들은 더블린의 빈민굴에 속하는 인물들인데, 그들 중 하나가 다음과 같은 말로써 빈곤의 문화를 통렬히 비난한다.

……성(聖) 마리 알라코크여, 나는 습한 새벽에 일찌감치 잠자리에서 일어나, 대동맥 불완전 부정맥(大動脈不完全不整脈)과 정맥노장(靜脈怒張)에 시달리며, 나의 유모차의 차축(車軸)을 부딪쳐 가면서, 앨리스 제인이 몸이 쇠약한 데다가 나의 외눈 잡종개가 두 번씩이나 차에 치이곤 하면서도, 보일러용의 걸레를 물에 담그고 표백하면서, 세탁업에 종사하고 있는 테니스 챔피언인 내 아들에게 라벤더색의 플란넬 바지를 입히기 위하여, 나 같은 이 과부가, 식은땀을 흘리며, 열심히 일하고 있지 않느냐 말이야?

위의 대목은 조이스가 그의 초기 단편집 《더블린 사람들》에서 보여 주었듯이 그가 에밀 졸라에 충실하였음을 다시 한 번 예시하는 것으로, 《경야》뿐만 아니라 〈아나〉의 저변에 깔려 있는 자연주의는 졸라의 《목로 주점》의 빨래하는 여인들의 생활에서 볼 수 있듯이 아일랜드의 해묵은 인습과 전통, 환경의 비참한 생활의 면모를 대변하고 있다.

A. L. P.가 배부하는 선물들은 성체(聖體)를 상징하며, 그녀 남편의 육체의 단편들로서, 이때 남편은 그리스도격이다. 마지막 장면에서

그녀는 29명의 2월의 무지개 처녀들에게 그들이 성숙기에 달하도록 남편의 피를 포도주로서 마시도록 나누어 준다. 이처럼 〈아나〉의 저변에는 《경야》와 마찬가지로 종교적 암시가 강하게 깔려 있다.

두 여인은 나무와 돌의 윤회에 직면하여 브렌더의 청어 연못 건너편 마클랜드의 '포도밭'의 소멸을 슬퍼하는데, 이는 아메리카의 마르타의 포도밭으로, 바이킹의 발견자들(아일랜드 인의 선조)이 '포도밭'이라 불렀으며 오래전 아일랜드의 성(聖) 브렌던이 발견했던 땅이기도 하다.

두 여인의 가십이 진전됨에 따라 주점의 주인이며 주인공인 이어위커는 그의 '불법적 증류(illicit distilling)'로 인하여 유죄를 선고받는다. 더블린에 만연된 그의 죄 가운데 가장 큰 것은 《율리시즈》의 '불법적 증류'다. 잇단 구절에서 "tom will till"이라 함은 "엿보는(peeping)" T. S. 엘리어트를 암시하는 것으로, 조이스는 그의 《율리시즈》에서 증류한 엘리어트의 《황무지(The Waste Land)》의 표절성을 《경야》를 통하여 한결같이 비꼬고 있다.

두 여인들 위로 나는 박쥐는 《율리시즈》의 '나우시카'에서처럼 이들의 영(靈)을 날라 나무와 돌로 윤회케 하는 천사격이며, 촉매자 역할을 한다. 나무와 돌로의 윤회는 샤운과 솀, 변화와 영원, 지배와 정의, 시간과 공간을 각각 암시하기도 한다.

이들 여인들이 화제로 삼은 H. C. E.(포터(Porter) 씨)는 채플리조드란 마을에 살고 있다. 채플리조드는 "chapel of Iseult"로서 아일랜드 사람들은 이조일데로, 독일 사람들은 바그너의 오페라에 나오는 비극의 낭만적 여주인공인 이졸데로 알고 있다. 그러나 이 채플리조드 마을에는 낭만적 요소가 없다. 단지 낭만적 현주소인 H. C. E.가 경영하는 술집이 있을 뿐이다. 그는 지하실에서 아일랜드 특산물인 기네스 맥주(porter)를 공급하는 술집 주인으로 중년이며 스칸디나비아의 혈통을 지닌 신교도의 신봉자다. 이 남자 주인공은 한창 시절이 지나고, 그의 아내에게서 자신의 성적 충동의 부활을 꿈꾸고 있다. 여기서 그가 동경하는 젊은 여인은 그 자신의 딸로서 자신의 욕망이 그녀에게 고정됨으로써 친족상간(親族相姦, incest)에 흥미를 느낀다. A. L. P.가 생명의 강인 리피(Liffey) 강의 화신(化身)이듯 그는 호우드 언덕의 화신으로 산을 대표한다. 이 〈아나〉 장(章)의 제목이기도 한 아나 리비아 플루라벨은 그녀의 혈관에 소련의 피가 흐르는 장본인으로, 더블린을 관류하는 리피강이며, 이 강은 그 어원이 'leafy'로서 강가의 풍부한 수목을 암시하는데, 더블린의 옛 지도에도 '아나 리피(Anna Liffey)'라 적혀 있다. 또한 'liv'란 말은 덴마크어로 '다정한 덴마크의 더블린(dear Danish Dublin)'에서는 '생명'을 의미한다. 그녀는 모든 여성을 대표하여 영성(靈性)과 미의 복합성을 띰으로써, 성녀요 유혹녀로서의 이브, 셰익스피어의 부인인 앤 해서웨이, 노아의 아내, 클레오파트라 등 작품을 통하여 수많은 주요 여성으로 윤회한다. 이들 H. C. E. 부부는 이사벨이란 딸과, 샤운(케빈)과 솀(제리)이란 쌍둥이 아들을 갖고 있다. 이 두 아들은 서로 적대자인데, 전자는 형으로서 세상의 성공자요, 정치가, 신부역을 하는 반면에 아우인 후자는 조이스 자신의 분신(alter ego)이고, 《젊은 예술가의 초상》과 《율리시즈》의 스티븐 디덜러스의 '동류인 (homeomorph)'이며, 예술가적 방랑을 즐기는 보헤미안이다.

　《경야》의 이야기는 H. C. E.가 그의 주점에서 토요일 저녁부터 다음날 일요일 아침까지 꿈꾸는 내용이다. 그와 그의 가족은 이 작품의 대부분에서 잠을 자고 있다. 《경야》의 제 1부의 종말인 〈아나〉 장의 말미에서 밤이 깃들이는 것은 이야기의 구조상으로 커다란 변형을 의미한다. 또한 《경야》의 제 1부, 즉 첫 이야기는 'riverrun'이라는 단어로 시작하는데, 〈아나〉 장의 종말에서 이 강은 더블린 만에 합류함으로써 끝난다. 《경야》의 이야기는 비록 밤의 꿈이긴 하나 제 1부는 그 대부분이 낮에 관한 이야기며, 잇단 제 2,3부는 저녁과 밤, 그리고 마지막 제 4부는 새벽에 관한 것이다. 〈아나〉의 구조를 《경야》학자인 버나드 벤스톡(Bernard Benstock) 교수는 다음과 같이 6등분하고 있다.

pp. 196~201 : 리피강 둑에서 두 여인이 갖는 A. L. P.와 H. C. E.에 관한 가십
pp. 201 : 아나 리비아 플루라벨의 메시지
pp. 201~204 : 젊은 아나 리비아의 연애 생활에 관한 가십.
pp. 204~205 : 빨래하는 두 여인이 릴리 킨젤라의 속옷을 빨기 위하여 그들의 가십을 중단하는 장면
pp. 205~212 : A. L. P.가 그녀의 아이들에게 선물을 분배하기 위하여 몰래 빠져 나감
pp. 212~216 : 어둠이 깃들이자, 빨래하는 여인들이 나무와 바위로 바뀜

이야기의 구조적 배열을 자세히 살펴보면, 빨래하는 행위 자체의 서술, 두 여인의 H. C. E. 부부에 관한 가십, 간간이 들려 오는 "tell me"란 어구와 물소리의 여음이 한 덩어리가 되어 음악의 편곡처럼 짜여 있다. 특히 "말해줘요"는 노래에 있어서 일종의 후렴격으로 전체 이야기의 구조상의 단계를 나타내며 마치 엘리어트의 시 〈프루프록의 연가(The Love Song of J. Alfred Prufrock)〉의 주인공의 독백을 통하여 진행되는 말의 주제(verbal motif)와 비슷한 역할을 한다. 또한 〈아나〉장은 마치 《율리시즈》에서 몰리의 독백에 빈번히 나타나는 여성어 'yes'처럼 여성의 말이며 여성의 상징이라 할 O로 시작하여 여성을 암시하는 △의 형태로 그 대화가 시작된다. 이는 《경야》의 마지막 구절 "A way a lone a last a loved a long the"와 유사한 일면을 드러내고 있다. 이때 "the"는 미세

(微細)한 여성의 단어다.

〈아나〉장은 그 텍스트의 대부분이 강 이름의 음의(音義)의 익살, 즉 퍼닝(punning)으로 이루어지고 있는데, 6백 개 이상의 강 이름은 다른 어구들과 혼성곡을 이루고 있다. 이를 위해 조이스는 마치《젊은 예술가의 초상》에서 스티븐이 지리책에 몰두하는 이상으로 지리부도 위에서 수많은 시간을 보냈음이 분명하다. 그는 세계의 큰 강들인 나일강, 라인강, 아마존강뿐만 아니라 작은 강들인 와하쉬강, 미엔더강, 이젤강 등 티베트에 이르기까지 동서고금의 강들을 사용하고 있다. 이는 두 여인이 강물을 튀길 때마다 물이 출렁이고, 그리하여 언어 자체가 음악적 율동에 맞추어 춤을 추게 함으로써 이른바 '물의 언어(language of water)'를 흉내내고 있는 것이다.

이처럼 〈아나〉장은 운시(韻詩)나 산문시처럼 우리들의 귀에 호소하고 있다. 이것은 이야기 전체의 구조가 소리 높여 읽기를 요구하는 일종의 시로서, 《율리시즈》의 몰리의 독백에 나오는 그녀의 찬가(讚歌)를 연상케 한다. 조이스 자신이 남긴 8분간의 육성 녹음은 우리들과 그 음악성을 친숙하게 만들어 주며, 살아 있는 강의 흐름에 따른 시간의 무상과 안개 낀 강변의 인상주의 문체의 효과는 우리들에게 일종의 대야상곡(夜想曲)을 연상케 한다. 이는 강가의 빨랫돌 위에 닿는 젖은 옷의 유사음인 "Flip! Flep! Flop! Flap!"과 함께 죽음과 재생과 밤의 기쁨의 찬가이기도 하다.

〈아나〉의 마지막 구절에서 물의 흐름을 나타내는 'hitherandthithering' 이란 조이스의 신조어는《젊은 예술가의 초상》에서 바닷가의 비둘기 소녀를 묘사한, 산문의 정수라 할 다음 구절과 흡사하다.

……오랫동안 그녀는 그의 시선을 받아들이다가 조용히 눈길을 돌려 물의 흐름을 내려다보며, 조용히 발로 물을 이리저리 휘저었다. 조용히 움직

이는 물의 최초의 아련한 소리가 침묵을 깨뜨렸다, 낮고 어렴풋이 그리고 속삭이며, 잠결의 종소리같이 아련하게 이리저리, 이리저리, 그러자 한 가닥 엷은 불꽃이 그녀의 뺨위에서 떨리었다.

앞서 말한 바와 같이 조이스의 〈아나〉의 유명한 마지막 세 구절의 육성 녹음은 엘리어트의 《황무지》의 육성 녹음처럼 인상적인데, 그의 낭독은 마치 흐르는 물소리와 음악을 담은 시의 서정성 그대로임을 실감케 한다. 1929년 8월, 조이스는 파리를 일시 떠나 런던으로 되돌아왔는데, 당시 그의 친구였던 드링크워터의 주선으로 런던의 정형외과 수술의였던 유스턴(Euston) 박사에게 자기 눈의 수술을 상담한 바 있다. 아이러니컬하게도 이 마지막 세 구절의 녹음은 이 수술실에서 행해졌다고 한다.

지금 세상에는 〈아나〉의 불어역, 이탈리아어역 등 몇 개의 역문이 있다. 특히 불어역과 이탈리아어역은 조이스가 살아 있을 당시 그의 감정하(鑑定下)에 이루어진 것으로, 당시 그는 한결같이 원문이 품은 뜻보다 음향과 리듬에 한층 신경을 쓴 것으로 전한다. 1930년 새무얼 베케트는 더블린의 트리니티대학에서 일 년간 연구하고 돌아온 알프레드 페롱(Alfred Péron)과 함께 최초로 불어역의 초고를 완성했으며, 뒤이어 폴 레옹(Paul Léon), 으젠느 졸라스(Eugene Jolas), 이반 골(Ivan Goll)이 작자의 철저한 감수하에 개역을 단행했다. 그리고 작자가 수폴트(Soupault)와 레옹과 가진 3시간에 걸친 최후의 수정은 파리의 레옹 댁의 탁상에서 행해졌는데, 이때 조이스가 안락의자에 앉아 담배를 피우며 역문의 음을 음미하는 동안 레옹은 영문의 텍스트를 읽고 수폴트는 불어의 텍스트를 읽으면서 서로 비교했다. 그리고 역문의 단어들이 미흡하면 새로운 말을 찾기 위해 서로의 교창(交唱, antiphon)을 중단해야 했다. 그리하여 15차에 걸친 회합 끝에 완성한 완역본은 "《율리시즈》의 불어역 이상으로 거의 불가능한 장애물을 극복한 일종의 승리였다"고 엘만은 서술하고 있다. 다음은 〈아나〉의 마지막 유명한 구절의 원문과 불어 역문이다.

Can't hear with the waters of. The chittering waters of. Flittering bats, fieldmice bawk talk. Ho! Are you not gone ahome? What Thom Malone? Can't hear with bawk of bats, all thim liffeying waters of. Ho, talk save us! My foos won't moos. I feel as old as yonder elm. A tale told of Shaun or Shem? All Livia's daughtersons. Dark hawks hear us. Night! Night! My ho head halls. I feel as heavy as yonder stone. Tell me of John or Shaun? Who were Shem and Shaun the living sons or daughters of? Night now! Tell me. tell me, tell me, elm! Night night! Telmetale of stem or stone. Beside the rivering waters of, hitherandthithering waters of. Night!

N'entend pas cause les ondes de. Le bébé babil des ondes de. Souris chance, trottinete cause pause. Hein! Tu n'est pas rentré? Ouel pere André? N'entend pas cause les fuisouris, les liffeyantes ondes de. Eh! Bruit nous aide! Mon pied à pied se lie lierré. Je me sense vieille comme mon orme même. Un conte conté de Shaun ou Shem? De Livie tous les fillefils. Sombre Faucons écoutent l'ombre. Nuit! Nuit! Ma taute tête tombe. Je me sens lourde comme ma pierrestone. Conte moi de John ou Shaun. Oui furent Shem et Shaun en vie les fils ou filles de. Là-dessus nuit. Dis-mor, dis-mor orme! Nuit! Nuit! Contemoiconte soit tronc ou pierre. Tant riviérantes ondes de, couretcourantes ondes de. Nuit!

그러나 이상의 예에서 보듯 50퍼센트의 영어를 품고 있는 《경야》 언어와 그 어족(語族)이 가장 비슷한 불어의 경우, 후자의 유운(類韻, assonance)의 용이성에 비해 전자의 정자법(正字法, orthography)의 난해성 때문에 그처럼 완성된 불어역도 결코 작자에게 만족을 주지 못한 것으로 알려지고 있다.

□ 해설 II

제임스 조이스의 시에 대하여

소설가로 알려진 조이스는 애당초 시인이 되려고 했으며, 그는 시 종일관 시인이었다 해도 과언이 아니다. 산문과 시의 장르를 구별하기 가장 힘든 작가 중의 하나가 조이스다. 초기의 서정적 순간을 띤 낭만주의적 찬양에 그 토대를 둠으로써, 단편소설은 행동의 통일성보다 오히려 '효과의 통일성(unity of effect)'을 목적으로 삼는 이른바 A. 포우식의 시적(詩的) 단편소설인 《더블린 사람들》을 비롯하여 현대 문학의 대표적 교양소설로서 수많은 사람들에게 그토록 많은 동정적 반응을 야기시킨 《젊은 예술가의 초상》은 그들의 대부분이 서정적 산문시다. 특히 《젊은 예술가의 초상》의 서곡이라 할 처음의 두 페이지 반은 엘리어트의 〈프루프록의 연가〉를 연상케 하는 현대시의 패턴이며, 풍부한 이미지와 간략한 표현은 현대시에 있어서 "주관적이든 객관적이든 사물의 직접적 취급을 도모하고 표현과 연결되지 않는 말은 그 사용을 금한다"라고 한 사상파(寫象派, imagism) 시를 연상케 한다. 이 서두에서 유아의 주관적 인상이 오관(五官)의 형식으로 제시되며 그 언어에 있어서 가장 어려운 현대시의 복잡성을 띠고 있다.

……그는 아기 터쿠였어. 음매소는 베티 번이 살던 길을 따라 내려왔지: 그녀는 레몬 향기의 캔디를 팔았어.
"오, 들장미 피어 있네

파란 잔디밭에."

그는 그 노래를 불렀다. 그것은 그의 노래였다.

"오, 파란 장미꼬 피어 있네."

오줌을 싸서 잠자리를 적시면 처음에는 따뜻하다가 이내 차가워진다.…… 그것은 괴상한 냄새가 났다.
어머니는 아버지보다 좋은 냄새가 났다. 그가 춤추도록 그녀는 수부(水夫)의 혼파이프 무곡(舞曲)을 피아노로 쳐 주었다. 그는 춤을 추었다:

"트랄랄라 랄라,
트랄랄라 트랄랄라디,
트랄랄라 랄라,
트랄랄라 랄라."

……밴스네는 7번지에 살았다. 그네들은 또 다른 아버지 어머니를 가졌었다. 아일린의 아버지와 어머니였다. 커서 어른이 되면 그는 아일린과 결혼할 참이었다. 그는 식탁 밑에 숨었다. 그의 어머니가 말했다:
―오, 스티븐은 잘못을 빌 거예요.
댄티가 말했다:
―오, 그러지 않으면, 독수리들이 와서 눈알을 뺄 거야.

눈알을 뺄 거야,
잘못을 빌어요,

잘못을 빌어요,
눈알을 뺄 거야.

잘못을 빌어요,
눈알을 뺄 거야,
눈알을 뺄 거야,
잘못을 빌어요.

이러한 시적 서론으로 시작되는 이 작품의 제 4장 말미에서 주인공 스티븐 디덜러스가 그의 미래의 비전 또는 영감을 불러 일깨우는 바닷가의 소녀, 이른바 에피파니(epiphany)를 발견하고 자신의 예술 세계의 창조를 다짐하는 구절은 가장 두드러진 서정적 산문시다. 이 구절에서 젊은 조이스의 분신인 스티븐은 천성적인 감상주의자임을 엿볼 수 있으며, 이러한 감상주의가 서정적 산문시의 계시 속에 노출되고 있다. 또한 제 5장에서 그의 사랑과 배신을 노래한 다음의 유명한 19행 2운 체시(韻體詩) 빌러넬(villanelle)은 벤 존슨의 시의 영향을 강하게 풍기는 것으로, 이는 그의 시작(詩作) 과정을 거쳐 산문을 시의 뉘앙스로 유도케 하는 매개체 역할을 한다.

"불타는 정열에 그대는 지치지 않았느뇨,
타락한 천사에 유혹되어?
황홀한 날들의 이야기를 더 이상 말아요.

그대의 눈이 남자의 마음을 불타게 했으며
그대는 마음대로 그를 사로잡았으니.
불타는 정열에 그대는 지치지 않았느뇨?

불꽃 위에 찬양의 연기가
바다 끝에서 끝까지 솟아나니.
황홀한 날들의 이야기를 더 이상 말아요.

우리의 애절한 부르짖음과 슬픈 노래는
성찬의 찬송 속에 솟아나니.
불타는 정열에 그대는 지치지 않았느뇨?

성찬을 드리는 양손을 높여
넘치는 성배를 올리는 동안.
황홀한 날들의 이야기를 더 이상 말아요.

지친 시선과 방종한 사지로써
여전히 그대는 우리의 동경의 시선을 장악하나니!
불타는 정열에 그대는 지치지 않았느뇨?
황홀한 날들의 이야기를 더 이상 말아요."

이상의 시에서 볼 수 있는 긴축성은 현대 시인이 추구하는 일관성의 훌륭한 본보기다.

그의 강한 소설성에도 불구하고 장르의 대담한 붕괴를 시도한《율리시즈》또한 산문과 시의 형식을 가장 구별하기 힘든 작품이다. 특히 이 작품의 첫 3개의 에피소드에서 스티븐이 품는 그의 내적 독백은 오스카 와일드풍의 '예술을 위한 예술(art for art's sake)'이나, '블룸즈베리(Bloomsbury) 그룹' 심미론의 근간을 이루는 이른바 전세기말의 퇴폐파(fin de siècle)적 우아함을 담은 수려하고 아름다운 산문시들이다. 밀려오는 하얀 갈기의 해마(海馬) 같은 파도를 바라보며 그가 갖는 바닷가의 명상은 낭만시인들의 상상력에다 음악의 율동을 겸한 시적 언어로 구사되고 있다.

또한《율리시즈》의 대표적 주인공인 리오폴드 블룸이 거리를 지날 때, 구름 한 점이 태양을 가리는 것과 때를 같이하여 그의 다정다감한 마음에 부동하는 회색의 공포를 읊은 구절 등에서 볼 수 있는 시적 율동과 생략적 표현은 엘리어트의《황무지》의 내용과 형식처럼 현대시의 전형 그 자체다.

한 조각 구름이 태양을 천천히, 완전히, 가리기 시작했다. 회색. 멀리.
아니, 그렇지는 않아, 황무지, 헐벗은 황야. 화산호(火山湖), 사해(死海): 물기도 없고, 수초(水草)도 없고, 땅속에 깊이 파인 채. 어떠한 바람도 저 파도, 회색의 금속성, 독 서린 안개의 바다를 동요케 하지는 못하리. 빗물처럼 타내리고 있는 것을 그들은 유황이라 불렀지: 황야의 도회들: 소돔, 고모라, 에돔. 모두 죽은 이름들. 사지(死地) 속의 사해(死海), 회색으로 늙은 채. 지금은 아득한 옛날. 바다는 가장 오래 된, 최초의 종족을 낳았다. 허리 굽은 노파가 1파인트짜리 병의 목을 움켜쥐고, 캐시디 상점에서 건너왔다. 가장 오래 된 민족. 전(全)지구 표면을 멀리멀리 방랑했지, 포로에서 포로로, 번식하면서, 죽어가며, 어디서나 탄생하면서. 바다는 지금도 거기에 놓여 있는 것이다. 이제는 아무것도 더 낳을 수 없지. 죽은 거야: 한 늙은 여인의 그것처럼: 회색으로 움푹 팬 세계의 음부(陰部).
황폐(荒廢).

특히 이 소설의 마지막 글귀에서 몰리의 지브롤터에서 가진 최초의 연인과 그 밖의 그녀의 모든 연인들에 대한 기억들은 호우드 언덕에서 있었던 그날의 기억을 포괄하는 것으로 여기에 묘사된 그녀의 승리의 찬가 역시 서정시 문체와 경쾌한 리듬을 담고 있다. 그녀의 독백은 정열적인 활력을 묘사한 서정적 크레셴도(crescendo)다.

……정말이지 자연에 비길 것은 아무것도 없지 황막한 산들 그리고 바다 그리고 밀려오는 파도 그 다음으로 메귀리나 밀이며 그밖의 온갖 것들이 심겨 있고 살찐 암소들이 사방으로 쏘다니는 아름다운 시골 시내나 호수 그리고 심지어 고랑에까지 나 있는 온갖 모양과 냄새 그리고 색깔을 지닌 꽃들을 바라다보는 것은 정말 기분이 좋아요 앵초나 바이올렛도 말이야…… 당신을 위해 태양이 비추고 있소 하고 우리들이 호우드 언덕의 만병초꽃 숲속에 누워 있었을 때 그이가 내게 말했지 ……그날 나는 그이더러 내게 구혼하도록 해주었지 그렇지 먼저 나는 입에 넣고 있던 씨앗과자 나머지를 그의 입에 밀어 넣어 줬지 그런데 그해(年)는 금년처럼 윤년이었어요 그렇군 벌써 16년 전이야 맙소사 저 오랫동안의 키스가 끝나자 나는 거의 숨이 막힐 지경이었지 그래요 그이는 나를 야산(野山)의 꽃이라 했어 그렇지 우리들은 꽃이에요 여자의 몸은 어디나 할 것 없이 맞았어요 …… 그리고 오 저 무시무시한 깊은 급류 오 그리고 바다 때때로 불같이 심홍색으로 타는 바다와 저 찬란한 황혼 그리고 알라마다 식물원의 무화과나무 그렇지 또한 온갖 괴상한 작은 거리들이나 핑크색 푸른색 및 노란색의 집들이나 장미원들이나 자스민과 제라늄 및 선인장들이나 내가 소녀로서 야산의 꽃이었던 지브롤터 그렇지 내가 저 안달루시아 소녀들이 항상 그러하듯 머리에다 장미를 꽂았을 때 그렇잖으면 난 붉은 걸로 달까봐 그렇지 그리고 그이는 나에게 저 무어의 성벽 밑에서 어떻게 키스했던가 그리고 나는 그이를 글쎄 다른 사람만큼은 훌륭하다고 생각했지 그런 다음 나는 그이에게 눈으로 졸라댔지요 다시 한 번 내게 요구하도록 말이야 그래요 그러자 그이는 내게 물었지요 내가 그러세요라고 말하겠는가고 그래요 나의

야산의 꽃이여 그리고 나는 처음으로 나의 팔로 그이의 몸을 감았지 그렇지 그리고 그이를 나에게 끌어당겼어요 그이가 온갖 향내를 풍기는 나의 젖가슴을 감촉할 수 있도록 말이야 그래요 그러자 그이의 심장이 미칠 듯이 팔딱거렸어요 그리하여 그렇지 나는 그러세요 하고 말했어요 그렇게 하겠어요 네(yes).

조이스의 최후작으로 식자들간에 그의 소설성이 크게 의문시되고 있는 《피네간의 경야》에서 가장 두드러진 시적 운율을 담은 〈아나 리비아 플루라벨〉 부분은 조이스의 위대한 시인적 업적으로 높이 평가되고 있거니와 특히 흐르는 물소리와 함께 강의 언어로 구사된, 두 빨래하는 여인이 돌과 나무로 윤회하는 마지막 구절은 '음조시(音調詩)'의 일종으로, 저명한 조이스 연구가인 윌리엄 틴덜의 말대로 '산문시의 극치'를 이루고 있다. 다음은 그 중 한 구절이다.

들리지 않아요 저 물소리. 저 찰랑거리는 물소리. 횡횡 날고 있는 박쥐들, 사람 소리보다 더 큰 들쥐 소리. 이봐! 집에 가지 않겠어? 무슨 톰 말론이라고? 들을 수가 없어요 박쥐들의 찍찍거리는 소리 때문에 저 생생한 물소리 때문에. 이봐, 얘기하다 그만 시간이 다 가버렸어! 내 발이 움직이려 들지 않네. 난 저기 느릅나무처럼 늙어 버린 것 같아. 샤운이나 또는 솀에 관한 얘기인가? 모두 리비아의 딸-자식들이지. 검은 매(鷹)들이 우리 얘기를 엿듣고 있어. 밤이다! 밤! 내 머리가 몽땅 떨어지네. 난 마치 저기 돌멩이처럼 몸이 무거운 기분이야. 존이나 또는 샤운에 관해서 얘기해 준다고? 살아 있는 아들들인 솀과 샤운 또는 딸들은 누구인가? 이제 밤이야! 내게 말해 봐, 내게 말해! 내게 말해 봐, 느릅나무! 밤이야, 밤! 나무 줄기나 돌멩이 이야기를 내게 해줘요. 흐르는 물결 곁에, 여기저기 찰랑거리는 물소리. 안녕!

이상에서 본 바와 같이 시는 조이스에게 가장 심오한 감정의 표현을 매개하는 자연발생적인 것이었다. 1890년대에 조이스는 〈기분(Moods)〉이란 제목의 운시(韻詩)를 비롯하여 1900년경에는 〈빛과 어둠(Shine and Dark)〉이란 시를 썼지만 하나도 남아 있지 않다. 뒤이어 쓴 13개의 단편시로 구성된 낭만시집 《한푼짜리 시들(Pomes-Penyeach)》과 그의 서정적 장시 《실내악(Chamber Music)》, 장편산문시 《자코모 조이스(Giacomo Joyce)》, 그의 원숙한 단시(短詩) 〈보라, 저 아이를(Ecce Puer)〉, 그리고 두 편의 해학 산문시 〈성직(The Holy Office)〉 및 〈분화구로부터의 개스(Gas from a Burner)〉 등 모두 6가지 시들이 현존한다. 이러한 시들은 모두 그들의 동기에 있어서 사적(私的)인 것들이며, 시인의 내적 생활의 발로다. 다음은 이들에 대한 해설이다.

실내악

조이스의 초기 장편 서정시인 《실내악》(전 36수)은 그가 1901년에서 1904년 사이에 쓴 것으로서, 그 자신의 유니버시티 칼리지 재학 시절(1901~1902년)과 파리대학 유학 당시(1902~1903년), 그리고 그의 부친으로부터 '母위독귀가父'라는 전보를 받고 귀국한 이래 일정한 직업도 없이 더블린 거리를 쏘다니다가 뒤에 아내로 맞은 노라 바너클이란 처녀를 만나기 전후(1903~1904년)에 씌어진 것으로 알려져 있다. 전체의 시 가운데 맨 나중에 발표되었으며 노라에게서 영향받은 것으로 추측되는 Ⅵ, Ⅹ, ⅩⅢ 세 편이 《스피커》지 1904년 7월호와 9월호에 실렸으므로 그가 마텔로 탑을 떠나기 이전(1904년 9월 19일)에 사실상 이 시는 모두 완료된 셈이다. 그러나 《실내악》이 아더 시먼즈의 도움으로 한 권의 책으로 출판된 것은 1907년의 일로서 이 이전에 단편적으로 《스피커》, 《다나》, 《벤추어》, 《새터데이 리뷰》 등에 게재된 바 있다. 여기서 한 가지 특이한 일은 근 4년에 걸쳐 씌어진 《실내악》의 배열 순서는 작시(作詩)의 시기와는 전혀 관계없이 시의 내용과 주제에 그 주안점을 두고 있다는 사실이다.

《실내악》은 참으로 아름다운 서정시다. 이 시가 풍기는 맑고 섬세한 심미적·음악적인 서정성은 예이츠가 말한 대로 "기법과 정서를 동시에 담은 걸작"이 아닐 수 없다. 조이스 자신에게도 《실내악》은 작가로서의 소지(素地)를 뒷받침해 주는 중요한 동기가 된다. 왜냐하면 이 시의 일부가 《이미지스트 앤솔로지》에 게재됨으로써 조이스로 하여금 파운드나 엘리어트 등 당대의 시인들과 친교를 맺게 해준 동기가 되기 때문이다. 《실내악》이 내포하는 서술이나 주제 및 이미저리 역시 조이스의 《더블린 사람들》,《젊은 예술가의 초상》,《율리시즈》의 그것들과 극히 유사하므로 이 시기는 조이스 문학 연구에 빼놓을 수 없는 중요한 자료를 제공해 준다. 특히 《젊은 예술가의 초상》은 그 주제나 상징에 있어서 《실내악》의 각본이라 해도 과언이 아니다. 두 작품은 좌절, 소외 및 도피와 같은 일치된 주제를 가지고 있다. 예를 들면 Ⅰ은 《젊은 예술가의 초상》의 서곡이라 할 최초의 두 페이지 반과 일치하는데, 이 시구에서 스티븐의 분신이라 할 사랑이 악기를 타면서 강을 따라 걸어가는 것은 《젊은 예술가의 초상》의 아기 터쿠가 예술 창조의 상징인 자신의 노래 "오, 파란 장미꼬 피어 있네"를 부르면서 예술가로서 인생을 출발하는 것과 대응을 이루고 있다.

《실내악》은 Ⅰ의 시구 "강을 따라 음악이 들린다"가 암시하듯 그 세팅이 다분히 음악적인 운시다. 이 시를 애초에 감상한 바 있는 예이츠는 "음악에 합당한 단어들"이라 평한 바 있다. 이 시를 곡화(曲化)하겠다는 조이스의 의도는 그 자신이 한때 더블린의 작곡가였던 G.M. 파머에게 작곡을 의뢰한 경험이 있다는 데서 명백히 드러난다. 또 조이스가 로마에서 그의 동생 스태니슬라우스에게 보낸 편지 속에 명시되어 있듯이 그는 《실내악》 가운데 특히 XIV와 XXXVI를 가장 음악화하고 싶었던 것을 알 수 있다. 그의 이러한 의도는 더블린의 《이브닝 텔레그라프》지의 음악평론가였던 W. B. 레이놀즈가 《실내악》의 일부를 곡화함으로써 이루어졌다.

조이스의 결정적 전기가인 엘만은, 조이스가 이 시에 도입한 기법이나 서정성은 그가 파리 유학 당시 벤 존슨의 시를 공부함으로써 획득한 것이라 지적하는데, 그 예로 IV의 "수줍은 별이 하늘을 헤쳐갈 때/몹시도 처녀답게, 설움에 잠긴 채"라는 시구를 들고 있다. 그리고 엘만은 조이스가 당대 아일랜드 시인 그레간한테서 마지막 XXXVI의 "나는 땅 위로 군대(軍隊)가 진격하는 소리를 듣는다"라는 시구를 배웠다고 주장했다. 《실내악》 가운데 가장 강력한 시라 할 XXXVI의 시구가 품은 초자연성이나 꿈의 비전은 예이츠의 유명한 시 〈퍼거스와 함께 가는 자 누구냐(Who Goes with Fergus)?〉와 그 줄거리나 서정성이 상당히 일치하고 있는데, 예이츠의 이 시는 《율리시즈》의 주제를 지배하는 중요한 요소가 되고 있다.

조이스가 《실내악》을 쓸 당시 재미나는 에피소드가 많다. 당대 아일랜드의 문인들이 그러했듯이 조이스 역시 노트나 연필을 몸에 지니고 다니면서 시의 이미지나 영상이 떠오르면 양피지나 담뱃갑에다 그것을 적어 두곤 하였다. 이것이 조이스의 이른바 '에피파니'의 기록이다. 예를 들면 1904년 4월 8일 조이스는 메리 쉬니라는 미모의 소녀와 더블린의 호우드 언덕으로 산책갔다가 그녀의 미(美)에 현혹된 채 대화를 나누고 있었다. 이때 달을 보고 있던 메리가 달이 '눈물에 젖은 듯이' 보인다고 하자, 조이스는 그것이 마치 '어떤 명쾌하고 살찐 수도사의 고깔 쓴 얼굴'처럼 보인다고 응수했다. 이러한 생각을 그의 담배갑에다 적어 두었는데 이것이 후에 XII의 에피파니가 되었다. 그리고 XXV의 "사뿐히 오라 아니면 사뿐히 가라"라는 구절 또한 그녀와의 교제에서 일어난 이야기의 복사(複寫)다. XXVII만 하더라도 《젊은 예술가의 초상》에 명시되어 있는 바와 같은, 스티븐과 그의 친구인 크랜리와의 연적(戀敵) 관계를 읊은 시다. 또한 XXIII과 VI은 앞서 언급한 바와 같이 조이스가 1904년 6월 10일 더블린의 낮소가에서 만난, 핀 호텔에서 일하고 있던 골웨이 출신의 키 크고 젊은 다갈색 머리카락의 소녀인 노라 바너클에게서 영감을 받아 쓴 시로 추측되고 있다. 이러한 고증(考證)은 조이스가 노라를 만나 첫 데이트를 즐긴 날인 1904년 6월 16일(블룸즈데이) 전후까지도 《실내악》을 쓰고 있었음을 말해 준다. 또한 XXI과 XXII는 조이스와 유명한 그의 익살꾼 친구 올리버 고가티(《율리시즈》의 벅 멀리건)의 불화(不和)를 암시하고 있다. 그들의 불화는 고가티가 입주세(入住稅)를 물고 있던 마텔로 탑에 조이스가 영구 기숙자(寄宿者)가 될 것이라는 고가티의 우려 이외에도 조이스가 노라와의 친교 때문에 고가티를 제대로 대우하지 않은 데서 연유한 것 같다. 이와 같은 두 사람의 불화를 눈치챈 조이스의 친구 코스그레이브 역시 《더블린 사람들》의 계약을 위해 귀국한 조이스에게 자기와 노라 사이에 부정한 관계가 있었다는 것을 농담삼아 말함으로써 그를 한층 절망시켰다. 조이스는 즉시 트리에스트에 남아 있는 노라에게 질투와 실의에 찬 편지를 보냈으나 나중에 그의 또 다른 친구 번(《젊은 예술가의 초상》의 크랜리)이 코스그레이브의 이야기는 '경칠놈의 거짓말'임을 귀띔해 줌으로써, 노라에게 품었던 지금까지의 오해를 풀기 위해 그녀에게 다시 편지를 보냈다. 이때 편지와 함께 XXXIV를 써서 그녀를 달랬다는 것은 재미있는 에피소드다. 코스그레이브는 노라를 조이스의 "친구에 불과하다"라고 했는데, XXI의 "사랑이 그의 친구로다"라는 구절은 바로 이를 암시한다. 그리고 1902년 12월 조이스가 유학코자 파리에 첫발을 디딘 직후 그의 친구 번에게 신시(新詩) 한 수를 엽서에 적어보낸 것이 XXXV다. 이 시는 조이스가

《젊은 예술가의 초상》에서 보여주듯 "오, 인생이여"라고 절규하며 웅비했던 스티븐의 당시의 기백을 그대로 반영해 주고 있다.

조이스가 《실내악》이란 시제를 붙인 데도 재미있는 에피소드가 많다. 예를 들면, 언젠가 그는 익살꾼 친구인 고가티와 함께 제니리는 어떤 '즐거운' 과부를 방문하여 모든 사람들과 흑맥주를 마시며 즐기던 중 양피지에 적힌 그의 시의 일부를 읊으며 과부를 환대했다. 그러자 그녀가 갑자기 스크린 뒤의 실내 변기로 가는 것이 아닌가! 조이스와 고가티가 귀를 기울이고 있는데, 이때 고가티가 "자네에게 타당한 비평가야" 하고 소리쳤다. 이에 대하여 조이스의 친구며 그의 저명한 전기가인 길버트는 "그녀가 나의 시의 타이틀을 마련해 주었지. 나는 내 시를 '실내악'이라 부르기로 했네"라는 조이스의 말을 기록하고 있다.

그러면 《실내악》의 대체적인 내용과 주체를 살펴보기로 하자. 의인화한 사랑이 강을 따라 곡을 연주하면서 나타난다. 황혼이 짙어가면서 사랑의 상대가 나타나는데, 그녀는 낡은 피아노를 치고 있다. 그러자 Ⅲ에서 극의 화자가 나타난다. 그가 바로 조이스의 젊은 주인공 스티븐 디달러스 격이다. 그러나 시가 진행됨에 따라서 의인화한 사랑이나 극의 화자는 결국 시의 주인공 한 사람으로 귀일되고 만다. 사랑이 애인의 창가에 접근하며 사랑을 호소한다. 이윽고 그는 애인을 데리고 두 사람만의 사랑의 목적지인 어느 산골짜기에 당도한다. 이는 《실내악》의 전반부인 ⅩⅣ까지의 대체적인 내용으로서, 여기까지 사랑의 순례의 역정(歷程)을 기록하고 있다. 그동안 사랑은 명상, 유혹, 예상, 이별, 재회, 결합 등의 여러가지 무드에 잠기면서 결국 그의 연인과의 최후의 안착지를 발견한 것이다.

그러자 시의 무드가 돌변한다. 즉 시의 후반부인 ⅩⅦ부터는 사랑이 그의 라이벌을 발견한다. 이러한 경쟁의식은 그로 하여금 과거의 연인과의 추억에 잠기게 한다. 그는 연인이 그에게 되돌아오기를 호소하며 자위한다. 그는 고독에 사로잡히며 때로는 바다, 파도, 날개 등을 명상하며 새(鳥)의 존재가 된다. 이들은 모두 도피를 상징하는 이미지들로서 그 시각이 임박했음을 암시한다. 시의 후반부의 줄거리를 총괄했다고 할 수 있는 XXVIII은 전반부에 있었던 사랑의 축복을 흘러간 사랑의 추억으로 응보(應報)하고 있다. 요약컨대 시의 후반부는 라이벌 의식과 경쟁에 의한 사랑의 좌절감, 고립 및 최후의 도피로 일관하고 있다.

이상을 종합해 보면, 《실내악》의 일관된 주제는 사랑의 명상, 유혹, 이별, 재회, 소외, 좌절, 고립 그리고 최후의 도피로서 이는 《젊은 예술가의 초상》의 기본적 주제와 비슷하다.

《실내악》에서 우리의 주의를 끄는 것은 마지막 XXXVI으로서, 이는 앞서의 다른 시와는 다른 일종의 비정형시(非定型詩)다. 여기에서 조이스는 전통시의 스타일과 기법을 자신의 확고한 신념과 결합시키고 있는데, 이 시가 강조하는 것은 시각적 효과와 '듣는다', '우렛소리', '외친다', '신음한다', '쨍그랑 울린다' 등의 청각적 효과의 결합이다. 그러나 시가 진전됨에 따라 청각적 효과는 '그들은 바다에서 나와 고함치며 바닷가를 달린다'에서처럼 강력한 시각적 효과에로 몰입하고 있음을 알 수 있다. 에즈라 파운드가 1913년 《사상파(Des Imagistes)》라는 시집을 편집할 때 시각적 효과가 뛰어난 이 마지막 시를 포함시킴으로써 조이스 시의 사상파적 효과를 크게 인정했다는 것을 알 수 있다. 물론 사상파 시인들은 시의 객관성(objectivity)을 강조한다. 조이스 시에서 두드러진 현상은, 사상파 시인들이 1910년대에 착안했던 그들의 시론(詩論) 훨씬 이전 즉 1890년대의 모더니즘 초기에 조이스는 이미 낭만주의의 전통을 깨고 객관성과 불필요한 가식적 형용사 및 부사 등을 제거함으로써 파운드나 엘리어트 등이 추구한 사상파의 이상을 만족시키는 시문체(詩文體)를 수립했다는 점이다. 이는 조이스가 그의 소설들에서처럼 그의 시에 있어서도 20세기 문학의 새로운 방향을 제시한 선구자임을 의미한다.

한푼짜리 시들

《한푼짜리 시들》은 조이스가 1904년과 1910년 사이에 더블린, 트리에스트, 취리히 및 파리 등지에 거주하면서 띄엄띄엄 쓴 13개의 단편 서정시로 구성된 시집이다. 조이스를 한 사람의 작가로서 데뷔시킨 당대의 선배 시인 에즈라 파운드는 처음에 이 시편들을 출판할 가치가 없다 하여 부정적 반응을 보였으나, 당대의 비평가였던 아취볼드 맥클리쉬는 이 시에 대하여 아주 열광적인 반응을 보여 조이스로 하여금 《한푼짜리 시들》이란 겸허한 타이틀로 이를 출판토록 격려해 주었다.

첫 번째 시의 시제인 '틸리(Tilly)'는 아일랜드의 고유어인 게일어로서, 손님이 빵가게에서 한 다스의 빵을 사면 한 개 더 얹어 주는 덤이다. 조이스는 애초에 12개의 시에 한 수를 더 써서 모두 13수를 한데 묶어 1권에 1실링을 받고 팔았다. 조이스의 부친인 존 조이스가 그의 아내 메리 조이스에게 보낸 연애 편지 속에 담은 감정을 흉내낸 것으로 전해지는 이 시의 내용은 "그 옛날 옛적 정말로 살기 좋은 시절이었지 그때 음매소 한 마리가 길을 따라 내려오고 있었어"로 시작되는 《젊은 예술가의 초상》의 첫 구절과 흡사한 데가 있다. 이 시는 집을 향해 우울하게 걸어가는 소들의 숙명적 무감각 상태와는 대조적으로 꽃가지를 꺾고 마음 아파하는 목동의 감수성을 읊은 낭만시다.

〈산 사바의 경기용 보트를 바라보며〉는 조이스가 1912년 9월 7일에 트리에스트의 산 사바 근처에서 쓴 것으로, 그의 동생 스태니슬라우스가 경기용 보트를 타는 것을 목격하고 그의 젊은 기운에 비하여 자신의 나약해진 청춘을 개탄하는 내용을 담고 있다. 〈딸에게 준 한 송이 꽃〉은 조이스 자신이 가정교사로서 영어를 가르친 바 있는 아말리아 포퍼(《자코모 조이스》의 베아트리체의 모델)라는 아가씨가 그의 딸 루시아에게 선사한 한 송이 꽃에 대한 경험을 토대로 하고 있다. 조이스의 청춘에 대한 낭만적 동경과 부정(父情)을 담은 이 시는 스윈번(Swinburne)의 유려한 운율시의 매력을 풍긴다.

〈그녀는 라훈을 슬퍼한다〉는 1912년 조이스가 그의 아내 노라와 함께 파리에서 일시 귀국하여 아일랜드에 머무를 당시, 골웨이에 묻혀 있는 노라의 첫 애인인 마이클 퓨리(《더블린 사람들》의 〈죽은 사람들〉에 등장)를 모델로 삼고 있다. 이 시는 노라의 마음속에 도사리고 있는 죽은 연인에 대한 생각과 현재의 남편 조이스간의 미묘한 관계를 내다보는 조이스 자신의 미래의 비전을 묘사하고 있다.

〈만사(萬事)는 해방되다〉는 조이스가 트리에스트에서 쓴 것으로 1916년 취리히에서 쓴 〈홀로〉와 함께 자신의 실패를 예상하는 연인의 우울한 감정과 청춘의 기울음을 묘사하고, 〈만조(滿潮)〉는 폭풍 및 이에 수반하는 바닷가의 수연(水煙)을 읊은 시로서 스티븐이 샌디코브 해변의 밀려오는 파도를 바라보며 《율리시즈》에서 다음과 같이 명상하듯 바람, 파도 및 갈매기 등에 대한 이미지를 담고 있다.

……어두운 바다의 하얀 앞가슴. 두 개씩 두 개씩, 쌍을 이룬 억양(抑揚). 하프의 줄을 퉁기는 바람의 손이, 파도의 쌍을 이룬 화음(和音)을 빨아들이면서. 파도처럼 하얀 쌍을 이룬 말〔言〕들이 어두컴컴한 조수(潮水) 위로 반짝이고 있었다.

〈단엽(單葉)들〉은 조이스가 그의 딸 루시아에게 선사한 헌납시로서 달빛 아래 천진한 소녀가 단엽들을 모으는 장면을 읊고 있는데, 시의 종곡(終曲)에서 그녀의 비극적 미래(루시아는 정신분열증을 일으킴으로써 만년의 조이스에게 가장 큰 비극을 안겨 주었다)를 예언하고 있다. 정신적 불구가 된 딸의 슬픈 숙명을 예언한 고무적인 시다.

〈야경시(夜景詩)〉는 시인 자신이 사랑하는 아말리아 포퍼가 파리의 노트르담 성당에서 그의 곁에 서 있음을 상상하는 꿈의 환상을 묘사하고 있다. 이 시에 담긴 이미지들은 《자코모 조이스》에 나타나는 이미지들과 동일하다. 특히 이 시에서 "죄의 어두운 밤의 회중석(會衆席)"이란 구절은 보들레르풍으로 이 단시의 종말에서 우리는 무(無)를 위해 기도해 온 기도자들의 마음의 공허를 읽는다

〈한밤중 거울 속의 유희자들에 대한 기억〉은 사랑에 굶주린 배우들의 갈증을 묘사하고 있는데, 이 시는 《율리시즈》에서 스티븐이 모친의 죽음의 침상 주변을 난무하는 망귀(亡鬼)들을 명상하는 장면을 연상케 한다. 특히 이 시에서 화자(話者)의 감정을 나타내는 아이러니컬한 조롱은 《젊은 예술가의 초상》의 빌러넬을 닮고 있으며, 유혹과 악의 상징인 여인에게 사랑은 간청하는 피동적 매저키즘 현상은 조이스 문학의 전영역을 통하여 드러나는 사랑의 지배적 현상이다.

〈하나의 기도〉 또한 조이스의 매저키즘에 대한 매력을 드러내고 있다. 밤의 호격(呼格)으로 시작되는 이 시에서 시인은 여인에게 정복당하기를 갈구한다. 여인은 영원의 여성, 융(Jung)의 아니마(Anima), 대지(大地)의 어머니, 교회, 아일랜드, 영혼 등을 상징한다.

〈반홉가(街)〉는 〈만사(萬事)는 해방되다〉, 〈홀로〉 등 《한푼짜리 시들》에서 볼 수 있는 지배적 주제를 표현한 시로서, 조이스의 잃어버린 청춘과 취리히에서 한창 《율리시즈》를 집필하면서 겪었던 시력의 약화를 비통해하는 사적(私的) 경험을 소개하고 있다. 조이스는 반홉가에서 그의 왼쪽 눈의 녹내장(綠內障)으로부터 최초의 공격을 받았다.

성 직

조이스는 1904년 더블린에서 유럽으로 떠나기 약 두 달 전에 이 풍자적 비방시(誹謗詩)를 썼다. 그는 이 시를 인쇄했으나 인쇄비를 지불하지 못하여, 이듬해 다시 폴라에서 이를 인쇄하여 더블린에 있는 동생 스태니슬라우스에게 보내 더블린 시내의 아는 사람들에게 배포토록 하였다. 이 시에서 조이스는 당대의 아일랜드 시인들, 특히 예이츠와 러셀, 그리고 그들의 추종자들을 한데 묶어 위선과 자기 자만에 찬 인물들로 비난하고 있다. 그들은 육체만 있을 뿐 그들의 정신은 여성(女性)의 '새침'과 유사함을, 그들의 작품을 통하여 볼 때 의심할 여지가 없었기 때문이다. 자신의 강직성과 솔직성을 언제나 자부했으며, 이러한 기질을 《영웅 스티븐(Stephen Hero)》이나 《더블린 사람들》의 최초의 몇몇 이야기들 속에 드러내고 있던 조이스는 아리스토텔레스를 기독교의 의식(儀式)에 연결함으로써 그 자신의 성직은 이상의 광대 시인들이 숨기고 있는 감정의 정화(淨化)임을 주장한다. 그는 자신의 우상이었던 입센과 니체의 도움으로 산정(山頂)에 섬으로써 이들 광대들을 고고(呱呱)의 소리로 비난한다.

분화구로부터의 개스

1909년 8월에 더블린을 방문한 조이스는 그의 초기 단편집인 《더블린 사람들》을 출판하기 위하여 더블린의 마운셀 출판사와 계약을 맺었다. 그러나 출판사 사장이었던 조지 로보츠는 조이스의 원고를 검열한다는 이유로 출판을 지연시켰다. 따라서 그와 작가간에 약 3년간 협상이 이루어지지 못하다가 마침내 1912년 7월에 조이스는 더블린으로 되돌아와 이 문제를 담판짓기에 이르렀다. 조이스와 로보츠는 변호사와 상담했다. 로보츠는 작가가 많은 실제 주점 이름과 실제 인물명을 작품 속에 그대로 사용한 것은 남을 중상하는 처사라는 변호사의 말을 듣고 이를 변경시켜 줄 것을 작가에게 권고했다. 그러나 이에 대한 가망이 보이지 않자 마침내 그는 더블린의 인쇄업자 존 펠코너가 프린트한 인쇄본을 매입해 달라는 작가의 제의를 수락하기로 결정했다. 그러나 인쇄자인 펠코너는 이처럼 논란많은 책과 관계를 끊을 양으로 그의 인쇄본을 모두 절단해 버렸다. 이에 조이스는 분노에 가득 차 더블린을 떠났으며, 프라쉥과 샐즈버그로 가는 기차 속에서 《더블린 사람들》의 출판계약서 뒷면에다 그의 비방문을 쏟음으로써 화풀이를 했는데, 이것이 바로 〈분화구로부터의 개스〉란 분노의 산문시다.

보라, 저 아이를

조이스가 그의 만년(1932)에 쓴 이 시는 가장 감동적인 성숙시로서, 그의 부친 존 조이스의 죽음과, 그와 때를 같이하여 태어난 손자 스티븐 조이스의 탄생을 함께 읊은 희비(喜悲)의 감정을 그 소재로 하고 있다. 이 시의 서정적 함축미와 사상파적(寫象派的) 요소는 식자들 간에 높이 평가되고 있다.

자코모 조이스

《자코모 조이스》는 본래 조이스의 유고(遺稿)로서 그의 원고는 두꺼운 양피지를 닮은 대형 백지(白紙) 안팎 8장의 육필로 되어 있었다. 1968년 1월 미국의 바이킹 출판사에 의하여 이 주옥 같은 산문시가 처음 출판되었을 때, 이 작품은 하나의 거대한 문학적인 새로운 발견으로서 극찬을 받았다. 저명한 조이스 연구가인 리차드 엘만에 의한 서문 및 주석과 함께 첫선을 보인 이 작품은 대략 1914년 7월과 8월 사이에 씌어진 것으로 추산되는데, 이 시기는 그의 《젊은 예술가의 초상》의 마지막 두 장을 탈고하고 희대의 거작 《율리시즈》와 그의 유일한 희곡 《망명자들》을 쓰기 시작한, 그의 작품활동의 성숙기라는 점에서 그 중요성이 높이 평가되고 있다.

애정을 주제로 한 이 시의 배경은 《자코모 조이스》라는 작품명이 암시하다시피 조이스의 실제 경험에 그 근거를 두고 있다. 자코모(Giacomo)는 제임스(James)를 이탈리아식으로 부른 이름으로, 이탈리아에서는 '위대한 연인'이란 별명을 뜻하며, 어원 또한 사랑을 의미한다. 따라서 시의 제명은 이 말에 조이스(Joyce)라는 자신의 성(性)을 합친 것으로, 이 이름이 지닌 상징성은 20세기 문학사에서 가장 사랑받는 주인공들로 널리 알려진 조이스의 스티븐 디덜러스나 《율리시즈》의 다정다감한 주인공 리오폴드 블룸의 그것과 일치한다. 결국 《자코모 조이스》는 조이스 자신의 연애 사건을 기록하고 있다. 엘만의 권위 있는 전기가 밝히고 있듯, 1904년 더블린을 떠난 이래 젊은 조이스는 생활의 안정을 얻지 못한 채 빈곤에 허덕여야만 했다. 그러다가 그는 리오폴드 포퍼라는 어느 부유한 오스트리아계 유대인 무역상의 딸 아말리아 포퍼에게 영어를 가르쳤는데, 그때 그녀에게 '정적' 사랑을 품었던 모양이다. 그녀는 이 시 속에 영구화된 여주인공 베아트리체다. 따라서 시의 내용은 실제로 그녀에게 영어를 가르쳤던 조이스 자신의 경험에서 비롯된 것이며, 조이스 자신의 젊은 시절의 청춘과 그가 만년에 품었던 사랑의 고통스런 작별의 갈등이 '흑부인(dark lady: Amalia)'을 통해 묘사되고 있다. 이러한 갈등은 조이스의 한층 초기시인 〈딸에게 준 한 송이 꽃〉 및 〈야경시(夜景詩)〉와 한결같은 주제를 형성하며, 초현실적 환각이 이 시의 특징을 이룬다.

하나의 등장인물로 볼 때 자코모는 스티븐(22세)보다는 나이가 많으나 그보다는 덜 오만하고, 블룸보다는 더 젊으나 그보다는 더 의도적인 성격의 소유자며, 이 시의 한 여주인공 베아트리체는 아주 귀족적이고 교양 있는 여인으로 부각되고 있다. 시의 초두에서 거미줄 같은 글씨의 소유자며 결코 코를 풀지 않는, 그리고 "누구세요?" 하고 돌발적으로 물어 오는 그녀의 불가사의한 신비성이 자코모가 접근할 수 없는 절대적 존재임을 말해 준다. 그러나 시가 전개되면서 그녀에 대한 이러한 자코모의 청순한 정신적 사랑은 에로틱하고도 혼미한 장면으로 어지럽게 교차되어 나가는데, 그와 동시에 집중되는 환상적인 이미지 속에서 그는 그녀의 육체를 자신의 것으로 만든다. 그러나 시의 종말에 이르러 인간에게 있어서 사랑의 힘의 위대성과 그 자체를 만끽하려는 인간의 우울성, 애인의 우산마저 사랑해야 하는 사랑의 어쩔수 없는 힘은 인간이 고통스러우나마 감수해야만 하는 처절한 현실을 드러내고 있다.

교묘하게 삽입된 사실적 사건들과 그의 서정적인 표현의 연속으로써 영어를 가르치는 가정교사가 가지는 한 학생에 대한 애정과 그의 성적 동요 내지는 흥분 상태를 아주 고차원적으로 묘사하고 있다. 이 시에서 특히 두드러진 현상은 작시(作詩)의 기법인 서술과 공백의 배열이다. 공백의 크기가 상이한 시의 상징적 배열에서 우리는 마치 해롤드 핀터의 《귀가(The Homecoming)》나 새무얼 베케트의 《고도를 기다리며(En Attendant Godot)》라는 현대극에서 볼 수 있는 공백의 효과를 보는 듯한 느낌을 갖는다. 이러한 공백의 효과는 독자나 청중에게 침묵의 여운을 줌으로써 서술되지 않은 부분에 대한 강한 주의력과 상상력을 역설적으로 요구하고 있다. 시가 종말에 이르자 공간이 줄고 서술의 빈도수가 높아지는 것은, 주인공의 의식의 긴박감을 암시하는 시각적 효과를 드러내고자 함이다.

대부분의 조이스의 작품들은 은근하고도 조용한 말투(soft tone)로써 주인공의 중년의 사랑을 다루고 있는 데 반하여 《자코모 조이스》에서는 약동하는 삶의 독립성을 작품 속에 불어넣고 있음을 직감할 수 있다. 조이스의 다른 작품들이 갖고 있는 아주 광범위하고 형식적인 구성에 익숙해진 독자들에게 이 섬세하고 비형식적인 산문시는 커다란 호기심거리가 아닐 수 없다. 엘만의 논평대로 《자코모 조이스》는 조이스 자신이 즐겨 간직했던 '사상과 묘사의 저장고(a reservoir of ideas and description)'로서, 그 작품 자체뿐만 아니라 현대 산문시의 새로운 창조라는 측면에서도 커다란 문학적 혁신이므로 심각한 의미를 띠지 않을 수 없는 것이다.

□ 해설 Ⅲ

제임스 조이스의 에피파니에 대하여

두 저명한 조이스 학자들인 로버트 스콜즈(Robert Scholes)와 리차드 캐인(Richard M. Kain)은 그들이 공동 편집한 《다이덜러스의 작업장(The Workshop of Daedalus)》이란 책에서 조이스의 《젊은 예술가의 초상》의 소제들을 한데 묶어 놓고 있거니와, 특히 그 중에서도 마흔 개의 에피파니들을 그들의 값진 해설과 함께 수록하고 있다.

에피파니들

서문 노트

조이스는 그의 편지들과 그의 작품 《영웅 스티븐(Stephen Hero)》에 대한 구상 안에서 그의 에피파니들에 대하여 언급하고 있지만, 우리들이 그 형식에 대하여 찾아 볼 수 있는 유일한 정의는 스티븐 디덜러스가 한 말이다: "말이나 몸짓의 통속성의 형태이든 마음 자체의 기억할 만한 국면의 갑작스런 정신적 계시." 여기에 실린 40개의 에피파니들은 날짜가 명시된 채 이 형식을 취하는 조이스의 모든 작품들을 대표하고 있다. 에피파니를 '형식'이라 부르는 것은 조이스의 의도를 넘어서는 지나친 위험을 부여하는 것일지도 모른다. 왜냐하면 스티븐은 이러한 에피파니를 아주 조심스럽게 기록하는 것이 저술가의 임무라고 믿었고, 이는 그것이 예술적 상상력의 문제가 아니라 단지 이해와 기록의 문제이며, 반드시 예술가에 의해서만 가능한 것이 아니라 '저술가'에 의하여 이루어질 수 있는 것임을 시사해 주고 있기 때문이다. 그럼에도 불구하고 조이스가 단지 기록이나 여느 저술가가 어느 저널에서 기록했음직한 관찰만으로 만족하고 있지 않음을 보여 주는 자료들을 우리는 찾아 볼 수 있다. 오히려 조이스는 그의 에피파니들에서 무형의 것에 어떤 형태를 부여하고, 실체가 불분명한 것에 어떤 실체를 부여하려고 시도했었던 것 같다. 후에 조이스는 자신의 마음에 떠오르는 대화나 구절의 단편들을 적어 내려가거나 종이를 스크랩하거나 이를 알파벳 순서로 정리한 노트와 같은 보다 평범한 수단에 의존했는데, 이는 《율리시즈》나 《피네간의 경야》와 같은 작품으로 형상화되게 된다. 하지만 그는 그의 초기의 에피파니들을 그 신성한 '영적' 성격에 걸맞는 경건함으로 다루고 있는데, 그는 나중에는 이 경건함을 《율리시즈》의 스티븐의 회상적 내적 독백을 통하여 다음과 같이 냉소적으로 대하고 있다:

    매일 밤 일곱 권의 책을 각각 두 페이지씩 읽는 거다, 어때? 내가 어렸을 때였지. 너는 앞쪽으로 걸어 나와 열렬히 박수 갈채를 보내면서, 얼굴을 두들기며, 거울 속에 비친 저 자신의 상(像)에 절을 했었지. 경칠 놈의 바보 녀석 만세! 만세! 아무도 보지 않았다: 아무에게도 말하지 말라. 한 권에 문자 하나씩을 표제로 하여 네가 쓰려고 했던 책들. 자넨 그이 에프(F)를 읽었나? 암 읽었지. 그러나 난 큐(Q)가 더 좋아. 그래, 하지만 더블류(W)가 근사하지. 오 그래, 더블류. 초록빛 타원형 잎사귀 위에, 깊이깊이 몰두하여 쓰여진 에피파니들, 만일 네가 죽더라도 알렉산드리아를 포함하여, 세계의 모든 큰 도서관에다 기증하게 될 너의 책들을 기억해 보라. 수천 년, 억만 년 후에도 어떤 사람이 거기서 읽게 될 것이다. 피코 델라

미란도라처럼. 아하, 참 고래같은 얘기로군. 오래 전에 세상을 떠나 버린 저자의 이러한 신기한 책을 읽게 되면 그 저자와 자기가 한때 같이 있었던 것 같은 기분이 든단 말이야

지금까지 발견된 에피파니들은 쉽게 두 부류――《영웅 스티븐》에서의 스티븐 디덜러스의 정의에서 나타난 두 가지 면에 많은 점에서 일치하는――로 분류화 될 수 있다. 그 한 부류의 에피파니들은――비록 그것의 일부는 조이스가 관찰하고, 회상하고 또 꿈꿀 때 그의 마음에 기억되는 국면들을 보여 준다. 극적이라 불려질 수 있는 두 번째 부류의 에피파니들은 서술자를 배제하고 말이나 몸짓의 통속성에 보다 초점이 맞추어 진다. 이 두 부류의 에피파니들 사이의 구별은 이 세상에서의 자신에 대한 조이스의 초기 시각과 그의 또 다른 자아인 스티븐이 그의 세계에 대해 갖는 시각――예술가의 마음 상태는 '기억될 수 있는' 그의 주변 인물과 환경은 통속적이라는 시각――을 명백하게 반영해 준다. 이러한 예술가와 그의 어리석은 주변 환경 사이의 마찰은 조이스가 썼던 《젊은 예술가의 초상》의 세 판본(版本)들의 기저에 깔려 있다. 그는 이러한 영웅적 예술가와 그의 통속적 환경이라는 명백한 대조를 재빨리 탈피하였고, 이러한 갈등에 대한 그의 견해는 그 최종판에서는 상당히 복잡해져서 이제는 스티븐의 자화상이 궁극적으로 아이러니컬한 것이냐, 아니면 낭만적인 것이냐, 적대적인 것이냐, 아니면 동정적인 것이냐에 대하여 논쟁을 비평가들에게 불러 일으킨다. 하지만 에피파니에 대한 초기 개념은 예술가의 마음에 대한 동정과 그 주변 세계에 대한 적의를 그 정의(定義)에 의하여 유지하고 있는 듯하다.

이 "epiphany"라는 영어와 그가 기록했던 실제의 에피파니들이 조이스의 작품들과 갖는 관계는 몇 가지 어려운 문제들을 제기해 왔다.

이 용어는, 특히 《더블린 사람들》에서 각 이야기의 집합체들이 구조화되는 원칙을 지칭하는 것처럼 적용되어져 왔다. 만일 비평가들이 이러한 의미에서 이 용어가 유용함을 발견한다면, 비평가들은 의심의 여지없이 이를 계속 적용하려 할 것이다. 그러나 그렇다면 그들은 그 용어를 조이스 자신이 사용했던 것과 상당히 상이하게 사용하고 있음을 명백히 깨달아야만 할 것이다. 그에게 있어서 그것은 오직 삶에만 관계했을 뿐이지 예술에 관계한 것은 아니었다. 에피파니는 관찰되어진 삶이었으며, 일종의 카메라 렌즈에 잡혀 논평 없이 어떤 의미심장한 순간을 그대로 재생해 놓은 삶이었던 것이다. 에피파니란 단지 기록되어질 수 있을 뿐이지 구성되어질 수 있는 것은 아니었다. 그러나 그러한 순간들이 일단 기록되어진 후에는 어떤 예술적 틀에 배치되어서 어떤 허구적 서술에 리얼리티를 부여하는 데 이용되어질 수 있는 것이다. 몇몇의 에피파니들은 《더블린 사람들》에서 그러했듯이 실제로 그렇게 사용되어질 수도 있다. 하지만 지금까지 어떠한 에피파니도 이야기들의 집합체에서 발견된 예는 없었던 것이다.

최근 피터 스필버그가 버펄로 대학에서 조이스의 메모를 목록화하는 과정에서 발견한 사실은 우리로 하여금 조이스가 실제로 그의 에피파니를 사용했던 방식을 상당히 정확하게 재구성하는 것을 가능하게 해 준다. 버펄로 대학에는 원고 상태의 22개의 메모가 있다. 스필버그는 이 22장의 메모의 이면에 1에서 71에 달하는 숫자가 쓰여 있음을 발견했다. 만일 우리가 에피파니들을 이 숫자의 순서에 따라 배열한다면, 그것들은 그들이 조이스의 생애에서 발생한 날짜와 그의 전기적 소설에 사용된 날짜 사이의 일종의 유사성을 보여주는 질서정연한 패턴을 만들게 된다. 이 숫자를 쓴 필적이 긍정적으로 확인된 바는 없지만, 스필버그는 여기서 그 숫자가 조이스 자신에 의하여 쓰여졌거나 아니면 그의 지시에 의하여 쓰여졌으며, 그것은 우리에게 조이스가 썼던 에피파니들의 전체 수를 잘 보여 주고 있으며, 이 자료들이 제임스 조이스에 의하여 배열된 하나의 의미 있는 순서를 보여 준다는 가정을 내놓고 싶어한다.

우리는 조이스가 어떻게 그의 동생 스태니스라우스의 도움으로 《실내악》에서 몇 가지 의미 있는 시 배열을 시도했었던가를 알고 있다. 그는 에피파니들도 같은 방식으로 다루었던 것 같다. 우리는 《영웅 스티븐》의 구상을 상기하자마자 그 작품에 그의 에피파니들을 사용하려고 했으며, 그가 실제로 많은 에피파니들을 사용했음을 알고 있다. 버펄로 대학의 메모에 쓰여진 숫자가 71에 달하며, 65번이 정확히 1903년 4월 11일의 것으로 나타나 있다는 사실은 그 전체 숫자가 70대에 달할 것이며, 또는 어쩌면 그보다 다소 많을 수도 있음을 시사해 준다. 조이스는 일단 1904년 1월 그의 원고 상태의 에피파니들을 하나의 완성된 형식으로 변화시키면서 《영웅 스티븐》에 착수한 후로는 에피파니들을 아마도 거의 기록하지 않았을 것이다. 에피파니들의 대부분이 1900년에서 1903년 사이에 이루어졌던 것으로 보여진다. 1902년 말경에는 그것들은 원고 집합체의 형태에 달하였고 그의 추종자들 사이에 돌려 보여지거나 조오지 럿셀——조이스는 파리를 향해 떠나기 전에 그에게 한 부를 주었다——같은 문학가들에게 보여졌다.

그 에피파니들의 집합은 《실내악》에서의 품위 있는 운문에 대한 사실적 산문 대구(對句)로 여겨져야 할 것이다. 어떤 꿈에 기초하여 1903년 초기에 쓰여졌으며, 그 구절이 다른 초기 시들의 엘리자베드 조 풍에서보다 훨씬 자유로운 시, "나는 군대가 진격해……"(《실내악》 36수에서)와 같은 시에서 우리는 조이스가 서로 다른 형태의 에피파니들과 노래들 사이에 하나의 화해를 시도하고 있음을 볼 수 있다. 대략 이 시기 이후로 추정되어지는 이러한 꿈의 에피파니들은 《실내악》의 마지막 시에서의 자유로운 형식의 시구와 크게 다르지 않은 일종의 산문시의 형태를 취한다. 이와 같은 사실적인 것을 재생해 내고 미적인 것을 창조해 내려는 그의 상반된 요구들 간의 화해는 조이스의 성숙한 예술의 힘에 기반을 둔 것이다.

1903년의 에피파니들의 양상은 조이스가 파리에서 그 해 3월 20일에 그의 동생 앞으로 쓴 편지에 드러나 있다. 그는 그가 15개의 새로운 에피파니들을 썼는데, 그 중 12개는 삽입을 위한 것이고 나머지 3개는 첨가를 위한 것이라고 쓰고 있다. 이것으로 미루어 보아 에피파니들은 이미 어떤 기본적인 배열을 가지고 존재하며, 삽입뿐만 아니라 첨가에 의해 수정되어질 수 있는 것임을 분명히 알 수 있다. 조이스는 그것들을 구성상으로 모아 놓지 않고 의미의 진전에 따라 배열해 놓았다. 조이스는 나중에 《영웅 스티븐》에 에피파니들을 이용할 때 이러한 배열에서 다소 탈피한 것이 틀림없으나 아직도 남아 있는 번호의 원고를 보면, 의미의 진전에 따른 배열을 치밀하게 지켰다는 것이 나타나고 있다. 틀림없이 그는 에피파니들을 재정리해서 번호를 다시 매겼다. 그래서 현재 우리가 가지고 있는 것들에서는 의미의 진전에 따라 정리한 것만 보인다. 그러나 그것이 71번까지 매겨져 있는 것으로 보아 최근에 그렇게 한 것이 틀림없다. 또한 그것도 조이스가 《영웅 스티븐》에 일부를 사용하기 위해 치밀하게 정리해 놓은 것이 틀림없다. 그 작품의 첫 부분 원고를 소장하고 있지 않는지라, 에피파니들을 그 작품의 초기에 활용한 상황은 점검해 볼 수 없다. 그러나 《영웅 스티븐》에 처음 사용한 것이 틀림없는 에피파니 1번은 《초상》의 2쪽에 나타나고 있다. 조이스는 70여 개의 에피파니들을 정리함으로써 《영웅 스티븐》를 쓰는 데 좋은 자료를 갖게 된 셈이다. 이 에피파니들은 그가 소설을 쓸 때에 중요한 기반이 되었다.

코넬 대학에 있는 18개의 추가된 에피파니들은 버펄로 대학에서 22

개로 대표되는 세트에서 나온 것은 아니지만, 그들을 순서대로 배열해 보면 그럴듯한 자리에 배치하기란 어렵지 않다. 이렇게 40개의 에피파니들을 여기에 정리함으로써 조이스는 그의 수필 〈예술가의 초상〉을 《영웅 스티븐》에 이용하기 시작할 때 그 이전부터 조이스가 갖고 있던 71개도 넘는 에피파니들을 가능한 한 본래 그대로 반영하게 된 것이다. 그들을 이러한 순서로 읽어보면 우리는 조이스의 소설이 자리잡혀 가는 것을 알 수 있다. 버펄로에 있는 22개의 에피파니들은 조이스의 필체로 써서 각 쪽들이 매끄러운 원고들로 되어 있다. 올리버 고가티(조이스의 초고인 40번 원고)에 관한 한 개를 제외하고는 코넬에 있는 것들은 스태니스라우스 조이스의 비망록에서 나온 것이라는데, 조이스는 이를 〈다양한 저자들의 산문 선집(Selections in Prose from Various Authors)〉이라 불렀다. 브레이크, 사무엘 존슨, 그 밖에 다른 사람들의 글들 가운데는 제임스 조이스의 에피파니들이 들어 있다. 이들 중 17개는 버펄로의 그것들과는 다르다. 다음의 텍스트에는 원고의 소재가 각 에피파니의 주석으로 명시되어 있다. 버펄로와 코넬에 있는 원고 속에 똑같은 에피파니가 있고 버펄로에 있는 제임스 조이스의 텍스트가 그 다음에 나온다. (버펄로와 코넬 텍스트들 간에는 중요한 차이는 없다.) 올리버 고가티와 스태니스라우스 조이스의 에피파니는 둘다 얼마간 상반되기는 하지만, 에피파니 자체들에 대한 서문적 자료로서 여기 기재한다. (R. 스콜즈, R M. 캐인)

올리버 St. 존 고가티

조이스의 에피파니에 관하여
레이디 그레고리가 그에게 쌀쌀한 등을 돌렸을때 그가 극장(Abbey

Theatre)의 자리를 잃은 것이 얼마나 커다란 충격이었음을 그 누가 헤아릴 수 있겠는가?⋯⋯ 그런고로 율리시즈는 자신이 스스로 독립하지 않으면 안되었다. 더블린의 단테 격인 그는 스스로 자신의 지옥을 빠져나갈 길을 찾지 않으면 안되었다. 그러나 그는 비결을 상실했다. 제임스 모가스틴 조이스는 술집에서 '실례하네!'라는 한 마디 말을 남기고 예의 있게 살짝 빠져나갔다.

"쉿! 그 친구 모든 걸 다 적어 놓았다구."

"뭘 적어 둔단 말인가?"

"우리들을 적어 두었어, 노트를 적어 두는 얄미운 놈. 그런데 틀림없이 그는 그걸 출판할 거야."

그래, 그것이 제임스 오가스틴의 새로운 면모였다. 나는 너무나 단순해서 심지어 레이디 그레고리가 없는 동안에도 번성하는 '극장 운동'과 동시대의 사람들이 적어 둔 글들이 나중에 판매할 가치가 있고 역사적 관심을 갖게 될 것이라는 것은 알지 못했다⋯⋯

나는 조이스가 어떤 멋진 행각을 했을까 혹은 어떤 '민속적 글귀'를 엘우드나 나에게서 얻어 밖으로 나가 몰래 적어 두었을까를 떠올려 보려고 애쓰고 있었다.

어떤 종류의 비밀이든 서로의 성실한 관계를 망치게 한다. 나는 남의 입에 오르내리는 것을 개의치 않지만, 그의 '에피파니들' 중의 하나에 본의 아니게 끼여드는 것은 짜증스런 일이다.

아마도 달링튼 신부가 그의 라틴어 반에서 혼자 말로——왜냐하면 조이스는 그리스어를 모르니까——'에피파니'란 '드러나 보이는 것'이라고 그에게 가르쳤었을 거야. 그런고로 조이스는 '에피파니'라는 낱말 밑에다 의식의 표현이라 기입하고, 사람은 그로 인하여 자신을 드러내 보이는 것으로 생각했다.

우리들 중 어느 쪽이 그에게 '에피파니'를 제공하여 그로 하여금 화장실로 보내어 그것을 적어 두게 했던가?

"존," 하고 나는 동조자를 구하면서, "그 친구 우리 두 사람을 속이고 있는 거야."

그러나 존을 분개하도록 끌어들일 수가 없었다.

"위대한 예술가야!" 하고 그는 '예술가'란 말을 더블린에서 괴상한 녀석이나 커다란 얼간이라는 의미로 사용하면서, 부르짖었다. 다시 말하면 그의 친구들의 기분 전환을 위하여 자기 자신의 위신쯤은 희생시키는, 유쾌하고 비위선적 허풍장이 말이다

"얼간이란 말은 그만 두고, 존 그 친구 왜 메모를 적어 두는 걸까?"

"우리는 모두 같은 입장에 있는 거야──젠장, 우리는 그 늙은 부인이 그를 추방한 이후부터 모두 같은 처지란 말이야······"

스태니스라우스 조이스

그의 형의 에피파니에 관하여

우리가 그렌가리프 패래이드 22번지에 살 때 그는 또 다른 실험적 형식으로 현시 또는 계시를 적어 두는 것을 일삼아 왔는데, 그것을 그는 '에피파니'라고 불렀다. 짐은 언제나 숨기는 것을 격멸했다. 이러한 기록들은 애초에──단지 바람 속의 티검불같이──사람들이 조심스럽게 감추려고 하던 것이 저도 모르게 새어 나오는 것들, 예를 들면 말하려는 것과는 반대로 입에서 나오는 말이나, 사소한 과오 또는 몸짓 따위들이 그것이다. 에피파니들은 언제나 길이에 있어서는 몇 줄 되지 않는 간단한 소품이지만, 사소한 문제까지도 정확하게 관찰하고 기록한다. 이러한 모음집은 마치 미술가에게 스케치북 구실을

했으며, 스티븐슨의 노트북이 그의 문체를 형성하는 데에 도움이 되는 것과 같다. 그러나 그것은 어떤 의미에서든 일기는 아니었다. 존 에그린튼은 《아일랜드의 문학 초상》의 나의 형에 대한 간단한 회고 속에 형의 일기를 마치 《더블린 사람들》이나 《율리시즈》의 그것처럼 그것의 존재가 알려져 있는 것처럼 언급하고 있다. 심지어 형은 그의 일기에다 학식이 있는 사람들을 부지런히 메모를 하기 위해 그들과 친교를 도모하고 있다고 말하고 있다. 그 이야기는 몰염치하게 꾸며진 것이다. 스케핑턴에 관한 한가지 에피파니의 경우를 제외하고는 작품들의 주인공들은 중요한 인사들이 아니다. 그리고 그가 후에 만난 사람들 중 어느 누구도 그 선집 속에 언급되지 않았다. 더구나 짐은 그의 일생 동안 어느 때도 일기를 적어 본 일이 없다. 그렇게 따분한 일기를 쓰는 습관은 나의 습관이었으며 나는, 마치 다른 사람들이 담배를 피우듯, 일단 시작을 했기 때문에 계속 일기를 적었다. (나는 일기 쓰는 광증이 나쁘다고는 생각지 않는다.) 뿐만 아니라 번즈의 말을 인용할 이유도 없다:

   만일 코트에 구멍이 나면
     나는 그것을 메우라고 권하겠다.
   너희들 가운데 한 얄미운 놈이 노트를 적는다,
     그런데 그는 틀림없이 그걸 출판할 꺼야.

  나의 형의 목적은 다른 것이 없으며 그의 시각은 새로운 것이었다. 계시와 잠재 의식이 그의 관심을 사로잡았던 것이다. 에피파니들은 더욱더 자주 주관적이 되고 꿈을 포함하게 되는데, 그는 어떤 면에서 그 꿈들을 계시적이라 생각했다.
  그는 《예술가의 초상》에 여기 저기 에피파니의 몇 개를 소개했으며,

그 중 몇 개는 끝부분의 가상의 일기에 소개하고 있다. 다른 나머지들을 그는 간직할만큼 충분히 관심이 있는 것으로 생각지 않았다. 그러나 나는 그의 의견에 동조하지 않은 채, 그 중 몇 개를 간직해 오고 있다

연 보

1882년　2월 2일, 아일랜드 수도 더블린에서 경제적으로 넉넉지 못한 수세리(收稅吏) 존 스태니슬라우스 조이스(John Stanislaus Joyce)와 메리 제인 조이스(Mary Jane Joyce) 사이에서 장남으로 태어남.

1888년　9월, 한 예수회의 기숙사제 학교인 클론고우즈 우드 칼리지(Clongowes Wood College) 초등학교에 입학, 1891년 6월까지 (휴가를 제외하고) 그곳에 적(籍)을 둠.

1891년　이해는 조이스 생애에 있어서 가장 중요한 한 해였음. 6월, 경제적 어려움 때문에 존 조이스는 제임스를 클론고우즈 우드 칼리지 초등학교에서 퇴교시킴. 10월 6일, 파넬(Parnell)의 죽음은 아홉 살 난 소년에게 큰 충격을 주어, 파넬의 '배신자'를 규탄하는 〈힐리여, 너마저(Et Tu, Healy)〉란 시를 쓰게 함. 존 조이스는 이 시에 크게 만족하여 그것을 인쇄하게 했으나 현재는 단 한 부(部)도 남아 있지 않음. 뒤에 《젊은 예술가의 초상》에 서술된 바와 같이 그의 격렬한 기분으로 조이스가(家)의 크리스마스 만찬을 망쳐 버린 것도 이해임.

1893년　4월, 역시 예수회 학교인 벨비디어 칼리지(Belvedere College) 중학교에 입학, 1898년까지 그곳에 적을 두었는데, 우수한 성적을 기록함.

1898년　카디널 뉴먼(Cardinal Newman)이 설립한 예수회 학교인 더블린의 유니버시티 칼리지(University College)에 진학, 이때부터 기독교 및 편협한 애국심에 대한 그의 반항심이 움트기 시작함.

1899년	5월, 예이츠 작(作) 〈캐슬린 백작부인〉을 공격하는 동료 학생들의 항의문에 서명하기를 거부함.
1900년	문학적 활동의 해. 1월에 문학 및 역사학회에서 '연극과 인생(Drama and Life)'에 관한 논문을 발표함(《영웅 스티븐〔Stephen Hero〕》 참조). 4월에 〈입센의 신극(Ibsen's New Drama)〉이라는 논문이 저명한 《포트나이틀리 리뷰(Fortnightly Review)》 지에 게재됨.
1901년	이해 말에 아일랜드 극장의 지방성을 공격하는 수필 〈소요의 날(The Day of Rabblement)〉을 발표함(본래 대학 잡지에 게재할 의도였으나, 예수회의 지도교수에 의하여 거절당함).
1902년	2월, 아일랜드 시인인 제임스 클라렌스 맨건(James Clarence Mangan)에 관한 논문을 발표, 맨건이 편협한 민족주의의 제물이었음을 주장함. 이어 10월에 학위를 받고 파리에서 의학을 공부하기로 결심함. 늦가을, 더블린을 떠나 런던의 예이츠를 방문하고, 그의 작품 판로(販路)의 가능성을 살피기 위해 얼마간 그곳에 머무름.
1903년	파리에서 이내 의학에 대한 흥미를 잃고 잇따라 더블린의 일간지에 서평을 쓰기 시작함. 4월 10일, "모(母) 위독 귀가 부(父)"라는 전보를 받고 더블린으로 돌아옴. 그의 어머니는 이해 8월 13일에 세상을 떠남.
1904년	이해 초에 〈예술가의 초상(A Portrait of the Artist)〉이라는 단편을 시작으로 자서전적 소설 집필에 착수함. 이는 나중에 〈영웅 스티븐〉으로 발전하고 이를 다시 개작한 것이 《젊은 예술가의 초상》임. 어머니 메리 제인의 사망 후로 조이스가의 처지는 악화되었으며, 조이스는 가족과 점차 멀어지기 시작함. 3월에 달키(Dalkey)의 한 초등학교 교사로 취직, 6월말까지 그곳에 머무름. 이해 6월 10일, 조이스는 노라 바너클(Nora Barnacle)을 만나 이내 사랑에 빠짐. 그는 결혼을 하나의 관습으로 보

고 반대함으로써 더블린에서 노라와 같이 살 수 없게 되자, 유럽으로 떠나기로 작정함. 10월 8일, 노라와 더블린을 떠나 런던과 취리히를 거쳐 폴라(유고슬라비아령)에 도착한 뒤, 그곳 베를리츠 학교에서 영어를 가르치기 시작함.

1905년　3월, 트리에스트로 이주, 7월 27일 그곳에서 아들 조지오(Giorgio)가 탄생함. 3개월 뒤 동생인 스태니슬라우스가 트리에스트에서 그와 합세함. 이해 말, 《더블린 사람들》의 원고를 한 출판업자에게 양도했으나, 10여 년의 다툼 끝에 1914년에야 비로소 출판됨.

1906년　7월, 로마로 이주, 이듬해 3월까지 그곳 은행에서 일함. 그 후 다시 트리에스트로 돌아와 계속 영어를 가르침.

1907년　5월, 런던의 한 출판업자가 그의 시집 《실내악(Chamber Music)》을 출판함. 7월 28일, 딸 루시아 안나(Lucia Anna)가 탄생함.

1908년　9월, 〈영웅 스티븐〉을 개작하기 시작, 이듬해까지 이 작업을 계속함. 그러나 3장을 끝마친 뒤 잠시 작업을 중단함.

1909년　8월 1일, 방문차 아일랜드로 건너감. 다음날 트리에스트로 되돌아왔다가 경제적 지원을 얻어 더블린으로 돌아가 그곳에서 한 극장을 개관함.

1910년　1월, 트리에스트로 되돌아옴으로써 극장 사업의 모험은 이내 무너짐. 더블린을 처음 방문했을 때, 조이스는 뒤에 그의 희곡 〈망명자들〉의 소재로 삼은 감정적 위기를 경험함.

1912년　몇 해 동안 《더블린 사람들》에 대한 시비가 조이스에게 하나의 강박관념이 됨. 마침내 7월, 마지막으로 더블린을 방문했으나, 여전히 그 출판을 주선할 수 없었음. 조이스는 심한 비통 속에 더블린을 떠났으며, 트리에스트로 돌아오는 길에 〈분화구로부터의 가스(Gas from a Burner)〉란 격문(激文)을 씀.

1913년　이해 말에 에즈라 파운드(Ezra Pound)와 교신(交信)하기 시작함. 그의 행운이 움트고 있었음.

1914년 이른바 조이스의 '기적의 해(annus mirabilis)'로, 2월에 〈젊은 예술가의 초상〉이 《에고이스트(*Egoist*)》지에 연재되기 시작, 이듬해 9월까지 계속됨. 6월, 《더블린 사람들》이 출판됨. 5월에 〈율리시즈(Ulysses)〉를 기초(起草)하기 시작했으나, 〈망명자들〉을 쓰기 위해 이내 중단함.

1915년 1월, 전쟁에도 불구하고 중립국인 스위스로의 입국이 허용됨. 이해 봄에 〈망명자들〉이 완성됨.

1916년 12월 29일, 《젊은 예술가의 초상》이 출판됨.

1917년 이해 최초로 눈 수술을 받음. 이해 말까지 〈율리시즈〉의 처음 세 에피소드 초고를 끝마침. 이 소설의 구조는 이때 이미 거의 틀이 잡혀 있었음.

1918년 3월, 《리틀 리뷰(*Little Review*)》지(뉴욕)에 〈율리시즈〉를 연재하기 시작함. 5월 25일, 《망명자들》이 출판됨.

1919년 10월, 트리에스트로 귀환, 그곳에서 영어를 가르치며 〈율리시즈〉를 다시 쓰기 시작함.

1920년 7월 초순, 에즈라 파운드의 주장으로 파리로 이주함. 10월, '죄악금지회(The Society for the Suppression of Vice)'의 고소로 《리틀 리뷰》지에의 〈율리시즈〉 연재가 중단됨. 제14장인 '태양신의 황소들(Oxen of the Sun)'의 초두가 그 마지막이었음.

1921년 2월, 〈율리시즈〉의 마지막 남은 에피소드를 완성하고 작품 교정에 몰두함.

1922년 조이스의 40번째 생일인 2월 2일에 《율리시즈》가 출판됨.

1923년 3월 10일, 《피네간의 경야(經夜)》 첫부분 몇 페이지를 씀(1939년에 출판될 때까지 〈진행중의 작품[Work in Progress]〉으로 알려짐). 그는 수년 동안 이 새로운 작품에 대하여 활발한 계획을 세우고 있었음.

1924년 《피네간의 경야》의 단편 몇 개가 4월에 처음 출판됨. 이후 15

년 동안 조이스는 《피네간의 경야》의 대부분을 예비판으로 출판할 계획이었음.

1927년 이해 4월과 1929년 11월 사이에 《피네간의 경야》 제1부와 제3부 초본(初本)을 실험 잡지인 《트랑지숑(Transition)》지에 게재함.

1928년 10월 20일, 《아나 리비아 플루라벨(Anna Livia Plurabelle)》이 출판됨. 이후 10년 동안 《진행중의 작품》의 여러 단편들이 출판됨.

1931년 5월, 아내와 함께 런던을 여행함. 12월 29일, 아버지가 사망함.

1932년 2월 15일, 손자 스티븐 조이스가 탄생함. 이 사실은 조이스를 깊이 감동시켰으며, 이때 〈보라, 저 아이를(Ecce Puer)〉이라는 시를 씀. 3월에 딸 루시아가 정신분열증으로 고통을 받았음. 그녀는 이후 회복되지 못한 채 조이스의 여생을 암담하게 만들었음.

1933년 이해 말에 미국의 한 법원은 《율리시즈》가 외설물이 아님을 판결함. 이 유명한 판결은 이듬해 2월, 이 작품에 대한 최초의 미국판 출판을 가능하게 함(최초의 영국판은 1936년에 출판됨).

1934년 이해의 대부분을 스위스에서 보냄. 따라서 그는 딸 루시아 곁에 있을 수 있었음(그녀는 취리히 근처의 한 요양원에 수용됨). 1930년 이래 그의 고질적 눈병을 돌보았던 취리히의 의사와 상담함.

1935년 수년 동안 집필해 오던 《피네간의 경야》를 완성하기 위해 노력함.

1938년 프랑스, 스위스 그리고 덴마크로의 잦은 여행으로 더 이상 빠리에서 거주할 수 없게 됨.

1939년 《피네간의 경야》가 5월 4일에 출판되었고, 조이스는 이 책을

57세의 생일(2월 2일) 선물로 미리 받음.
1940년   프랑스가 함락된 뒤 조이스가는 취리히에 거주함.
1941년   1월 13일, 장궤양으로 복부 수술을 받은 후 취리히에서 사망함.

옮긴이 소개

서울대 사대 영문과 졸
서울대 대학원 영문과 졸
미 털사대 대학원 졸(문학 박사)
고려대 교수 역임
현: 한국 제임스 조이스 학회 고문

역서
조이스 작:
〈실내악〉
〈시집〉
〈망명자들〉
〈더블린 사람들〉
〈젊은 예술가의 초상〉
〈율리시즈〉
〈비평문〉(초) 등.

저서
〈율리시즈와 문학의 모더니즘〉
〈율리시즈 주석본〉
〈제임스 조이스 문학〉
〈피네간의 경야〉
〈율리시즈 연구〉(I, II)
〈알기 쉽게 풀이한 율리시즈〉외
30여 편의 조이스에 관한 논문.

피네간의 경야(초)·시·에피파니   값 10,000원

1988년 11월 30일	초판	1쇄	발행
1995년 2월 20일	초판	5쇄	발행
1999년 11월 25일	2 판	1쇄	발행
2002년 4월 10일	2 판	2쇄	발행

지은이   제 임 스 조 이 스
옮긴이   김   종   건
펴낸이   윤   형   두
펴낸데   **범 우 사**

등 록 1966. 8. 3. 제 10-39호
121-130 서울시 마포구 구수동 21-1
대표 717-2121 · 2122 / FAX 717-0429

* 파본은 교환해 드립니다
ISBN 89-08-07086-9 04840   (홈페이지) http://www.bumwoosa.co.kr
       89-08-07000-1 (세트)   (E-mail) bumwoosa@chollian.net

범우비평판 세계문학선

범우 비평판 세계문학선이 체계화·고급화를 지향하며 새롭게 다시 태어나고 있습니다.
작가별로 고유번호를 부여하고 완벽하게 보완해 권위와 전문성을 높이고, 미려한 장정으로 정상의 자존심을 지켜나갈 것입니다.

(전책 새로운 편집·장정, 크라운 변형판)

❶ 토마스 불핀치 1-1 그리스·로마신화 최혁순 값 8,000원
　　　　　　　　1-2 원탁의 기사 한영환 값 10,000원
　　　　　　　　1-3 샤를마뉴 황제의 전설 이성규 값 8,000원
❷ F. 도스토예프스키 2-1.2 죄와 벌 (상)(하) 이철(외대 노어과 교수) 각권 7,000원
　　　　　　　　　2-3.4.5 카라마조프의 형제 (상)(중)(하)
　　　　　　　　　　　　김학수(전 고려대 교수) 값 7,000~9,000원
　　　　　　　　　2-6.7.8 백치 (상)(중)(하) 박형규(고려대 교수) 각권 7,000원
　　　　　　　　　2-9.10 악령 (상)(하) 이철(외대 노어과 교수) 각권 9,000원
❸ W. 셰익스피어 3-1 셰익스피어 4대 비극 이태주(단국대 교수) 값 9,000원
　　　　　　　　3-2 셰익스피어 4대 희극 이태주(단국대 교수) 값 9,000원
❹ T. 하디 4-1 테스 김회진(서울시립대 영문과 교수) 값 8,000원
❺ 호메로스 5-1 일리아스 유영(연세대 명예교수) 값 9,000원
　　　　　　5-2 오디세이아 유영(연세대 명예교수) 값 8,000원
❻ 밀턴 6-1 실낙원 이창배(동국대 교수·영문학 박사) 값 9,000원
❼ L. 톨스토이 7-1.2 부활(상)(하) 이철(외대 노어과 교수) 각권 7,000원
　　　　　　　7-3.4 안나 카레니나(상)(하) 이철(외대 노어과 교수) 각권 10,000원
　　　　　　　7-5.6.7.8 전쟁과 평화 1.2.3.4
　　　　　　　　　　박형규(전 고려대 노어과 교수) 각권 9,000원
❽ T. 만 8-1 마의 산(상) 홍경호(한양대 독문과 교수) 값 9,000원
　　　　　8-2 마의 산(하) 홍경호(한양대 독문과 교수) 값 10,000원
❾ 제임스 조이스 9-1 더블린 사람들·비평문 김종건(고려대 교수) 값 10,000원
　　　　　　　　9-2.3.4.5 율리시즈 1.2.3.4 김종건(고려대 교수) 각권 10,000원
　　　　　　　　9-6 젊은 예술가의 초상 김종건(고려대 교수) 값 10,000원
❿ 생 텍쥐페리 10-1 전시조종사·어린왕자(외) 염기용·조규철·이정림 값 8,000원
　　　　　　　10-2 젊은이의 편지(외) 조규철·이정림 값 7,000원
　　　　　　　10-3 인생의 의미(외) 조규철 값 7,000원
　　　　　　　10-4.5 성채(상)(하) 염기용 값 8,000원
　　　　　　　10-6 야간비행(외) 전채린·신경자 값 8,000원
⓫ 단테 11-1.2 신곡(상)(하) 최현 값 9,000원
⓬ J. W. 괴테 12-1.2 파우스트(상)(하) 박환덕(서울대 독문과 교수) 각권 7,000원
⓭ J. 오스틴 13-1 오만과 편견 오화섭(전 연세대 영문과 교수) 값 9,000원
⓮ V. 위고 14-1.2.3.4.5 레미제라블 ①②③④⑤
　　　　　　　　방곤(경희대 불문과 교수) 각권 8,000원
⓯ 임어당 15-1 생활의 발견 김병철(중앙대 명예교수·문학박사) 값 12,000원
⓰ 루이제 린저 16-1 생의 한가운데 강두식(서울대 교수) 값 7,000원
⓱ 게르만 서사시 17 니벨룽겐의 노래 허창운(서울대 교수) 값 13,000원
⓲ E. 헤밍웨이 18-1 누구를 위하여 종은 울리나 김병철(중앙대 명예교수) 값 10,000원
⓳ F. 카프카 19-1 城 박환덕(서울대 독문과 교수) 값 9,000원
　　　　　　19-2 변신·유형지에서(외) 박환덕(서울대 독문과 교수) 값 9,000원
　　　　　　19-3 심판 박환덕(서울대 독문과 교수) 값 8,000원
　　　　　　19-4 실종자 박환덕(서울대 독문과 교수) 값 9,000원
⓴ 에밀리 브론테 20-1 폭풍의 언덕 안동민 값 8,000원

범우비평판 세계문학선

범우 비평판 세계문학선은 수많은 국외작가의 역량이 총결집된 양식의 보고입니다.
대학입시생에게는 논리적 사고를 길러주고 대학생에게는 사회진출의 길을 열어주며, 일반 독자에게는 생활의 지혜를 듬뿍 심어주는 문학시리즈로서 이제 명실공히 세계문학의 선봉으로 우뚝 섰습니다.

㉑ 마가렛 미첼 21-1, 2, 3 **바람과 함께 사라지다(상)(중)(하)**
  송관식·이병규 각권 9,000원

㉒ 스탕달 22-1 **적과 흑** 김봉구 값 10,000원

㉓ B. 파스테르나크 23-1 **닥터 지바고** 오재국(전 육사교수) 값 10,000원

㉔ 마크 트웨인 24-1 **톰 소여의 모험** 김병철(중앙대 명예교수·문학박사) 값 7,000원
  24-2 **허클베리 핀의 모험** 김병철(중앙대 명예교수) 값 9,000원

㉕ 조지 오웰 25-1 **동물농장·1984년** 김회진(서울시립대 영문과 교수) 값 10,000원

㉖ 존 스타인벡 26-1, 2 **분노의 포도(상)(하)** 전형기(한양대 영문학과 교수) 각권 7,000원
  26-3, 4 **에덴의 동쪽(상)(하)**
  이성호(한양대 영문학과 교수) 각권 9,000~10,000원

㉗ 우나무노 27-1 **안개** 김현창(서울대 서어 서문학과 교수) 값 6,000원

㉘ C. 브론테 28-1·2 **제인에어(상)(하)** 배영원 각권 8,000원

㉙ 헤르만 헤세 29-1 **知와 사랑·싯다르타** 홍경호 값 9,000원
  29-2 **데미안·크눌프·로스할데**
  홍경호(한양대 교수·문학박사) 값 9,000원
  29-3 **페터 카멘친트·게르트루트** 박환덕(서울대 교수) 값 9,000원
  29-4 **유리알 유희** 박환덕(서울대 교수) 값 12,000원

㉚ 알베르 카뮈 30-1 **페스트·이방인** 방 곤(전 경희대 불문과 교수) 값 9,000원

㉛ 올더스 헉슬리 31-1 **멋진 신세계(외)** 이성규·허정애 값 10,000원

㉜ 기 드 모파상 32-1 **여자의 일생·단편선** 이정림(번역문학가) 값 9,000원

㉝ 투르게네프 33-1 **아버지와 아들** 이철(외대 노어과 교수) 값 9,000원
  33-2 **처녀지·루딘** 김학수(전 고려대 노어노문학 교수) 값 10,000원

㉞ 이미륵 34-1 **압록강은 흐른다(외)** 정규화(독문학 박사·성신여대 교수) 값 10,000원

㉟ 디어도어 드라이저 35-1 **시스터 캐리** 전형기(한양대 영문학과 교수) 값 12,000원
  35-2, 3 **미국의 비극(상)(하)**
  김병철(중앙대 명예교수·영문학) 각권 9,000원

㊱ 세르반떼스 36-1 **돈 끼호떼** 김현창(서울대 서어 서문학과 교수) 값 12,000원
  36-2 **(속)돈 끼호떼** 김현창(서울대 서어 서문학과 교수) 값 13,000원

㊲ 나쓰메 소세키 37-1 **마음·그 후** 서석연(경성대 명예교수) 값 12,000원

㊳ 플루타르코스 38-1~8 **플루타르크 영웅전 1~8**
  김병철(중앙대 명예교수·영문학) 각권 8,000원

㊴ 안네 프랑크 39-1 **안네의 일기(외)** 김남석·서석연 값 9,000원

㊵ 강용흘 40-1 **초 당** 장문평 값 9,000원
  40-2 **동양선비 서양에 가시다** 유 영 값 9,000원

㊶ 나관중 41-1~5 **삼국지 1~5** 황병국(중국문학가) 값 9,000원

㊷ 귄터 그라스 42-1 **양철북** 박환덕(서울대 독문학 교수) 값 10,000원

범우 사르비아문고

선배들도 범우사르비아문고로
교양을 쌓고 지식을 살찌웠습니다.
범우사르비아문고는 하루아침에 기획되고
제작된 것이 아닙니다.
15년의 세월 동안 갈고 보완하면서
청소년의 필독도서로 확고히 자리잡은
'청소년도서의 대명사' 입니다.

1	효-에세이 31인집 피천득(외)		34	데미안 헤르만 헤세
2	늪텃집 처녀 S. 라게를뢰프		35	한국의 명시조 이상보
3	문장강화 이태준		36	귀의 성 이인직
4	이집트 신화 최현		37	메밀꽃 필 무렵 이효석
5	젊은 베르테르의 슬픔 J.W. 괴테		38	사랑방 손님과 어머니(외) 주요섭
6	만해 한용운 임중빈		39	치악산 이인직
7	러브 스토리 E. 시갈		40	독일인의 사랑 막스 뮐러
8	무던이 이미륵		41	아름다와라 청춘이여 헤르만 헤세
9	금오신화·화왕계(외) 김시습·설총(외)		42	오멘 데이비드 셀처
10	열하일기 박지원		43	벙어리 삼룡이 나도향
11	압록강은 흐른다 이미륵		44	호반·황태자의 첫사랑 데오도르 슈토름(외)
12	안네의 청춘노트 A. 프랑크		45	빈처(외) 현진건
13	슬픔이여 안녕·마음의 파수꾼 F. 사강		46	탈무드 마빈 토케이어
14	호질·양반전(외) 박지원(외)		47	잠 못 이루는 밤을 위하여 칼 힐티
15	우리가 잃어버린 것들 한국수필가협회		48	도산 안창호 이광수
16	좁은문 앙드레 지드		49	나의 소녀시절 강신재·천경자(외)
17	수레바퀴 아래서 헤르만 헤세		50	토끼전·옹고집전(외) 작자 미상
18	어떤 미소 F. 사강		51	페이터의 산문 페이터
19	젊은 시인에게 보내는 편지 R.M. 릴케		52	낙엽을 태우면서 이효석
20	그래도 압록강은 흐른다 이미륵		53	백수선화 루이제 린저
21	인간의 대지 쌩 떽쥐뻬리		54	감자·배따라기(외) 김동인
22	사씨남정기·서포만필 김만중		55	날개(외) 이상
23	그리스·로마신화 토마스 불핀치		56	어린 왕자 쌩 떽쥐뻬리
24	탈출기·홍염 최학송		57	로맹 R.M. 릴케
25	삼대(상) 염상섭		58	노인과 바다(외) E.M. 헤밍웨이
26	삼대(하) 염상섭		59	님의 침묵 한용운
27	빙점(상) 미우라 아야코		60	아Q정전(외) 노신
28	빙점(하) 미우라 아야코		61	이상한 나라의 앨리스 루이스 캐롤
29	속죄양(외) 루이제 린저		62	상록수 심훈
30	폭풍의 언덕 에밀리 브론테		63	잔잔한 가슴에 파문이 일 때 루이제 린저
31	엑소시스트 W.P. 블레티		64	안네, 너의 짧은 생애는 에른스트 슈나벨
32	젊은 여성을 위한 인생론 펄 벅		65	국경의 밤 김동환
33	킬리만자로의 눈(외) E.M. 헤밍웨이		66	갈매기의 꿈 리처드 바크

67	동백꽃·소나기 김유정	110	탁류(상) 채만식
68	어느 시인의 고백 R.M.릴케	111	탁류(하) 채만식
69	싯다르타 헤르만 헤세	112	토마스 만 단편선 토마스 만
70	북경에서 온 편지 펄 벅	113	이상화 시집 이상화
71	귀여운 여인 체호프	114	기탄잘리 R.타고르
72	첫사랑(외) 투르게네프	115	김영랑 시집 김영랑
73	외투·코 고골리	116	채근담 홍자성
74	예술가의 명언 연기호	117	사랑의 기술 에리히 프롬
75	백치 아다다 계용묵	118	철학사상이야기(상) 현대사상연구회
76	수난 이대 하근찬	119	철학사상이야기(하) 현대사상연구회
77	고독이 그림자를 드리울 때 니체	120	잔 다르크 A.보슈아
78	혈의 누·은세계 이인직	121	이상재 평전 전택부
79	원유회 맨스필드	122	위대한 예술가의 생애 로망 롤랑
80	이방인·전락 A.까뮈	123	태평천하 채만식
81	백범일지 김구	124	한중록 혜경궁 홍씨
82	김소월 시집 김소월	125	맥베스·리어왕 셰익스피어
83	헤세의 명언 헤르만 헤세	126	로미오와 줄리엣 셰익스피어
84	명상록 아우렐리우스	127	흥부전·조웅전 작자 미상
85	추월색·자유종·설중매 최찬식(외)	128	여자의 일생 모파상
86	프랭클린 자서전 B.프랭클린	129	살며 생각하며 미우라 아야코
87	주홍글씨 N.호손	130	이육사의 시와 산문 이육사
88	홍길동전·전우치전·임진록 허균(외)	131	목민심서 정약용
89	난중일기 이순신	132	모파상 단편선 모파상
90	삼국지(상) 나관중	133	삼국유사(상) 일 연
91	삼국지(중) 나관중	134	삼국유사(하) 일 연
92	삼국지(하) 나관중	135	법구경 입문 마쓰바라 다이도
93	금수회의록·공진회 안국선	136	단재 신채호 일대기 임중빈
94	마하트마 간디 로망 롤랑	137	안네의 일기 안네 프랑크
95	이범선 작품집 이범선	138	윤봉길 의사 일대기 임중빈
96	대지 펄 벅	139	하이네 시집 H.하이네
97	구운몽 김만중	140	헤세 시집 헤르만 헤세
98	춘향전·심청전 작자 미상	141	예언자·영가 칼릴 지브란
99	윤동주 시집 윤동주	142	하르츠 기행 H.하이네
100	역사에 빛나는 한국의 여성 안춘근	143	독서의 지식 안춘근
101	인간의 역사 M.일리인(외)	144	시조에 깃든 우리얼 최승범
102	한국의 명논설 편집부	145	수호전(상) 시내암
103	포 단편선 E.A.포	146	수호전(중) 시내암
104	진주·선물 존 스타인벡	147	수호전(하) 시내암
105	설국·천우학 가와바다 야스나리	148	계축일기·인현왕후전 작자 미상
106	마지막 잎새(외) O.헨리	149	위대한 개츠비 피츠제럴드
107	야간비행(외) 쌩 떽쥐뻬리	150	서머셋 모음 단편선 서머셋 모음
108	무영탑(상) 현진건		
109	무영탑(하) 현진건		

범우사 서울시 마포구 구수동 21-1
전화 717-2121 FAX 717-0429

"주머니 속에 친구를"

범 우 문 고

1 수필 피천득
2 무소유 법정
3 바다의 침묵 (외) 베르코르/조규철·이정림
4 살며 생각하며 미우라 아야코/진웅기
5 오, 고독이여 F. 니체/최혁순
6 어린 왕자 A. 생 텍쥐페리/이정림
7 톨스토이 인생론 L. 톨스토이/박형규
8 이 조용한 시간에 김우종
9 시지프의 신화 A. 카뮈/이정림
10 목마른 계절 전혜린
11 젊은이여 인생을… A. 모르아/방곤
12 채근담 홍자성/최현
13 무진기행 김승옥
14 공자의 생애 최현 엮음
15 고독한 당신을 위하여 L. 린저/곽복록
16 김소월 시집 김소월
17 장자 장자/허세욱
18 예언자 K. 지브란/유제하
19 윤동주 시집 윤동주
20 명정 40년 변영로
21 산사에 심은 뜻이 이청담
22 날개 이상
23 메밀꽃 필 무렵 이효석
24 애정은 기도처럼 이영도
25 이브의 천형 김남조
26 탈무드 M. 토케이어/정진태
27 노자도덕경 노자/황병국
28 갈매기의 꿈 R. 바크/김진욱
29 우정론 A. 보나르/이정림
30 명상록 M. 아우렐리우스/황문수
31 젊은 여성을 위한 인생론 P. 벅/김진욱
32 B사감과 러브레터 현진건
33 조병화 시집 조병화
34 느티의 일월 모윤숙
35 지금은 어디서 무엇을 김형석
36 박인환 시집 박인환
37 모래톱 이야기 김정한
38 창문 김태길
39 방랑 H. 헤세/홍경호
40 손자병법 손무/황병국
41 소설·알렉산드리아 이병주
42 전락 A. 카뮈/이정림
43 사노라면 잊을 날이 윤형두
44 김삿갓 시집 김병연/황병국
45 소크라테스의 변명(외) 플라톤/최현
46 서정주 시집 서정주
47 사람은 무엇으로 사는가 L. 톨스토이/김진욱
48 불가능은 없다 R. 슐러/박호순
49 바다의 선물 A. 린드버그/신상웅
50 잠 못 이루는 밤을 위하여 C. 힐티/홍경호
51 딸깍발이 이희승
52 몽테뉴 수상록 M. 몽테뉴/손석린
53 박재삼 시집 박재삼
54 노인과 바다 E. 헤밍웨이/김회진
55 향연·뤼시스 플라톤/최현
56 젊은 시인에게 보내는 편지 R. 릴케/홍경호
57 피천득 시집 피천득
58 아버지의 뒷모습(외) 주자청(외)/허세욱(외)
59 현대의 신 N. 쿠치키(편)/진철승
60 별·마지막 수업 A. 도데/정봉구
61 인생의 선용 J. 러보크/한영환
62 브람스를 좋아하세요… F. 사강/이정림
63 이동주 시집 이동주
64 고독한 산보자의 꿈 J. 루소/엄기용
65 파이돈 플라톤/최현
66 백장미의 수기 I. 숄/홍경호
67 소년 시절 H. 헤세/홍경호
68 어떤 사람이기에 김동길
69 가난한 밤의 산책 C. 힐티/송영택
70 근원수필 김용준
71 이방인 A. 카뮈/이정림
72 롱펠로 시집 H. 롱펠로/윤삼하
73 명사십리 한용운
74 왼손잡이 여인 P. 한트케/홍경호
75 시민의 반항 H. 소로/황문수
76 민중조선사 전석담
77 동문서답 조지훈
78 프로타고라스 플라톤/최현
79 표본실의 청개구리 염상섭
80 문주반생기 양주동
81 신조선혁명론 박열/서석연
82 조선과 예술 야나기 무네요시/박재삼

2000년대를 향하여 꾸준하게 양서를!

범우사 서울시 마포구 구수동 21-1
전화 717-2121 FAX 717-0429

83 중국혁명론 모택동(외)/박광종 엮음
84 탈출기 최서해
85 바보네 가게 박연구
86 도왜실기 김구/엄항섭 엮음
87 슬픔이여 안녕 F. 사강/이정림·방곤
88 공산당 선언 K. 마르크스·F. 엥겔스/서석연
89 조선문학사 이명선
90 권태 이상
91 갈망의 노래 한승헌
92 노동자강령 F. 라살레/서석연
93 장씨 일가 유주현
94 백설부 김진섭
95 에코스파즘 A. 토플러/김진욱
96 가난한 농민에게 바란다 N. 레닌/이정일
97 고리키 단편선 M. 고리키/김영국
98 러시아의 조선침략사 송정환
99 기재기이 신광한/박헌순
100 홍경래전 이명선
101 인간만사 새옹지마 리영희
102 청춘을 불사르고 김일엽
103 모범경작생(외) 박영준
104 방망이 깎던 노인 윤오영
105 찰스 램 수필선 C. 램/양병석
106 구도자 고은
107 표해록 장한철/정병욱
108 월광곡 홍난파
109 무서록 이태준
110 나생문(외) 아쿠타가와 류노스케/진웅기
111 해변의 시 김동석
112 발자크와 스탕달의 예술논쟁 김진욱
113 파한집 이인로/이상보
114 역사소품 곽말약/김승일
115 체스·아내의 불안 S. 츠바이크/오영옥
116 복덕방 이태준
117 실천론(외) 모택동/김승일
118 순오지 홍만종/전규태
119 직업으로서의 학문·정치 M. 베버/김진욱(외)
120 요재지이 포송령/진기환
121 한설야 단편선 한설야
122 쇼펜하우어 수상록 쇼펜하우어/최혁순
123 유태인의 성공법 M. 토케이어/진웅기

124 레디메이드 인생 채만식
125 인물 삼국지 모리야 히로시/김승일
126 한글 명심보감 장기근 옮김
127 조선문화사서설 모리스 쿠랑/김수경
128 역옹패설 이제현/이상보
129 문장강화 이태준
130 중용·대학 차주환
131 조선미술사연구 윤희순
132 옥중기 오스카 와일드/임헌영
133 유태인식 돈벌이 후지다 덴/지방훈
134 가난한 날의 행복 김소운
135 세계의 기적 박광순
136 이퇴계의 활인심방 정숙
137 카네기 처세술 데일 카네기/전민식
138 요로원야화기 김승일
139 푸슈킨 산문 소설집 푸슈킨/김영국
140 삼국지의 지혜 황의백
141 슬견설 이규보/장덕순
142 보리 한흑구
143 에머슨 수상록 에머슨/윤삼하
144 이사도라 덩컨의 무용에세이 I. 덩컨/최혁순
145 북학의 박제가/김승일
146 두뇌혁명 T.R. 블랙슬리/최현
147 베이컨 수필선 베이컨/최혁순
148 동백꽃 김유정
149 하루 24시간 어떻게 살 것인가 A. 베넷/이은순
150 평민한문학사 허경진
151 정선아리랑 김병하·김연갑 공편
152 독서요법 황의백 엮음
153 나는 왜 기독교인이 아닌가 B. 러셀
154 조선사 연구(草) 신채호
155 중국의 신화 장기근
156 무병장생 건강법 배기성 엮음
157 조선위인전 신채호
158 정감록비결 편집부 엮음
159 유태인의 상술 후지다 덴
160 동물농장 조지 오웰
161 신록 예찬 이양하
162 진도 아리랑 박병훈·김연갑
163 책이 좋아 책하고 사네 윤형두

▶ 계속 펴냅니다

2000년대를 향하여 꾸준하게 양서를!

현대사회를 보다 새로운 시각으로 종합진단하여
그 처방을 제시해주는

범우사상신서

1 자유에서의 도피 E. 프롬/이상두
2 젊은이여 오늘을 이야기하자 렉스프레스誌/방곤·최혁순
3 소유냐 존재냐 E. 프롬/최혁순
4 불확실성의 시대 J. 갈브레이드/박현채·전철환
5 마르쿠제의 행복론 L. 마르쿠제/황문수
6 너희도 神처럼 되리라 E. 프롬/최혁순
7 의혹과 행동 E. 프롬/최혁순
8 토인비와의 대화 A. 토인비/최혁순
9 역사란 무엇인가 E. 카/김승일
10 시지프의 신화 A. 카뮈/이정림
11 프로이트 심리학 입문 C.S. 홀/안귀여루
12 근대국가에 있어서의 자유 H. 라스키/이상두
13 비극론·인간론(외) K. 야스퍼스/황문수
14 엔트로피의 법칙 J. 리프킨/최현
15 러셀의 철학노트 B. 페인버그·카스릴스(편)/최혁순
16 나는 믿는다 B. 러셀(외)/최혁순·박상규
17 자유민주주의에 희망은 있는가 C. 맥퍼슨/이상두
18 지식인의 양심 A. 토인비(외)/임현영
19 아웃사이더 C. 윌슨/이성규
20 미학과 문화 H. 마르쿠제/최현·이근영
21 한일합병사 야마베 겐타로/안병무
22 이데올로기의 종언 D. 벨/이상두
23 자기로부터의 혁명 ① J. 크리슈나무르티/권동수
24 자기로부터의 혁명 ② J. 크리슈나무르티/권동수
25 자기로부터의 혁명 ③ J. 크리슈나무르티/권동수
26 잠에서 깨어나라 B. 라즈니시/길연
27 역사학 입문 E. 베른하임/박광순
28 법화경 입문 박혜경
29 융 심리학 입문 C.S. 홀(외)/최현
30 우연과 필연 J. 모노/김진욱
31 역사의 교훈 W. 듀란트(외)/천희상
32 방관자의 시대 P. 드러커/이상두·최혁순
33 건전한 사회 E. 프롬/김병익
34 미래의 충격 A. 토플러/장을병
35 작은 것이 아름답다 E. 슈마허/김진욱
36 관심의 불꽃 J. 크리슈나무르티/강옥구
37 종교는 필요한가 B. 러셀/이재황
38 불복종에 관하여 E. 프롬/문국주
39 인물로 본 한국민족주의 장을병
40 수탈된 대지 E. 갈레아노/박광순
41 대장정—작은 거인 등소평 H. 솔즈베리/정성호
42 초월의 길 완성의 길 마하리시/이병기
43 정신분석학 입문 S. 프로이트/서석연
44 철학적 인간 종교적 인간 황필호
45 권리를 위한 투쟁(외) R. 예링/심윤종·이주향
46 창조와 용기 R. 메이/안병무
47 꿈의 해석 S. 프로이트/서석연
48 제3의 물결 A. 토플러/김진욱
49 역사의 연구 ① D. 서머벨 엮음/박광순
50 역사의 연구 ② D. 서머벨 엮음/박광순
51 건건록 무쓰 무네미쓰/김승일
52 가난이야기 가와카미 하지메/서석연
53 새로운 세계사 마르크 페로/박광순
54 근대 한국과 일본 나카스카 아키라/김승일
55 일본 자본주의 정신 야마모토 시치헤이/김승일·이근원
▶ 계속 펴냅니다

범우사 서울시 마포구 구수동 21-1
전화 717-2121 FAX 717-0429

시대를 초월해
인간성 구현의 모범으로
삼을 만한 책을 엄선

범우고전선

1 유토피아　T. 모어 / 황문수
2 오이디푸스王(외)　소포클레스 / 황문수
3 명상록·행복론　M. 아우렐리우스·L. 세네카 / 황문수·최현
4 깡디드　볼떼르 / 염기용
5 군주론·전술론(외)　N. B. 마키아벨리 / 이상두(외)
6 사회계약론(외)　J. J. 루소 / 이태일(외)
7 죽음에 이르는 병　S. A. 키에르케고르 / 박환덕
8 천로역정　J. 버니언 / 이현주
9 소크라테스 회상　크세노폰 / 최혁순
10 길가메시 서사시　N. K. 샌다즈 / 이현주
11 독일 국민에게 고함　J. G. 피히테 / 황문수
12 히페리온　F. 휠덜린 / 홍경호
13 수타니파타　김운학 옮김
14 쇼펜하우어 인생론　A. 쇼펜하우어 / 최현
15 톨스토이 참회록　L. N. 톨스토이 / 박형규
16 존 스튜어트 밀 자서전　J. S. 밀 / 배영원
17 비극의 탄생　F. W. 니체 / 곽복록
18-1 에 밀 (상)　J. J. 루소 / 정봉구
18-2 에 밀 (하)　J. J. 루소 / 정봉구
19 팡세　B. 파스칼 / 최현·이정림
20-1 헤로도토스 歷史 (상)　헤로도토스 / 박광순
20-2 헤로도토스 歷史 (하)　헤로도토스 / 박광순
21 성 아우구스티누스 고백록　A. 아우구스티누스 / 김평옥
22 예술이란 무엇인가　L. N. 톨스토이 / 이철
23-1 나의 투쟁　A. 히틀러 / 서석연
23-2 나의 투쟁　A. 히틀러 / 서석연
24 論語　황병국 옮김
25 그리스·로마 희곡선　아리스토파네스(외) / 최현
26 갈리아 戰記　G. J. 카이사르 / 박광순
27 善의 연구　니시다 기타로 / 서석연
28 육도·삼략　하재철 옮김
29 국부론(상)　A. 스미스 / 최호진·정해동
30 국부론(하)　A. 스미스 / 최호진·정해동
31 펠로폰네소스 전쟁사 (상)　투키디데스 / 박광순
32 펠로폰네소스 전쟁사 (하)　투키디데스 / 박광순
33 孟子　차주환 옮김
34 아방강역고　정약용 / 이민수
35 서구의 몰락 ①　슈펭글러 / 박광순
36 서구의 몰락 ②　슈펭글러 / 박광순
37 서구의 몰락 ③　슈펭글러 / 박광순
38 명심보감　장기근 옮김
39 월든　H. D. 소로 / 양병석
40 한서열전　반고 / 홍대표
41 참다운 사랑의 기술과 허튼 사랑의 질책　안드레아스 / 김영락
42 종합탈무드　마빈 토케이어(외) / 전풍자
43 백운화상어록　석찬선사 / 박문열
44 조선복식고　이여성
45 불조직지심체요절　백운선사 / 박문열
46 마가렛미드 자서전　마가렛 미드
47 조선사회경제사　백남운
48 고전을 보고 세상을 읽는다　모라야 히로시 / 김승일
49 한국통사　박은식 / 김승일　▶ 계속 펴냅니다

 범우사　서울시 마포구 구수동 21-1
전화 717-2121 FAX 717-0429

이것이 나관중의 삼국지다

原本 三國志

나관중 지음 / 황병국 옮김

중국 삼민서국과 문원서국판을 대본으로 원전에 가장 충실하게 우리말로 옮긴 범우사판 《원본 삼국지》
한시 원문／주요 전도(戰圖)／각종 부록 수록

부록
- 삼국의 세계표·삼국지연의 연대표
- 주요 관직명 해설·한대의 관제와 병제
- 주요 관직의 서열과 녹봉
- 참고·출사표·독후감

전5권
각권 9,000원

중·고등학생이 읽는 《삼국지》 1985년 중·고교생 독서 권장도서(서울시립 남산도서관 선정)
나관중/최현 옮김, 사르비아 문고 90·91·92/상 252면·중 290면·하 295면/각권 3,000원

초등학생이 보면서 읽는 《소년 삼국지》
나관중/곽하신 엮음/피닉스 문고8·9/상 241면·하 236면/각권 3,000원

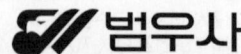 범우사 서울시 마포구 구수동 21-1
전화 717-2121 FAX 717-0429

20세기 최대의 행동주의 작가
생 텍쥐페리 전집

전6권(완역판)

"인간의 왕국은 바로 인간 내부에 존재한다"
이 한마디로 요약되는 생 텍쥐페리 문학이
불문학 전공학자들에 의해 유려하고 평이한 문체로 번역되어
마침내 그 진수를 우리 앞에 선보인다.

1 전시조종사/사색노트/어린왕자
(염기용 · 조규철 · 이정림 옮김/값 8,000원)

2 젊은이의 편지/남방우편기/인간의 대지
(조규철 · 이정림 옮김/값 7,000원)

3 인생의 의미/어머니께 드리는 글(외)
(조규철 옮김/값 7,000원)

4 성채(상)
(염기용 옮김/값 8,000원)

5 성채(하)
(염기용 옮김/값 8,000원)

6 야간비행/생 텍쥐페리 평전 I, II
(전채린 · 신경자 옮김/값 8,000원)

범우사 서울시 마포구 구수동 21-1
전화 717-2121 FAX 717-0429

책 속에 영웅의 길이 있다…!!

프랑스의 루소가 되풀이하여 읽고, 나폴레옹과 베토벤, 괴테가 평생 곁에 두고 애독한 그리스·로마의 영웅열전(英雄列傳)! 영웅들의 성격과 인물 됨됨이를 사실적으로 묘사한 영웅 보감!

플루타르크 영웅전

범우비평판세계문학 38-1

플루타르코스 / 김병철 옮김
* 새로운 편집 장정 / 전8권
크라운 변형판 / 각권 8,000원

국내 최초 완역, 99년 개정판 출간!

❝지금 전세계의 도서관에 불이 났다면 나는 우선 그 불속에 뛰어들어가 '셰익스피어 전집'과 '플루타르크 영웅전'을 건지는데 내 몸을 바치겠다.❞
— 美 사상가·시인 에머슨의 말 —

〈플루타르크 영웅전〉은 세계의 선각자들에게 극찬과 사랑을 받아온 명저입니다.

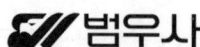 범우사   서울시 마포구 구수동 21-1 전화 717-2121 FAX 717-0429
인터넷 주소 http://www.bumwoosa.co.kr